世界侦探推理名著文库

[美] 雷蒙德·钱德勒 著

宋文 译

长 相 别

群众出版社
·北京·

图书在版编目（CIP）数据

长相别 /（美）钱德勒著；宋文译. —北京：群众出版社，2015.1
（世界侦探推理名著文库）
ISBN 978-7-5014-5209-5

Ⅰ.①长… Ⅱ.①钱… ②宋… Ⅲ.①侦探小说—美国—现代 Ⅳ.①I712.45

中国版本图书馆CIP数据核字（2013）第306794号

世界侦探推理名著文库

长相别

[美] 雷蒙德·钱德勒 著

宋 文 译

出版发行：	群众出版社
地　　址：	北京市丰台区方庄芳星园三区15号楼
邮政编码：	100078
经　　销：	新华书店
印　　刷：	北京通天印刷有限责任公司
版　　次：	2015年1月第1版
印　　次：	2015年1月第1次
印　　张：	13.125
开　　本：	880毫米×1230毫米　1/32
字　　数：	290千字
书　　号：	ISBN 978-7-5014-5209-5
定　　价：	38.00元
网　　址：	www.qzcbs.com
电子邮箱：	exiaoxiaohong@hotmail.com

营销中心电话：010-83903254
读者服务部电话（门市）：010-83903257
警官读者俱乐部电话（网购、邮购）：010-83903253
文艺分社电话：010-83901730

本社图书出现印装质量问题，由本社负责退换

版权所有　侵权必究

总序

阅读经典　收获智慧

于洪笙

在色彩缤纷的世界文学园林里，侦探推理小说是一株盛开着奇异的花朵、分外引人入胜的巨大乔木。《中国大百科全书》"外国文学卷"对"侦探推理小说"这个词条是这样定义的：它是西方通俗文学的一种体裁，与哥特式小说、犯罪小说以及由它们衍生出来的间谍小说、警察小说、悬疑小说同属惊险神秘小说的范畴。侦探推理小说主要讲述具有惊人推理、判断能力的人物根据一系列的线索，破解犯罪（多是凶杀）的疑案。它的结构、情节、人物，甚至环境都有一定的格局和程式，因此它也是一种类型文学。

　　但就是这种文学样式，在自己并不太长的发展历史中，创造出两个奇迹：其一，产生了一个读者不准其死去的文学形象"福尔摩斯"。英国作家柯南·道尔一八八七年在《血字的研究》中创造了他，从此福尔摩斯成为人类智慧的符号并承担起人类"保护神"的重任。这不仅标志着福尔摩斯这个人物形象在文学意义上的不朽，更重要的是在现实生活中世界读者对他的迷恋。这是从人类文学产生之日起任何文学形象所不能比拟的。其二，产生了一位被称作"侦探小说女王"的作家——阿加莎·克里斯蒂。在她生前，即二十世纪六十年代，她的作品就在一百多个国家发行了四亿多册，仅次于《圣经》。如果考虑到《圣经》的销售主要依赖于悠久的宗教历史和庞大的教会系统作为背景的话，那么克里斯蒂就是世界文学史上最受读者欢迎的作家了。

　　不朽的人物形象、世界上最高的图书销

售量，均是在侦探推理小说领域创造的。如果我们还不能就此下结论说侦探推理小说是最好的文学样式，那么至少可以说它是最受读者欢迎、极具文学魅力的文学样式。

自一八四一年美国作家爱伦·坡创作《莫格街凶杀案》之后，侦探推理小说便以其曲折的情节、强烈的悬念、严谨的逻辑为表现手段，闪耀着理性的光芒，以智慧文学的形式显示出独有的魅力，在世界文坛脱颖而出。从此，侦探推理小说便在世界各国拥有广大的读者，有关图书始终占据着国际图书市场销售量的四分之一以上，成为其他文学类图书难以企及的畅销、长销的图书类型。究其原因，侦探推理小说强大的生命力无非是由它的内容和形式所决定的。首先，侦探推理小说的巨大魅力，在内容上与它在审美上的主体意识被读者认可有关。一篇（部）优秀的侦探推理小说，不管故事发生在何国何时，不论篇幅长短，它都不能缺少一位正面人物。这个正面人物继承的是世界文学传统，如史诗、悲剧中的英雄原型。在这个带有英雄色彩的正面人物即"侦探"身上，体现着人文精神和对人性的优点的描述，如正义、智慧、维护文明秩序，为纠正法制生活中的失衡、偏颇而奋不顾身等。他的主体人格应该是伸张正义、嫉恶如仇、尽忠职守、视死如归。这样一个在社会生活中具有奉献精神、牺牲精神的文学角色被创造者赋予的理想的色彩，是人类在生存、繁衍、发展、进步、创造文明的过程中所必须发扬光大的。正如比利时著名诗人维尔·哈伦所说："文学的主旋律是对人的肯定和人性的张扬。"因为信仰、理想犹如阳光对于万物，是被人类自己肯定、歌颂的，所以它便具有了永久的魅力。这种理想色彩的魅力，满足着人类对英雄的崇拜需求，也就是人类对自己理想的肯定。

与此同时，侦探推理小说是用故事的载体，反映着人类同自身存在的毒瘤——犯罪的斗争，是人类对自身文明进化过程的不断反思。文明与犯罪，是人类历史进程中的双生子，而人类是必须要前进的，因此，同形形色色的犯罪作斗争，则集中反映着正义与邪恶、文明与贪欲、"真善美"与"假恶丑"的较量，体现着人类对自身理想的坚定捍卫。在这种较量中，文学的真谛得到了阐述。从这个角度讲，侦探推理小说还应在"智慧文学"前面加上"理想文学"。

同时，关于侦探推理小说在文本形式上的魅力，早在二十世纪三十年代，意大利杰出的马克思主义理论家安东尼·葛兰西就做了研究。他写道："侦探推理小说这类书籍为什么总是令人如此入迷？它们能使人们得到什么样的满足？符合怎样的兴致？它们能给予人们什么样的特殊幻美？……阅读时，人们在幻想着'美丽的'、'有趣的'冒险，这种冒险应是个人不受约束的主动的精神表现。"

好奇地逗留在事物面前，屏住呼吸并密切地注视它们的奇异性，这是人的特性。

而正是这种好奇心,促使人类产生了区别于动物的伟大的想象功能。想象,这一人类本身所具有的天性,是人类生存、发展和创造文明的需要。正是想象才构成了人类行为中的创造性的基本特征。没有了想象,只知道追求眼前的目标,人们就会减弱并失去活力。正是想象,激发着人类走向一个又一个未知的世界。在想象中去探秘,去历险,去体验英雄般的感受,人们这一古老的愿望正是在侦探推理小说中得到了满足。

作为一种智慧文学,侦探推理小说情节的主要框架是解谜,而读者的阅读实质上即是参与分析、判断、推理的解谜过程。对青少年读者来说,这更能激发他们的好奇心及探险、揭秘的心理,进而满足他们想象的乐趣、思索的乐趣、发现的乐趣、参与的乐趣,使他们在阅读的愉悦中不知不觉地进行了思维训练,提高了智能。因此,人们称侦探推理小说是"脑力体操",这种脑力体操对当今的青少年尤为重要。

日本东京创造力开发研究所所长山上定也先生认为："推理锻炼可以使头脑聪明，而作为一个现代人，应当及时掌握当代独特的成功利器——信息推理术，并把它和演绎法相结合，这能使你由此及彼、由表及里、举一反三、触类旁通，从而以高超的创造力迎接信息社会的挑战。"这番话倒是从另一个角度回答了孩子们为什么爱读侦探惊险作品的问题。一九九八年，由中国出版工作者协会少儿读物工作委员会和中华读书报社联合进行的"中国的孩子爱读什么书"的调查结果显示，侦探惊险作品超过"卡通漫画"及"寓言童话"，独占鳌头。

　　基于以上原因，由北京侦探推理文艺协会和群众出版社联合策划，决定推出《世界侦探推理名著文库》这套丛书，作为献给全国热爱这一文学样式的广大读者的一份珍贵的礼物。北京侦探推理文艺协会是我国目前在侦探推理文学研究、创作领域唯一的专业协会；群众出版社则是最早翻译、出版《福尔摩斯探案全集》和大量其他世界侦探推理佳作的全国著名的出版机构，在此样式的出版上声誉卓著。协会与出版社强强联合推出这套丛书，意在从权威的角度向读者推荐世界侦探推理文学领域的泱泱名作，其中包括这一文学样式在一百七十多年发展历程中涌现出的众多流派的巅峰之作。与此同时，对收入本套丛书的每部作品，我们均特邀专家撰写导读文章，发挥他们各自独特的审美才华，对文库收纳的众文本进行阅读上的尽情评点，从而使广大读者更加明白什么叫精彩、什么是名著、悬疑之美是如何形成的……从某种角度上看，我们这种阅读加欣赏、点评的做法是希冀读者在读完文库后能有一个宏观上的史线般的阅读收获，即知晓在世界侦探推理文学领域有哪些优秀的代表作家，那些精彩绝伦的作品为什么能够影响至今。如果这些不是我们的奢望的话，那么丰富的知识信息定会使这些图书成为读者朋友阅读、收藏、研究这一文学样式的最佳文本。

爱因斯坦说过:"我们所能有的最美好的经历是对神秘的感悟。它是坚守在真正艺术和真正科学发源地的基本感情。谁要是体验不到它,谁要是不再有好奇心,也不再有惊讶的感觉,那就形同行尸走肉……"让我们放松心情,敞开胸怀,捧上这些充满神秘、惊险、智慧并能引发我们的好奇心的经典之作!让阅读这些作品成为我们人生最美好的经历吧!

(本文作者为中国人民公安大学教授、北京侦探推理文艺协会常务副会长)

导读

无法告别的文学神话

王 干　萧晓红

倘若事关文学与经典，抑或事关阅读与畅销，侦探小说（Detective Story）不是一个可以绕得过去的类别；而若说及侦探小说与传世神话，阿瑟·柯南·道尔（Arthur Canon Doyle）和他创生的神探福尔摩斯（Holmes）亦非可以绕得过去的话题。

英国作为曾经的重镇，创造了世界侦探小说史上的首度辉煌，而柯南·道尔及神探福尔摩斯则是历久弥新的神话，在不同的时代坐享侦探小说迷异样热烈的追捧、异样由衷的尊奉，福尔摩斯不离左右的烟斗也成了破案的神器，让世人顶礼膜拜。

正如每一项最高纪录的终极意义都在于后人的刷新，柯南·道尔及神探福尔摩斯这一神话的最终价值，也在于后来者的续写，在于更新，在于再创更高的辉煌。

作为侦探小说史上古典派黄金时代的巅峰之一，柯南·道尔及神探福尔摩斯成为了解谜小说（Mystery）一派的代名词与传奇，在侦探小说世界遍享生生不息的隆誉的同时，也无法抗拒被并肩、被超越与颠覆的命运。这样一种内生式的裂变，就是众所周知的世界侦探小说史上的"美国革命"将要完成的使命。

古典侦探小说的黄金时代虽然主要由英国作家群及其力作来代表，但真正的起源却在美国。埃德加·爱伦·坡（Edgar Allan Poe）所著五个篇目①，穷尽了解谜小说的五种经典样式。从此往后，世间所有侦探小说的写作与创新无不循其规而行，难逃爱伦·坡无意之中设定的基本范式。正如解谜小说当初在美国的猛然崛起显得名正言顺一样，它在大萧条时期迎来的颠覆也是如此地水到渠成。就是这一场"美国革命"，正式促成了以解谜小说为主体的

---

① 《莫格街谋杀案》（The Murders in the Rue Morgue）(1841年)；《玛丽·罗杰疑案》（The Mystery of Marie Rogêt）(1842年)；《金甲虫》（The Gold Bug）(1843年)；《失窃的信》（The Purloined Letter）(1844年)；《你就是凶手》（You Are the Man）(1844年)。

侦探小说与犯罪小说的分野。

如果说解谜小说主要围绕谜题的设定与破解、以故事情节为主角,在犯罪小说里,人物则成了主角,故事情节的设定都是为了人物性格的展开与完整显示而服务的。与解谜小说以心理活动描写为主要方式、强调悬念意味、全力经营推理这一重头戏不同,犯罪小说则全心经营人物的行动,全意营造情节冲突,让人物在行动、冲突及对话中现出庐山真面目。在解谜小说里,主要人物多是足不出户的绅士般的全能神探;而在犯罪小说里,主要人物多是"肮脏大街上的骑士",绝非全能,反倒不乏无奈与困惑。

犯罪小说的源头可以追溯到1923年卡罗尔·约翰·戴利(Carroll John Daly, 1889–1958)的《三枪特里》(Three-gun Terry),但其真正的巅峰时刻却是由硬汉(Hardboiled School)私家侦探小说的领头羊达希尔·哈梅特(Dashiell Hammett)及雷蒙德·钱德勒(Raymond Chandler)所创建。尤其不可忽视的是,雷蒙德·钱德勒作为侦探小说大家,以独具的才情及难得的天赋创造了侦探小说史上的另一座高峰,也因此缔造了另一个神话,一个无法告别的文学神话。

作为一介侦探小说作家,雷蒙德·钱德勒成就了自己作为文学史上一个伟大名字的传奇,可谓前无古人、后无来者。他在最为落魄无着的时刻,重拾年轻时之于文学的梦想,选择了侦探小说创作作为人生的落脚点。而借侦探小说这一根据地,他打造出了一片常人无法企及的天地。他的文学艺术成就及其在文学史上的影响力已远非侦探小说所能局限与涵括,远达经典文学领域。作为经典文学作品的代表,他的侦探小说入选了具有全球影响力的出版物——《美国文库Ⅰ》。

至今为止,一个显明的事实仍然赫然在目:雷蒙德·钱德勒是唯一以侦探小说跻身经典文学殿堂的作家。作为大器晚成①的作家,他创下了一个文学神话,一个从未被续写的神话,一个无法被超越的神话。正如他的代表作《长相别》(The Long Goodbye)所谕示的,在极其完满的意义上,雷蒙德·钱德勒是一个无法告别的文学神话。

他以侦探小说起家,亦以侦探小说立身,又以侦探小说传世,却意外地赢得了世界范围

---

① 雷蒙德·钱德勒四十八岁才正式开始侦探小说创作。

内经典文学界的推崇与尊奉,获得了"让文学大师崇拜的大师"的尊荣。世界知名畅销书大家、日本当红作家村上春树罔顾出版界、读书界对其新书问世的期待,于二〇〇六年亲自将《长相别》翻译成日语出版,让日本读者分享他对大师的崇拜。他说:"雷蒙德·钱德勒是我崇拜的文学大师。《长相别》我已读过十几遍了。"雷蒙德·钱德勒与《长相别》在日本引发的轰动,犹可想象,自在情理之中。此外,雷蒙德·钱德勒的超级粉丝亦不乏世界级文豪,如 T. S. 艾略特(Thomas Stearns Eliot)[①]、阿尔贝·加缪(Albert Camus)[②]。我国著名学者钱锺书先生向以冷静和理智著称,对雷蒙德·钱

---

① 全称是托马斯·斯特尔斯·艾略特(1888 – 1965)。英国著名诗人、评论家、剧作家。1948 年诺贝尔文学奖得主。主要代表作是《荒原》《四个四重奏》。

② 阿尔贝·加缪(1913 – 1960),法国声名卓著的小说家、剧作家、存在主义文学大师、荒诞哲学代表人物。1957 年因"热情而冷静地阐明了当代向人类良知提出的种种问题"而获诺贝尔文学奖,是史上最年轻的获奖作家之一。他在作品中深刻揭示出人在异己世界的孤独、个人与自身的日益异化以及罪恶和死亡的不可避免。在揭示世界荒诞的同时并不绝望和颓丧,他主张在荒诞中奋起反抗,在绝望中坚持真理和正义,为世人指出了基督教和马克思主义以外的自由及人道主义道路。直面惨淡人生的勇气、知其不可而为之的大无畏精神,使他在二战后的法国、欧洲并最终在全世界成为时代的代言人和后来者的精神导师。

德勒也是极尽推崇,称其《长相别》不可赞一词,是现代小说的范本。

如若认为雷蒙德·钱德勒不过只是文学界的专宠的话,未免会招来电影界的攻讦。作为侦探小说作家,作为经典文学大家,他在电影史上也创下了无法超越的纪录。他被誉为电影史上最伟大的编剧,成为好莱坞最受尊奉的文学大师,世间无人能及。他为好莱坞缔造了激动人心的"黑色电影"。他与世界著名剧作家、导演比利·怀尔德(Billy Wilder)①合作的《双重赔偿》(Double Indentity, 1944)被称为美国电影史上最佳剧本之一、黑色电影的教科书,并被列为美国百部电影经典。自1942年到1947年,他的四部侦探小说六次被搬上银幕。由悬念大师阿尔弗雷

---

① 比利·怀尔德(1906-2002),犹太裔美国导演、制片人与编剧家,是美国电影史上最重要的导演之一。他曾两度夺得奥斯卡最佳导演奖,入围奥斯卡奖二十一个奖项,八次为最佳导演奖。作为首位在奥斯卡颁奖典礼上一次捧回三尊小金人的导演,他的代表作《双重赔偿》《日落大道》《热情似火》《公寓春光》都成为电影经典,被载入史册。他把浪漫和尖刻融合在一起,以娱乐包装社会批判。他的电影充满智慧,富于幽默和俏皮的火花。有人说:"对于所有向往生活之美的电影人来说,条条大路都指向比利·怀尔德。"

德·希区柯克（Alfred Hitchcock）①导演的《后窗》更是成了电影史上的传世经典、悬念巨作。时至今日，仍被人们不断重温。

  在短暂的时间里，雷蒙德·钱德勒共创作了七部长篇小说和二十多个短篇，被誉为硬汉派私家侦探小说的灵魂，"犯罪小说的桂冠诗人"，代表了硬汉派私家侦探小说书写哲学的最高水平。在美国侦探作家协会（MWA）举办的侦探小说一百五十年最优作家票选活动中，雷蒙德·钱德勒拔得头筹；而他塑造的侦探菲利普·马洛居然票超福尔摩斯，被评为最受欢迎的神探、最富魅力的男人，还被加封为"有着一颗金子般的心的骑士"。在上个世纪四十年代的好莱坞，男演员均以能扮演菲利普·马洛为荣（以亨弗莱·鲍嘉扮演的马洛最为成功）。

  关于侦探小说，雷蒙德·钱德勒自有其独

---

①阿尔弗雷德·希区柯克（1899–1980），原籍英国，闻名世界的电影导演，尤其擅长拍摄惊悚悬疑片。他在英国拍摄了大批默片和有声片后，前往好莱坞发展。在长达六十年的电影艺术生涯里，他拍摄了五十多部电影，成为史上著名的电影艺术大师，多次获奥斯卡奖与奥斯卡奖提名。1979年，荣获美国电影协会颁发的终身成就奖。代表作有《后窗》《惊魂记》《西北偏北》《蝴蝶梦》《列车上的陌生人》。

特主张。1944 年，他在《大西洋（月刊）》《The Atlantic》上发表著名的评论——《简单的谋杀艺术》(The Simple Art of Murder)。在他看来，解谜小说"从思想来说，算不得一个难题；从艺术来说，谈不上是小说创作。它们都是闭门造车的产物，对世界未免太无知。"他坚信，侦探小说应该"为那些对人生抱持积极进取态度的人写作……把谋杀案还给有杀人理由的人，而非仅仅提供一具尸体；要把它还给手头有凶器的人。这种凶器不是手工打制的决斗手枪、毒箭……"雷蒙德·钱德勒谨遵侦探小说的现实性原则：人物、场景和氛围必须真实；小说开篇和结束要有可信的动机与可靠的结果；人物及言行要在所处环境中显得真实可信；谋杀手段和推理方式要符合程序和技术等。不同于解谜小说只是追求推理与解谜的游戏意味，侦探小说在雷蒙德·钱德勒那里，成了反映社会、观照人生，甚而是陈述道德理想与生活理念的严正艺术。因此，以他创造的菲利普·马洛为代表的硬汉派神探不再蜷缩在乡村别墅或安乐椅中，不回避社会现实，勇于面对更为广阔和肮脏的犯罪及人性的丑恶。硬汉派侦探小说更多关注的是大都市的罪恶，人性的复杂、鄙陋以及人物的道德困境。

在雷蒙德·钱德勒的作品里，人物大于推理，性格大于案件。案件的铺陈及情节的设定，都是为性格的塑造服务，其最终价值就在于有利于人物性格的顺利与成功展开。在侦探小说的世界里，雷蒙德·钱德勒始终如一恪守的都是文学性书写原则。这就是他的侦探小说何以富有强烈文学意味的原因，也是他作为侦探小说大家荣登经典文学殿堂的原因。

在世界文学的人物长廊里，马洛与日生辉，一直光耀着侦探小说的门庭，也丰富着经典文学的宝库。作为"最富魅力的男人"，马洛为了生计，勤恳工作。他说："为了讨生活，我售卖我必须售卖的。我所能售卖的，就是上帝赐给我的一点儿胆量与智慧，还有为了保护客户、宁可吃亏受气的一点儿意志力。"只要接受了客户委托，他就会不惜代价将案情一查到底，不达真相不罢休。马洛生活在肮脏而邪恶的世界里，却从不为生计而出卖灵魂；即使在万难时刻甚或有性命之虞时，他也不放弃对正义的渴望；他会选择尽一己之勇来守候正义，舍一己之力来寻求正义的实现。面对混乱无序的生活与复杂多变的人性，马洛难免玩世不恭，却始终都在恪守他作为硬汉派私家侦探的生活哲学:"如果不强硬,我就无法过活;如果不优雅,我就不配过活。"马洛的动人之处在于:作为现实世界的平民,他却是精神世界的贵族;既是勇者,也是智者;既有一双探向罪恶的锐目,也有一颗守护良知的真心;既是生活的斗士,也是生活的诗人。

在薄情的世界里玩世不恭,却又深情地生活着。这就是马洛。诚如雷蒙德·钱德勒所言:"要是有足够的人像他(马洛),这个世界就不会缺乏安全感,也不会至于如此无趣而不值得生活。"太阳落山之前,"人人都爱雷蒙德"[①]!太阳落山之后,"人人都爱马洛"!

《长相别》是雷蒙德·钱德勒留与文学和人生的一场盛宴,马洛是他留与生活和世界的无法告别的神话。

(本文第一作者是著名文学评论家、《小说选刊》副主编)

[①] 雷蒙德是美国近期最受欢迎的电视连续剧《人人都爱雷蒙德》(《Everybody Love Raymond》)里的主人公。此处借用,在于他与著名的侦探小说大师雷蒙德同名,从而巧妙而自然地传达了世人之于雷蒙德·钱德勒的挚爱与敬意。

1

我第一次见到特里·雷洛克斯时,他喝醉了,坐在"舞者"门廊外的一辆劳斯莱斯"银精灵"上。

停车场服务员帮他把车开了出来,车门却不曾关上。特里·雷洛克斯左脚悬在车门外晃荡着,似乎忘了自己还有这么一条腿了。

他的面容显得很年轻,却是一头银丝了。你只消看一下他的眼睛,由呆滞的眼神就能知道,他已醉得一塌糊涂了。此外,他跟通常穿着小晚礼服在销金窟大肆挥霍的时尚青年没有什么两样。

他身边有一位美女相伴。她的头发呈迷人的暗红色,唇边挂着淡漠的笑容,肩头披着蓝貂皮披肩。少女的美,几乎要让豪华的劳斯莱斯黯然失色了。当然,还不至于如此。你知道,那不太可能。

服务生不过是寻常的半吊子小混混。他身穿白外套，胸前别着缝有饭店名称的胸卡，是红色字样的。显然，他有些受不了了，难免提高了嗓音说："喔，先生，你好歹把脚放回车里，我才能关门！或者，我干脆就这样让车门敞着，由你去了？"

美女闻声抛过来一个凌厉如剑的眼神，足可穿透他的脊背四英尺。特里却根本不把服务生的话放在心上，一点儿也不惊慌。

你若以为，花大把钞票打高尔夫球就能给大人物带来诸多礼遇，"舞者"的服务生会让你大失所望的。

就在这个时候，一辆低档的进口敞篷跑车驶进停车场，一个男人下了车，用打火机点燃了一根长香烟。

他身穿套头格子衬衫、黄色长裤和马靴，在袅袅烟圈中缓慢走了过去，对劳斯莱斯视若无睹，看都不曾看上一眼。可能觉得它太平淡无奇了吧。到了通往门廊的台阶前，他停下脚步，戴上了一副单片眼镜。

美女突然魅力十足地说："宝贝，我有一个好主意。我们何不搭计程车去你那儿，把你的敞篷车开出来？今儿晚上，开车沿着海岸到蒙蒂西托，一定很棒！我知道有人正在那边举办池畔舞会。"

白发青年彬彬有礼地说："真抱歉，那辆车不再属于我了。我不得不把它卖掉了。"

从他说话的声音听起来，你会以为，他不过是喝了点儿橘子水，根本滴酒未沾呢。

"卖了，宝贝？你这究竟是什么意思？"她轻轻挪开自己的身子，坐得离他远远的，声音听起来好像与他更疏远了。

他说:"我是说,我不得不卖掉它,为了确保吃饭的钱。"

"噢,我明白了。"现在,她的热情尽失,连一片干果冰淇淋附在她身上,都化不掉了。

服务生将白发青年列为自己可以企及的低收入阶层。他说:"唉,老兄,我得去照看另一辆车了。改天再见——也许。"

说罢,他放开手,让车门大敞着。醉汉立即滑下座位,一屁股跌坐在柏油马路上。

我走过去,及时向他伸出援手。我猜,与酒鬼打交道,永远都是错误。就算他即兴发挥,对准你脸颊来上一拳,你也要肯于照单全收。这时,我却把手伸到他的腋下,扶他站了起来。

"非常、非常感谢你。"他很有礼貌地说。

美女将身子挪到方向盘后的座位上,用冰冷如不锈钢的嗓音说:"就算烂醉如泥,还他妈的英国味十足!谢谢你扶他。"

"我来把他扶进后座去。"我说。

"真抱歉,我有个约会。要迟到了。"她松开离合器,劳斯莱斯开始滑行起来。

"他不过是一条迷途的狗。"她冷笑着说,"也许你可以帮他找个家。他还算训练有素,饮食和大小便的习惯还不错,可以这么说。"

劳斯莱斯顺着匝道,驶上日落大道。一个右转弯后,便消失不见了。

我正在目送她离去,服务员回来了。我依然扶着那个男人,他现在睡得正香。

"噢,居然这么个搞法!"我跟白外套服务员抱怨说。

"明摆着的。"他冷嘲热讽道,"你何必为一个酒鬼费时伤神？他们都麻烦得要命。"

"你认识他？"

"我听见那位女士叫他特里。否则，就算把他摆在运牛车上，我也认不得他的。我来这儿才两个星期。"

"把我的车开过来，拜托。"我把停车牌交给他。

等他把我的奥尔德开过来时，我感觉自己就像在搀扶着一袋铅那般沉重了。白外套服务员帮我把他扶上前座。我那尊贵的客人睁开一双眼睛，像是在谢谢我们，然后又睡过去了。

"他是我见过的最有礼貌的酒鬼。"我对"白外套"说。

"酒鬼有各种体型、各种样貌、各种仪态。"他回答道，"他们全是废物。这一位曾做过整容手术的。"他回答道。

"是啊。"我给他一美元小费，他谢谢我。他说的不错，整容难免画虎不成反类犬。我这新朋友的右半边脸看上去发僵，肤色较周围要白一些，还有几道细的疤痕。疤痕旁边的皮肤看起来，格外亮亮的。他一定做过整容手术，还是那种动静闹得很大的。

"你打算怎么安置他？"

"带他回家，让他醒醒酒；再让他说出自己住在什么地方。"

"白外套"对我咧嘴一笑。"好吧，你这个傻瓜！我要是你，就把他丢进路边的小沟里，自己尽管开路。他们这些酒徒，只会给人添麻烦。对他们这些家伙，我自有应付之道。现在竞争这么激烈，人得悠着点儿劲，懂得在紧要关头保护自己。"

"我看得出来，靠着你的人生哲学，你显然非常成功了。"我说道。

他开始有些迷惑不解,然后就生出怒火来了。好在那个时候,我已上车去了,发动了引擎。

当然,他说的也不是完全没有道理,特里确实给我惹来了好多麻烦。不过,那毕竟是我的本行。

那一年,我住在月桂山谷区的约克大街。那是一栋依着山坡建成的小房子,位于一条小巷的尽头。它有一座红木砌成的长长的台阶通往前门,房子后面有一小片尤加利树林。房子带家具,房主是一位妇人。这会儿到爱荷华州她孀居的女儿家暂住去了。房租之所以很便宜,半是因为房主想着可以随时回来居住,半是因为那些台阶。她年纪渐大,每次回家都得面对一长列台阶,实在有些受不了。

我总算把酒鬼扶上了台阶。他也很想再努力一些,但两条腿像橡皮一样不听使唤。每次把"抱歉"二字说到一半时,他又迫不及待地睡过去了。我将门锁打开,把他拖进屋内,放倒在长沙发上,给他盖上一条毯子,让他接着睡。

大海豚般的响鼾,他打了一个钟头,却在突然之间醒了过来,要上厕所。如厕之后出来,他斜着一双眼睛,在暗地里偷看我,想知道自己究竟待在什么鬼地方了。我告诉他了。

他自称他是特里·雷洛克斯,住在韦斯特伍德的一个公寓里,无人等他回家。说着这一切的时候,他的声音很清晰,不再含糊不清了。

他跟我要一杯不加糖的咖啡。我把咖啡递给他,他仔细地呷了一口,小心翼翼地端着托碟,一手紧握着咖啡杯。

"我怎么来了这里?"他问道,掉头四顾。

"你在'舞者'门外醉倒在一辆劳斯莱斯车上。你女朋友丢下你,走了。"

"自然如此。"他说,"毫无疑问,她总是百分之百有理。"

"你是英国人?"

"我在那里生活过,但不在那里出生。若能叫到计程车,我马上就走。"

"有辆现成的车就等在那里。"

他自己走下了台阶。前往韦斯特伍德的路上,除了向我致谢,他没说太多的话,只是抱歉自己怎么这么烦人。这种话他可能跟很多人说过,所以,这会儿又不由自主地说出来了。

他住的公寓很小,又不通气,一点儿都不温馨。不知情的人也许以为,他是当天下午才搬进去的。在绿色硬沙发前面的矮茶几上,有一个半空的苏格兰威士忌酒瓶、一碗融化了的冰水、三个空汽水瓶和两个玻璃杯,玻璃烟灰缸里堆满了烟蒂,有的还沾有口红印。屋里没有照片和任何私人物品。它更像是租来开会或小聚,喝几杯酒聊聊天、睡睡觉的旅馆房间,而不像是那种安顿身心的长久居所。

他想请我喝一杯,我婉谢了,我都没有想着要坐下来。我临走前,他又跟我说了几句感谢的话,不咸不淡,不像我为护送他爬高跑过低,也不像什么都没做的样子。他有点儿颤栗,有点儿害羞,却斯文得要命。他站在敞开的门口,等自动电梯上来。我进了电梯。尽管他浑身都是毛病,至少他很有礼貌。

他没再提那位美女,也不提自己没有工作,没有前途,最后一张钞票已在"舞者"为一个高级荡妇付了账,而她竟不能多逗留一会儿，确保他不会被巡逻警车带上并直接送进牢房，或者被一个粗暴的计程车司机卷起来，扔到闲置的什么空地上去。

搭电梯下楼的时候，我突然有了一种冲动，恨不得回楼上去抢走那瓶苏格兰威士忌。又一想，那不关我的事，而且往往不会有用的。他要是想喝了，总会想出法子来，把酒搞到手的。

我咬着嘴唇，开车回家。我算得上一个硬汉了，可那人有让我动心的地方。除了白发、疤痕脸、清晰的声音和礼貌的态度，我不知道还有什么。也许，有那几点就够了。我没有理由再见到他，正如那个美女所说的，他只是一条迷路的狗。

我再次见到他，是感恩节后的那个星期。

好莱坞大道沿线的店铺已经开始摆出索价过高的圣诞节废物，报纸开始天天疾呼：如果不早点儿采购圣诞节商品，情况会变得很可怕。其实，不管怎么样，都很可怕。向来如此。

大约离我那栋办公大楼三个街区的地方，我看见一辆警车沿街停着，车上的两个警察正瞪着人行道上一家店铺橱窗边的什么东西。目标原来是特里·雷洛克斯——不如说是他的行尸走肉——他看来实在不雅观。

他倚着一家店铺的门面——不靠着点儿什么东西，他就站不稳了——衬衫脏兮兮的，敞着的衬衣领子一半搭在夹克上，一半掖在里面。他已经四五天没刮胡子了，鼻子皱着，皮肤惨白，脸上长长的细疤几乎看不出来了，眼睛像条形雪堆里的两个凹洞。巡逻警车上的两个警察显然正打算动手抓他，我快步走了过去，抓住他的胳臂。

"站直了，往前走！"我有意装得很严厉，并由侧面向他眨了眨眼。"办得到吗？你是不是喝醉了？"

他茫然看了我一眼，露出自己特有的半边微笑。"我刚才喝醉了。"他吸了一口气，"现在，我猜，我只是有一点儿——空虚。"

"好吧，你现在只需用自己的脚迈开步走路。你差点儿就被抓进醉汉牢房了。"

他努力在迈步，让我扶他穿过人行道上的人群，来到护栏边。那边有计程车泊着。我拉开了车门。

"它排在前面。"司机用大拇指指了指前面的计程车。他转过头来，看见了特里，补充道："如果他肯去的话——"

"这是紧急状况。我的朋友病了。"

"是啊。"出租车司机说，"他在别的地方也会照病不误。"

"五块！"我说，"让我们看看你那美丽的笑脸。"

"噢，得了。"他说着，把一本封面有火星人的杂志塞到镜子后面。

我从窗户里伸手进去，把车门打开，将特里弄上车。

这时，警察巡逻车的阴影挡住了出租车另一侧的车窗。一位灰白头发的警员下了警车，走了过来。我绕过计程车，迎上前去。

"等一下，麦克。咦，这究竟怎么回事？这个全身脏兮兮的先生真是你的密友吗?"

"很亲密。我知道他现在需要朋友。他没醉。"

"毫无疑问,一定是因为钱。"警察说着,伸出手来。我把执照放在他手上。他看了看,就退回给我了。"喔,喔。"他说,"私家侦探拣客户来了。"他的口气变得很凶。"执照只能证明你的身份,马洛先生。他呢?"

"他的名字是特里·雷洛克斯,在电影公司工作。"

"不错嘛。"警察语带讥讽地说。他弯腰探头到计程车内,盯着后座角落里的特里。"我敢说,他最近这段时间里没有工作过;我也敢说,他最近这段时间里没在屋里睡过觉;我甚至敢说,他是游手好闲之徒。我们该逮捕他。"

"你的逮捕记录不会那么低吧。"我说,"在好莱坞不可能。"

他仍然盯着特里在看。"你的朋友叫什么名字,老兄?"

"菲利普·马洛。"特里缓慢地回答道,"他住在月桂山谷的约克街。"

警察把脑袋由窗口缩回来,转身做了个手势。"你刚刚告诉他了。"

"有这个机会,但我没有利用上。"

他盯着我看了一两秒钟。"这一回,就算我信你了。"他说,"你得把他弄走,别让他在街上闲逛了。"说完,他上了警车,绝尘而去。

我上了计程车,驶过三个多街区的距离。到了停车场,我们改坐我自己的车。我拿出五元钞票给计程车司机。他困惑地看了我一眼,摇了摇头。

"照表算就行,老兄。你若愿意,给个一块钱的整数也可以。我也落魄过，在弗里斯科。没有人肯搭理我，没有计程车肯载我。那里的人铁石心肠，城市很冷酷。"

"圣弗朗西斯科。"我不自觉地说。

"我叫它弗里斯科。"他说，"去他的少数民族！谢了。"他接下一张一美元的钞票，驾车离开了。

我们来到一家汽车餐馆。这里做的汉堡不像别家那样连狗都不肯吃。我给特里买了两个汉堡和一瓶啤酒，然后，就载他回家了。

台阶对他来说，还是很吃力，但他咧嘴笑着，气喘吁吁地往上爬。一个钟头后，他刮过胡子、洗过澡后，看起来又像正常人了。我们坐下来，喝了一杯很淡的调和酒。

"幸亏你还记得我的名字。"我说。

"我对这个很重视。"他说，"我还查了你的资料。我不会连这个也不在意的。"

"那样的话，何不打个电话给我呢？我一直住在这里。我还有一间办公室。"

"我何必打扰你呢？"

"看上去，你没有办法不去打扰某些人。你给人的感觉是，朋友并不多呢。"

"噢，我有朋友的，"他说，"某一类的。"他转动茶几上的玻璃杯，"向人求援并不容易，尤其是那一切都是你的错的时候。"他在探寻我的反应，脸上满是疲累的笑。"也许，我能在某一天把酒戒掉。他们都是那样说的，不是吗？"

"要花三年左右的时间。"

"三年？"他显得很震惊。

"通常如此。那是一个不同的世界。你必须习惯比较苍白的一套色彩、比较安静的声音，你得准备故态复萌，旧病重犯。所有你以前熟识的人都会变得有点儿陌生。你甚至会不喜欢大部分老友，他们也不会太喜欢你了。"

"那不算多大的改变。"他说，他回头看了看钟。"我有个价值两百美元的手提箱寄放在好莱坞公交车站。若能保出来，我可能买个便宜货，把现在寄放的那个当了，换一笔路费，搭车到拉斯维加斯。在那边，我可以找到一份工作。"

我什么也没说，只是点头，坐在那里慢慢喝我的酒。

"你一定在想，我早该这么打算了。"他平静地说。

"我一直在想，这事的背后一定大有文章，但不关我的事。工作的事是有把握，还是只是有希望而已？"

"有把握。我的军中密友在那边开了一家大型俱乐部，叫'淡水龟俱乐部'。他一方面干着些非法勾当——当然啦，他们都这样；另一方面，他又是一个大好人。"

"我可以帮你筹措车费和一点儿其他费用。但我希望它们能换到比较稳固和长久一点儿的东西。你最好打个电话，跟他谈谈。"

"谢谢你，没必要。兰迪·斯塔尔不会让我失望的。他从来没有让我失望过。我有经验，那个手提箱可以当五十美元。"

"听好了！"我说，"我会提供你上路需要的钱。我不是什么软心肠的笨蛋，所以，我给你多少你就收下，乖乖的。我要你别再来烦我，因为我对你有一种感觉。"

"真的？"他低头看着玻璃杯，一小口、一小口地啜饮着。"我们才见过两次面，两次你都很够意思。什么样的感觉？"

"总觉得下一次你会遇到大麻烦,是我救不了你的那种。我不知道自己为什么会有这种感觉,但这种感觉就是存在。"

他用两个指尖轻轻摩挲自己的右半边脸。"可能是这个。我猜,这道疤痕害我的脸看上去有凶兆。不过,这是光荣的伤疤。至少,它是光荣受伤的结果。"

"跟它无关。这个疤痕,我根本没把它放在心上。我是私家侦探,你是一道我不必索解的难题。但难题就是存在。可以说是预感吧。说得客气些,就叫个性的认知。那个女孩在'舞者'门前离你而去,也许不只是因为你醉了,说不定她也有这样一种感觉。"

他淡淡一笑。"我跟她结过婚的。她叫塞维娅·雷洛克斯。我是因为她的钱才娶她的。"

我站起来,蹙着眉头看向他。"我给你弄点儿炒蛋。你需要吃点儿东西了。"

"等一下,马洛。你一定很好奇我为什么如此穷困潦倒?一定想知道塞维娅既然很有钱,我为什么不跟她要一些过来?你可曾听过自尊心这个东西?"

"你笑死我了,雷洛克斯。"

"是吗?我的自尊与众不同,是除了自尊之外一无所有的男人所特有的那一种。把你惹恼了,真抱歉。"

我走了出去,来到厨房,备了加拿大咸肉、炒蛋、咖啡和吐司面包。我们在厨房的早餐室进餐。这栋房子修建之初,恰逢厨房风行早餐区的设计风潮。

我说我得到办公室去一趟,回来的路上再去把他的手提箱取回来。他把寄存单交给我。现在,他的脸上起了一点儿血色,眼睛不再那么深陷在眼窝里了,惹人忍不住想进去探索一番。

出门前,我把威士忌酒瓶放在沙发前的茶几上。"把你的自尊心用在这个上面。"我说,"还有,打一个电话到拉斯维加斯。就算帮我一个忙吧。"

听了我的话,他报之以微笑,耸了耸肩。我走下台阶去,心里还是很恼火。我不知道理由,也不懂一个男人为什么宁愿忍饥挨饿,流浪街头,也不肯典当衣饰。不管他个人的规则是什么,他一定是谨遵不违的。

我从来没见过这么不同寻常的手提箱。它是用漂白的猪皮制成的,原本该是浅奶油色的,配件是黄金制品。那是典型的英国制造。就算这边能够买得到,看来也得要八百美元,而不是两百美元。

我把手提箱放在他面前,看了看茶几上的瓶子。他没碰过,跟我一样清醒。他正在抽烟,看上去并不怎么喜欢。

"我给兰迪打过电话了。"他说,"他很恼火,说我为什么不早些打给他。"

"竟然要一个陌生人来帮你!"我说,"塞维娅送的礼物?"我指着手提箱说。

他眼睛看向窗外。"不。远在我认识她以前,有人在英国送我的。真的是好久以前的事了。你要能借一个旧的给我,我宁愿把它留在你这儿。"

我从皮夹里抽出五张二十元的钞票,放在他面前。"我不需要抵押品。"

"根本不是这个意思。你又不开当铺。我只是不想把它带到拉斯维加斯去。我用不着这么多钱。"

"好吧。你留下这些钱,我留下手提箱。可是,这间房子很容易遭窃。"

"无所谓。"他漠然道,"根本无所谓。"

他换了衣服。五点三十分左右,我们在莫梭餐馆吃晚饭,没有喝酒。他在卡璜加车站搭上了公车。我则开车回家,一路想东想西的。

刚才,他在我床上打开手提箱,把里面的东西塞进了我给他的一个轻便提袋。如今,他的空提箱还放在我的床上。手提箱上有一把金钥匙,插在锁孔里。我把空提箱锁好,钥匙绑在手把上,将其收藏在我衣橱的顶层隔板上。手提箱看起来不像是全空的,可里面装了什么就与我无关了。

夜很静,屋里似乎比平常更空虚。我摆出棋盘,下了一盘棋,站在法国这边抵抗斯坦尼兹。他用四十四步打败我,我也让他捏了两把冷汗。

九点三十分,电话铃响了。说话的声音是我以前听到过的。

"是菲利普·马洛先生吗?"

"是的,我是马洛。"

"马洛先生,我是塞维娅·雷洛克斯。上个月的一天晚上,我们在'舞者'前面匆匆见过一面。后来我听说,你好心把特里送回家去了。"

"是的。"

"我猜,你知道我们已经不是夫妻了。可我还是有点儿替他担心。他放弃了韦斯特伍德的那间公寓,好像没人知道他去哪里了。"

"我们初识的那天晚上,我注意到你对他有多么担心了。"

"马洛先生,你知道的,我跟那人曾是夫妻,但我不太同情酒鬼。也许我当时有点儿无情,也许我当时确有很重要的事要办。你是私家侦探,你若愿意,我们可以按专业行情来计价。"

"雷洛克斯太太,根本不必照什么行情计什么价。他正在搭车前往拉斯维加斯。他在那边有个朋友,会给他一份工作。"

她突然精神焕发起来。"噢,他去了拉斯维加斯?他真是多情!那是我们结婚的地方。"

"我猜,他是忘了这一点了。"我说,"否则,他宁可到其他地方去的。"

她没有挂掉我的电话,反而大笑起来。她的笑,显得有些俏皮。"你对客户向来就这么冷酷吗?"

"你不是我的客户,雷洛克斯太太。"

"也许有一天会是。谁知道呢。哦,就说是对你的女性朋友吧。"

"答案还是一样。上回那家伙穷困潦倒,饥寒交迫,浑身脏兮兮,一文不名。你要是认为他值得你花时间,还是可以找到他的。不过,当时他没要你帮忙,现在可能也不要了。"

"这个——"她不为所动。"你是不可能知道的了。晚安。"她把电话挂了。

当然,她说的完全正确,我错得有些离谱。但我并不觉得自己有错,只是心里有些恼火罢了。她的电话要是早打来半个钟头,我说不定会气得把斯坦尼兹杀得一败涂地——可惜他死了有五十年了,棋局也是我从书里看来的。

3

圣诞节前三天,我收到一张拉斯维加斯银行开具的百元现金支票。里面附了一张用旅社信纸写就的便条。他谢谢我,祝我圣诞快乐,祝我幸运,还说他希望不久能再见到我。精彩的内容在附言里:"塞维娅和我正在欢度第二次蜜月。她说,请我不要跟她生气,她想再试一次。"

其他的细节我是在报上社会版的一个专栏看到的。那些专栏我不常读,实在是百无聊赖的时候才偶尔光顾。

> 你们的驻外记者听到特里和塞维娅·雷洛克斯小两口在拉斯维加斯重修旧好,显得异常兴奋。自然,这都是因为她是旧金山卵石海滩亿万富翁哈兰·波特的小女儿。位于恩西诺的整栋巨宅,塞维娅让马瑟和珍妮·杜豪克斯重新装潢,从地下室到屋顶,都要装潢成具有轰动效应的新潮式样。
>
> 读者诸君,你们也许还记得,这栋有着十八个房间的全木建筑,我的上帝,是塞维娅的前任丈夫科特·魏斯特赫姆送给她的结婚礼物。你想知道,到底科特出了什么事?或许,这正是你想要问的。答案在法国的圣丘佩兹可以找到,还是不刊之论。我听说,那儿有一个血统非常、非常高贵的女伯爵和两个可爱极了的孩子。
>
> 你或许会问,哈兰·波特对女儿鸳梦重温有什

么看法。这就只能猜了。波特先生从来不接受采访。
乖乖，这会儿你便知道了，社交宠儿孤芳自赏到了
什么程度。

一看完，我就把报纸扔进角落，打开了电视机。看过社交版的狗屁文章后，连摔跤这样的群娱节目都显得很有趣了。不过，事情很可能就是真的了。既然上了社交版，就最好是实有其事了。

我在心里想象并勾勒那种有十八个房间、能搭配波特家族几百万家资的木屋。至于杜豪克斯给出的最新潮的超级阳具崇拜式装潢，就更不用提了。但我无法想象特里·雷洛克斯穿着百慕大泳裤在游泳池畔开逛、用无线电吩咐总管的样子，也无法想象他让人把香槟冰镇一下、将松子烤一烤等诸如此类的事宜。对这一切，我没有理由去完成想象。那家伙要当人家的玩具熊，不关我的事。我根本不想再见他，但我知道，我们会见面的。就算为了他那个混账的猪皮镶金手提箱，见面也是躲不掉的了。

三月一个雨意淋漓的傍晚，大约五点钟的时候，他走进我那破旧的"智慧卖场"。他看上去变化不小：老了些，比较清醒、严肃，显得安静而平和，像那种学会了闪避拳头的人。他身穿一件牡蛎白的雨衣，戴着手套，没戴帽子的头上，白发像鸟儿的胸脯一样平滑。

"我们找个安静的酒吧，喝一杯！"他说，活像他十分钟前还在这里。"我是说，你有时间的话。"

我们没握手。我们从来不握手。英国人不像美国人那样成天握手。他虽然不是英国人，却有一点儿英国人的习气。

我说:"到我家去取上你的时髦手提箱吧。那玩意儿让我担心。"

他摇了摇头。"你就好心替我保管嘛。"

"为什么?"

"我就想要这样。你不介意吧?它让我与变成一无是处的窝囊废之前的那段日子有点儿牵连。"

"胡扯!"我说,"不过,那是你自己的事。"

"假如你是怕被人偷走——"

"那也不关我的事。我们先去喝酒吧!"

我们前往维克多酒吧。他驾驶一辆铁锈色的乔维特·朱比特。车上有一个薄薄的帆布遮雨篷,底下的空间只容得下我们两个人。车上的装饰是浅色的皮革,配件看来像银制品。我对车不太讲究,但这鬼东西确实让我流了一点儿口水。他说秒速可达六十五米。车上有一个仅到他膝盖的短小精悍的换速挡。

"四个挡位。"他说,"他们还没发明可替代的自动挡。其实,也不需要。上坡都可以三挡起步,毕竟在车阵中能开的最高速度也不过如此了。"

"结婚礼物?"

"是那种即兴式的礼物,就是'我刚好在橱窗看到这精巧小玩意'的那一种。我是胃口被养得很大的人。"

"很好,"我说,"如果不是明码标价的话。"

他很快地看了我一眼,又把目光转回到潮湿的人行道上。两个雨刷器轻轻刮着不大的挡风玻璃。"明码标价?凡事都有标价,老朋友。你也许以为我不快乐。"

"抱歉,是我失言了。"

"我有钱了,还管他妈的快乐不快乐!"他语调中的那种酸楚,是我没听到过的。

"你喝酒的事怎么样了?"

"绝对的优雅,老兄。由于某些奇怪的原因,我似乎可以掌控那玩意儿了。不过,谁说得准,是吧?"

"也许,你就不是真正的酒鬼。"

我们坐在维克多酒吧吧台一角,喝一种名叫"锥子"的鸡尾酒。"这里的人不会调制这种酒。"他说,"他们所谓的'锥子'不过是莱姆汁或柠檬汁加琴酒,再加一点儿糖或苦味汁。真正的'锥子'是一半琴酒加一半罗斯莱姆汁,不用其他什么东西了。这种酒的味道远胜马丁尼。"

"对酒,我向来不讲究。你跟兰迪相处如何?我那条街上的人都说他是个混蛋。"

他身子往后靠,显得思虑重重。"我猜他是。我猜他们都是。不过,你从他的外表可看不出来。我可以告诉你一两个同一路数的好莱坞浪子。兰迪并不让人烦。在拉斯维加斯,他是合法的生意人。你到了那边,可以去拜访他。你们会成为朋友的。"

"不见得。我不喜欢流氓。"

"那只不过是一个名词,马洛。我们安身的世界就是这个样子。两次世界大战下来,世界就成了这个样子,我们还将维持下去。我和兰迪及另一个伙伴曾经共过患难。从此,我们之间就有了默契。"

"那你需要帮助的时候为什么不找他?"

他把酒喝干,向服务生打了个手势。"因为他不好拒绝我。"

服务生把新点的酒送了过来。我说："这话说给我听听也就罢了。如果那家伙恰好欠你的情，从他的角度想一想，他会很高兴有个机会可以回报你。"

他慢慢地摇了摇头。"我知道你说的没错。当然啦，我确实向他讨过一份差事。不过，有了工作，我很努力的。至于求人施恩或向人伸手，我不要。"

"但你接受陌生人的帮助。"

他直盯着我的眼睛。"陌生人可以继续往前走，假装没听见啊。"

我们喝下三杯'锥子'了。不是双份的，对他一点儿影响都没有。这个量，只够调动酒鬼的酒瘾。我猜，他的嗜酒癖大概治好了。

他驾车把我送回了办公室。

"我们通常八点十五分吃晚餐，"他说，"只有百万富翁才能吃得起。现在，只有百万富翁的佣人肯于忍受。很多可爱的人都来了。"

从那往后，他习惯在五点左右的时候顺便进来聊聊。我们并不总去同一个酒吧，但去维克多酒吧的次数比其他地方多。那儿对他来说，或许有我所不知道的因缘。他从来不过量饮酒。对此，他自己也很惊讶。

"大概像隔日打摆子。"他说，"发作的时候让你生不如死。事情过去以后，就好像什么也没发生过一样。"

"我搞不懂的是，你这样享有各种荣誉的人为什么想跟清贫的私家侦探喝酒。"

"你是在谦虚吗？"

"不是。我只是有些迷惑。我是一个理智的友好人士，但我们生活在不同的世界。我甚至都不知道你住在什么地方，除了恩西诺之外。我猜，你的家居生活一定很完满。"

"我没有什么家居生活。"

我们再次喝起了"锥子"鸡尾酒。店里差不多空荡荡的。只有几个嗜酒成性的酒徒零星地坐在吧台旁的高凳上。他们缓慢地伸出手去取第一杯酒，还没忘了小心翼翼地看住自己的双手，免得打翻任何东西。

"我不太明白。我可以弄个清楚吗？"

"大量生产，没有故事，就像电影摄制厂的人说的。我猜塞维娅很快乐，我却不见得了。在我们的圈子里，那个不太重要。你若用不着工作或担心花费，随时都有事可做。这不见得很有趣，但有钱人并不知道这一点。他们从来没有享受过真正的乐趣。从来没有什么东西是他们迫切想要得到的，也许别人的老婆例外。跟管道工人的太太想要为客厅换一幅新窗帘相比，他们那种欲望显得无比苍白。"

我一言不发，由他发挥。

"大多数情况下，我不过是在消磨时光。"他说，"时间过得很慢。打打网球，打打高尔夫，游游泳，骑骑马。有时，看着塞维娅的朋友们努力撑到午餐时间，再开始吃喝以消除宿醉，也是一件很有趣的事情。"

"你去拉斯维加斯的那天晚上，她说她不喜欢酒鬼。"

他咧嘴笑了。我看惯了他脸上的疤痕。因此，除非他的表情发生变化，导致半边脸上僵硬的感觉更加明显，否则，我是不会注意到的。

"她说的是没钱的酒鬼。有了钱，他们就只是喜欢豪饮的壮士了。就算他们吐在门廊里,自有仆役长去处理。"

"你没必要这么来理解。"

他一口喝干杯中酒,站了起来。"我得走了,马洛。何况我已惹得你心烦了。上帝也知道,连我都厌烦我自个了。"

"你没惹我心烦。我是一个训练有素的听众。我迟早会明白,你为什么喜欢当由人饲养的贵宾犬。"

他用指尖轻轻触碰那道疤痕,脸上挂着淡漠的微笑。"你应该好奇的是,她为什么需要我的陪伴,而不是我为什么要在那儿,在缎面椅垫上耐心等她来轻抚我的脑袋。"

"你喜欢坐缎面椅垫;"我一边站起身来跟他往外走,一边说,"你喜欢睡丝质床单;喜欢有铃可按,有总管挂着恭顺的笑容前来服务。"

"也许。我是在盐湖城的一家孤儿院长大的。"

我们走出酒吧,走进暮气沉沉的黄昏。他说,他想要散散步。这次我们是坐我的车来的,我快速抢过账单,把它结了。我目送他离去。一家店铺橱窗里的灯光照见他的白发闪啊闪的。片刻之后,他就隐入了薄雾之中。

他嗜酒成性、穷困潦倒、饥寒交迫,又极其自尊。对他,我不仅没有弃之如敝屣,反倒比较喜欢他。真是如此吗?

也许,我只是喜欢当老大哥而已。他处事的原则让人很难理解。做我这一行的有时该单刀直入,有时该文火慢炖,直到对方勃然大怒。每一个好警察都知道这一招。这就好比棋盘对弈或拳击比赛:有些人你必须步步紧逼,让他自己失去平衡,暴露马脚;有些人你只要出拳,他们自己就会败下阵来。

只要我想知道,他定会把自己一生的故事都告诉我的。

不过，就连他的脸是怎么毁掉的我都没有问起过。我要是问了，他也告诉我了。那样的话，说不定就会救下两条人命来。但是，也只是有这个可能罢了。

4

我们最后一次到酒吧共饮，是在五月份。到酒吧的时间比平常早一点儿，四点刚过就去了。他显得很疲倦，比以前瘦了，但脸上挂着浅浅的、满意的微笑，打量着四周。

"我喜欢酒吧才刚营业的初始时刻。这个时候，屋里的空气干爽清新，样样器具都是亮晶晶的；酒保也是对镜梳妆过的，仔细检查过领带有没有歪，头发是否一丝不乱。我喜欢吧台后面整洁的酒瓶、发亮迷人的玻璃杯和那份期待。我喜欢看人调制黄昏后的第一杯酒，将它放在干净的杯垫上，还在旁边放一条折叠好了的小餐巾。我喜欢慢慢品尝它。在安静的酒吧里享用整个晚上第一杯安静的酒，简直妙极了。"

我深有同感。

"酒精就像爱情。"他说，"第一个吻很神奇；第二个吻很亲密；第三个吻就变成例行公事了。再下来，你就会脱女孩子的衣服。"

"有那么糟糕吗？"我问他。

"那是高层次的刺激，不是纯洁的情感——从美学的角度看来，它不是纯洁的。我不是瞧不起性爱，它是必要的，也并非丑陋，可是，性爱随时需要被驾驭。使性爱变得刺激和迷人的是十亿元的生意，每一分钱都省不得。"

他看了看四周，打了个呵欠。"我昨晚没睡好。这里很舒服。可要不了一会儿，酒鬼会挤满这个地方，高声谈笑；天杀的女客会开始招手，挤眉弄眼，手镯会叮当作响，施展矫揉造作的魅力。再晚一些，空气里就会有汗味了，虽然轻微，但无法忽略。"

"放宽心。"我说，"她们也是人，会流汗，身体也会脏，她们也得沐浴。你指望什么——粉红迷雾中飞舞的金色蝴蝶？"

他把杯里的酒喝干，杯子倒放，望着一滴酒沿着杯壁慢慢滑落，然后滚了下去。

"我为她难过。"他缓缓地说，"她是一个彻头彻尾的娼妇。或许，我也隐隐有些爱慕她吧。有一天她会需要我的，我将是她身边唯一不会欺诈她的人。但是，说不定哪个时候，我就会退出了。"

我看着他。"你很会推销自己的嘛。"过了一会儿，我说道。

"是啊。我知道，我是个弱者，既无胆量，也没有雄心。我抓到一个戒指，发现它金灿灿的不过是铜，并非金的，简直惊呆了。像我这种人，一生中只有一个伟大的时刻——只要在高高的秋千上做过一次完美演出，余生就只求不从人行道跌进臭水沟了。"

"你到底要说什么？"我拿出烟斗，开始装烟丝。

"她很恐惧。她都要吓死了。"

"怕什么？"

"我不知道。现在，我们不再谈什么了。也许，她在怕老头吧。哈兰·波特是个狠心的杂种。他表面上装点的尽是维多利亚时代的尊严；在内心里，却有着盖世太保那样的残酷无情。塞维娅是个妓女，他知道并痛恨这一点，但也无能为力。他在等待与观察。如果她陷入大的丑闻漩涡，他就会整死她，让她永世不得翻身。"

"你是她丈夫耶。"

他举起空杯，将它用力投在台面边沿。杯子砰的一声，摔碎了。酒保瞪着眼睛，却什么也没说。

"就像这样，老兄。就像这样。不错，我是她丈夫。记录上是这么显示的。我是那三道白色的阶梯、绿色大门和铜门环。你只要在门环上敲出一长两短的声音来，女佣就会让你进入百元妓院。"

我站起来，在桌上放了些钱。我说："你他妈的说得太多了！"我说，"而且，说的都是他妈的自个儿的事儿！再见了。"

我走了出去，任他坐在那儿目瞪口呆。由酒吧的灯光可以看出，他面色惨白的。他在我身后喊了一两声，可我没理他，继续往前走了。

十分钟后，我就后悔了。可是，十分钟后，我已在别的地方了。他没再来过我的办公室。根本就不来了，一次也没来过。我把他刺伤了。

我有一个月没有看到他了。再见他时，是早晨五点钟，天刚麻麻亮。

响个不停的门铃声硬把我从床上叫醒，让我不得不起床去。我拖拖拉拉地走下门厅，穿过客厅去开门。

他站在那儿，活像一个星期没有睡觉了。他身穿轻便大衣，领子上翻，身体似乎在发抖，头上是一顶深色毛毡帽，帽檐拉了下来，遮住了眼睛。

他手里拿着一把枪。

5

枪没有指着我，他不过是抓在手上。那是支中等口径的自动枪，国外制造，明显不是柯特或萨瓦基手枪。凭他这张惨白而疲倦的脸、脸上的疤痕、翻起的领子、拉低的帽檐和手上的枪，活脱脱就是从警匪片中跳出来的人物。

"你载我到提珠纳去搭十点十五分的飞机。"他说，"我有护照和签证。除了交通问题，我一切都安排好了。基于某种原因，我不能从洛杉矶坐火车、汽车或飞机。计程车费五百元合理吧？"

我站在门口，没挪开身子让他进门。"五百元外加一把枪？"我问道。

他茫然俯视手中的枪，把它放进了口袋。

"这可能是一种保护，"他说，"为你，不是为我自己。"

"那就进来吧。"我侧身让到一边。他筋疲力尽地冲了进来，一屁股坐在椅子上。

由于屋主不事修剪，窗外长满了密密的灌木，遮住了窗扉。所以，客厅里光线不是很明亮。我打开了一盏灯，摸出一根烟点上。我低头瞪着他，伸手抓了抓乱蓬蓬的头发，脸上露出了疲倦的笑容。

"我究竟是怎么回事，这么迷人的早晨还在睡懒觉？十点十五分，呃？好吧，我们还有很多时间。到厨房去，我来煮些咖啡。"

"我遇上大麻烦了，侦探。""侦探"，他这是头一次这么称呼我。不过，这一称呼倒是很应景，跟他闯入的方式、他的穿着与他手上的枪等，很相配。

"今天天气会很不错，和风习习。你可以听见对街的老尤加利树在窃窃私语，大谈以前在澳洲的时光：小袋鼠在树枝下跳跃，无尾熊互相骑坐在彼此的肩膀上。是的，我大致觉得你遇到了麻烦。不过，等我喝下两杯咖啡，我们再谈。才刚起床，我总会有点儿头昏眼花。我们来跟胡格斯先生和杨格先生商量一下吧。"

"听着，马洛！现在不是时候——"

"别怕，老兄！胡格斯先生和杨格先生是两位杰出人士。他们为我制作了胡格斯—杨格咖啡。这是他们终生的工作，是他们的骄傲和喜悦。我会看到，他们将得到应有的认可。但到目前为止，他们只是赚钱而已。他们不会就此满足的。"

我一面放松闲聊，一面走到后面的厨房去。我扭开热水龙头，把咖啡壶从架子上取下来，让水够到标尺的位置。我量了一些咖啡，放在滤网里。这时，水开了。我把下半截的量器装满，把它放在火上烧。上半截再套上去，并把它转动到合适的位置。

这时候，他已经跟着进来了。他在门口探头片刻，然后穿过早餐区，在座位上坐了下来。他还在发抖。我由架子上拿起一瓶"老大爹"，倒了一大杯给他。我知道他需要一大杯。这时的他，得用双手捧着酒杯，才能把它送到嘴边。他把酒大口吞下，砰的一声把杯子放下，就把身子重重地靠到椅背上去了。

"差一点儿就上路了。"他像是在自言自语。"我就像一个星期没睡过了。昨晚整宿没有合过眼。"

咖啡壶就要烧开了。我把火调小了,看着水蒸气在往上升。它们在玻璃罐的底部停了一会儿。我又把火开得大些了,让水漫过圆丘,然后又快速转小。我搅动咖啡,把它盖上,将定时器拨到三分钟后。哈哈,马洛是一个做事得法、有条不紊的人。就算天塌下来,也不能干扰他煮咖啡;就算一个绝望的骗子手里端着一把枪来,他也无动于衷。

我又倒了一杯酒给他。"就坐在那儿吧!"我说,"什么也不要说,就坐着。"

这一杯,他只需单手就接过去了。我匆匆在浴室洗漱一番,回来的时候,计时器的铃声正好响起。我关了火,把咖啡壶放在桌面的那个草垫上。

我为什么要说得这么详细呢?因为紧张的气氛使得每一件小事都像表演,动作非常清晰而重要。那是极其敏感的一刻,你所有不自觉的动作无论多么熟悉,多么习惯成自然了,都会变成许多分割成细节的意志表现。你就像一个患了小儿麻痹症之后学习走路的人,没有一件事是顺理成章的。绝对没有。

咖啡融进水里,空气照例咻咻地涌入,让咖啡直冒泡,然后就静下来了。我取下咖啡壶顶罐,摆在罩子凹处的滴水板上。

我倒了两杯咖啡,在他的那一杯里加了一点儿酒。"你的没放糖,特里。"我的这杯加了两块糖和一些奶精。这时,我已睡意渐消,但不知道自己是怎么打开冰箱、拿出奶精盒的。

我在他对面坐下,他一动也不动。他坐在早餐区的角落里,全身发僵。然后,毫无征兆地,他把头埋在桌上,大哭起来。

我伸手拿掉他手里的枪,他一点儿感觉都没有。那是毛瑟七点六五,很漂亮。我在枪口闻了闻,没有开过火。我把弹匣拉开,里面是满的。

他抬起头来,看见了咖啡,慢慢喝了一点儿。"我没有开枪杀人。"他说,眼睛并未看向我。

"噢,至少最近没有发射过。这把枪早该擦了。我想,你不太可能用它来射人。"

"我来说给你听。"他说。

"等一下。"咖啡很烫。我尽快喝完,又将杯子续满了。

"是这样,你向我报告的话,要非常小心。如果你真的要我载你去提珠纳,有两件事千万不能告诉我。第一件——你有没有注意听!"

他轻轻点头,一双茫然的眼睛瞪着我头顶后面的墙壁。今天早上,他脸上的疤一片青黑,皮肤几近死白,但疤痕照样发亮,很明显。

"第一,"我缓声重复道,"你若犯了罪或者干下了法律视为犯罪的行为——我是指严重的犯罪——不能告诉我。第二,你若知道有人犯了这样的罪,也不能告诉我。如果你要我载你去提珠纳,千万不能说!明白了吗?"

他望着我的眼睛,目光焦点集中,却毫无生气。他把咖啡灌了下去。脸上没有血色,但精神还算稳定。我又倒了一些咖啡给他,照样再掺了些酒进去。

"我刚才说过,我惹上麻烦了。"他说。

"我听到了，但我不想知道是什么麻烦。我得赚钱谋生，得保护我的执照。"

"我可以拿着枪逼你呀。"他说。

我咧嘴一笑，把枪推到桌子对面。他低头看了看，却没有伸手去碰它。

"特里，你不可能拿枪押着我把你送到提珠纳去。特里，你不可能那样越过边界，也不可能登上飞机。我是一个偶尔也会动枪的人。我们把枪抛到脑后吧！我会告诉警察说我吓得要命，不得不照你的话去做。这看来不错。当然啦，这是因为我不知道有什么事该向警察报告。"

"听好了！"他说，"只有到了中午或者更晚的时候，才会有人去敲门。仆人很识相，她晚起的时候不会去打扰她。可是，中午左右的时候，她的女侍会敲门进去。自然，她人是不会在屋里的。"

我啜饮着咖啡，什么也没说。

"女侍会由床上的铺设发现，她没在家睡觉。于是，就会想到去另一个地方找她。离主屋很远的地方有一栋大客宅，附有独立车道和车房，等等。塞维娅就在那边过夜。女侍最后会在那边找到她。"

我皱着眉头，问道："特里，我谨慎地向你提问：她不会是离家过夜吧？"

"她的衣服总是堆得满屋子都是。她从来不把衣物挂好。女侍知道，她只在睡衣外面披了一件长袍，就走出去了。所以，她只可能是去了客房。"

"不见得。"我说。

"一定是去了客房。混蛋，你以为他们不知道客房里在进行什么勾当？佣人向来知情。"

"跳过去。"我说。

他用手指使劲儿擦过没有疤痕的半边脸，留下一道红印子。他接下去缓缓说道："在客宅里，女侍会发现——"

"塞维娅烂醉如泥，全身麻痹，样子很狼狈，全身冰凉，直到眉尖。"我厉声道。

"噢，"他想了又想，最后才说道，"当然啦，可能会那样。塞维娅不是酒徒。但当她喝过头的时候，可就不得了了。"

"故事就到此为止吧。"我说，"差不多就这样吧。让我即兴一说吧！你大概记得吧，上次我们一起喝酒的时候，我对你有点儿粗鲁，自己走掉了，不理你。你实在激得我发狂。事后仔细想想，我看出你只是想自嘲，摆脱大祸将临的感觉。你说你有护照和签证。申请墨西哥签证需要一点儿时间。他们不会随便让人进去的。原来，你计划出走已经有一段时间了。我正奇怪你能忍多久呢。"

"我猜，我或许自觉有义务待在她身边，觉得她是真的需要我，也许不只是把我当成幌子，免得老头查东查西的。对了，我半夜打过电话给你。"

"我睡得很熟，没有听见。"

"然后，我到一家土耳其浴场待了两个钟头，做了蒸气浴、全身浸浴、喷雾淋浴、按摩，还从那边打了两通电话。我把车子留在拉布里尔和喷泉街口。我是从那边走过来的。没人看见我转进了你这条街。"

"那两通电话跟我有没有关系？"

"一通打给哈兰·波特。老头昨天飞到帕萨迪纳，处理商务。他没回家，我好不容易才找到他。他最后终于跟我说话了。我跟他说很抱歉，我要走了。"他这么说着的时候，眼睛斜睨着水槽上方的窗户。

"他听说后如何反应的？"

"他很难过。他祝我好运。还问我需不需要钱。"特里粗声大笑起来。"钱。他的字典中最先出现的就是'钱'这个字。我说我有很多钱。接着，我打给塞维娅的姊姊。过程差不多。就这样。"

"我想问的是，"我说，"你可曾发现过她和男人在那座客宅里厮混？"

他摇了摇头。"我没试过。不过，要查的话不会太难。从来就不难。"

"你的咖啡凉了。"

"我不想再喝了。"

"很多男人，哈——但你还回去过，与她重修旧好了。我明白她是一个大美人，但同时——"

"我跟你说过，我一无是处，我混蛋。第一次为什么要离开她？事后为什么每次看到她就会醉得一塌糊涂？为什么宁愿跌进阴沟也不向她要钱？她结过五次婚，还不包括我。只要她勾勾指头，任何一个前夫都会回到她身边，不只是为了百万美钞。"

"她是大美人。"我说着，看了看手表。"为什么一定要十点十五分在提珠纳登机？"

"那个航班随时都有空位。从洛杉矶出发的旅客可以搭'康宁'飞机，七个钟头就到墨西哥市。谁要搭'DC3'去翻山越岭？而且，我要去的地方，'康宁'不停。"

我站起来，身子斜靠在水槽边。"现在，我来作个补充，你别打岔。今天早上你来找我，情绪很激动，要我载你到提珠纳去赶一班上午的飞机。你口袋里有一把枪，但我未必看得出来。你告诉我你在尽量忍耐，但昨天晚上你终于爆发了。你发现嫂夫人醉得半死，有个男人陪在她身边。你从家里出来了，去了一家土耳其浴场打发时间，直到早上，你打电话给嫂夫人的两个关系最近的家人，告诉他们你要做什么。你去什么地方，不关我的事。你有必要的身份证明可以进入墨西哥。你怎么去，也不关我的事。我们是朋友，我无需太多考虑就会照你的要求行事。帮忙有何不可，你又没有付我一毛钱。你自己有车，可是心情不好，不想开车。那也不关我事。你是一个情绪化的家伙，战时受过重伤。我想，我应该去把你的车开出来，找一家车库存放起来。"

他伸手到衣服内袋，把一个皮制钥匙套推到桌子对面来。
"故事听起来怎么样？"他问道。

"那要看谁在听了。我还没说完。除了身上的衣服和岳父那边拿到的一点儿钱，你没带什么东西了。她送给你的每一样东西，你都留下了，包括你停在拉布里尔和喷泉街口的那辆漂亮汽车。你要尽可能走得干干净净，尽可能平静。好吧，我信了。现在，我要刮胡子，换件衣服了。"

"你为什么要帮我这个忙呢，马洛？"

"我刮胡子的时候，你去买杯酒喝。"

我走出去，留下他弓着背坐在早餐区的角落里。他还戴着帽子，穿着轻便大衣，却显得活泼一些了。

我进到浴室去刮胡子。当我回到卧室准备系上领带的时候，他走过来站在门口。"我洗了杯子，以防万一。"他说，

"不过,我一直在想,也许你最好打电话报警。"

"你自己打给他们。我没有什么要跟他们说的。"

"你要我打?"

我猛地转身,狠狠地瞪了他一眼。"他妈的!"我几乎对他狂吼了。"看在基督耶稣的分上,你能不能别再说了!"

"抱歉。"

"你确实该抱歉。你们这种人永远在抱歉,却永远后悔莫及。"

他转过身去,顺着大厅,去了客厅。

我穿好衣服,锁好房屋的后半部分。等我来到客厅,他已经在椅子上睡着了,头歪向一边,脸上毫无血色,整个身体松松垮垮,疲累不堪。他看上去真可怜。我碰了碰他的肩膀,他慢慢地醒过来了,仿佛从他置身的地方到我这里隔着好长一段路。

等他注意到了我,我忙说:"带个行李箱如何?那个白色的猪皮箱子还在我衣橱的顶层。"

"那是空的,"他兴味索然地说,"而且,它也太醒目了。"

"不带行李更醒目。"

我走回卧室,站在衣橱内的阶梯上,把白色猪皮箱子由顶层拉下来。方形的天花板的活门就在我头顶。我把它往上推开,手尽可能伸进去,将他的皮制钥匙套丢进某个地方。

我拿着手提箱从阶梯上下来,拍掉上面的灰,在里面塞了一些东西:一件从没穿过的睡衣、牙膏、备用牙刷、两条廉价毛巾和洗脸巾、一包棉手帕、一管十五美分的刮胡膏,还有连同整包刀片购买的刮胡刀。没有一件是用过的,没有一件有记号,没有一件引人注目。当然,若是他自己的东西会更好。我还放了一瓶仍裹着包装纸的八分之二加仑的波本威士忌。我锁好手提箱,把钥匙插在一个锁孔里,提到前厅去了。

他又睡着了。我把他给摇醒了。我打开门,把手提箱直接提到车库,放进敞篷车前座后面。我把车子开出来,锁好车库大门,再走上台阶,回屋去叫醒他。

该锁的门窗统统锁好后,我们就出发了。我开得很快,但没到要接罚单的程度。一路上,我们几乎没说话,也没停下来吃东西。我们没有那么多时间。

边境的人没跟我们说什么。到了提珠纳机场所在的台地,我把车子停在机场办公室附近,坐下来等特里把票买好。

"DC3"的螺旋桨已经慢慢转动起来,好给机器预热。一位穿灰色制服、体型高大、恍若梦中情人的飞行员正和四个人在聊天。其中一位身高约六尺四,带着枪套。他身边有个穿长裤的女孩子、一位个子小小的中年男人,以及一个高得让男伴显得更弱小的白发妇人。还有三四个一望而知的墨西哥人正徘徊在门口,像是并不急于登机。飞行员还在跟那几个美国人聊着天。

有一辆大轿车停在我的车旁。我探头出去,看了一眼那辆车的牌照。也许哪一天我会学乖了不去管闲事。当我把头伸出去的时候,看见那个高个儿女人正往我这边瞧。

这时候,特里穿过灰土间杂的石子地,走了过来。

"都办好了。"他说,"我们就此告别了。"

他伸出手来,我跟他握了握。现在,他气色不错,只是有些疲乏,疲乏到极点。

我由奥尔德车里取出猪皮手提箱,放在石子地上。他气冲冲地瞪着它。

"我告诉过你我不要。"他不耐烦地说。

"里面有八分之一加仑的好酒喔,特里,还有睡衣之类的东西。这一切都是匿名的。你若不要,就寄放在什么地方。扔掉它也可以。"

"我有我的理由。"他顽固地说。

"我也有。"

他突然微微一笑,拎起手提箱,用空着的一只手捏捏我的手臂。"好吧,朋友,我听你的。记住,如果事情变得棘手了,你可以全权决定怎么做。你不欠我什么。我们一起喝过几次酒,渐渐熟起来了。我谈自己谈得太多了。我在你的咖啡罐里留了五张百元大钞。别生我的气。"

"我宁愿你没留。"

"我的钱连一半都用不完。"

"祝你好运,特里!"

那两个美国人正在走上扶梯登机。一位面孔宽宽、黑黑的矮胖男子由办公大楼的门口走来,挥着手在指指点点。

"登机吧!"我说,"知道你没杀她,我才会来这儿的。"

他强打起精神,全身变得很僵硬。他慢慢转过身来,回头望向我。

"抱歉。"他静静地说,"这一点,你错了。我不会那么着急上飞机。你有足够的时间来阻止我。"

他走过去,我望着他。办公室门口的家伙正在等,但不太着急。墨西哥人很少会失去耐性。他伸手拍拍猪皮手提箱,对特里咧嘴一笑。然后,他侧身让到一旁,特里穿过门口。

过了一会儿,特里由海关那一边的门口出来。他非常缓慢地走过石子地,走到扶梯前,停在那儿,朝我这边看。他没有示意或挥手。我也没有。接着,他上了飞机,扶梯就收走了。

我上了奥尔德车,启动,倒退,驶过停车场。高个子女人和矮个子男人还在停机坪上。女人手持一条手帕挥舞着。飞机开始滑行到机坪末端,扬起大量尘土。机身在那一端转弯,马达加速转动,吼声如雷。飞机开始向前飞行,慢慢加速。

后面尘烟漫天。然后,飞机升空了。我看着它慢慢变小,消失在东南方的蔚蓝天空里。

然后,我就离开了。边境大门那里,没有人把我看上一眼,仿佛我的面孔平凡得像钟表的时针。

6

从提珠纳开车回来,我觉得长路漫漫,而且是全州少有的无聊路段。提珠纳这个地方,乏善可陈。这里的人们要的只是银子。常有少年会悄悄走到你的汽车旁,满眼渴望地看着你,说:"老爷,一毛钱!拜托了!"紧接下来,就会向你推销他的姊姊或妹妹。提珠纳不是墨西哥,因为没有什么边界城镇,它就权当聊胜于无了,正如不是海滨的海滨一样。圣地亚哥,可是世界少有的美丽港口。不过,它除了海军和几艘渔船外,什么都没有了。到了晚上,这里可就是神仙也要艳羡的天堂了,巨浪温柔得像唱着圣歌的老太太。可是,这个时候的马洛却必须回家,去继续他的生计。

北行的道路像水手的船歌一般单调。穿过城镇,下了山坡,顺着海滩行驶。然后,再穿过城镇,再下了山坡,再顺着海滩前进。

我回到家时已是下午两点钟了。他们坐在深色的小轿车里等我,车上没有任何标志,也没有红灯,只有两根天线——天线不只警车有。

我才把台阶上到一半,他们就从车里出来了,对着我大吼。这两个警察身着平常的制服,动作也是惯常的那种懒散和呆板,仿佛全世界都在安静以待,专等他们吩咐了。

"你叫马洛?我们要跟你谈谈!"

他向我亮了一下警徽。我没来得及看清什么,若以为他是疾病控制中心的工作人员也不为过。他是一个灰金色头发的白人,看来很让人讨厌。他的搭档个子高高的,俊美整洁,有一种考究的猥琐,像是受过教育的暴徒。他们的眼神充满守候和等待、耐心和警觉、冷淡和不屑,是警察才会有的那种眼神。那是从警察学校从事专业游行时就习得了的。

"我是葛林警官,刑事组的。这位是戴顿警探。"

我走上台阶去,把门打开了。你不会跟大都市的警察握手的,那样显得太亲密了。

他们坐在客厅里。我打开窗户,清风徐来。

说话的是葛林。"有个叫特里·雷洛克斯的人,认识他吧,呃?"

"我们偶尔共饮一杯。他住在恩西诺,娶了有钱人。我没到过他住的地方。"

"偶尔?"葛林说,"意思是多久一次?"

"一个大致的说法。我说的偶尔嘛,可能是一星期一次,也可能是两个月一次。"

"见过她太太?"

"匆匆见过一次,在他们结婚以前。"

"你最后一次见到他是什么时候,在什么地方?"

我从茶几一端拿起一根烟斗,填上烟丝。葛林身子向我这边倾了过来。高个儿坐在后面,手拿原子笔和一本红边便条簿,等着记录。

"现在该我说了!到底出了什么事?你来说,由我们发问。"

"你只管回答,嗯?"

我把烟斗点上了。烟草太湿,我花了一段时间才点燃,用掉了三根火柴。

"我有的是时间。"葛林说,"不过,我已经花了不少时间在附近等你。先生,赶快说!我们知道你是谁。你也知道,我们不是没事到这里来培养食欲的。"

"我只是在思考。"我说,"我们以前常去维克多酒吧,比较不常到'绿灯笼'和'野猫与熊'酒吧——想尽量显得富有英伦风味的那两家——"

"别再拖时间了。"

"谁死了?"我问道。

戴顿警探开腔了。他的语气严厉、成熟,一副"别跟我鬼扯"的腔调。"马洛,只管回答问题!我们这是在做例行调查,你不用知道太多。"

也许是我又累又气吧,也许是我感到有点儿愧疚——我甚至不认识这个人就可以讨厌他,只要隔着自动餐厅的距离看他一眼,就恨不得对着他的大牙踹上一脚。"得了,小伙子!"我说,"把你那一套留到少年管教所去使吧!只怕连他们都会觉得可笑。"

葛林吃吃笑了起来；戴顿脸上看不出什么明显的变化，但他好像突然老了十岁，好像猥琐了二十年，鼻孔里呼出来的气在轻轻作响。

"他已通过了律师资格考试。"葛林说，"你不能跟戴顿胡扯。"

我慢慢站起来，走到书架前，取下了加州刑法的合订本，把它交给戴顿。

"麻烦你好心找出我必须回答这些问题的条款，好吗？"

他坐在那里，不动声色。他想狠狠揍我一顿——我俩都知道这一点。他在等待时机。可见他不敢确定，他要是行为不检点，葛林会不会支持他。

他说："每个公民都必须跟警察合作，甚至以实际的行动配合。尤其要回答警察认为有必要的问题、不含歧视性的问题。"他说这话的口气严厉、机警又流畅。

"之所以会有那样的结果，大都是靠直接或间接的威吓达成。公民由法律而言，没有这种义务存在。谁也不必告诉警察任何事情，在任何时间、任何地点。"

"噢，闭嘴！"葛林不耐烦地说，"你在找退路，你自己也知道。坐下，雷洛克斯的太太被杀了。在恩西诺他们家的一栋客宅里。雷洛克斯逃了，反正是找不到他人了。所以说，我们正在寻找一桩凶杀案的嫌疑人。你满意了吧？"

我把书扔进一把椅子，回到葛林坐着的茶几对面的沙发上。"为什么来找我？"我问道，"我从来没走近过那栋房子。这一点，我告诉过你了。"

葛林在轻拍自己的大腿，一下，一下，又一下。他静静地对我咧嘴笑着。戴顿坐在椅子上，一动也不动，眼神活像要把我给吃掉。

"因为过去二十四小时内你的电话号码写在他房间的一本便条簿上。那是一张带有日期的便条。昨天的已经撕掉了，但看得出印痕。我们不知道他是什么时候打电话给你的。我们不知道他去了什么地方，为什么要去，什么时候去的。因此，我们得查清楚了。这是当然。"

"为什么会死在客宅里呢？"我在发问，没指望他会回答。不过，他竟然回答了。

他的脸有点儿红了。"她好像常常去那边。到了晚上，那里会有客人。屋内有灯，仆人隔着树影看得见。车子来了，又走了，有时候会很晚，有时会非常、非常晚。够了吧，呃？不要骗自己了。雷洛克斯就是我们要抓的人。他是在凌晨一点左右过去的，总管刚好看见了。大约二十分钟后，他独自一人回来了。然后，就什么事都没有了，灯还亮着。到了今天早上，他们遍寻不着雷洛克斯。总管来到客宅，发现夫人像美人鱼一样，全身光溜溜地躺在床上。我要告诉你的是，由面孔你是认不出她来的。实际上，她连面孔都没有了。她被人用一尊全铜制作的猴子雕塑砸得血肉模糊了。"

"特里·雷洛克斯不会干那种事的。"我说，"没错，她背叛了他。但那不过是陈年旧事罢了。她一向如此。他们离婚又复合，我猜，他不会太愉快，但他怎会到现在才为那种事发狂呢？"

"没人知道答案。"葛林耐心地说，"那种事随时都在发生，在男人和女人身上。一个人忍耐着，忍耐着，忍耐着，忽然有一天就忍不下去了。他可能自己也不知道为什么会在那一刻突然发作。反正,他确实发疯了,而且有人因此翘了辫子。这样,我们就有事做啦。于是,我们来问你一个简单的问题。别再胡扯了,否则,我们就只好把你抓进去了。"

"他不会告诉你的,警官。"戴顿酸溜溜地说,"他读过那本法律书了。死读法律书的人不少,都以为法律就在书里面。"

"你负责笔录。"葛林说,"把你的智慧暂时放一边。假如你真行,我们会让你在警察吸烟室唱《马丘利妈妈》的。"

"去你的,警官!但愿我这句话没有冒犯你的官阶。"

"你跟他打一架。"我对葛林说,"他跌倒后我就会抓着他了。"

戴顿小心翼翼地放下便条簿和原子笔,双眼发亮地站起身,走过来站在我前面。

"站起来,机灵小子!我上过大学,并不表示我会容忍你这种小子胡说八道。"

我才刚要起来,还没站稳,他就出手打我。他给我一记漂亮的左钩拳,打了我一个正着。

就在这时,铃响了。那可不是吃饭的铃声。我努力坐了下去,摇了摇头。戴顿还在那儿。现在,他又是笑眯眯的了。

"我们再试一次!"他说,"刚才你还没准备好,不算真正就绪。"

我看着葛林,他正俯视大拇指,好像正在研究指甲上的肉刺。我不动也不说话,就等他抬头。我要是再站起来,戴顿还会打我。其实,无论我怎样,他都会再出手的。但我若是再站起身而他真的打了我,我会要他好看的。刚才那一拳,证明了他是严格意义上的拳击手。他打在了恰当的位置。但要打倒我的话，得需要好多、好多拳。

葛林似乎心不在焉地说："干得好，老弟！你这么做，正是他求之不得的。给这个嘴巴紧的人一点儿滋味尝尝！"

然后，他抬起头来，温和地说道："马洛，我要再问一次，才能作好笔录。上回你见到特里·雷洛克斯是在什么地方，怎么见的，谈了些什么？刚才你是从什么地方来的？说——还是不说？"

戴顿很放松地站在那里，重心看上去很稳，眼中有柔和而甜蜜的光辉。

"另外一个家伙呢？"我不理他，开口问道。

"什么另外一个家伙？"

"客舍里的床上，没穿衣服的人。你该不是说她到那边去唱独角戏的吧。"

"那个以后再说——等我们抓到她丈夫以后。"

"好。等你已经有了替罪羔羊，那就变得容易多了。"

"你不要乱讲话！否则，我们会把你关进去的，马洛。"

"当作重要证人？"

"重要证人？才怪！是当作嫌疑人。是凶杀案的从犯嫌疑人，帮助嫌疑人逃走。我猜，你把那个家伙带到某个地方去了。目前，这只不过是我的猜测。最近我们队长很凶。他懂得法律，但有点儿心不在焉。这可能是你的不幸。不管怎么样，我们都得从你这里问到情况。越是难以得到的，我们会越是觉得有必要得到。"

"对他来说，全是废话。"戴顿说，"他懂法律。"

"对每个人来说都是笨办法，"葛林冷静地说，"可还是很管用。来吧，马洛！我正吹哨子叫你呢。"

"好吧，"我说，"吹呀！特里·雷洛克斯是我的朋友。我在他身上投注了相当的感情，不会因为警察吆喝几句就会破坏掉的。你有案子要告他，也许你们掌握的情况比你告诉我的要多得多。在你们看来，他有作案动机，有作案时间，还加上他开溜的事实，就足够了。动机是陈年旧事，早就淡化了。它几乎是他们婚姻交易的一部分。我不欣赏那种交易，但他就是那种人——有点儿软弱，非常温和。如果他知道她死了，自然知道你们一定会逮捕他，其他的就变得毫无意义了。他们若传讯我，我必须答讯。我用不着回答你们的问话。葛林，我看得出来你是好人。我也看得出来，你的搭档是一个他妈的有权力情结、爱亮警徽的家伙。你要是想让我陷入真正的困境，叫他再打我呀。那样的话，我会把他那根他妈的玩意儿折断。"

葛林站起来，伤心地望着我。戴顿没有动。他不过是一个外强中干的凶汉。干了一场后，他必须休息一下，理一理自己的羽毛。

"我要打个电话。"葛林说，"但我知道，我会得到一个什么样的答案。你是一只小病鸡，马洛。一只病得很重的小鸡。滚开，别碍手碍脚的！"他最后那一句，是说给戴顿听的。

戴顿转身走回去，拿起他的便条簿。

葛林走到电话机边，慢慢拿起了话筒。为了这一趟冗长而又不讨好的苦差事，他的脸都起皱了。跟警察打交道的麻烦就在这里。你已打定主意不去搭理他们，却又遇到一个对你讲人情味的，让你不知怎么办才好。

组长吩咐他把我逮进去，还要跟我动粗。

他们给我戴上手铐,家里没有被搜查。看来,这是他们的疏忽了。也许他们觉得我经验老到,一定不会在家里留下什么对自己不利的证据。在这一点上,他们错了。他们要是对我的房子来上一通专业的搜查,就会发现特里·雷洛克斯放在我这里的汽车钥匙。等汽车找到了——迟早会找到的——再把钥匙和车一核对,他们就会知道他曾经跟我有过交往。

结果证明,我的这番推导其实没有任何意义。警方永远都不会找到那辆车的。汽车在夜里什么时候被偷走,极有可能开到了艾尔帕索;再配上新的钥匙,伪造一份文件,最后在墨西哥城卖掉了。手续不过是例行公事。钱呢,最有可能通过海洛因流转回来。按照流氓黑道的说法,这也是睦邻政策的一部分。

7

那一年的刑事组头儿是一位姓格雷格瑞斯的警官。他是日渐稀少却还没绝种的那一种警察,爱用强光照射、疲劳审讯、踢人腰窝、用膝盖顶人胯部、出拳打太阳穴、用警棍打人尾椎等手法办案。六个月后,他因为伪证罪被传唤到大陪审团面前,没审问就遭解雇,后来在怀俄明州的自家牧场被一匹大种马踩死。

而现在,我是他砧板上的肉。他坐在书桌后面,外套已脱下来了,衬衫袖子几乎卷到了肩膀的位置。他的脑袋秃得像砖块;腰部粗圆,跟所有肌肉结实的中年人差不多;眼珠子呈鱼肚灰色；大鼻子上毛细血管破裂，密布如蛛网。他正在喝咖啡，动静不小。粗壮的手背上浓毛密布，灰白的一簇毛由耳朵孔里伸出来。他的手正在抚弄桌头一样东西，眼睛却看着葛林。

葛林说："头儿，我们问了半天，他什么都不肯说。我们是因为那个电话号码才去调查他的。他开车出去了，却不肯说去了哪里。他跟雷洛克斯很熟，却不肯说最后见到他是什么时候。"

"自以为是的硬汉，"格雷格瑞斯冷冷地说，"我们可以来一点儿改变的。"听他的语气，他好像什么都不在乎。也许是真不在乎。没有人对他狠过。"问题是地方检察官从这个案子嗅出了不少来头。这不能怪他，只要看看女方的老头是谁就知道了。我想，我们最好替他挖挖这家伙的鼻孔。"

他瞥了我一眼，只当我是一个烟蒂或一把空椅子——我不过是他视线里的某样物件，大可不必当成一回事。

戴顿恭恭敬敬地说："很明显，他的整个态度就是要造成一个无需开口的局面。他引述法律条款给我们听，激我出手揍他。这方面我行为失当，头儿。"

格雷格瑞斯瞥了他一眼，目光暗淡。"如果这个流氓惹得了你，那你一定是一个很容易激动的人。谁帮他打开手铐的？"

葛林承认是他干的。

"铐回去！"格雷格瑞斯说，"铐紧了。给他一点儿刺激，好让他提提神。"

葛林把手铐重新套上我的手。

"铐在背后。"格雷格瑞斯吼道。葛林把我的手铐在背后。我坐的是一把硬木椅子。

"勒紧了!"格雷格瑞斯说,"让他受点儿痛!"

葛林把手铐套得更紧了,我的两手开始发麻。

格雷格瑞斯终于望着我,说道:"现在你可以说话了。快说!"

我没有理睬他。他身子向后靠,咧嘴笑起来了。他一只手慢慢伸出来,抓住咖啡杯,紧握着它。接着,他身子微微向前倾,杯子急飞而出。我猛地向椅子一侧偏过去,逃过一劫,肩膀重重地着地。我翻了一个身,慢慢站起来。现在,我双手麻得厉害,一点儿感觉都没有了,手铐锁定的手臂以上部分也开始生痛。

葛林帮着我坐回椅子去。咖啡湿透了椅背和座位的一角,大部分都流到地板上了。

"他不喜欢咖啡。"格雷格瑞斯说,"他够敏捷的,手脚利索,移动迅速,反应快。"

没有人说话。格雷格瑞斯用一双鱼眼把我全身上下打量一个够。

"先生,在这里,侦探执照抵不上一张电话卡。现在,我们问你口供,先来口头的。我们待会儿再记下来。要说得很完整。譬如说,完整供述你从昨天晚上十点到现在的行动。我说的是完整的。组里正在调查一宗谋杀案,主要嫌疑人不见了。你跟他有联系。那家伙逮到老婆偷腥,把她的头打成了一团生肉、骨头外加血淋淋的头发,用我们熟悉的全铜雕塑。不是原创的,用来杀人却挺管用的。你以为随便什么混蛋私家侦探都能引述法律条文给我听?先生,你要是那样想的话,就有的是苦头吃了。在这个国家,没有一支警力可以光靠法律条文办案。你这里有情报，我想要。你可以说没有，我可以不相信。但你甚至不说自己没有。朋友，你骗不了我。这管不了什么用。开始吧！"

"你肯不肯把手铐打开，组长？"我说，"我的意思是说，我愿意告诉你们的话——"

"也许吧。长话短说。"

"我要是跟你说，最近二十四小时里我没有见到雷洛克斯，没跟他说过话，也不知道他可能在哪里——组长，你会满意吗？"

"也许——假如我相信的话。"

"假如我跟你说我见过他，还说出了时间、地点，但不知道他杀了人，也不知道有这么一桩凶杀案发生，更不知道他此刻在哪里——你根本不会满意的，对不对？"

"说得详细一点儿的话，我也许会听，例如：何地，何时，他外表看来如何，谈了些什么，他要去什么地方。也许，这些可以构成一篇报告之类的了。"

"经你这么一处理，"我说，"也许就把我变成从犯了。"

他的下巴肌肉鼓鼓的，双眼像污浊不堪的冰。"所以呢——"

"我不知道。"我说，"我需要律师。我会合作。我们请地方检察官办公室派个人来，如何？"

他发出了一声短促而沙哑的笑，很快就停止了。他慢慢站起身来，绕过书桌，低头靠近我；一双大手放在木头桌面上，露出了笑容。然后，他的表情没有一点儿变化，却忽然用硬如铁块的拳头用力击打在我的脖子一侧。

他出拳最远没超过八到十英寸，差点儿就把我的脑袋给砍下来了。血液渗入我的嘴里。我舔得出里面附有血腥味。我什么都听不见，只觉得脑袋里在轰轰地响。他仍然笑眯眯地低头看着我，左手还按在书桌上。他的声音似乎来自很遥远的地方。

"我以前很粗暴，可现在老了。你挨了一顿狠的，先生。我就出手这么一次。我们市立监狱有几个小伙子真该在屠宰场工作。也许，我们不应该雇他们，因为他们出拳不像这边的戴顿警官那么斯文，像粉扑一样软绵绵的。他们也不像葛林有四个孩子和一个玫瑰花园。他们活着，另有娱乐。你知道，各种人才都需要，而且劳动力短缺嘛。你还有什么好玩的小主意要说吗？劳驾你都说出来。"

"戴着手铐我不说，组长。"就说这么一句话，都能把我痛得要命。

他倾斜着身子，靠我更近了。我闻到了他身上的汗臭和口臭。接着，他站直了身子，绕过书桌走了回去，将结实的屁股落在椅子上。他拿起一把三角尺，大拇指顺着一边缓缓滑动，活像那是一把刀的刀刃，他的眼睛却在看着葛林。

"你还在等什么，警官？"

"等你下令。"葛林咬牙说出这句话。他似乎讨厌听到自己的声音。

"你一定要人吩咐吗？依照记录，你是一个经验丰富的警官了。我要这个人过去二十四小时内活动的详细供述。可能要查更长的时间，不过先查二十四小时。我要知道他在这一段时间里的每一分钟都做了什么。我要这份供述签上名，要找到证人。两个钟头后我就要。然后，我要他干干净净、整整齐齐、没有伤痕地回到这里。还有一件事，警官——"

他稍作停顿，狠狠瞪着葛林。那种目光，连新烤好的马铃薯都会为之冻结。

"——下次我问嫌疑人几个文明的问题，希望你别站在那边活像我撕下了他的耳朵似的。"

"是的，长官。"葛林转向我，说，"我们走吧。"他粗声粗气道。

格雷格瑞斯向我露出了满口的牙齿。他的牙齿需要清洗了——非常需要。"我们来念闭幕辞，老兄！"

"好的，长官。"我很客气地说，"你也许不是有意的，但你帮了我一个忙。戴顿警官也帮了忙了。你们替我解决了一个难题。没有人喜欢出卖朋友，但我连仇人都不肯出卖到你们手上。你不但是人猿，你还机能不健全。你连简单的调查都不会。我站在直立的刀尖上，你们随便往哪一边摆弄我都行。可是，你们却在我无力抵抗与躲闪的情况下虐待我，把咖啡泼在我脸上，还出拳打我。从现在开始，就是叫我看着你墙上的钟告诉你几点了，我都不会说。"

不知是出于什么奇怪的原因，他居然一动也不动，静静地坐在那里，让我把话说完了。然后，他笑了笑。"朋友，你只是一个小小的私家侦探，是警察的一个小小的对头罢了。如此而已，只是一个小小的冤家。"

"组长，有些地方，警察并不总是遭人憎恨的。可在那种地方，你是当不上警察的。"

他把这话也忍下了。我猜，他能够消受得起。也许，比这更尖锐的话他也听过不少了。这时，他桌上的电话铃响了。他看一眼，打了一个手势。戴顿很机灵地绕过桌子去，拿起了听筒。

"格雷格瑞斯组长办公室。我是戴顿警探。"

他听着电话，微微蹙眉，两道英俊的眉毛锁在一起了。他柔声说："请等一下，长官！"

他把话筒交给格雷格瑞斯，说："长官，阿尔布赖特局长。"

格雷格瑞斯怒目而视。"哦？那个下贱的杂种要干什么？"他接过听筒，听了一会儿，脸上的表情渐渐缓和起来。"局长，我是格雷格瑞斯。"

他持着话筒听着。"是的，局长。他在我办公室。我正在问他几个问题。不合作。根本都不合作……怎么又这样？"他突然凶相毕露，脸上黑黝黝的皮肤皱成一团，暴涨的血色使他额头发黑。但他的语调一点儿没有因为挫折而改变。

"局长，如果是直接的命令，应该通过刑事组长……当然，我会去办，直到获得证实。当然……他妈的，不。没有人动他一根汗毛……是的，长官。马上办。"

他把话筒放回电话机座。我觉得，这个时候，他的手有点儿发抖。他一双眼睛向上移，横扫过我的面孔，然后转向葛林。"把手铐打开！"他干巴巴地说。

葛林打开了手铐，我两手互相揉了揉，痛如针扎。我在等着血液缓缓流通。

"把他送进郡监狱去。"格雷格瑞斯慢声慢气地说，"犯有谋杀嫌疑。地方检察官已经从我们手上把案子抢过去了。我们这边有一套迷人的制度。"

大家都没有动静。葛林在我旁边用力喘气。格雷格瑞斯抬头看着戴顿。

"你在等什么，'娘娘腔'？等冰淇淋甜筒吗？"

戴顿几乎要哭了。"头儿，你没给我命令啊！"

"叫我'长官'，该死的！我是警官等人以上的人的头儿，不是你的头儿，小子。不是你的头儿。出去！"

"是的，长官。"戴顿连忙走到门口，跨出门去了。格雷格瑞斯站起来，走到窗前，背对房间站立着。

"走吧，我们走。"葛林在我耳边嘟哝道。

"趁我没把他的脸撕烂之前，快把他带走！"格雷格瑞斯对着窗户说。

葛林走到门口，把门打开。我也走了过去。格雷格瑞斯突然大吼道："站住！关上门！"

葛林关上门，背靠在门扉上。

"过来，你！"格雷格瑞斯对我吼道。

我没动，站在那里看着他。葛林也没动。顿时，房间里有了一阵阴森森的静默。接着，格雷格瑞斯慢慢由房间那头走过来，跟我面对面站着。他把一双粗大的手放进口袋，脚跟着地，身子晃啊晃的。

"没碰他一根汗毛。"他压低了嗓门，活像在自言自语。他的目光拒人于千里之外，毫无表情，嘴唇在痉挛。

然后，他对准我的脸，开始吐口水。

他往后退了一步，说："就这样了，谢谢你。"

他转身走回到窗户那里，葛林再度把门打开。

我走出门去，伸手掏出手帕。

重刑犯监狱三号房有两个床位，是卧铺车厢里的那种上下床。可是监狱没住满人，三号房只有我一个人。这里的待遇甚佳,有两条不算脏也不干净的毛毯,大交叉的金属条上铺了两寸厚的床垫。室内有抽水马桶、洗脸池、卫生纸和粗糙的灰色肥皂。牢房区很干净,没有惯有的消毒水的味道。模范囚犯负责打扫。重刑犯监狱不愁没有模范囚犯。

狱警们从头到脚打量你,眼神里满是戒备。除非你是酒鬼、精神病患者或者动作疑似之人,否则,你是可以保留火柴和香烟的。直到预审之前,犯人都可以穿自己的衣服。开庭后,就改穿监狱的厚棉布衣服了,没有领子,没有鞋带。你每天要做的,就是坐在床上等。

醉汉监狱就没这么好了。那里没有床,没有椅子,没有毛毯,什么都没有。你躺在水泥地板上,你坐在马桶上,对着自己的大腿呕吐。那是可悲的深渊。我见识过的。

虽然是大白天,天花板上却亮着灯。在牢房区的钢门内,有一个钢栅栏罩着门上的窥视孔。电灯由门外控制,九点熄灯。那时,没有人进来或者告知一声。你也许看报、看杂志看到一个句子的一半,没有咔嚓声或任何预警,突然屋里就一片漆黑了。夏日破晓前,你没事可做,能睡就睡,有烟就抽。如果你有什么事可想,它又不比发呆难过,那就开动脑筋想吧。

身在监狱,是谈不上所谓人格的。一个囚犯,对于监狱来说,不过是一个要处理的小问题、报告上的几个条目。没有人在乎谁爱他或恨他,他长的什么样子,他的人生是什么样儿的。除非他闹事,谁也不会理他。没有人会虐待他。狱方要求的就是他走对自己的囚室,然后安静地待在那里。没什么可抗争的,没什么可生气的。

这里的监狱长是一个不怀敌意,也没有施虐狂倾向的安静男人。你在刊物上看到的犯人大吼大叫、敲打铁栅栏、随身偷运汤匙,卫兵带着棍子冲进来等报道,说的都是感化院。一所好监狱,就是全世界少有的安静地方。到了晚上,你走过一般牢房区,隔着铁栅栏,就能看到里面一团棕色毛毯、一头发丝,或者一双茫然的眼睛。你也许会听见鼾声。偶尔,你会听见有人在做噩梦。监狱的生活是悬而未决的,没有目标,没有意义。在另一间牢房,你也许会看见一个睡不着觉,甚至不想睡觉的人。他坐在床铺边沿,什么都不做地看着你,或不看你。你看着他,他一句话不说,你也一句话不说。你们没什么好交谈的。

牢房区的角落里,也许有另一道钢门通往会见区。会见区有一面墙是漆成了黑色的铁丝网。后墙有测量身高的标准线,头顶有聚光灯。到了早上,守夜队长下班前,你照例要进去。你顶着身高线站立,头顶有灯光照着你,但铁丝网后面就没有了。可是,那里有很多人,包括警察、侦探,还有那些被抢劫、被攻击、被骗,或者被持枪歹徒踢出车外又被诈走一生积蓄的公民。你看不见也听不见他们,只听见守夜队长发出的声音。你以洪亮又清晰的声音回应他。他试探你的能力,把你当作一只在表演的狗。他疲劳、愤世嫉俗且能干,他是古今历久不衰的一场大战的舞台经理,但他自己对那场战役已没有兴趣了。

"好吧,你,站直了!收腹!下巴缩进去。肩膀往后端平了!头摆正了!笔直看前面!左转!右转!再向前!手伸出来!手掌向上!手掌向下!袖子卷起来!没有明显的疤。头发深棕色,有点儿灰白了。眼珠棕色。高六英尺五英寸,重约一百九十磅。名字:菲利普·马洛。职业:私家侦探。

好，好，很高兴见到你，马洛。就这样了。下一个。"

"多谢了，队长。谢谢你的时间。你忘记叫我张嘴了。我有几颗镶得不错的牙，有一个非常高级的烤瓷冠。是价值八十七美元的烤瓷冠呢。队长，你还忘了看我的鼻孔。里面有很多疤痕组织。动过隔膜手术。那家伙真是屠夫，当时花了两小时！听说现在只要二十分钟了。队长，我踢足球，企图挡住落下的球，结果稍微失算了一点儿，就受伤了。我挡住那家伙的脚——在他踢球之后。罚了一个十五码远的球。手术第二天，他们从我鼻子中拉出的发硬的染血绷带就差不多有十五码长。我不是吹牛，队长。我不过是要告诉你，小事情才要紧呢。"

第三天，一位狱警清早就来打开了我的牢门。

"你的律师来了。把烟蒂按熄了——别按在地板上。"

我把烟蒂扔进马桶，冲掉。他带着我到了会议室。一位高大苍白的黑发男子站在那儿，正在眺望窗外。桌上有一个硕大的棕色公文包。他转过身来，等着门关上。然后，他在宛如诺亚方舟上搬下来的疤痕累累的橡木桌一头坐下，公文包就在手边。桌子真旧，恐怕连诺亚当时买的也是二手货。律师打开一个银箔烟盒，放在自己前面，上下打量着我。

"坐下，马洛。想抽根烟吗？我叫恩迪科特——西维尔·恩迪科特。我奉命来为你辩护，费用你不用管。我猜，你很想出去，是吧。"

我坐下来，从烟盒里取了一根烟。他用打火机替我点燃。

"恩迪科特先生，很高兴再次见到你。我们以前见过，你当地方检察官的时候。"

他点了点头。"我不记得了。不过，很有可能。"他微微一笑。"那个职位不算我的本行。我想,我不算太凶吧。"

"谁派你来的?"

"我不方便说。如果你接受我做你的律师,费用自有人支付。"

"我猜,这意味着他们逮到他了。"

他只是盯着我。我吐着烟圈。这是那种带过滤嘴的香烟,味道像由厚棉布滤过的浓雾。

"如果你说的是雷洛克斯——"他说,"当然,你说的就是他。不,他们还没抓到他。"

"何必神秘兮兮的?恩迪科特先生,到底谁派你来的?"

"委托人希望保密。我的委托人有这个权利。你同意我做你的律师吗?"

"我不知道。"我说,"他们要是没抓到特里,为什么要抓我呢?没有人问过我一句话,也没有人接近过我。"

他皱着眉头,俯视自己又长又白的纤细指头。"地方检察官斯普林格亲自负责办案。他可能太忙,还没时间问你话。可是,你有权接受庭讯和案发当初的情况调查。我可以根据人身保护程序保释你。你可能知道法律的相关规定。"

"我被指控涉嫌谋杀。"

他不耐烦地耸了耸肩。"那只是广义的说法。你可能被控要转往匹兹堡,或者另外十几种罪名中的任何一种。他们指控你的主要是事后知情不报,窝藏嫌疑人。你开车把雷洛克斯送到某个地方去了,对不对?"

我没有回答他,把毫无滋味的香烟扔到地板上,用脚去踩熄它。恩迪科特再次耸了耸肩,还皱起了眉头。

"不过是为了调查的便利,假如你当时这么做了。他们把你列为从犯，必须证明意图。在这个案子中，是指知道有罪行发生、雷洛克斯是逃犯。任何情况下，这个罪名都可以交保。当然啦，你其实只是重要证人。本州除非法庭下令，否则，不能以重要证人为由将人关进监牢。是否确认为重要证人，要由法官宣判。但是，执法人员总有办法为所欲为。"

"是的。"我说，"一个叫戴顿的警探打了我。一位叫格雷格瑞斯的刑事组组长向我泼咖啡，用力劈砍我的脖子，差一点儿就把我的颈动脉打裂了——你看，现在还是肿的。局长阿尔布赖特打来一通电话，害他不能把我交给一个'毁灭小组'，他就对着我的脸吐唾沫。你说的不错，恩迪科特先生，执法人员随时可以为所欲为。"

他特意看了看手表。"你要不要保释出狱？"

"多谢。我看不必了。保释出狱的人在大家心目中已经等于犯了一半罪了。如果最后得以开脱罪责，实在是因为律师精明。"

"那太傻了。"他不耐烦地说。

"好吧，就算傻吧。我很傻，否则，我就不会在这儿了。你要是跟雷洛克斯有联系，叫他别为我担心。我不是因为他才进来的，是因为我自己。我毫无怨言，那是交易的一部分。我干的就是有麻烦来找我的行当。大麻烦、小麻烦，都是一些人家不愿交给警察的就来找我们。如果一个带着警察肩章的职业拳击手就能把我弄得心烦意乱、勇气全无，那以后顾客还会上门吗？"

"我懂你的意思。"他缓缓地说，"不过，有一件事我要纠正你。我跟雷洛克斯没有联络。我几乎不认识他。跟所有律师一样，我是法庭辩护者。我若知道雷洛克斯在什么地方，是不能对地方检察官隐瞒不报的。我最多能够做的,就是同意跟他会见后在特定的时间与地点将他交给当局。"

"除了他,没人会费心派你到这儿来帮我。"

"你把我当成骗子了?"他伸出手去,把烟蒂在桌子底端按熄了。

"恩迪科特先生,我似乎记得你是弗吉尼亚人。这个地方的人对弗吉尼亚人有一种历史性的定见。我们把他们当成南方骑士精神和道义的花朵。"

他笑了。"说得真好,但愿是真的。可是,我们正在浪费时间。你要是有脑筋的话,就会跟警察说,你已经一个星期没有见到雷洛克斯了。不见得一定要是真话,发誓时再说真话不迟。没有一条法律规定,一定要跟警察说真话。就算你说谎,也比当着他们的面三缄其口会让他们高兴得多。要知道,那可是对他们权威的直接挑战。你指望从中得到什么呢?"

我没有说话。其实也是无话可说。他站起来,伸手去取帽子,一把关上烟盒,放进口袋。

"你居然言之凿凿,"他冷冷地说,"要求维护自己的权利,跟警察大谈法律?一个人又能足智多谋到什么程度呢,马洛?像你这样的人应该见过世面的。法律不等于正义,是一种非常不完美的机制。你若是按对了钮,而且足够幸运,正义也许会出现在答案中。法律曾经是,或者试图担任的不过是一种机制罢了。我想,你是无意接受帮助了。我要走了。你要是改变心意了,可以找我。"

"我会再坚持一两天。他们要是逮到特里了,就不会在乎他是怎么逃走的了。他们只关心怎样让审判变得热闹而有趣。哈兰·波特先生的女儿被杀是全国各地的头条新闻。像斯普林格这种哗众取宠的人可以趁这次表演平步青云，当上首席检察官，再由此登上州长宝座，再由此——"我打住话头，让下半句在空中漂浮。

恩迪科特的脸上隐隐现出了嘲讽的微笑。"依我看，你对哈兰·波特先生了解不会很多。"他说。

"他们逮不着雷洛克斯的话，就不会想去知道他是怎么逃走的，恩迪科特先生。他们恨不得赶快忘记这件事。"

"你都算计过了，对不对，马洛？"

"我有时间嘛。对于哈兰·波特先生，我只知道他应该有上亿财产，而且拥有九到十家报纸。宣传是怎么做的？"

"宣传？"他说这话的声音冷得像冰。

"是呀，报界没有人采访过我。我指望趁机在报上出出风头，多招徕一点儿生意。私家侦探宁愿入狱，也不肯出卖朋友！"

他走到门口，手放在门把上，转过身来。"马洛，你在跟我逗乐。在有些方面，你很天真。不错，一亿美元能制造一个轰动效应；使用得当的话，它也能让一切归于静寂。"

他打开门，走了出去。然后，进来了一个狱警，将我带回了重刑犯的三号囚室。

"要是有恩迪科特为你辩护，我猜你不会在我们这里待太久的。"他把我锁进牢房的时候，愉快地说。

我说但愿如此。

9

早夜班的狱警是一个金发碧眼的大块头，肩膀上多肉，笑容很友善。他已届中年，早就不会轻易对人心生同情或动怒了。他要的是八小时值班轻轻松松，一副凡事随喜的模样。他打开我的门。

"有人找你。地方检察官办公室来的。睡不着，呃？"

"对我来说，是有点儿早。现在几点？"

"十点十四分。"他站在门口，打量整个牢房。一条毯子摊在下铺，一条折好了当枕头。垃圾篓里有两张用过的纸巾，洗脸池边沿有一小叠卫生纸。他点头称许。"有没有私人物品？"

"这里就我一人。"

他让门敞开在那里。我们顺着一条安静的长廊，走到电梯间，坐上电梯下到登记台。一个身穿灰色西服的胖子站在桌边抽烟斗。他的指甲很脏，身上有异味。

"我是地方检察官办公室的史布兰克林。"他生硬地说道，"葛伦兹先生要你到楼上去。"他伸手到臀部后面，拿出一副手铐，"我们试试大小合不合。"

狱警和书记员对他笑得很开心。"怎么啦，史布兰克林？怕他在电梯里勒死你？"

"我这不是以防万一吗？"他抱怨道，"曾经跑掉过一个家伙。他们可把我给整惨了。走吧，小子！"

书记员推过去一张表格给他，他用花体字签了名。"我从来不冒无谓的险。"他说，"在这个城市里，人们从来不知道会碰到什么事。"

一位巡逻警察带进一个醉汉，他耳朵那里血淋淋的。我们朝电梯走过去。"小子，你有麻烦了。"史布兰克林在电梯里对我说，"一堆要命的麻烦。"这么说着的时候，似乎能让他感到一种含含糊糊的满足。"人在这个城市，可能惹上好多麻烦。"

电梯管理员回头对我眨着眼睛，我咧嘴一笑。

"小子，别想耍花招！"史布兰克林对我厉声道，"我射杀过一个人，他想逃。他们可把我给整惨了。"

"你两面不讨好，对不对？"

他想了想。"对。"他说，"不管怎么样，他们都会把你给整得很惨。这是一个令人不愉快的城市，不懂得尊重人。"

我们出了电梯，走过地方检察官办公室的两道门。晚上线路还连通着，总机交换台却不工作了。候客椅上空无一人。有一两间办公室还亮着灯。史布兰克林打开一个小房间的门，屋里有一张书桌、一个档案架、一两把硬椅子，还有一位身材厚重、下巴刚硬、眼神看上去傻乎乎的人。他的脸发红，正要把一样东西塞进书桌抽屉去。

"你不会敲门哪。"他对史布兰克林大吼。

"对不起，葛伦兹先生。"史布兰克林咕哝道，"我正在想犯人的事。"

他把我推进办公室。"我是该打开手铐吗，葛伦兹先生？"

"我不知道你给他戴上手铐到底要干什么。"葛伦兹不高兴地说。他看着史布兰克林把我的手铐打开。手铐钥匙装在一个葡萄柚大小的钥匙串上，不好找得到。

"好了，走开！"葛伦兹说，"去外面等着吧！"

"我下班了,葛伦兹先生。"

"我说你下班,你才下班。"

史布兰克林满面通红,肥嘟嘟的屁股慢慢挪出门外。葛伦兹凶巴巴地目送他走开。门关上以后,他用同样的眼神看向我。我拉过一把椅子过来,坐了下去。

"我没叫你坐!"葛伦兹吼道。

我由口袋里拿出一根香烟,塞进嘴里。

"我没说你可以抽烟。"葛伦兹吼声如雷。

"我在牢房可以抽烟,这里为什么不行?"

"因为这是我的办公室。这里的规矩由我来定。"一阵未经稀释的威士忌酒味由桌子对面飘过来。

"赶快再喝一杯吧!"我说,"它能让你平静下来。我们进门的时候,打断你喝酒了。"

他的脊背重重撞上椅背,脸色转成深红。我划了一根火柴,点起了香烟。

过了好大一会儿,葛伦兹轻声说:"好,狠小子!你了不起,是吗?你知道吗,关进来的时候什么样的人都有,等到出狱的时候,却只剩下一种尺码了——全都小小的,只剩一种神情——全都垂头丧气。"

"葛伦兹先生,你找我要谈什么?你若想喝酒,别把我放在心上。我疲劳、紧张、工作过度时,也会来上一杯。"

"你好像并不怎么在意自己陷入困境了?"

"我不觉得自己落入困境了。"

"这个,我们等着瞧。我要你写一份完整的口供。"他对着书桌旁一个架子上的录音机弹了弹手指。"现在就录,明天再在纸上誊写下来。如果首长满意你的口供,他也许会在你承诺不离开本市的情况下放了你。我们开始吧!"他打开了录音机。

他说话的声音冷静、果决,总是装出一副凶巴巴的样子,右手却不断去碰抽屉边沿。他还年轻,鼻子上不该有红血丝,可是已经有了,而且眼白的颜色很难看。

"我烦透了。"我说。

"厌烦什么?"他高声说。

"一个硬邦邦的小男人在硬邦邦的办公室说一些毫无意义的狠话。我已在重刑犯监狱关了五十六个小时了。没有人对我作威作福,没有人想证明他们狠。他们用不着。他们已准备好一切,以备紧急之需了。我为什么入狱呢?我被列为嫌疑人了。只因为某个警察找不到某个问题的答案,就把人关进重刑犯监狱。这算什么鬼法律制度!他有什么证据这么做?不过是便条上的一个电话号码。他把我关起来,想证明什么?只是证明他有权力这么做罢了。现在,你又用同样的方法,想让我觉得你在这个香烟盒大小的所谓办公室里权力很大。你半夜派这个吓坏了的保姆带我来这儿,你以为我独坐苦思五十六个钟头后头脑就糊涂了?你以为我在大狱里寂寞得要命,所以会倒在你膝上哭,求你摸我的头?别装蒜了,葛伦兹!喝你的酒,有点儿人情味吧!我愿意想象你是在尽本分,但请把这些铜指套脱掉。你若够劲,根本用不着这些玩意儿。你若需要它们,那表示你还没有强大到可以对我作威作福的地步。"

他坐在那里听着,眼睛看着我,然后狞笑起来。"说得好!"他说,"现在,你把体内的废话都排出来了。我们来录口供吧!你是要逐条回答,还是要照自己的方式来说?"

"我在对牛弹琴,"我说,"只听见风声。我没有口供。你是律师,你知道我用不着。"

"没错。"他冷冷地说,"我懂法律,也懂警察的办事程序。我给你机会澄清你自己。你若不要,我也乐得轻松。我可以在明天上午十点钟传讯你,让你出席调查庭。我虽然会反对,你也许还是可以获得保释。你要是申请保释的话,事情就难办了。你得付出很大的代价。这是我们可以用的一个办法。"

他低头看着桌上的一份文件,把内容浏览过了,就把文件翻了过去,让字面朝下。

"罪名是什么?"我问他。

"第三十二条。事后从犯。重罪。估计会在昆丁监狱待五年。"

"最好先抓到雷洛克斯。"我小心翼翼地说。葛伦兹手上握有一些东西,我从他的态度能感觉出来。我不知道有多少,但他绝对握有一些东西却是没错的。

他往椅背靠过去,拿起一支笔,慢慢在两个手掌间转动。接着,他微笑了,自得其乐。

"马洛,雷洛克斯很难藏身太久的。对大多数嫌疑人来说,只好靠照片去指认,照片还得很清楚才行。至于半边脸上有疤的嫌疑人,这些就用不着了。更不用说,他三十五岁以前就是满头银丝了。我们找到了四个目击证人,说不定还不止呢。"

"什么事情的目击证人?"我嘴里苦苦的,像被格雷格瑞斯组长揍过后流出的胆汁。这样一来,我才想起我的脖子又肿又痛。我轻轻地揉了揉。

"别当傻瓜,马洛。一位圣地亚哥最高法院的法官与太太正好送他们的儿子和媳妇登机。他们四人都见到了雷洛克斯,法官太太还看到了他搭乘的汽车和他同行的人。你躲不掉了。"

"好。"我说,"你怎么找到他们的?"

"在广播电台和电视台播放特别公告,只要完整描述就行了。这样,法官就会把电话打进来了。"

"听来不错。"我公正地说,"可是,这样还不够,葛伦兹。你得抓住他,证明他犯了谋杀罪。然后,你还得证明我知情。"

他的手指在电报稿背面弹了弹。他说:"我想,我得喝一杯。"他说,"晚上加班过度了。"他打开抽屉,把一个酒瓶和一个迷你酒杯放在桌上。将酒杯注得很满,很满,他一饮而尽。

"好多了!"他说,"好太多了!抱歉,你还在监禁期间,我不能请你喝。"他把酒瓶盖好,将它推离身边。不过,就在伸手可及的范围内。"噢,对,你说我们必须证明一些事。噢,说不定我们已经拿到一份自白了,傻瓜。太糟糕了,嗯?"

我感觉一根小小的冰手指顺着我的背脊在移动,就像冰冷的昆虫在爬行。

"那你何必要我的口供呢?"

他咧嘴一笑,说:"我们喜欢有条不紊的记录。雷洛克斯曾被带回来受审。可以取得的东西我们都要。与其说我们要从你这边问出什么,不如说我们希望你脱身,如果你合作的话。"

我瞪着他。他胡乱摸索了一会儿文件,身子在椅子上挪来挪去，看了看酒瓶，在拼命忍着不伸手去取过来喝。突然，他给我送来一个不合时宜的秋波。"也许你想要整个剧本。好吧，机灵小子！为了证明我没骗你，喏，我来说给你听吧。"

我朝他探过头去，他以为我要抢他的酒瓶，赶忙一把抓了过去，放回抽屉里。其实，我只是要把一截烟屁股放进他的烟灰缸。我再度向后仰，又点了一根烟。他把话说得很快。

"雷洛克斯在马扎兰下了飞机。那是一个三万五千人左右的小镇，人们常常在这里转机。在这里，他失踪了两三个钟头。不久后，有一个黑发、褐肤、脸上有不少刀疤的高个子以西尔凡诺·罗德利古兹的名字预订了一张到多利昂的机票。他的西班牙语说得不错，但对一个叫这种名字的男人来说，又不是足够好。对肤色这么深的墨西哥人来说，他又太高了。飞行员向当局密报了。警察抵达多利昂太慢。墨西哥人不是急性子，他们只擅长开枪打人。等他们出动时，那人已包租一架飞机，到达一个名叫奥塔托克兰的山中小镇。那是一个有湖泊的不很热门的夏日旅游点。承接包机业务的飞行员曾在得克萨斯受过战斗机飞行训练，英语说得不错。雷洛克斯假装听不懂他的话。"

"假如那是雷洛克斯的话——"我插话道。

"等一下，朋友。那就是雷洛克斯，没错。好啦，他在奥塔托克兰下了飞机，住进一家旅馆。这一回，他化名为马里奥·狄·瑟瓦。他身上带着一把枪，是毛瑟七点六五。当然，这在墨西哥算不了什么。可是，包机驾驶员觉得他不对劲，就向当地警察机构报告了。他们跟踪了雷洛克斯，向墨西哥市报备之后，就继续行动了。"

葛伦兹拿起一把尺子，从这一头看到那一头。这个动作毫无意义，他不过是想要避开我的视线。

我说："嗯哼，你的包机驾驶员好机灵，对顾客真好。这种故事老掉牙了。"

他突然抬头看着我。"我们想要的是，"他面无表情地说，"一个速战速决的审判。二级谋杀的指控是我们可以接受的。有些角度，我们宁可不去切入。毕竟，那个家庭很有影响力的。"

"你是指哈兰·波特？"

他简短地点了点头。"依我看，整个思路大错特错。斯普林格可以到现场查一天嘛。这个案子什么都有：性、丑闻、钱、不贞的娇妻，丈夫是受伤的战斗英雄——我猜，他脸上的疤就是这么来的——妈的，这一切，可以在好几个月内作为新闻头条来报道的。国内的每一家报刊都会贪婪地照单全收。所以，我们要赶快让它无疾而终。"他耸耸肩，"好吧，头儿既然要这样，就由他来决定好了。我能拿到口供吗？"他转向一直在轻声作响的录音机，前面的显示灯还在那里亮着。

"关掉吧！"我说。

他转过头来，恶狠狠地看了我一眼。"你喜欢坐牢？"

"那还不算太糟糕的。你遇人不淑，可是，他妈的谁想见那种人呢？通情达理一点儿吧，葛伦兹。你想让我当告密的小人吗？也许我太执拗，或者太伤感，但我也很实际。你们若要雇私家侦探——是，是，我知道你们最恨这个想法——可是，万一你舍此之外没有他法，你会要一个出卖朋友的人吗？"

他满怀怨恨地瞪着我。

"还有两点。你不觉得雷洛克斯的逃遁策略有点儿太透明了吗?他要是想让自己落网,用不着那么费事。他要是想逃遁,绝不会笨到去到墨西哥,再把自己乔装成墨西哥人。"

"你什么意思?"葛伦兹对我大声咆哮道。

"我的意思是,你不过只是要编些话来吓唬我罢了。其实,根本就没有什么染过头发的罗德利古兹,也没有什么马里奥·狄·瑟瓦在奥塔托克兰。你对雷洛克斯的去向,了解得不比海盗黑胡子的宝藏埋在哪里更清楚。"

他又拿出酒瓶,倒了一杯,像刚才那样一饮而尽。他整个人慢慢松弛下来,坐在椅子上转过身去,关掉了录音机。

"我真想审问你。"他把话说得很刺耳。"你是我想要治一治的那种聪明人。这个案底会纠缠你很长时间的,智多星。你走路的时候它会缠着你;吃饭的时候缠着你;睡觉的时候也会萦绕不去。只要你再有什么嫌疑,我们就将以这个罪名把你给宰了。现在,我得做一件令人反胃的事。"

他在桌上摸索着,把那翻倒朝下的文件拉到面前,再把它翻过来,在上面签上名字。看着一个人签名,无论怎样特别,你总是能认出来的。然后,他站起身,绕过书桌,把小办公室的门打开,大声叫唤史布兰克林。

胖子带着满身异味,走了进来。葛伦兹把文件交给他。

"我刚才签了你的释放令。"他说,"我是公务员,有时候也有一些不愉快的任务。你想不想知道我为什么要签这份文件?"

我站起身来。"如果你愿意告诉我的话——"

"雷洛克斯的案子已经了结。不会再有什么雷洛克斯一案了。今天下午,他在旅馆写了一份完整的供述,然后开枪自杀了。我刚才说过,就在奥塔托克兰。"

我站在那儿,茫然瞪着双眼。我由眼睛的余光,瞥见葛伦兹在缓缓往后退去,以为我会出手揍他。这个时候,我大概显得很凶吧。接着,他又回到了书桌后面。史布兰克林紧紧抓着我的手臂。

"好了,走吧!"他说话鼻音很重。"一个人到了晚上,偶尔也想回家去的。"

我跟着他出来,关上门。我关得很轻,很轻,活像屋里刚刚死了人。

10

我掏出我的财物清单复印件,把它交了上去,照原件开了收据。然后,我将所有东西放回口袋。有一个人懒懒散散地站在登记台那一头,我转身走开的时候,他站直了身子跟我说话。这人身高六英尺四英寸,瘦得就像一根电线杆。

"要搭便车回家吗?"

在惨白的灯光下,他显得少年老成,有些疲惫,一副愤世嫉俗的样子,但不像骗子。

"多少钱?"

"免费。我是《新闻报》的罗尼·摩根。我下班了。"

"噢,跑警察这根线的。"我说。

"只跑这个星期。平常,我固定跑市议会。"

我们走出大楼,在停车场找到他的车。我抬头遥望天空。

有星星,但灯光太强了。这是一个凉爽而让人愉快的夜晚。我来了一个深呼吸,然后上了他的车。他驾车离开了那个地方。

"我住在离这儿很远的月桂山谷。"我说,"随便在哪里放下我都行。"

"他们载你来,"他说,"却不管你怎么回家。这个案子引起了我的关切,以令人憎恶的方式。"

"似乎没什么案情可言。"我说,"特里·雷洛克斯今天下午自杀了。他们这么说,他们这么说的。"

"真够便利的!"罗尼·摩根盯着前面的挡风玻璃说。他的汽车静静驶过安静的街道。"可以帮他们筑起一道高墙。"

"什么墙?"

"马洛,有人要在雷洛克斯四周筑起一道高墙。你是明白人,看得出来的,对吧?不会有预先估计的那种大场面。地方检察官今天晚上出城到华盛顿去了,说是要开一个什么会。赶上多年难得一遇的好案子,他却弃之而去。为什么?"

"问我也没用。我不是被他们打入冷宫了吗?"

"因为有人给了他足够的甜头呀。那就是原因。我不是指一摞钞票之类赤裸裸的东西,而是有人答应给他某种对他来说很重要的好处。跟案情有关的人里只有一位办得到,那就是女方的父亲。"

我把头仰靠在汽车一角。"听上去不太可能。"我说,"新闻界呢?哈兰·波特拥有几家报纸,可是竞争对手呢?"

他好玩似的看我一眼,然后专心开车了。"当过记者吗?"

"没有。"

"报纸是富人办的。他们都是一个鼻孔出气的。不错,他们之间少不了残酷竞争，为发行量、消息来源、独家报道。但这一切，都是在不损害业主的声望、特权和地位的情况下进行。如果损及到业主的利益，盖子马上就会罩下来了。朋友，雷洛克斯一案就罩了一个盖子。这个案子要是好好报道的话，可以大大增加报纸的发行量呢。案情很丰富。审判可以招来全美的大案、要案记者。可惜的是，不会有审判了。雷洛克斯不等被传讯，就死了。我说过的，对哈兰·波特和他的家人来说，那易如反掌。"

我坐起身来，狠狠地盯着他看。

"你是说，这件事背后大有文章？"

他的嘴角满是嘲讽。"要找人帮雷洛克斯实施自杀或拒捕之类的行为，很简单。墨西哥警察最爱扣扳机了。要不要打个小赌？我敢说，没有人数过他身上的弹孔。"

"我想，你错了。"我说，"我很了解特里·雷洛克斯。他对自己早就心灰意冷了。他们若将他活捉回来，他会顺从他们的意思。他会以过失杀人罪请求减刑。"

罗尼·摩根摇摇头。我知道他要说什么，而他果然这么说："不可能。假如他开枪打她或者敲她的脑袋，也许还能减刑。但作案手法太凶残，她的脸被砸得稀巴烂。最轻也会被判处二级谋杀罪。就算那样，也会让他臭名昭著。"

我说："你说的可能没错。"

他又看了看我。"你说你认识那家伙。你赞成这个假设吗？"

"我累了。今天晚上没心情思考。"

彼此静默良久。后来，罗尼·摩根静静地说："我若不是卖文为生的记者而是真正的聪明人，就会说，人可能不是他杀的。"

"算是一家之言了。"

他塞了一根烟到嘴里，在仪表板上划了一根火柴，将烟点上。一路上，他默默抽着烟，瘦瘦的脸上眉头深锁。到了月桂山谷，我告诉他在什么地方拐离大道，什么地方弯进我住的那条街。他的汽车奋力上坡，然后，停在我家的红木台阶底下。

我下了车。"多谢你载我，摩根。要不要喝一杯?"

"下次再说了。我想，你宁愿一个人静一静。"

"我一个人静了好长时间了，静得他妈的太久了!"

"你有一个好朋友要诀别。"他说，"你既然肯为他坐牢，他一定是你的好朋友。"

"谁说我为他坐牢了?"

他微微一笑。"我不能在报上发表这一切，并不意味着我不知道，朋友。再见啦，改天再见。"

我关上车门，他转了一个弯，就将车驶下山坡去了。等他的汽车尾灯消失在转角，我爬上台阶，捡起报纸，走进空寂的屋里。我把所有的灯都打亮了，将所有的窗户打开了。屋里的气氛还是让人窒息。

我泡了一点儿咖啡喝，从咖啡罐里取出五张百元大钞。钞票是卷紧了由侧面塞进咖啡罐内的。我手里端着咖啡杯走来走去;将电视机开了又关;我坐下，站起，再坐下。我翻阅了堆在前廊的报纸。

雷洛克斯一案起先登在头版醒目的位置，第二天早晨就变成二版的新闻了。报上有塞维娅的照片，但没有特里的。上面有一张我的快照。我根本不知道自己什么时候照过这么一张照片。"洛杉矶私家侦探被拘留侦讯。"报上还刊登了恩西诺镇雷洛克斯家的大幅照片。

那座房子属于仿英式建筑，有一大片斜屋顶。把窗户清洗干净的话，大概要花上一百美元。房屋坐落在两英亩大地基上的一个小山头。这在洛杉矶地区，算是相当大的庄园了。还有一张客宅的照片，是主建筑的小缩影，夹在树影中。两张照片显然都是远距离拍摄，然后放大裁剪的。所谓"死亡之屋"，则没有照片登载。

这些东西，我在监狱里都看过。这次我读的是内容，用不同的眼光再看一遍。但我没看出什么来，只知道一个漂亮的富家女被杀，媒体的作用基本被排除在外。原来，他们家的影响力很早就发挥作用了。跑刑事犯罪新闻的记者对此一定恨得咬牙切齿，却又无可奈何。有道理。假如妻子被杀的那天晚上特里在帕萨迪纳跟岳父谈过话，那警方接到通知前，屋里屋外早就有十几个守卫挡驾了。

可是，有一件事根本不合情理——她的脸被砸成那个样子。谁也不能叫我相信特里会干这种事。

我把灯关掉，坐在一扇敞开的窗户边。外面的灌木叶中，一只知更鸟唧唧喳喳地饶舌，顾影自怜，还不肯安歇。

我的脖子疼，所以，我去刮了胡子。沐浴后，我就上床去了。仰卧在那里倾听，好像黑暗深处有一个安详而耐心的嗓音会将那一切娓娓道来。可是，我听不见；我知道，以后也不会听见的。关于雷洛克斯一案，没有人会跟我详细解释清楚了，也用不着解释了。凶手已经作了供述，也已经死了。这个案件，连法庭调查也不会有了。

《新闻报》的罗尼·摩根算是说对了——太便利了。如果是特里·雷洛克斯杀了他的太太，那就好了。用不着审问他,也无需再去提起种种不愉快的细节。如果不是他杀的,那也不错。死人是世界上最好的替罪羊,他永远不会反驳。

11

早上,我又把胡子刮了一次。换好衣服,我由通常的路线驾车进城,又将车泊在老地方。如果说停车场服务员刚好知道我是重要的公众人物,那他掩饰得很好,一点儿也没有显露出来。我去到楼上,顺着长廊往前走,用钥匙打开办公室的门。一个肤色黝黑但很光洁的男子盯着我在看。

"马洛先生吗?"

"怎么着?"

"别走远了,"他说,"有人要见你。"他本来贴墙站着,现在离开墙边,有气无力地走开了。

我走进办公室,拿起了邮件。桌上邮件更多,是夜间清洁工放在那里的。我打开窗户,然后撕开信封,把不要的丢掉——结果,居然一封不留了。我打开另一道门的蜂鸣电铃,在烟斗里填满烟丝并点燃它,就坐在那儿静候人家来喊救命了。

我以比较超然的方式,想起了有关特里·雷洛克斯的一切。他已经遁入记忆深处,他的白发、疤脸、软弱以及古怪的自尊都显得遥远了。我不去试着评判或分析他,正如我从来没问过他是怎么受的伤,怎么恰好娶了塞维娅这种太太。他就像你在船上认识的人,彼此很熟,其实根本就不了解。他的离去也像那种萍水相逢的人,明知分手后你不会、他也不会主动再联络，却在码头道别："老朋友，我们要常联络喔。"其实，你可能永远不会跟这家伙再见面了。就算再见，他也会变成完全不同的人，不过是又一个特等车厢里的扶轮社成员了。生意怎么样啊？噢，不太坏。你气色不错嘛。你也一样。我体重增加太多了。我们不都一样吗？记不记得"佛朗哥尼亚号"（或其他别的）之旅？噢，当然。那次旅行太棒了，不是吗？

太棒才怪。你烦得要命。你跟那家伙讲话，只因附近没有你感兴趣的人。也许，特里·雷洛克斯和我也是这样。不，不见得。我与他算是相识，相交，某种程度上是相知了。我曾在他身上投资了时间和金钱，还因他遭遇了三天牢狱之灾，更别提下巴挨了一拳，脖子挨了一掌。直到现在，每次吞咽东西还会痛。他死了，我甚至不能把五百美元还给他。这让我很伤感。不过，令人不悦的永远是小事。

门铃和电话铃同时响起。我先接电话，因为门铃声只是意味着有人走进了我的袖珍会客室。

"马洛先生吗？恩迪科特先生的电话。请等一下！"

他来到线上说："我是西维尔·恩迪科特。"他说，仿佛他知道他的混蛋秘书已经跟我报过他的名字了。

"早上好，恩迪科特先生。"

"很高兴听到消息说他们释放了你。我想，你一定是改变主意，不再抗拒了。"

"不是什么主意，不过是倔强罢了。"

"我想，你可能不会再听说与这个案子有关的任何事情了。万一听到且需要人帮忙，请告诉我。"

"怎么会？那人死了。他们要费多少工夫才能证明他曾经跟我有过交往，还得证明我知情。然后，他们必须去证明他实施谋杀后又逃跑了。"

他清了清嗓子。"也许，"他谨慎地说，"你没听说他留下了一份完整的供述。"

"我听说了，恩迪科特先生。我是在跟律师交谈。我要是说那份所谓供述的真实性和精确性也有待证明，算不算离谱？"

"我恐怕没时间讨论法律问题。"他很不客气地说，"我要飞往墨西哥去完成一项极不愉快的任务。你大概猜得出它是什么吧。"

"哈哈，那要看你为谁代理了。记住，你可什么都没跟我说起过。"

"我记得很清楚。好啦，再见，马洛。我说过要帮你，这个意愿还是没有改变。但我也给你一点儿小建议——不要太过理所当然地认为自己是清白的。要知道，你干的是很容易遭受攻击的行业。"

他挂断了电话，我小心地把话筒放进机座，手却不曾离开。就那样干瞪着眼，静坐了一会儿。然后，我一扫脸上的愁容，走过去打开会客室的门，走进起居室。

有一个人坐在窗口旁，翻阅着杂志。他穿一套蓝灰色的西装，上面有不经意就容易忽略掉的浅蓝格子。他双脚交叉在那里，穿一双黑色软鹿皮系带鞋。这种鞋子有两个气孔，几乎像休闲鞋一样舒服，不会一走路就要磨破你的袜子。他的白手帕叠得方方正正，后面露出一截太阳眼镜。他的一头卷发乌黑浓密，肤色却是深棕色。他抬起一双小鸟般明亮的眼睛，络腮胡子的脸上露出了微笑。他的领带是很深的绛紫色,在白灿灿的衬衫上结成尖尖的蝴蝶结。

见我进去,他把杂志推到一旁。"这些烂刊物专登这些垃圾。"他说,"我正在看一篇有关考斯特罗的报道。得了,他们对考斯特罗,不会比我对古代特洛伊城的海伦了解更多。"

"有什么事要我效劳吗?"

他不慌不忙地打量着我。"骑红色大摩托的人猿泰山。"

"什么?"

"你呀,马洛,骑红色大摩托的人猿泰山。他们对你动粗了?"

"偶尔会有。关你什么事?"

"阿尔布赖特跟格雷格瑞斯谈过以后,他们还打你了?"

"没有。在那之后没有。"

他缓缓地点了点头。"你居然大胆到要阿尔布赖特对那傻蛋开火。"

"我问你,那又关你什么事了。对了,我不认识阿尔布赖特局长,我没要求他做什么。他为什么要为我出头?"

他满脸忧郁地盯着我,缓缓站起身来,像美洲豹一般优雅。他走到房间另一头,探头看向我的办公室,向我摆了摆头,就走进去了。他是那种去到哪里都以主人自居的家伙。我紧跟进去,关上了门。

他站在桌边四处张望,很好玩似的。

"不怎么样!真不怎么样!"

我走到书桌后面,等着。

"你一个月赚多少,马洛?"

我没接他的腔,兀自点起了烟斗。

"最多超不过七百五十。"他说。

我把一根燃烧过的火柴扔进烟灰缸，一阵吞云吐雾的。

"你不过跟着大赌客赚点儿小钱罢了，马洛。你是一个小骗子，小得要用放大镜才能看得见。"

我一句话也不说。

"你有廉价的情操。你从头到脚都是廉价的货色。你结识了那个家伙，共饮了几杯酒，有过几次插科打诨，当他身无分文的时候塞上一点儿钱给他，对他从不怀疑，就像小学生阅读《弗兰克·梅瑞维尔》一样，说什么信什么，照单全收。你没有勇气，没有脑筋，没有人性，没有见解，你虚张声势，指望人家哭着跪求你的救援——骑红色大摩托的人猿泰山。"他露出鄙夷不屑的笑容。"在我的账册里，你一文不值。"

他从书桌对面探身过来，用手背拍我的脸，漫不经心，充满轻蔑，但无意伤害我。他总是微笑着一张脸，看我一动也不动，就慢慢坐下来，一双手肘支在桌上，用褐色的手掌托着褐色的下巴。他小鸟一样明亮的眼睛盯着我瞧，除了发亮，里面空无一物。

"知道我是谁吧，便宜货？"

"你叫梅隆德兹。伙计们叫你曼迪。你在日落大道那一带活动。"

"是吗？我是怎么飞黄腾达的？"

"我不知道。你大概是在墨西哥妓院拉皮条起家的。"

他由口袋里取出一个金烟盒，用金制打火机点燃一根棕色的香烟，吐出辛辣的烟圈，点了点头。他把金烟盒放在桌上，用指尖摩挲着盒身。

"马洛，我是一个大坏蛋。我赚了很多钱。我必须赚很多钱来滋润那些我必须滋润的人，以便赚更多钱来滋润我必须滋润的人。我在贝尔艾尔城有一座价值九万美元的住宅，我耗费在修葺上的钱已远远超过这个数字。我在东部那边有一个白肤金发碧眼的迷人的老婆和两个上私立学校的孩子。我太太收藏的宝石价值十五万美元，皮草和衣服值七万五千美元。我有一个男总管、两个女佣、一个厨师、一个司机，紧随我身后的跟班还不算。我走到哪里，都是社交的宠儿。我什么都用最好的：最好的食物，最好的酒，最好的服饰，最好的旅馆套房。我在佛罗里达还有一栋住宅和一艘设有五名船员的海上游艇。我有一辆宾利、两辆凯迪拉克、一辆克莱斯勒旅行车，还给我儿子买了一辆名爵的双门跑车。再过两年，我女儿也会有一辆。你有什么？"

"不多。"我说，"今年我有一栋房子居住——我一个人独享。"

"没有女人？"

"就我自己。此外，还有你在这里看到的，银行有一千二百美元存款，还有几千块钱债券。你的问题得到解答了吗？"

"你接一个案子赚得最多的是多少？"

"八百五十。"

"老天，人力多便宜！"

"别再表演了！告诉我，你到底要干什么！"

他按熄了抽了一半的香烟，立刻点燃了另一根。他坐在椅子上往后仰去，嘴唇向我抿了抿。

"我们三个人在同一个散兵坑里吃喝过。"他说，"天冷得像地狱,到处都是雪。我们吃罐头食品,冰冰凉的。附近有炮车,迫击炮的炮火更猛。我们冻得全身发青。我是说真的发青,兰迪·斯塔尔、我和特里·雷洛克斯。一颗迫击炮弹扑通一声,落在我们中间,不知道为什么没有爆。那些德国佬诡计多端。他们有一种古怪的幽默感。有时候你以为不会爆的哑弹,三秒钟后就爆了。特里抓着它,兰迪和我甚至还没来得及挪脚,他已飞快冲出散兵坑。老兄,我是说真的飞快,飞快,像一个很好的运球员。他身子朝下,扑倒在地,手却猛力把炮弹扔了出去。结果,炮弹在空中炸了。大部分爆在他头顶上空,但有一块碎片击中了他的脸颊。这时候,德国佬发动了攻击。等我们恢复知觉的时候,我们已经不在那儿了。"

梅隆德兹停下话头,黑眼珠亮晶晶地盯着我。

"谢谢你告诉我。"我说。

"马洛,你经得住戏弄。很好。兰迪和我讨论过。我们确定特里·雷洛克斯的遭遇会把任何人的脑筋搞混的。很长一段时间里,我们以为他死了,可他没有。德国佬俘虏了他。他们逼供了他一年半左右,小有成效,却把他伤得太厉害了。我们花不少钱调查真相,花了不少钱找他。战后,我们在黑市赚了很多钱。我们出得起。特里救了我们一命,结果换得半张新脸、满头白发和严重的神经过敏。他在东部染上酒瘾,到处被逮捕,可以说完蛋了。他有心事。可是,我们都不知道究竟是什么。我们接下来知道的是,他竟娶了这个富家女,一步登天。他跟她离婚,再酗酒,又复婚。现在,她竟然死了。我和兰迪没能为他出半点儿力。除了拉斯维加斯那份短暂的工作,他不让我们帮忙。他真正遇到麻烦的时候,不找我们，却找上了一个像你这样的廉价货色，一个帮着警察作威作福的家伙。然后，他死了，没跟我们道别，没给我们机会报答他。我本可以很快把他弄出国去，比纸牌中做牌还快，他却来向你哭诉。我心里很不痛快。一个便宜货，一个帮着警察作威作福的家伙。"

"警察对任何人都作威作福，你说，我有什么办法。"

"制止呀。"梅隆德兹简短地说。

"制止什么？"

"不要想着靠雷洛克斯一案赚钱或出名！已经结案了，完毕了。特里已死，我们不想让人再去烦他。他吃了太多的苦头了。"

"多愁善感的流氓，"我说，"要把我给笑死了。"

"留点儿口德吧，便宜货。留点儿口德。曼迪·梅隆德兹不跟人争辩，不过是要告诉他，另外找一条路赚钱。懂了吗？"

他站起来。访问结束了。他拿起手套——雪白的猪皮制品，看起来好像没戴过。梅隆德兹先生服饰考究，可是骨子里很粗暴。

"我没打算出名。"我说，"也没有人说过要给我什么钱。他们为什么给我，目的何在？"

"别骗我，马洛。你坐三天牢，不会只因为你是有情之人。你收了酬金。我不知道是谁付的，但我心里有数。我能想到的是那个人很有钱。雷洛克斯一案结束了，不会重开调查，即或——"他猛然打住话头，用手套拍打着桌子边沿。

"即或特里没有杀她。"我说。

他略显惊讶，但只是像周末露水姻缘的婚戒一样，只有片刻工夫的意义。"我真想跟你齐心协力,一起来推进它,便宜货。不过,那样做意义不大。就算有意义——特里希望保持现状——也不如放弃吧。"

我没开腔。过了一会儿,他缓缓地咧嘴一笑。

"骑红色大摩托的人猿泰山,"他拉长了声调说,"粗鲁的家伙。让我进去踹他几脚。他用几个铜板租了个地方,什么帮手都没有。没有钱,没有家,没有前景——什么都没有。改天见,便宜货!"

我绷紧下巴静坐着,眼睛凝视着他放在桌角的闪亮金烟盒,觉得又衰又累。我慢慢站起来,伸手去取烟盒。

"你忘了这个了。"我说,绕过书桌去。

"我有五六个。"他讥诮道。

我走到他身旁,递上烟盒。他漫不经心地伸手来接。

"来五六记这个怎么样?"我一面问,一面尽我所能地用力打在他的肚子上。

他哀号着弯下腰去,烟盒掉在地板上。他身子往后面退去,顶着墙壁,双手前后抽搐,用力把空气吸进肺里,全身冷汗直流。慢慢地,他努力站直身子。我们又四目交汇了。我伸出手去,用一根指头摩挲他的下颌骨。他静静忍受着。最后,他在褐色脸上勉强挤出了笑容。

"我没想到你还有这个种。"他说。

"下回带枪来!否则,别叫我'便宜货'。"

"我有一个手下带了枪。"

"带着他一起来。你会用得着他。"

"马洛,你发起火来可真狠。"

我用脚把金烟盒拨到一边,弯腰捡起来交给他。他接了过去，把它放进了口袋。

"我不明白，"我说，"有什么事值得你花时间到这边来嘲笑我，还这么单调。所有粗鲁的家伙都单调。就像玩纸牌，整副牌都是A，像是什么都有了，又像什么都没有。你只是坐在那里自我欣赏，难怪特里不去向你求援。那种感觉，就跟找妓女借钱差不多。"

他用两根手指头轻轻按着胃部。"你这么说，我很遗憾，便宜货。你俏皮话说得太多了。"

他走到门口，打开门。门外的保镖从对面的墙边直起身子，转过来。梅隆德兹扭了扭头，保镖走进办公室，站在那儿面无表情地打量我。

"奇科，好好看看他！"梅隆德兹说，"确保必要时能把他认出来。也许有一天，你会有事要跟他谈。"

"我记住他了，老大！"肤色黝黑、稳重而不多话的家伙用他们最受用的闭口音说，"他不敢烦我的。"

"别让他打你的肚子。"梅隆德兹苦笑着说，"他的右钩拳不是闹着玩儿的。"

保镖只是朝我冷笑。"他近不了我的身。"

"好吧，再见，便宜货。"梅隆德兹说着，朝外走去。

"改天见！"保镖漠然道，"我名叫奇科·阿格斯提诺。我猜你有一天会认识我的。"

"像一张脏报纸，"我说，"提醒我不要踩到你的脸上。"

他下巴的肌肉鼓鼓的，突然转过身去，跟在老板后面，走了出去。

气压铰链门慢慢关上了。我仔细倾听，但没听见他们的脚步声下到大厅去。他们走路轻得像猫。为了确定恶客走了没有，一分钟后我打开门，向外望去。大厅里空空如也。

我回到书桌前坐下，花了一点儿时间来思索梅隆德兹这种大流氓为什么舍得花时间亲自来我办公室，警告我少管闲事。几分钟前，我刚接到西维尔·恩迪科特的警告，表达方式虽然不同，意思却是一样的。

我没能想得通，就想着不妨查查看。我拿起听筒，将电话呼叫到拉斯维加斯的淡水龟俱乐部，说菲利普·马洛要找兰迪·斯塔尔谈谈。不过，那只是我瞬息即逝的奇想。他隔得太远，打不到我。

之后三天里，什么事儿都没有。没人揍我、对我放枪，或者打电话警告我少管闲事之类的；也没有人雇我去寻找四处闲逛的女儿、出轨的妻子、遗失的珍珠项链或者消失不见的遗嘱。我只是坐在那儿，对着墙壁发呆。

雷洛克斯一案突然发生了，一如它突然又重归于静寂。有一个简短的调查取证，我没被传唤。庭讯选在一个奇怪的时段，事先没有宣告，也没有陪审团。法医自行裁决：塞维娅·波特·雷洛克斯的死亡是她丈夫特里·雷洛克斯蓄意谋杀所致。她丈夫已在法医所辖辖区以外死亡。想来他们会宣读一份供述，以记录在案；想来它的效力已足够法医满意的了。

尸体发回安葬，用飞机运送，埋在家庭墓穴中。新闻界没有受邀出席，也没有人接受采访。哈兰·波特更是不会了。他是从来不接受任何采访的。他差不多像喇嘛一样，绝少露面。财产上亿的人在仆人、保镖、律师和驯良的经理人的保护下，过着奇特的生活。想来他们也是要吃饭、睡觉、理发、穿衣服的，可是你永远没法确定这一切。你读到或听到的相关消息已经被一群公关人才处理过了。他们拿着高薪，替主子创造并维持一种单纯、干净而讲究的形象，就像消毒针头那样好用，却并不一定要是真的。这一切，只要跟大众心目中已知的事实一致，跟大众心目中屈指可数的事实一致便好。

第三天下午傍晚时分，电话铃响了。打来电话的人自称他叫霍华德·斯宾塞，是纽约一家出版社派来加州出短差的代表。他说有问题要跟我讨论，约我次日十一点钟在丽池-比佛利旅馆的酒吧碰面。

我问他是哪一类的问题。

"很微妙的问题，"他说，"可完全合乎道德。当然，如果我们达不成一致，我会按钟点向你付费。"

"谢谢你，斯宾塞先生，那倒不必。是我认识的人向你推荐我的吗？"

"马洛先生，是一个知道你——包括最近跟你有法律方面的小冲突的人——可以说，我是因此才对你感兴趣的。不过，我的事跟那个悲剧无关。大致就是这样的。我们一起喝上一杯，当面讨论，别在电话里谈了。"

"你确定你想跟坐过牢的人打交道吗？"

他笑了。他的笑声和说话声都十分悦耳。那是纽约人还没学会说平舌音以前就习惯了的说话方式。

"依我看来，马洛先生，这就是推荐了。不，我要说明一下，不是指你坐牢这件事，而是指，呃，你似乎完全保持沉默，甚至受到压制也不开口之类的。"

他说话充满标点，像一本厚重的小说。总之，他在电话中说话就是如此。

"好吧，斯宾塞先生，我明天早上到你那儿。"

他谢过我,就把电话挂了。我很好奇,到底是谁在帮我做广告。我以为是西维尔·恩迪科特,就打电话过去查问。但他已经出城一个星期了,还没回来。

其实,这个并不重要。就连我这一行,偶尔也会有让人满意的客户啊。我需要工作,因为我缺钱——不如说,我自以为缺钱。直到那天晚上回家,发现一封信里夹了一幅麦迪逊肖像,我才改变了看法。

12

那封信放在我台阶底端红白相间的鸟舍形信箱内。邮件到达时,箱顶附在悬臂上的啄木鸟的尖嘴掉了。木头是新近断裂的。不知是哪个俏皮的小鬼朝它发射了原子枪。

信上有"柯瑞奥·阿瑞奥"的邮戳、几张墨西哥邮票和其他一些字。若非墨西哥最近不断在我脑海中出现,我未必认得出那些字来。邮戳我看不清楚,是用手盖的,印泥已模糊不清了。信很厚。我爬上台阶,坐在客厅读信。晚上似乎很安静。也许,一封死人寄来的信自有一股死寂在吧。

文前没有日期,也没有开场白。

> 我这会儿在湖泊山城奥塔托克兰一家不太干净的旅馆,正坐在二楼房间的窗口边。窗户下面就有一个邮箱。仆役给我送咖啡来的时候,我曾吩咐他待会儿替我寄信,我还要求他把信举起来,让我看一眼再投进邮筒。他这样做的话,可以得到一张一

百比索的钞票。对他而言，这可不是一个小数目了。

我为什么要玩这一招呢？门外有一个脚穿尖头鞋、衬衫脏兮兮、肤色黝黑的家伙在把守。他正在等什么，可我不知道。他不让我出去。不过，只要信寄出去了，就无所谓了。我要你收下这笔钱，是因为我用不着它了，而本地的宪兵一定会把它偷走。这钱本来就不是用来买东西的，算是给你惹这么多麻烦的谢罪礼，也算是向一个真正的君子表示敬意吧。

我还是跟往常一样，弄错了每一件事。不过，这会儿，枪还在我手上。我预感，有一件事你在心中已有定论。也许是我杀了她，也许不是。但有一件事不可能是我做的，那种残暴超出了我的底线。

有些事真叫人不愉快。不过，无所谓了，完全无所谓了！现在，最重要的就是避免不必要和无谓的丑闻。她的父亲和姊姊从未伤害过我。他们有他们的日子要过，我却对自己的人生感到灰心，因而走到这一步。

不是塞维娅害我变成了瘪三，我自己早就是瘪三了。她为什么嫁给我，我无法在这里简明扼要地作出说明。我猜，不过是一时兴起罢了。至少，她把年轻貌美留在这个世界了。俗话说，情欲使男人衰老，却使女人年轻。有不少俗话是胡说八道。俗语说，有钱人能永葆青春，他们的世界永远都是灿烂的夏天。我跟他们一道生活过，他们其实烦得要死，又寂寞得要命。

我写了一份自白。我觉得有点儿不舒服,而且非常害怕。你可以从书报上大致知道这一状况,却无法得知真相。事情发生在你头上,你除了口袋里的枪,什么都没有。你被困在异国一家肮脏的小旅馆,面前只有一条出路时,相信我,朋友,那可一点儿也不动人,一点儿也不精彩。那是彻头彻尾的龌龊、下流、灰暗和狰狞。

所以,忘了这件事,也忘了我吧。不过,请先替我到维克多酒吧喝一杯"锥子"酒。下回你煮咖啡的时候,替我倒上一杯,加一点儿波本威士忌,替我点一根烟,放在咖啡杯旁。然后,把这件事全部忘掉。特里·雷洛克斯已成为过去。所以,再会啦!

有人在敲门。我猜,是仆役送咖啡来了。如果不是,也许会有枪战了。原则上我喜欢墨西哥人,但不喜欢他们的监狱。再见。

特里

全部内容如上。我把信重新折好,放回信封去。我想,他那边敲门的应该是送咖啡的仆役。否则,我是不会收到这封信的,更不会有一张麦迪逊肖像。所谓麦迪逊肖像,就是一张五千美元的巨钞。

巨钞又新又挺括地躺在我的桌头。我以前连见都没见过这种钞票,很多在银行工作的人也没见过。兰迪·斯塔尔和梅隆德兹之类的角色很可能把它带在身上当票据使。你若到银行去申领一张,还不见得就有。他们得替你向联邦储备局申请，可能要等好几天。整个美国都只有一千张左右在流通。我手头这张巨钞，四周有柔美光泽。这种钞票，它完全可以创造出属于自己的独特的光泽来的。

我呆坐在那里很长时间，独自看着这张钞票。最后，我把它收进信匣，到厨房去煮咖啡。不管是不是感情用事，我都照他的吩咐做了。我倒了两杯咖啡，在为他倒的那一杯里我加了点儿波本威士忌，再将它放在我载他去机场那天早晨他坐的位置上。我替他点了一根烟，摆在咖啡杯一侧的烟灰缸里。我望着咖啡冒出热气，一缕轻烟从香烟一头升起。外面的金钟花树叶中，鸟儿不知在忙些什么，它们低声啁啾，自言自语，偶尔拍动一下羽翼。

后来，咖啡不再冒热气了，香烟也不再冒烟了，只剩一截熄灭了的烟蒂在烟灰缸边沿。我把它扔进水槽底下的垃圾箱，将咖啡倒掉，将杯子洗好，收起来。

就这样啦。以五千元作为代价来说，只是这样，好像还不太够。

过了一会儿，我去看了一次晚场电影。意思不大，我几乎不知道它在演些什么，只是一堆噪音和大面孔。我回家去了，放了一张很沉闷的鲁伊·诺培兹的唱片。也没什么意思。于是，我就上床睡觉去了。

可睡不着。凌晨三点，我听着拖拉机厂的机器轰鸣声，在屋里踱来踱去。他居然敢说那是小提琴演奏会。我看简直像电风扇的转页松了。去他的吧！

失眠对我而言，简直像胖子邮差一般稀奇。若不是早上要到丽池－比佛利旅馆去见霍华德·斯宾塞先生，我会灌下去一瓶酒，喝它个烂醉。要是再看见一个彬彬有礼的家伙醉倒在劳斯莱斯银精灵车上,我会不择方向地逃掉。世上没有一个陷阱,会比你自设的陷阱更贻害无穷。

13

十一点钟的时候,我坐在餐厅加盖的建筑那头数过来右边第三间小隔室里,背对着墙。任何人进来或出去,我都看得见。

那天天气晴朗,没有雾,连云都没有。游泳池从酒吧的玻璃墙外延伸到餐厅另一头,大阳照得池面亮闪闪的。一位穿白色鲨鱼皮泳装的性感女郎正由扶梯爬上高台。我望着她褐色大腿和泳衣之间的一道白圈,不免心旌摇曳。接着,她突然消失了,我的视线被深深悬垂的屋顶挡住了。过了一会儿,我看见她绕池转了一圈半后,跳下水去,溅起了高高的水花。水花在阳光的照耀下,形成一道虹。彩虹几乎跟少女一样漂亮。然后,她爬上扶梯,脱下白色泳帽,抖一抖白色的泳衣,屁股一扭一扭地走到一个白色小几前,坐在一位身穿白色斜纹裤、戴眼镜、皮肤晒成黑色的小伙子身边。那人一定是受雇在池边服务的。他伸手拍了拍她的大腿,她张开血盆大口笑了起来。我对她的兴趣完全消失了。我听不见她笑,但只要看她张开嘴、在脸上咧出一个大洞就够了。

酒吧里空荡荡的。从这儿过去的第三个小隔间,有两位着装怪异的痞子正在互相卖弄二十世纪福克斯公司出品的电影片段。他们中间的台面上有一部电话机,每隔两三分钟,他们就玩拼凑游戏,看谁能打电话给扎诺克提供热门的点子。

他们年轻、黝黑，他们热切，充满活力。他们不过是打电话，肌肉的活动量却不低于我把一个胖子扛上四段楼梯去。

有一个伤心的家伙坐在吧台上跟酒保说话。酒保一面擦酒杯，一面听他说，脸上挂着假笑。看着他的表情，你恨不得尖叫几声。顾客已届中年，衣着讲究，已喝醉了，他想说话。就算不是真心想说，也停不下来了。他彬彬有礼又友善。我听他说话脑子好像还算清楚，但你知道，他是那种一早起来就要找酒瓶的人，只有到了晚上睡觉才肯松手。他下半辈子也会这样，一生也就如此了。你永远都不会知道，他是怎么变成这样的。就算他告诉你了，也不是实情。那充其量只是他所知事实的扭曲记忆而已。全世界每一个安静的酒吧里，都有这样的伤心男子。

我看了看手表，我们这位精力充沛的出版家已经迟到二十分钟了。我再等半个钟头就走，全听顾客的可不行。如果让他把你使唤得团团转，他就会以为，任何人都可以随意摆布你。他要雇的可不是这样一个人。

现在我并不那么缺少顾客，就绝不能让一个东部来的笨蛋把我当作马夫使。那种经理人才，在木板装潢的八十五楼的办公室上班；办公室里有一排按钮和一个对讲机，还有一位身穿海蒂·卡内基职业妇女专属服装、美丽的大眼睛里满含希望的秘书。这位经营者会让你九点整到，他两个钟头后才会踩着有力的节奏翩然而至。你若不挂着满意的笑容静静坐在那里等他，那受到冒犯的经理就会突然发作，事后要在阿卡普尔卡度假五周，才能恢复。

酒吧的老服务生由我身边走过，轻轻瞄了一下我的淡苏格兰威士忌加水。我摇了摇头，他晃了晃自己的一头乱发。

就在这个时候，一位美人走了进来。我觉得，酒吧顿时鸦雀无声，老千不再玩纸牌了，高凳上的酒鬼不再滔滔不绝了。指挥在音乐台上轻声一说，举起手臂叫大家安静时，情形就是如此。

她又瘦又高，身穿裁缝特制的白麻衣裳，脖子上围一条黑白圆点披肩。头发是童话故事里公主的那种浅金色。她头戴一顶小帽，帽子下的金丝像鸟巢中的小鸟一样服服帖帖的。她的眼珠是罕见的矢车菊蓝色，睫毛很长，色泽稍嫌浅了一点儿。她走到对面的餐台，脱下白色长手套。老服务生特地为她拉出餐台——绝没有一位服务生肯为我这么做。她坐下来，把手套塞进皮包带子下面，含笑谢谢他。她笑得好温柔，好纯洁，把他迷得差点儿瘫在那里。她用很低的嗓音跟他说了一句话。他低着头，匆匆走开了。这家伙的人生，这时真是承担了重大使命哩。

我注视她。她注意到了我的目光，眼神抬高了半英寸。那样一来，我就不再在她的视线之内了。但无论我在哪里，我都屏住呼吸。

世上有金发俊男和金发美女，现在几乎已变成一个笑话的代名词了。一切金发儿都各有特点，大概只有那种像祖鲁族漂白了、脾气软得像人行道的金发儿例外吧。有那种唧唧喳喳的小巧玲珑的金发美女；有用冰蓝的目光让你搁浅的雕像型金发壮妇；有仰视着你、体味清香、闪闪发亮、吊着你的膀子，你带她回家她却总是很累、很累的金发美人。有这样一种金发美女，她摆出无奈的手势，头疼得要命，害你恨不得揍她一顿，却深深庆幸自己及早发现她头疼的事，还没有在她身上投资太多的时间、金钱和希望。因为头疼会永远存在，会成为永不磨损的利器。它比暴徒的利剑或露莱兹亚的毒药瓶，更厉害。也有这样一种金发美人，温柔，顺从，嗜好美酒，只要是貂皮制品，什么样的衣服她都肯穿，只要是星光屋顶，有很多浓香槟，她什么地方都肯去。

还有一种金发美人，活泼，孟浪，像个小哥们儿，样样要自己付钱，显得生机勃勃，常识丰富，精通柔道，可以一边看着《周六评论》，一边对一个卡车司机来上一个背摔，最多不过看漏一个句子。

更有这样一种金发美女，患上了非致命性的贫血绝症，面容苍白，萎靡不振，像鬼魅一般，说话轻声细语。你不会对她动一根指头的。首先，你根本不想这么做；其次，她不是在读《荒原》原著或但丁的原著，就是在读卡夫卡或克尔凯郭尔的巨著，或者是在研究普维旺斯文。她热爱音乐。纽约爱乐乐团演奏亨德米特的作品时，她会告诉你六个低音提琴中哪一个慢了四分之一拍。听说托斯卡尼尼也能听得出来。全世界就他们两个内行。

最后，还有风华绝代的博物馆级的金发美女。在她们陪伴过的三个大腕级的混蛋男友死后，又先后嫁给两位百万富翁，每个一百万赡养费，老来在卡普安蒂贝拥有一栋浅玫瑰色别墅，一辆有正驾驶和副驾驶的阿尔法·罗密欧房车，一帮子上了年纪的贵族朋友——她对他们全都很亲昵却心不在焉，就像老公爵跟管家道晚安一样。

坐在我对面的这位美人不属于上述任何种类，甚至不属于那样的世界。她难以归类，像山泉一般幽远和清纯，像水色一般难以捉摸。

我还在盯着她瞧，身旁却有个声音说道："我迟到太久了，对不起。你一定很恼火这个了。我叫霍华德·斯宾塞。你一定就是马洛了。"

我转过头去，看着他。他人到中年了，有了发福的效果，看上去不太在意衣着，但胡子刮得很干净，稀疏的头发往后梳得一丝不苟，小心谨慎地将头顶宽宽的脑袋盖住了。他穿着浮华的双排扣马甲。这种衣服在加州很少有人穿，也许前来做客的波士顿人偶尔会试试。他戴着无框眼镜。他一边说着，一边轻拍一个破旧的公文包。他所谓的"这个"显然指的就是它了。

"三部新的足本手稿。小说。我们还没来得及退稿就把它弄丢了的话，那就尴尬了。"

年老的服务生把一杯高高的绿色玩意儿放在那位美人面前。他正要转身离开时，斯宾塞示意他过来。"我特别喜欢琴酒加柳橙汁。实在是很蠢的一种酒。你要不要也来一杯？"

我点了点头。年老的服务生就走开了。

我指了指公文包，说："你怎么知道你会把它们退掉？"

"如果真的很好，就不会由作家亲自送到旅馆来的，纽约的经纪人早就把它们要走了。"

"那又何必收下呢？"

"一方面是为了不伤感情；一方面是因为这种可能性——所有出版商都寄希望于以千分之一的机会去发掘好作品。较大的可能性是，鸡尾酒会上你被引介着认识了各种各样的人，有的人小说已经写好了，你有点儿微醉，就变得对人慷慨又多情起来，于是顺口说你想看看脚本。这样，这东西就以令人作呕的速度送到旅馆来了。好歹你都要看看吧。不过，在我看来，你对出版商和他们的问题不会感兴趣的。"

服务生端来了饮料。斯宾塞抓起他那杯,好一番牛饮。对面的金发美女,他都没顾上去看一眼,注意力完全放在我身上。他是很好的联络人。

"若跟工作有关,"我说,"我偶尔也可以看看书。"

"我们有个重要的作家就住在附近。"他顺口说道,"也许你读过他的东西。他叫罗奇·维德。"

"啊-哈。"

"我懂你的意思。"他苦笑道,"你不喜欢历史浪漫传奇。可是,它们都卖得很火。"

"我没觉得有什么意思,斯宾塞先生。我曾经翻过他的一本书。我觉得,那是垃圾。我这么说,有错吗?"

他咧嘴一笑。"噢,不。很多人跟你一样,也这么认为。不过,他的书现在本本畅销。现在,每个出版商手里都拽着一两位这种作家,向他们支付高额版税。"

我看了看对面的金发美女。她喝完了莱姆汽水之类的东西,正在看一个显微镜似的手表。这个时候,酒吧里人多起来了,但还不至于太吵。两个赌徒还在挥手,吧台凳上的独酌客有了两个酒友。我回头去看霍华德·斯宾塞。

"跟你的问题有关吗?"我问他,"我是说这个姓维德的家伙。"

他点点头,又仔细打量了我一眼。"马洛先生,谈谈你自己吧。我是说,如果你不排斥这个请求的话。"

"哪一方面?我是一个领有执照的私家侦探,开业有一段时间了。我独来独往,没结婚,已届中年,不富有。我入狱不止一次,我不办离婚案件。我喜欢醇酒、妇人、棋局等东西。警察不太喜欢我,不过,我也认识了一两个合得来的。

我是本地子弟，生在萨塔罗沙，父母都死了，没有兄弟姊妹。如果我哪一天在暗巷被杀——做这一行，谁都有可能出事。很多其他行当，或者根本不做事的人也好不到哪里去——没有人会觉得他们的人生将因此完全崩溃。"

"我了解。"他说，"可是，你说的这些并非我想要知道的。"

他把琴酒与柳橙汁喝完。那也不是我喜欢的。我对他露齿一笑。"有一项我省略了，斯宾塞先生。我口袋里有一张麦迪逊的肖像。"

"麦迪逊总统的肖像，我恐怕，我不——"

"一张五千美元的大钞！"我说，"我随时带着。它是我的幸运符。"

"老天！"他压低了嗓门说，"那不是非常危险吗？"

"是谁说的来着？超过某一临界点，所有的危险就都一样了。"

"我想，是瓦特·贝格赫特说的。那是对修筑烟囱的人说的。"然后，他笑了一笑。"抱歉，但我是出版商。马洛，你是对的。我要在你这里试试，看能否找到点儿机会。否则，你会叫我滚蛋，对吧？"

我也对他笑了笑。他召唤服务生，又点了两杯酒。

"你看，"他小心翼翼地说，"我们在罗奇·维德那里遇到了大麻烦。他没办法写完一本书。他失去了自制能力，有苦难言。他好像快要崩溃了——酗酒，乱发脾气。他每隔一阵子就会连着失踪几天。不久前，他把太太推下楼去，害她断了五根肋骨，不得已住院了。他们之间，没有一般夫妇所谓的外遇问题，一点儿都没有。那人只是醉酒后撒酒疯。"

斯宾塞身子往后仰，郁闷不堪地看着我。"我们必须让那本书完成，非常需要。这攸关我的饭碗问题。说起来，事情远不止如此。我们想要挽救一个很有才能的作家，他应该会创作出比以往更好的作品来。有一件事很不对劲。这回，他甚至不肯见我。这一切听起来好像该找心理医生，我明白。但维德太太不同意，她相信他完全正常，只是有一件事情让他担心得要死，譬如勒索之类的。维德夫妇已结婚五年。过去的生活可能有什么在困扰着他，甚至可能——只是瞎猜啦——他交通肇事逃逸之类的，被人发现了。我们不知道是什么。我们想知道，我们愿意付一大笔钱解决那个问题。如果它不过是医疗问题，噢——那就算了。如果不是，就非得找出答案不可。同时，维德太太也该受到保护。他说不定接下来会把她杀了的。世事难料。"

第二轮酒开始了。我那杯尚且原封不动，只见他将自己那杯又一饮而尽了。我不为所动，点了一根烟，只管瞪着他看。

"你要的不是侦探，"我说，"你要的是魔术师。我究竟能干什么？如果我恰好在正确的时间到场，如果我觉得他不难应付，也许可以先将他打趴下了，再扶他上床去。无论如何，我得在场才行啊。那样的机会可是一百比一，你知道的。"

"他个子跟你差不多。"斯宾塞说，"但他的体能不如你。你可以随时在场。"

"不见得。醉鬼往往都很狡猾。他一定会挑我不在的时候发作。我这又不是在男看护市场求职。"

"男看护一点儿用都没有。罗奇·维德也不会接受男看护。他是很有才华的人，只是失去了自制力。他写垃圾给笨读者看，赚了太多钱。可是，对于作家来说，唯一的救赎就是写作。他身上若有任何优点，都会显现出来的。"

"好吧，我信你说的。"我不耐烦道，"他很棒。他也很危险。他有犯罪的秘密，想泡在酒精里把它忘掉。但是，斯宾塞先生，我不善于处理这类问题。"

"我明白了。"他看了看手表，愁得皱眉皱脸，面孔看起来更老更瘦小了。"好吧，就算你说的对。不过，我总得试试嘛。"

他伸手去拿他那鼓鼓囊囊的公文包。我看了看对面的金发美女，她也准备着要走了。白发服务生正在跟她结账。她给了他一点儿钱当小费，还对他嫣然一笑。他看上去高兴得像是刚跟上帝握过手似的。她翘起嘴唇，戴上白手套，服务生把餐台拖开，好让她大步从里面跨出来。

我看了看斯宾塞。他正望着桌边的空杯子皱眉头，公文包就放在膝上。

"好了。"我说，"你要是觉得有必要，我会去见那个人，估量估量他。我要跟他太太谈谈。不过，我猜他会把我扔到屋外去。"

斯宾塞沉默着，另一个声音却在说："不，马洛先生。我想，他不会。相反的，我觉得，他也许会喜欢你。"

我抬头望见一双紫蓝色的眼睛。她站在餐台另一头。我站起来，笨手笨脚地斜切入小隔室后侧。这个时候，我一定是一副无法开溜、只得呆立原地的模样。

"请不要站起来！"她的声音轻柔得就像夏日里飘飞的白云。"我知道，我该向你道歉。可是，我觉得我应该先找个机会观察你，再来跟你进行自我介绍。我是艾琳·维德。"

斯宾塞阴沉地说："他对此不感兴趣，艾琳。"

她轻轻一笑。"我不这么认为。"

我竭力集中注意力。那一会儿，我站都站不稳了，就在那里张着嘴喘气。她像一个甜美的护士，实在漂亮极了；近看之下，简直叫人窒息。

"我没说我不感兴趣，维德太太。我要说的，或者我原本想说的是，我恐怕起不了什么作用，不该乱试的。那样做的话，也许会帮倒忙。"

现在，她变得非常严肃，笑容也消失了。"你的决定为时过早。你不能以人的行动来判断人。若要盖棺定论，该看他们的本性。"

我点了点头，有些茫然。因为我对特里·雷洛克斯就有这种想法。从他的所作所为来看，他是一个不折不扣的孬货，只在散兵坑里有过瞬间的光荣，如果梅隆兹说的是真话。可是，一个人太具体的行为并不足以反映一切。他是一个让人无法讨厌的男子。人一辈子下来，能遇见几个这样的。

"你还得了解他们就是这种人。"她轻声补充道，"再见，马洛先生。如果你改变主意了——"她快速打开手提袋，递给我一张名片——"谢谢你赏光。"

她向斯宾塞点了点头，就离开了。我目送她走出酒吧，沿着玻璃作顶的走廊去到餐厅，顾盼生辉。我望着她转到通往大厅的拱门下，看见她转弯时白色麻纱裙最后一闪。我的身子这时放松下来，坐进小隔间，将那杯琴酒加柳橙汁端了起来。

斯宾塞注视着我，眼神不无严厉。

"行了。"我说,"你应该偶尔看看她才对。那样的美人,只要在你对面坐上二十分钟,你就不可能熟视无睹。"

"我真蠢,对吧!"他勉强露出笑容,尽管那并非他的本意。他不喜欢我刚才看她的眼神。"大家对私家侦探的看法有些怪怪的。只要想到家里安插了一个——"

"休想把我这个侦探安插进你家。"我说,"无论如何,你得再编出一个故事来才行。你不该相信竟有人——不管酒醉或清醒——把那个绝代佳丽推下楼去,害她跌断五根肋骨。"

他胀得满脸通红,双手抓紧公文包。"你的意思是,我在撒谎?"

"有什么区别?你都已经做过了。也许,你自己有点儿迷上那位夫人了。"

他突然站起来。"我不喜欢你这种说话的口气。我不确定是不是喜欢你。帮个忙,把这件事给忘了。我想,这足够付你的钟点费了吧。"

他扔了一张二十美元的钞票在桌上,外加一点儿小费给服务生。然后,静静站着,俯视了我一会儿。他眼睛很亮,脸色还红红的。

"我已婚,有四个小孩。"他突然说道。

"恭喜。"

他喉咙里快速滚过一个声音,就转身离去了,快得像一阵风。我的目光跟随了他一会儿,然后将剩下的酒喝光。我取出香烟盒,抽出一根来,塞进嘴里,点上。那个年纪较大的服务生走过来,看了看桌上的钱。

"先生,还要送点儿什么过来吗?"

"不用了。这些钱都给你。"

他把钱慢慢捡起来。"先生,这是一张二十美元的钞票。那位先生搞错了。"

"他不是文盲。钱都给你,是我的意思。"

"非常、非常感激,先生,如果你确定——"

"十分确定。"

他一个劲儿地点着头,走开了,看上去还是很不放心的样子。

酒吧的人渐渐多起来了,有两个曲线玲珑的少女一边唱着歌,一边挥着手,从我身边走了过去。她们认识前面小隔间里的两个愣小子。酒吧里满是"达令"的呼唤声和桃红的指甲在晃动。

我抽了半根烟,有些百无聊赖,便起身准备离开。转身去取烟盒的时候,我感觉有东西从身后撞了一下脑袋。这事来得正是时候。我转过身来,看到一位咧着大嘴、哗众取宠的家伙穿着皱褶太多的牛津法兰绒走过去的侧影。他像大众情人般伸开双臂,像一个拍卖时从不亏损的家伙一样咧着大嘴在狂笑。

我抓住他伸出来的手臂,将他拽了回来。"怎么啦,小子?走道不够宽,容不下你这号人物?"

他挣脱手臂,发起狠来,"老兄,别自以为了不起。我也许会打掉你的下巴。"

"哈哈,"我说,"你会替洋基队守中外野,用长面包击出一个全垒打。"

他有一双肉乎乎的拳头。

"宝贝,想想你修剪过的指甲。"我跟他说。

他克制住自己的情绪。"神经病！自作聪明的小子！"他不屑地说，"下回吧，等我脑子里没这么多事要想的时候。"

"还能比现在更少吗？"

"走啊，快滚！"他咆哮道，"再说一句，你就得换新牙床了。"

我对他咧嘴一笑。"打电话给我，小子。不过，说话要客气一点儿的。"

他的表情变了，放声大笑起来。"你的照片上过报的，老兄？"

"钉在邮局墙上的那种海报。"

"在警方相册簿里，我见过你。"他说着，走了开去，嘴还咧着。

这种事很蠢，但可以帮助你摆脱心里的不良情绪。我顺着玻璃过道越过旅馆大厅，来到正门口。我停下脚步，在那里戴上了太阳镜。直到上了自己的车，我才想起来要看看艾琳·维德给我的名片。它印制精美，却不是那种例行公事的名片。上面有详细的人名、家庭地址与电话号码。罗奇·维德先生，闲适山谷一二四七号。电话：闲适山谷五六三二四。

我对闲适山谷知之甚详，也知道那儿跟当年入口设有门房和私人警力、湖上开赌场、有五十元一夜的卖春女时已大不相同。赌场关掉以后，暗钱已经接管了这一片地区，使它成为房地产分割商的最爱。有一个俱乐部拥有湖泊和湖前的土地。要是无法加入俱乐部，你就不能在水上玩乐。这样的排他性，并非仅仅意味着昂贵而已。

我在闲适山谷里，就像洋葱摆在香蕉船甜点上，显得格格不入。

那天下午晚些时候，霍华德·斯宾塞打电话给我。他的气头过去了，想跟我道歉，说他没处理好那个场面，还问我是否能够再考虑一下那个请求。

"他若是请我，我就会去看看他。否则，就算了。"

"我明白了。会有丰厚的大红包——"

"请听好了，斯宾塞先生！"我不耐烦地说，"就算花钱再多，你也改变不了命运。维德太太要是惧怕那个家伙，她可以搬出去。这该是她来决定的问题。没有人能每天二十四小时地去保护她，去防范她的丈夫。全世界也提供不了这样的保护。而且，你想要的还不止这些。你要知道的是，那家伙何时、何地以及为什么出轨，然后想办法使他不再重犯，至少在他写完那本书之前。但这一切取决于他个人了。若很想完成那本该死的书，他会暂时放下酒杯的。你的要求也太多了点儿了。"

"事情都赶在一起了。"他说，"但说来说去，就是同一个问题。我想，我大致了解了，对你这一行来说，这确实太复杂了一些。好吧，再见。我今晚飞回纽约。"

"祝你一路顺风。"

他谢过我，就挂了电话。我忘了告诉他，我已经把他付给我的那二十美元送给服务生了。我想把电话打回去告诉他这件事，又觉得他已经够可怜的了，做起来就有些于心不忍了。

我关上办公室的门，往维克多酒吧的方向走去，想照特里信上的吩咐，去喝一杯"锥子"。中途，我又改变了主意。我还不至于那么多愁善感。我到维克多酒吧喝了一杯马丁尼，吃了一客肋眼肉和一份约克郡口味布丁。

回到家，我打开电视机，观看拳击比赛。一点儿都不精彩，只是一群拳击手在跳来跳去。他们真该为亚瑟·穆雷工作才对。他们只会出刺拳，蹦上蹦下，假装进攻好让对方失去平衡。没有一位出拳有力，足以吵醒瞌睡的老祖母。观众嘘声四起，裁判不断拍手叫他们行动，他们却继续晃来晃去，慌慌张张，戳出一记左长钩拳。我转到另一个台，观看一个犯罪剧。罪行发生在一个衣橱里。剧中人物的面容显得疲惫不堪又太过熟悉，一点儿也不美。对话是《安母圆案》都不会用的沉闷之语。侦探用了一个黑人仆役，以增加一点儿喜剧效果。其实根本用不着，那个侦探自己就够滑稽的了。广告片很烂，连养在铁丝网和破酒瓶堆里的山羊看了都会作呕。

我关了电视，抽一根裹得很紧实的长杆凉烟。它对嗓子不错，是好烟草做的，我忘了看它是什么牌子了。我正准备睡觉，刑事组的探案警官葛林的电话来了。

"你大概有兴趣知道，你的朋友雷洛克斯两天前在他去世的墨西哥小镇下葬了。一位律师代表家属到那边参加了葬礼。这回你很幸运，马洛。下回别再想着帮朋友逃出国境了。切记！"

"他身上有几个弹孔？"

"这算什么？"他吼道。沉默了好长时间后，他才小心翼翼地说："一个啊，我猜。往脑袋上打，通常一发就够了。律师带回一套指纹，口袋里还有一些杂七杂八的东西。你还想知道什么？"

"有啊，可是你不可能告诉我的。我想知道，是谁杀了雷洛克斯的太太。"

"咦，葛伦兹不是跟你说过他留下了一份完整的供述吗？

反正报上是这么说的。你不再看报了吗?"

"多谢你打电话给我,警官。你真客气。"

"听着,马洛!"他粗声粗气地说,"你要是对这个案子起什么怪念头、信口胡言的话,会给你惹来很多麻烦的。案子已经了结,尘埃落定了。这对你来说,真是幸运。要知道,从犯都要在本州服刑五年。我再告诉你一件事。我当警察这么多年,深知一个人坐牢不见得是他做了什么,而是法庭觉得他像是做了什么。晚安。"

说完,他就挂了电话。我放下听筒,心想,一个正直的警察良心不安时,就会装狠。不正直的警察也一样。其实,人们大多如此。我也不例外。

14

第二天早晨,我正要擦掉耳轮上的爽身粉,门铃响了。

我走过去开门,看到一双紫蓝色的眼睛。这回,她穿棕色麻纱,系一条甘椒树色的大围巾,没戴耳环和帽子。她的脸色看起来有点儿苍白,却不像曾经被人推下楼梯的样子。见到我,她露出了迟疑的微笑。

"马洛先生,我知道我不该来打扰你。你可能连早点都还没吃。但我实在不想去你的办公室,又讨厌打电话谈论私事。"

"没问题。进来吧,维德太太。要不要来一杯咖啡?"

她来到客厅,坐在长沙发上,眼神显得很茫然。她把手提袋在膝上放正,双脚并拢坐着,看起来一本正经。我开了窗，拉起活动百叶帘，由她面前的酒桌上拿起一个脏了的烟灰碟。

"谢谢你。请给我一杯咖啡，不加糖。谢谢。"

我走进厨房，在一个绿色金属托盘上铺了一张餐巾纸。它看起来像赛璐珞衣领一样低级。我把它揉搓掉，拿出一块跟三角小餐巾配套的松边衬布。这种餐厅用的装饰布跟大部分家具一样，是随房子一起出租的。我取出两个"沙漠玫瑰"咖啡杯，将它们倒满了，再用托盘端进客厅去。

她啜了一口。"很棒！"她说，"你真会煮咖啡。"

"上回有人与我共饮咖啡，刚好在我入狱前。我猜你知道我坐过牢，维德太太。"

她点点头。"没错。你有帮助他人逃亡的嫌疑，对吧？"

"他们没有这么说。他们在他房间的便条簿上发现了我的电话号码。他们问我话，我没答——大部分是因为问话方式不当。不过，我想你对这些不会有兴趣。"

她小心地放下杯子，身体向后靠，对我笑了笑。我请她抽烟。

"我不抽烟，谢谢。我当然感兴趣。我们有个邻居认识雷洛克斯夫妇。他一定是疯了。看起来，他根本就不像那种人。"

我把烟丝装进一个牛头犬烟斗，点上火。"我猜是这样，"我说，"他一定是疯了。他战时受过重伤。如今他死了，一切都成过去了。我想，你来这里，不是要谈那件事的吧。"

她缓缓地摇头。"马洛先生，他是你的朋友。你一定知道他是什么样的人。我想，你是一个颇有决断力的人。"

我将烟斗内的烟丝压紧实了，再次点燃它。做着这一切的时候,我从烟斗的上方从容不迫地凝视着她。

"听着,维德太太!"我最后说道,"我的意见算不得什么。那种事每天都在发生。最不可能的人犯了最不可能的罪;慈祥的老太太毒死全家;健康又正常的小孩犯下多起抢劫和枪杀案;二十年纪录完美无瑕的银行经理长期盗用公款;成功、受欢迎、应该很快乐的小说家喝醉酒,把太太打得住院。我们连自己好朋友的行为动机都不太搞得清楚。"

我以为她听了会大发脾气,结果,她不过嘟了嘟嘴唇,眯起了眼睛。

"霍华德·斯宾塞不该告诉你那件事。"她说,"那是我的错。我不懂得避开他。那次以后,我便知道,你绝不可能阻止一个喝醉酒的男人。这,你可能比我更清楚。"

"言语当然无法阻止他。"我说,"假如你够幸运,假如你有力气,偶尔可以防止他伤害自己或别人。连这,也要靠运气。"

她静静地伸手去取咖啡杯和托碟。她的手,跟她身上其他部位一样迷人。她的指甲形状很美,涂得亮亮的,色调极淡。

"霍华德有没有告诉你,这回他没见到我的丈夫?"

"是的。"

她喝完咖啡,小心翼翼地把杯子放回托盘。抚弄了汤匙几秒钟后,她开口说话了,却没有抬头看向我。

"他没告诉你原因,因为他也不知道。我喜欢霍华德,但他是支配欲很强的人,什么事都要管。他自以为很有管理才华。"

我静静地等着,什么都没说。又是一阵缄默。她飞快地看了我一眼，又把眼神移开了。她轻声说道："我丈夫失踪三天了。我不知道他去了哪里。我来这里，是想请你找到他，把他带回家去。噢，这种事情以前也发生过。有一次，他大老远开车到波特兰德，在那里的一家旅馆一醉不起，只好找医生帮忙解酒。他去到那么远，居然没出问题，真是奇迹！要知道，他三天没吃东西。还有一次，是在长堤的一家土耳其浴室。瑞典人开的，是那种给人上灌肠剂的地方。最近一次则是一家小小的私人疗养院，名声可能不太好。那件事发生至今，还不到三个星期。他不告诉我名称和地点，只说他正在接受治疗，没有问题。可他看起来很苍白，很虚弱。我瞥了一眼带他回家的男人——一个个子高高的小伙子，穿一件只有舞台或七彩音乐片中看得到的考究的牛仔装。他在车道上把罗奇放下，当即倒转车头，就离开了。"

"可能是度假牧场。"我说，"有些驯良的牛仔，每一分钱的收入都用来买那种花哨的装备。女人会为他们疯狂。这就是他们喜欢那边的理由。"

她打开皮包，取出一张折叠好的纸。"我带来了一张五百美元的支票，马洛先生。你愿不愿意收下它作为佣金？"

她把折叠好的支票放在桌上。我看了一眼，没去碰它。"为什么？"我问她，"你说他已失踪三天了。让他完全清醒，再喂点儿食物，得需要三四天。他不会像以前那样自己回来吗，还是这回有什么不同？"

"再这样，他受不了的，马洛先生。他会因此送命的。间隔愈来愈短了。我担心得要死。不只担心，还很害怕。这太不自然了。我们结婚五年了。罗奇一向好酒，但不是变态酒鬼。一定有什么事情不对劲了。我希望能找到他。昨天晚上，我睡了还不到一个钟头。"

"猜得到他酗酒的理由吗？"

她紫色的眸子定定地看着我。今天早上，她似乎有点儿脆弱，但绝非孤苦无依。她咬了咬下唇，摇摇头。"除非是因为我，"最后，她近乎耳语道，"男人对太太，会日久生厌。"

"我只是业余的心理学家，维德太太。做我这一行的人，必须懂一点儿心理学。要我说，他更可能是对自己写的烂作品生厌了。"

"极有可能。"她静静地说，"我想，所有的作家都会中那种邪。他好像真的没办法把手头这本书写完。不过，他不缺房租钱，又不是非写完不可。我想，这个理由不充分。"

"清醒的时候，他是怎样的一个人？"

她微笑了。"噢，我难免会偏袒他。我想，他真的是一个非常斯文的人。"

"醉酒之后呢？"

"很恐怖。聪明、无情又残忍。他自以为很睿智，其实不过是肮脏和下流。"

"你没提到暴力。"

她抬起茶褐色的眉毛。"只有一次，马洛先生。那件事，渲染得有些过头了。我不可能告诉霍华德·斯宾塞。是罗奇自己跟他说的。"

我站起来，在屋里踱步。天气看来会热起来了。其实，它已相当热了。我转动一扇窗户的遮帘，以抵挡阳光。然后，我就直入主题了。

"昨天下午，我在《名人录》里查过他了。他今年四十二岁，跟你是第一次结婚，没有小孩。家族是新英格兰人，他曾独自前往安多佛和普林斯顿。他有战争记录，而且记录很优良。他写过十二本厚厚的有关性爱与舞剑的历史小说，他妈的每一本都登上了畅销书榜。一定赚了不少钞票。他要是对太太生厌了，看样子会直接提出来，要求离婚的。如果他跟别的女人胡来，你可能会知道了。总之，他不必靠酗酒来证明自己心情不好。你们结婚五年，那他当时是三十七岁。我要说，那个年纪，他对女人应该了解大半了。我说大半，是因为没有人能够完全了解。"

我停下来看她，她对我笑了笑。我没伤害她的感情。我接着说了下去。

"霍华德·斯宾塞认为——根据是什么，我不知道——罗奇·维德的问题，出在远在你们结婚前发生的事情上。现在，后遗症出现了，那种打击让他受不了了。斯宾塞想到了勒索。对此，你是否有所察觉？"

她缓缓地摇了摇头。"如果你的意思是说，罗奇付一大笔钱给什么人，我会不会知道——不，我不会知道。我不干涉他的账目往来。他就算送出去一大笔钱，我也未必知道。"

"那没关系。我不认识维德先生，无法了解他对人家敲竹杠会怎么反应。如果他脾气暴烈，可能会扭断人家脖子。如果这个秘密，无论它是什么，会危及他的社会地位或他在专业领域的声誉，举个极端的例子，甚至招来执法人员，他可能会考虑花钱消灾——至少暂时会那么行事，那样的话，对我们的行动毫无益处。你希望找到他，你担心他，而且不只是担心。我该怎么找到他呢？我不要你的钱，维德太太。无论如何，现在先不要。"

她又把手伸进皮包，取出两张黄色纸条来。看起来，像是折叠的信纸,有一页皱成一团了。她把纸张摊平,递给我。

"有一张是我在他桌上发现的。"她说,"夜很深了,也可以说是凌晨时分,我知道他喝了酒,也知道他没上楼去。两点左右,我下楼去看他是否平安,如:有没有出大问题、昏倒在地板上或躺椅上之类的,才发现他不见了。另一张是在字纸篓里发现的,准确地说,是卡在字纸篓的边沿,没有掉进去。"

我看了看第一页,也就是没有起皱的那一张纸。上面有一小段打印的文字:"我不喜欢顾影自怜,不再有人可以爱。签名:罗奇(F. 斯科特·菲茨杰拉德)·维德。又及:这就是我总也完成不了《最后的大亨》的原因。"

"对你来说,这意味着什么,维德太太?"

"不过是摆一摆姿态罢了。他一向崇拜斯科特·菲茨杰拉德。他说,斯科特·菲茨杰拉德是自柯勒律治以来最伟大的酒鬼作家,还是个瘾君子。马洛先生,请你看一看这个打印稿!它清晰、匀整,而且毫无拼写错误。"

"我注意到了。大多数人喝醉酒后连名字都写不清楚的。"我打开揉成一团的那张纸。那也是打字稿,也没有一点儿错误或参差不齐之类的。这张纸上写着:"V 医生,我不喜欢你!可现在,你正是我要找的人。"

我还在浏览那张纸的时候,她开口说话了。"我不知道 V 医生是谁。我们不认识姓氏以 V 开头的医生。我猜,他知道罗奇最近去的那个地方。"

"就是牛仔送他回来的那次?你丈夫压根儿没提起过任何名字,甚至地名?"

她摇了摇头。"什么都没说。我查对过电话簿。姓氏以 V

开头的各类医生有几十个。何况也可能只是名字而不是姓。"

"很可能他连医生都不是。"我说,"这就牵涉到现金问题。合法医生会收支票,江湖郎中却不会,怕支票变成证据。而且,那种人往往收费不低。他家的膳宿收费一定高昂,注射的费用就更不用说了。"

她听了似乎很茫然。"注射的费用?"

"所有江湖郎中都会给患者注射毒品。那是应付酒鬼最简单的办法。让他们不省人事十一二个钟头,再醒来就会服服帖帖了。可是,没有执照、滥用麻醉药的话,要被关进联邦监狱的——代价很高。"

"我明白了。罗奇可能带了几百美元。他书桌里一向都会放有这个数目的钱。我不知道他那样做是为什么。我想,那不过是他临时起的怪主意罢了。现在,钱都不见了。"

"好吧。"我说,"我试着去找找所谓的 V 医生。我不知道怎么找,可是我会尽力。支票你先带回去,维德太太。"

"为什么?你的职业不就是——?"

"以后吧,多谢。我宁愿跟维德先生要支票。不过,无论如何,他不会喜欢我的举动的。"

"可是,他要是病了,孤独无依——"

"他可以打电话给自己的医生或者叫你打。他没这么做,可见他不想。"

她把支票放回皮包,站起身来,一副形只影单的样子。"我们的家庭医生不再愿意管他了。"她沉痛地说。

"维德太太,医生数以百计。任何一位都有可能给他诊治一次。大多数会在他身边留一段时间。现在,医疗竞争很厉害。"

"我明白了。也许，你说的对。"她缓缓地走到门口。我陪她过去，打开门。

"你可以自己叫个医生。为什么不叫？"

她站在我的正对面，眼睛晶亮晶亮的，依稀还有泪光。好一个迷人的娇娃，毫无疑问。

"我爱我的丈夫，马洛先生。我愿意不惜一切代价，来帮助他。我也知道他是什么样的人。假如他每次多喝了酒我就把医生找来，这个丈夫也留不了多久的。对成年人，你不能像对喉咙痛的小孩子一样。"

"他若是酒鬼，就可以那样。要命的是，你往往不得不这样。"

她站在我身边，我能闻到她的香味。也许，是自以为闻到了吧。那种香水味，用的不是喷嘴。这，也许只是在夏天，才会有这样的感觉。

"如果他过去有什么难以启齿的事，"她把每一个字都拖得长长的，仿佛它们带有苦味，"甚至犯罪，对我来说，也不会有什么不一样。我不会想着要去调查清楚的。"

"要是霍华德·斯宾塞雇我去查，就没关系了？"

她慢慢露出了笑容。"你已证明自己宁愿坐牢也不出卖朋友，你以为我会期待你给霍华德其他答案吗？"

"多谢夸奖！可是，我坐牢，不是因为那个原因。"

她沉默了半响，才点点头，说声再见，走下红木台阶去。我望着她上了车。那是一辆细长的灰色积架，看来很新。她把车子驶到街的尽头，在那边掉头。下坡经过时，她挥挥手套向我告别。小汽车扫过转角，扬长而去。

紧挨着我住所的前壁，有一丛红色夹竹桃。我听见一阵翅膀拍动的声音，有一只反舌鸟开始吱吱地叫起来了，显得很不安。我发现它悬在一根树枝的顶端，猛拍翅膀，好像平衡出了问题。墙角的柏树丛中传来一阵警告的尖鸣。这时，吱吱声立刻停止了，小胖鸟静下来了。

我走进屋去，关上门，留下小鸟去温习他的飞行课。鸟儿也必须学习。

15

无论你自以为多精明，调查总得有个起点：姓名啦，地址啦，背景、环境或某种参考资料。现在，我手头有的，不过是皱成一团的黄色纸条，上面打印的文字是："V医生，我不喜欢你。可现在，你正是我要找的人。"

光凭这个去找他，莫过于大海捞针，就算花上一个月的时间查遍五六个郡的医疗协会的所有成员，也不会有结果的。我们这儿的庸医像天竺鼠一样，繁殖得很快。市政厅周围百里以内有八个郡，每一个郡的每一个小镇都有医生，有些是真正的医师，有些只是邮购机械师，领有一张切除鸡眼或是挑战你身体忍耐度的执照。真正的医师有的发达，有的清贫；有的讲道德，有的不见得让人崇尚得起。一个富有的初发性嗜酒者可以从家里拿出一大笔钱，送给拖欠维它命和抗生素款项的怪老头儿。

没有线索，案件真是无从查起。我没有线索，艾琳·维德也没有。或许，她不是没有线索，而是有了线索却不自知。就算我找到条件符合、姓名也以V开头的人，就罗奇·维德来说，一切也不过子虚乌有。那句话说不定只是他醉后恰好闪过脑海的一个念头。正如他提到斯科特·杰茨菲拉德只是一种不落俗套的道别。

这种情况下，小人物就只好去攀高枝了。于是，我打电话给一位"卡尼组织"的熟人。那个时髦的机构设在比佛利山，专门保护富有的客户。所谓保护，就是游走在法律的边沿，来谋取犯罪的合法性规避。我认识的人叫乔治·彼得。他说，只能给我十分钟时间，要我速战速决。

他们在一栋粉红色的四层建筑的二楼占有半个楼面。电梯门凭电子眼自动开关，走廊凉快又安静。停车场的每一个车位都标有名字。前厅外的药剂师为了分装安眠药，把手腕都累坏了。

门扉外侧是浅灰色，有凸起的金属字母，整洁锋利如一把新刀。"卡尼组织有限责任公司，总裁杰拉德·C·卡尼"。下面的"入口"两字小一些。这也许是一家信托投资公司哩。

里面有一个不大也不漂亮的接待室，但那种不漂亮是刻意而为的，而且耗费很大。家具呈猩红和深绿色，墙壁是晦暗的布伦兹威克绿漆，墙上挂的图画装了色调比墙漆暗了三分左右的绿框，画的是几位红衣男子骑在高头大马上，马儿正发狂着要跨过高栏去。两个无框的镜子是那种让人恶心的玫瑰红。亮亮的白桃花心木桌子上放着几本新近发行的杂志，每一本都加了透明塑封。布置这个房间的家伙，难道就不怕花哨。他也许是那种人：穿着辣椒红衬衫、桑葚色裤子、斑马纹鞋、朱红色内裤上绣有橘红色姓名缩写。

这一切，都应只是橱窗的装饰。"卡尼组织"的客户每天至少要付一百元，他们指望在家里接受服务，而不只是在接待室里。卡尼当过宪兵队上校,块头大,肤色白里透红,人硬朗得就像木板。他曾叫我去他那里任职,但我还没有饥不择食到那步田地。当浑球的一百九十种办法,卡尼全知道。

一道毛玻璃门开了,有个接待员探头出来看我。她的笑容死板,眼神锐利,你皮夹中有多少钱她一瞥之下都能数得出来。

"早安。我能为你效劳吗?"

"找乔治·彼得,拜托。敝姓马洛。"

她将一本绿皮簿子放在桌上。"马洛先生,他正在等你吗?预约簿上没看到你的名字。"

"是私事。我刚刚在电话里跟他谈过的。"

"我明白了。你的姓氏怎么拼,马洛先生?还有你的名字,拜托。"

我跟她说了。她写在一张狭长的表格上,然后将它的边沿塞进一个打卡钟底下。

"要给谁看的?"我问她道。

"我们这边对细节很注意。"她冷冷地说,"卡尼上校说,谁也不知道,什么时候最小的琐事就会攸关生死存亡。"

"也许,反过来也是如此。"我回答说。

她没听懂我的话。她完成登记后,抬头说:"我会向彼得先生报告你来了。"

我说我深感荣幸。过了一会儿,隔间板上的一道门开了,彼得招手叫我进入一道战舰灰的走廊,两侧有很多小办公室,像牢房似的。他的办公室里,天花板上装有隔音设备,一张钢灰色的书桌配上两把椅子,同色架子上有一架灰色的留声机,电话和套笔的颜色跟墙壁、地板相同。墙上有两张加了框的照片：一为卡尼戴着迷彩钢盔的戎装照；一为卡尼一副平民打扮坐在书桌后面，看上去莫测高深。墙上另外还有一个相框架，灰色背景上印着钢灰色的励志训条。内容如下：

    卡尼工作人员衣着和言行，时时处处，都要以绅士为标准。此规则没有例外。

  彼得两个大步，走到房间另一头，推开其中一张照片。后面的墙上嵌有一个灰色的麦克风接收器。他把它拉出来，拔下一个电线接头，又放了回去。然后，他将照片移回机具前方。

  "现在我闲着。"他说，"只是那个混蛋出去替一个演员解决酒后驾车案去了。所有麦克风开关都在他的办公室。他将整个黑店都布了线路。前两天我还建议他在接待室的透光镜后面装个红外线显微胶片摄影机，他不太赞成。也许是其他人已经装了吧。"

  他在一把深灰色硬椅上坐了下来。我盯着他瞧。他是一个笨手笨脚的长腿哥哥，面孔很瘦，发际线很高；皮肤是一副饱经风霜的样子，似乎常在户外日晒雨淋。他的眼睛深陷，上唇几乎跟鼻子一般长。笑起来下半边脸都看不见了，只剩两道大沟从鼻孔直通到宽宽的嘴巴末端。

  "你怎么会接受呢？"我问他。

  "坐下，老兄。呼吸平和一些，音量放低了。别忘了，卡尼组织的成员跟那种廉价侦探相比，犹如托斯卡尼尼跟一个弹管风琴的猴子，差得天高地远。"他停下来，咧嘴一笑。"我接受，是因为我不在乎。这里收入不错。哪天卡尼以为我还在战时他主管的英格兰那家最安全的监狱服刑，态度太差，我马上领了支票走人。你有什么麻烦？听说不久前你很是吃过一阵苦头了。"

"没什么好说的。我想看看你的铁窗病患档案。我知道你有。艾迪·多斯特离职后告诉我的。"

他点了点头。"艾迪有点儿太敏感，不适合待在卡尼组织。你提到的档案是最机密的。任何情况下，机密资料都不能透露给外人。我马上去找。"

他走出去，我盯着灰色的字纸篓、灰色的地板和桌面吸墨板的灰色四角在看。彼得手上拿着灰色的档案夹回来了，他将它们放下，并打开来。

"老天爷，你们这里有没有什么东西不是灰色的？"

"小伙子，这是学校的颜色啊。这是本组织的精神。是的，我有一样东西不是灰色的。"

他拉开抽屉，取出一根长约八寸的雪茄。

"阿普门三十。"他说，"一个英国来的老绅士送给我的。他在加州住了四十年，还把飞机说成无线电（Wireless）。清醒的时候，他就是一个具有肤浅魅力的老时髦。我不讨厌那一切，因为大多数人连肤浅的魅力都没有，包括卡尼。他简直跟炼钢炉的内衬一样，无趣得很。那位客户喝醉了酒有一个奇怪的习惯，喜欢开具从未有过业务往来的银行的支票。他总是赔偿了事，加上我的协助，到目前为止还没因此坐过牢。他送了我这根雪茄。要不要一起抽，像两个计划大屠杀的印第安酋长？"

"我不能抽雪茄。"

彼得伤心地看着巨型雪茄。"我也一样。"他说，"我想把它送给卡尼。但这不是真正的单人雪茄，即使对卡尼那一号人物来说。"他皱了皱眉头。"你知道吗,我谈卡尼谈得太多了。我一定是很紧张。"他把雪茄放回抽屉,看了看打开的档案。"我们究竟要查什么?"

"我正在找一个有昂贵的嗜好又很有钱的酒鬼。目前为止,他还没有跳票的习惯。至少我没听说过。他有一点儿暴力倾向。他太太很替他担心,认为他可能躲在某一个醒酒的地方,但不敢确定。唯一的线索是,有一张字条提到了 V 医生。只有缩写字母。我要找的人已经失踪三天了。"

彼得若有所思地瞪着我。"不算太久。"他说,"有什么好担心的?"

"我若是最先找到他,可以得到酬劳。"

他又看了我几眼,然后摇了摇头。"我不懂。不过没关系,我们来查查看。"他开始翻档案。"不太容易。"他说:"这些人来来去去的。仅靠一个字母,不能提供什么线索的。"他由一个文件夹里抽出一页纸来,翻了翻,又抽出另一页来,最后抽出第三页。"一共三个。"他说,"阿莫斯·瓦雷医生,接骨专家。在阿塔德纳有一家大诊所。夜间出诊五十美元。有两名注册护士。两年前跟州立缉毒组的人有过纠纷,被迫交出处方簿。这份资料其实不够新。"

我写下名字和他在阿塔德纳的地址。

"还有一位雷斯特·沃卡尼奇先生。耳鼻喉科医生。好莱坞大道斯托克维尔大楼。这是一位优秀的医生。大抵是门诊,好像对慢性鼻窦炎很有专攻。你去例行公事,没什么可疑的。你进去说,害了鼻窦炎性头疼,他就替你洗鼻腔。当然,他得先用麻醉药。他若是看中了你,不见得非用麻醉不可。明白了吧?"

"当然。"我把这一位记下来。

"这很好。"彼得继续阅读资料。"显然,他的问题出在供应方面。原来我们的沃卡尼奇医生常到恩森纳达外海钓鱼,乘坐自己的飞机过去。"

"我想,他若亲自带毒品进来,一定维持不了多久。"我说。

彼得想了想,摇摇头。"我不同意。只要他不太贪心,可以永远这样做下去。他唯一真正的危险在于那些心有不满的顾客——对不起,我指的是病人——但他可能知道要怎么去应付。他已在同一间办公室执业十五年了。"

"你这些资料究竟从哪里来的?"我问他。

"老兄,我们是一个组织,不像你,是一匹孤狼。有些资料是客户自己提供的,有些来自内部。卡尼不怕花钱。他愿意的时候,在交际方面长袖善舞。"

"听你这么说,他一定会很喜欢。"

"滚他的。今天最后一位名叫文瑞奇。将他列档的工作人员已经走了。好像有一个女诗人在塞普维达峡谷文瑞奇的牧场自杀了。他经营一个艺术殖民地之类的旅馆,供作家等类似群体幽居或会见同道。收费还算合理。听来没有违法的事。他自称医生,其实并不行医。他可能是博士。坦白地说,我不知道他的资料为什么被收在这里,除非跟那次自杀事件有关。"他拿起一份贴在白纸上的剪报。"是的,使用吗啡过量。没有迹象显示文瑞奇知情。"

"我很中意文瑞奇。"我说,"非常中意。"

彼得合上档案夹,"啪"的一声放下。"你只当见过这个。"他说着,站起来,走出了房间。当他回来的时候,我正要起身离开。我谢谢他,但他表示用不着。

"听着!"他说,"你要找的那个人可能去的地方,会有几百处。"

我说我知道。

"顺便跟你说,我听说了你那晚奇遇到的朋友雷洛克斯。我们这里的一个家伙五六年前在纽约遇到过一个小伙子,情形跟他极其类似。不过,那个人不叫雷洛克斯,他说,他叫马斯顿。当然,他有可能弄错了。那个家伙终日酩酊大醉,因此,你也许能确定不是他。"

我说:"我怀疑他们是同一个人。他为什么要改名换姓呢?他有战时胸卡,那可是登记过的。"

"我不知道。我们的人现在西雅图。你要是觉得有必要,他回来后你可以跟他谈一谈。他叫舍特菲特。"

"谢谢你提供的一切帮助,乔治。时间早就超过十分钟了。"

"我也有需要你帮助的时候。"

"卡尼组织,"我说,"从来无需任何人的任何帮助。"

他伸出拇指,打了一个粗野的手势。我把他留在他那金属灰的办公室里,穿过接待室,径自离开了。现在,一切尚好。卡尼组织办公楼那满眼的灰,这时看上去也顺眼多了。

16

出了公路,在塞普维达山谷底部,有两个方形的黄色门柱,一扇由五根铁条组成的大门敞开着。入口处有一块铁线吊挂的招牌："私人道路。不得擅入。"空气温暖又安静，充满了尤加利树特有的味道。

我拐弯进去，顺着一条石子路，绕着一个山头缓缓上坡。越过一个山脊，我从另一边进入浅浅的山谷。谷底很热，气温比公路高出十到十五度左右。现在，我看出石子路末端是一个圆环，草地四周由边沿刷成酸橙色的石头环绕。我左手边是一个空空的游泳池。看来，最空虚的莫过于空荡荡的游泳池了。游泳池的三面原先应是草皮，上面摆着红木躺椅。椅垫褪色厉害，原本该是蓝色、绿色、黄色、橙色、铁锈红的，各种颜色都有。镶边有些地方已经开线，纽扣的部位迸开了，垫料破破烂烂，金属配件则锈迹斑斑。在游泳池的另一面，有一个由很高的铁丝篱笆围起来的网球场。游泳池上方的跳水板像是弯曲的膝盖，显得疲累不堪。上边的地垫裂成几片，悬挂在跳板上，金属配件也因生锈而显得黯然失色了。

我开到圆环，停在一栋有着木瓦屋顶和宽敞前廊的红木建筑前面。入口有两扇纱门。大黑蝇停在纱网上打瞌睡。常绿且永远灰蒙蒙的加州橡树间有曲径通幽，而橡木林里有乡村小屋零星建在山坡上，有些几乎完全被树影遮住了。看得见的几栋都是一副荒凉的淡季相。门窗紧闭，窗户里都拢着网织棉布之类的窗帘，窗台上厚厚的灰尘几乎都能感觉得出来。

我关掉引擎，双手放在方向盘上，静坐在那里倾听。没有动静，这个地方死寂如远古法老的遗骸，只有双纱门里的门扉开着，暗黝黝的屋里有东西在晃动。这时候，我听见一声轻微而确切的口哨声，有个男人在纱门内出现了。他把纱门打开,慢慢走下台阶来。他这个人,可有的我注意的了。

他头戴一顶扁平的黑色牧人帽,帽带系在颔下;身穿白色丝质衬衫,一尘不染,领口敞开,泡泡袖,腕部束得很紧。他的脖子上斜系着一条带穗的黑色围巾,一边短,一边长及腰部。此外,他还配了一条宽宽的黑色腰带。他身穿黑色裤子,臀部包得紧紧的,黑得像煤炭,侧面缝有金线,直通到开衩的地方。开衩的两侧,都缀有金扣子。脚上穿的是漆皮舞鞋。

他停在台阶底端,眼睛看着我,还在吹口哨。他的舌头灵活如皮鞭。我一辈子没见过那么大、那么空虚的烟雾色眸子,长长的睫毛亮丽如丝;体型精细完美,却不文弱;鼻梁很直,不算太瘦;嘴巴噘得很好看;脸颊上有酒窝;小耳朵优雅地贴着脑袋;皮肤惨白,好像从来没有晒过太阳。

他左手放在臀部那里,右手在空中划了一道优美的圆弧,神情有些做作。

"你好!"他说,"天气好极了,是吗?"

"我觉得这里好热。"

"我喜欢天气热一点。"他说得平淡却很坚定,没有讨论余地。对于我喜欢什么,他是不屑一顾的。他在台阶上坐下来,从什么地方取出一个长锉子,开始锉起指甲来了。

"你是代表银行来这里的?"他问话的时候,连头都不抬一下。

"我找文瑞奇医生。"

他停下锉指甲的动作,望向暖洋洋的远方。"他是谁?"

"他是这儿的业主。好干脆,嗯?装作不知道。"

他继续用锉子修指甲。"你听错了吧,宝贝。这儿的业主是银行。他们没收了这件抵押品，或者暂时冻结了，在等着过户之类的。细节我忘了。"

他抬头看向我，一副对细节满不在乎的表情。我下了奥尔德汽车，倚在滚烫的门上。随即，我便把身子移开了，站在比较通风的地方。

"是哪一家银行？"

"你不知道，说明你不是银行的。你不是银行来的，这里就没有你的什么事。开道吧，宝贝。快点儿滚！"

"我必须找到文瑞奇医生。"

"这个场所不营业了，宝贝。就像告示牌上说的，这是私人道路。有个跑腿的忘了锁大门了。"

"你是管理员？"

"差不多。别再打听了，宝贝。我的脾气不大可靠。"

"你生气的时候会干什么——跟黄鼠跳探戈？"

他突然优雅地站了起来，有那么一会儿在微笑，笑容很空虚。"看来，我必须把你扔回你那辆小小的旧敞篷车里去了。"他说。

"然后呢？我可以在什么地方找到文瑞奇医生？"

他把锉子放进衬衫口袋，右手多了一样东西。三两下之后，他的拳头就套上了亮晶晶的铜指节环。他颧骨上的皮肤绷紧了，像飘着一层烟雾的大眼深处有一团烈火在燃烧。

他慢慢向我走来。我往后退去，好多留出一点儿空间来。他又把口哨给吹上了，这回的哨音又高又尖。

"我们用不着打架。"我告诉他说，"没什么好打的。搞不好，会弄裂你这条迷人的裤子。"

他的动作快如闪电，敏捷一跳，就向我冲过来了，左手快速往外伸。我以为他会来上一次猛击，就摆动头部。其实，他是想来抓我的右手腕。结果被他抓到了，而且抓得很紧。他把我甩得失去了平衡，眼看着戴着铜指节的手狠狠地甩了过来。后脑勺要是挨上这一记，我就会成病人了。我要是抽身，他就会打到我的侧脸或手臂靠近肩膀的地方。那样的话，不是手臂残废就是面孔完蛋。这种情况下，我只有一个办法可用。

我照样抽身出去，顺势从后面挡住他的左脚，抓住他的衬衫。只听见衬衫发出了撕裂的声音。有东西打了我的颈背一下，但不是金属。我向左转，他向旁边横过去，像猫一般落地。我还没站稳，他已经立定了身子。现在，他咧着嘴笑着，对这一切像是感到非常开心。他热爱他的工作。眼下，他向我扑了过来。

不知从哪儿传来一声中气很足的招呼："艾尔！赶快住手！赶快！听到没有？"

这个南美牧人一样的家伙停止了攻击。他脸上有一种病态的笑容。很快地，铜指节环就消失在他系在裤头的宽腰带里。

我回过头去，看见一个身穿夏威夷衬衫的矮胖壮汉一面挥手，一面沿着小径匆匆向我们走来。他走起路来，呼吸有点儿急促。

"你疯了，艾尔？"

"别这么说，医生。"艾尔轻声说道。然后，他微笑着转身走开，坐在房子的台阶上。他脱掉平顶帽，取出一把梳子，开始梳理密密的黑发，表情显得茫然。过了一会儿，他又轻轻吹起了口哨。

穿着花哨衬衫的壮汉站在那里，看着我。我也站在那里看着他。

"你来这里干什么？"他咆哮道，"你是谁，先生？"

"敝姓马洛。我要找文瑞奇医生。你叫他艾尔的小伙子想玩游戏。我想，天气太热了。"

"我就是文瑞奇医生。"他威风凛凛地说。接着，他转过头去。"进屋去，艾尔！"

艾尔慢慢站了起来。他以若有所思的目光打量了文瑞奇医生一眼，蒙眬的大眼睛里没什么表情。然后，他走上台阶，打开纱门。一大群苍蝇受到惊扰，嗡嗡怒吼着。门一关上，它们便再次停驻在纱门上头。

"马洛？"文瑞奇医生再次把注意力转向我。"有什么事要我效劳，马洛先生？"

"艾尔说你这里停业了。"

"对。等某些法律手续办理完毕了，我就搬出去。这里只有艾尔和我两个人。"

"让人失望。"我说，脸上也是失望的表情。"我原以为有一个姓维德的人在你们这里暂住。"

他抬起两道"富乐牙刷"的老板一定会感兴趣的眉毛说："维德？我可能认识一个姓维德的人——这个姓常见——他怎么会在我们这儿暂住呢？"

"来这里接受治疗。"

他皱了皱眉头。有了他那样的眉毛，很容易就会皱眉的。"我是医疗人员，但不再行医了，先生。你认为他接受的是哪一种治疗呢？"

"那家伙是个酒鬼。他不时精神失常，突然失踪。有时候会自己回家去，有时候被人带回家去，有时候要人花时间去找。"我掏出名片，递给他。

他看了一看，不怎么高兴。

"艾尔是怎么回事？"我问他，"他自以为是瓦伦蒂诺还是什么的？"

他再次扬起了眉毛。这简直要让我着迷了。他一部分眉毛自行弯曲，达一寸半左右。他耸了耸多肉的肩膀。

"马洛先生，艾尔没什么大碍。他——有时候——有一点儿爱做梦。就说他活在游戏世界里吧。"

"这是你的说法，医生。在我看来，他动作粗鲁。"

"啧，啧，马洛先生，你确实太夸张了。艾尔喜欢打扮自己。这方面，他像小孩。"

"你是说他有神经病。"我说，"这个地方本是疗养院什么的？或者，它曾经是？"

"当然不是。正常运营时，它是艺术村。我提供三餐、住所、运动和娱乐设施，最重要的是幽静。收费适中。你可能知道艺术家很少是有钱人。所谓艺术家，当然也包括作家、音乐家，等等。对我而言，这是收获颇丰的职业——没有倒闭前。"

他在说这句话时，显得很伤心。眉毛末端向下垂，与他的嘴巴很匹配。再长一点儿，就要掉进嘴巴里了。

"我知道，"我说，"档案里有。还有，不久前，你们这里发生了自杀事件。吸毒案，是吧？"

他的情绪不再那么低落，发起火来了。"什么档案？"他厉声问道。

"医生，我们有一个铁窗病患的档案。就是疯病发作时逃不出去的那个地方——小的私人疗养院或者治疗酒鬼、吸毒者和轻度疯狂病人的地方。"

"那种地方必须依法申请执照。"文瑞奇医生厉声说。

"是的，至少理论上如此。不过，有时候他们会忘了这一规定。"

他挺直腰杆。这家伙听了我的话，显得威严十足了。"马洛先生，这个暗示太侮辱人了。我不知道为什么我的名字会在你提及的那种名单上。我必须请你出去。"

"我们再来谈谈维德！他会不会化名到你这里接受过治疗？"

"这边除了艾尔和我，再没有别人了。我们孤零零的。现在，请容我——"

"我想到处看一看。"

有时候，你激怒他们，他们会说出不恰当的话来的。文瑞奇医生却不会。他依旧很有尊严。他的眉毛跟他一直很合作。我向屋子那边望去，里面传出了音乐声——舞曲音乐，还依稀听见有人在打响指。

"我打赌，他在那里面跳舞。"我说，"是探戈。我打赌他一个人在里面跳舞，小鬼。"

"你要不要自己走，马洛先生？还是我叫艾尔来，帮我把你扔出我的私人领地？"

"好吧，我走。别生气，医生。我手上只有三个以'V'开头的人名，你好像是其中最有可能的那一位。我们只有这条线索——V医生。临走前，他在一张纸上草草写下了'V医生'的字样。"

"说不定有几打。"文瑞奇先生心平气和地说。

"噢，一定的。可是，我们的铁窗病患档案里却没有几打。耽误你时间了。多谢，医生。艾尔略微让我感到不安。"

我转身走向我的车子，上了车。关上车门的时候，文瑞奇医生来到我旁边。他将头探进车里，表情很愉快。

"我们用不着吵架，马洛先生。我明白，干你这一行的，往往会显得很有进攻性。艾尔有什么事令你不安了？"

"他的虚假太明显了。你发现某方面太假的时候，自然会猜想它有其他问题的。那家伙是躁狂症患者吧。刚才，他正处于狂躁状态中。"

他默默地瞪着我，看起来严肃又客气。"很多有趣又富有才华的人在我这里暂住过，马洛先生。不是每一个人都像你这样头脑清楚。有才华的人往往神经过敏。可是，就算我喜好那种工作，我也没有设备来照顾疯子和酒鬼。除了艾尔，我没请别的员工，而他几乎不是照顾病人的料。"

"那你说他是什么料，医生，除了疯狂跳舞之类的。"

他倚着车门，声音低低的，好像把我当作知己一样。"马洛先生，艾尔的父母是我的好朋友。总得有人照顾艾尔，而他们已经不在人世了。艾尔必须过平静的生活，远离市区的噪音和诱惑。他精神不稳定，但基本不会伤人。正如你刚刚看到的，我控制他轻松自如。"

"你勇气十足。"我说。

他叹了一口气，眉毛有轻微的掀动，像某种可疑昆虫的触须。"这是一种牺牲，"他说，"相当沉重的牺牲。我以为，艾尔可以在这里协助我工作。他网球打得好极了；游泳和潜水也不输冠军选手；舞可以整宿地跳；几乎什么时候都是和蔼可亲的。偶尔，也会有——意外。"说到这里，他肥大的手掌一挥,仿佛要把什么痛苦的回忆推到脑后去。"到头来,不是放弃艾尔,就是放弃这个场所。"

他双掌朝上,向外摊开,翻过来,垂落在两侧,双目盈满泪光。

"我将它出手了。"他说,"这个安详的小山谷会变成真正的房地产开发项目。这里会有人行道和灯柱;也有骑着小型摩托车、收音机开得山响的孩子;甚至会——"他吐出一声寂寞的叹息,"——有电视。"然后,他大手一扫。"我希望他们放过这些树。"他说,"我恐怕他们不会如我所愿。沿着山脊,他们会换上电视天线。我想,艾尔和我会走得远远的。"

"再见,医生。我很为你痛心。"

他伸出手来,手心有些潮湿,但很结实。"我感激你的同情和理解,马洛先生。很遗憾,我没法帮你找到史拉德先生。"

"维德。"我说。

"对不起。是维德,当然。先生,再见!祝你好运!"

我发动汽车,沿着刚才的石子路原路驶回。我有些悲伤,却不像文瑞奇医生想象的那般难过。

我将车驶出大门,绕过公路弯道,开了一大段路,把车停在远离入口的地方。我下了车,沿着路边走回铁丝网外可以看见大门的地带。我站在一棵尤加利树下,等着。

大约五分钟过去了。一辆车搅动着小石子,驶入那条私人道路,停在我这个角度看不见的地方。我往后退入灌木丛中,听见一阵吱吱嘎嘎的声音,然后锁环"咔啦"一声,链条嘎嘎响。汽车马达加速,车子又重新开回马路上来了。

车声听不见以后,我回到我的车上,将方向来了一个 U 形调转,往城里驶去。经过文瑞奇医生的私人道路入口,我看见大门已经上了一条铁链,加了挂锁。今天不再接待访客了,谢谢。

17

我开了二十几里路回到市区,赶上吃午餐。吃着,吃着,我愈来愈觉得整个交易实在是太愚蠢了。我这种调查方式不可能找到人——也许会碰到像艾尔和文瑞奇这样有趣的人物,但不会碰见自己要找的人。在一个没有收益的游戏中,我只会徒然损耗车胎、汽油、口舌和脑细胞,甚至不如玩"黑28"牌艺,还可以四面押注庄家的赌注限额。只有三个"V"打头的人名,我找到这人的几率简直像玩掷骰子游戏和"希腊人尼克"差不多。

无论如何,第一个选项永远是错的,是个死结,是当你的面爆开却没有声音的引线。可是,他不该把维德说成史拉德。他是头脑很好的人,不会这么容易忘记才对。要是忘了,就会忘得很彻底,而非张冠李戴。

也许如此,也许并非如此。毕竟不是认识很久的人。我一面喝咖啡,一面想到沃卡尼奇医生和瓦雷医生。去还是不去?找他们的话,会耗掉我大半个下午。到时候,我打电话到闲适山谷的维德大厦,他们说不定会告诉我,那个一家之主已经回到家了,如今一切光明又美好。

找沃卡尼奇医生倒是容易。再走五六条街的距离就到了。

可是，瓦雷医生远在阿塔德纳丘陵，大热天要开好长、好烦人的一段路。去，还是不去？

最后的答案是："去！"理由有三。首先，对暧昧行业及其从业者不妨有些了解。第二，为彼得抄给我的档案增添一点儿内容，就相当于对他的感激和善意的回报。第三，我暂时没有别的事儿可做。

我付了账，把车留在原地，由街道北边步行到斯托克维尔大楼。那栋大楼是老古董了，入口处有个雪茄柜台和手动电梯。电梯一路颠簸不停。六楼的走廊窄窄的，门上装有毛玻璃。这可比我的办公大楼还要旧，还要脏。里面全是混得不太好的医生、牙医、"基督教科学"执业者，还有那种你只希望对方聘请、自己却不想要的蹩脚律师，以及只能勉强糊口的牙医和医师。不甚高明，不甚干净，不太有效率。三块钱，请付给护士。疲倦而又懦弱的医生，深知自己有多少斤两，能找到什么样的病人，能榨出多少医疗费。请勿赊账。医生有时在，医生有时不在。卡辛斯基太太，你的小白齿松动得厉害。你要是用这种新的丙烯补牙剂，不比黄金打制的差，我给你补，只收十四元。要是想用麻药，加收两元。医生有时在，医生有时不在。三块钱，请给护士好了。

在这种大楼里，总会有几个家伙是赚大钱的，但你看不出来。他们跟肮脏的背景完全契合，背景成了他们的保护色。这里有不择手段的律师也是保释担保书中一方的合伙人（所有缴过罚金的保释担保书只有大约百分之二会收回）；有设备奇特、可冒充任何身份的堕胎的地下医师；有假充泌尿科、皮肤科或任何可正常使用局部麻醉的医生，实际上却是毒品推销者。

雷斯特·沃卡尼奇医生有一个装潢很糟糕的小候诊室，里面坐了十二个人，看上去都不舒服得很。他们看来普普通通，没什么特别的。不过，面对一个控制得很好的吸毒者和一个素食主义的簿记员，你也难以分辨。我等了三刻钟。病人进去要通过两道门。只要空间够大，能干的耳鼻喉科医生可以同时应付四个病人。

我终于进去了。我坐上一把棕色皮椅，旁边一张台子上铺了白毛巾，上面放有一套工具。墙上有一个消毒箱，正在冒着气泡。沃卡尼奇医生穿着白罩衫轻快地走了进来，额头上戴着一面圆镜。他坐在我面前的一把高凳上。

"鼻窦性头痛，是吗？很严重？"他看了看护士交给他的文件夹。

我说痛死了，痛得我眼发花，尤其是早上刚起来的时候。他英明地点了点头。

"症状很典型。"他说着，把一个玻璃帽套在一个钢笔样的器具上。

他将那个东西放进我的嘴里。"合上嘴，请不要咬合牙齿。"他这样说着的时候，伸出手去，把灯灭了。这个房间没有窗户，只有一台换气扇在什么地方呼呼作响。

沃卡尼奇医生取走了那根玻璃管，重又开了灯。他仔细看着我。

"一点儿充血的迹象都没有，马洛先生。你的头痛，不是由鼻窦炎引发的。我敢说，你从来没有得过鼻窦炎。我想，你过去什么时候做过一次隔膜手术。"

"是的，医生。我玩足球的时候，那个部位遭受过一次碰撞。"

他点了点头。"那里有一处轻微的骨质增生，需要把它切除掉。无论如何，它还不至于会影响到呼吸。"

他将身子仰靠在钢椅的深处，伸直了腿。"你希望我为你做点儿什么？"他问道。他脸型瘦削，惨白且了无生机，看上去像是生活在黑暗洞穴里的白鼠。

"我想跟你谈谈我的一个朋友。他深陷困境。他是作家，很富有，但精神不正常，需要帮助。他终日以烈酒为生，少不了那种刺激。他的医生已经不再与他合作了。"

"你说的'合作'到底是什么意思？"沃卡尼奇医生问道。

"所有这种家伙需要的就是偶尔的注射，好让自己爽一把。我想，或许我们都明白这一点。钱都不成问题。"

"对不起，马洛先生。那不是我要处理的问题。"他站了起来。"如果允许的话，我要说，那是一种极其粗鲁的方式。如果愿意的话，你的朋友可以来咨询我。不过，他最好确实有需要治疗的问题。那样的话，收费是十美元，马洛先生。"

"去你的吧，医生。你的名字已经有案可查了。"

沃卡尼奇医生将身子斜靠在墙上，点上一根烟。他在给我时间。他吹了吹烟头，然后看着它。我给了他一张名片。他看了起来。

"你说的有案可查指的是什么？"他问道。

"犯罪嫌疑人档案。我想，你也许认识我的朋友，他叫维德。我想，你或许把他藏在哪个地方的一间小白屋里了。那个家伙从家里失踪了。"

"你是一头蠢驴！"沃卡尼奇医生告诉我说，"我不会为所谓四天注射之类的小钱去赌上职业生命的。无论如何，他们并不真正需要接受治疗。我没有什么小白屋,也不认识你提及的那个朋友,就算你有那么一个朋友。请你支付十美元,现在。否则,我就会报警,指控你要求使用违禁的麻醉药剂。"

"那再好不过了。"我说,"报警吧!"

"滚出去,你这个下贱的骗子!"

我从椅子上站起身来。"我想,我犯了一个错误,医生。那个家伙最后一次违背誓言、再次离家不归时,留下一张写有打头字母'V'的纸条,说那才是他需要的医生。那是一次严格的暗箱操作。他们在夜里晚些时候将他送回来,再在他需要的时候将他接回去。不用等太久,他就能回到那间屋子去。因此,当他希望再次注射的时候,我们就想到了去查文件,好找到线索。这样,我们发现了三个以'V'字打头的医生。"

"有趣!"他说道,脸上的笑容很轻淡。他还在给我时间。"你选择我的理由是什么?"

他盯着他看。他双手环抱在胸前,右手在靠近里侧的左手上下敲打着,动作很轻微,脸上有些微的汗珠。

"很抱歉,医生。我们的调查很可靠。"

"稍等一会儿,我还有一个病人——"

他话未说完,人已经走出了房间。他离开之后,有一个护士从门口探头进来,很快看了我一眼,就不见了。

然后,沃卡尼奇医生满意地迈着方步回来了。他脸上微笑着,显得很放松,两眼发亮。

"什么,你还在这里?"他看上去很惊奇,或是假装很惊奇。"我想,我们小小的会面应该结束了。"

"我是打算走了。不过，我想，你也许想要我等上一会儿。"

他格格地笑了起来。"你应该有所知道，马洛先生。我们生活在一个异乎寻常的时代。只需花上五百美元，我就能把你大卸八块，送进医院。这很好笑，是吗？"

"令人捧腹！"我说，"心情不错的时候，你会给自己来上一针。是吗，医生。你最好醒醒吧，伙计！"

我准备离开了。

"再见了，朋友！"他嗫嚅道，"不要忘了付我十美元。交给护士就行。"

他走向内部通话系统，当我离开的时候，正在那里说着什么。候诊室里，还是相同的十二个人等在那里，现出一样的难受神情，护士还是在那里忙忙碌碌的。

"十个美元，马洛。这里只收现金。"

这个时候，我来到了人群中间，脚正要往门口迈去。她猛地从椅子上跳了起来，朝桌子跑过去。就在这时，我拉开了门。

"你没弄明白他的意思时，会发生什么？"我问她。

"你会发现将发生什么的。"她生气地回答道。

"没错。你干了你该干的，我也如此。看一下我留下的名片，你就知道我是干什么的了。"

我继续往外走。候诊室的病人以失望的眼神看着我，因为我对医生也无可奈何。

18

阿莫斯·瓦雷医生是一个非同一般的人物。他拥有一座古老的广厦，位于一个橡树成荫的花园里。那是一个巨大的框架结构的建筑。门廊处的横梁上有精美的涡形装饰。白色的栏杆呈回旋状，上面刻有凹槽，就像老式钢琴的腿。身体虚弱的老人坐在门廊里的长椅上，椅子四周铺有地毯。

通往屋子的门是双开的，上面镶嵌有染色玻璃。里面的大厅宽敞又凉爽，镶木地板上打了蜡。这里没有地毯。到了夏天，阿塔德纳就会变得很热。它建在山坡上，便能享得凉风习习穿堂而过。八十前，人们就知道在炎热的地方如何建筑房子了。

身穿干爽白大褂的护士接过我的名片。等了一会儿之后，瓦雷医生同意见我。他是一个体格硕大、秃顶的家伙，脸上总是漾着愉快的笑容。他白色的长大褂一尘不染，绸面胶底的鞋子让他走起路来无声无息的。

"我能为你做点儿什么，马洛先生？"他的声音温和而饱满，足以抚慰患者一颗焦虑的心。它让患者感觉到，只要有医生在，没有什么需要担心的，一切都会好起来的。他的态度、性情及外表都具有这种功效。他是那样的出色，就像子弹都无法穿透的装甲钢板一样坚硬，可靠。

"医生，我正在寻找一个叫维德的人。他是一个富有的酒鬼，最近离家出走了。他过去的经历表明，他在酒瘾发作的时候由某一特别的机构审慎地收容，予以所谓专业的疗治。

我手头唯一重要的线索是,这个主治医师的名字是 V 开头的。你是我正在寻找的合乎条件的第三人。我都有些泄气了。"

他仁慈地笑了。"你还只查到第三个,马洛。在拉斯维加斯或是附近区域,一定有一百个以 V 开头的医生。"

"的确如此。不过,将房间的窗户用板条钉死的人却不会太多。我从这座建筑的侧面注意到,楼上很多房间的窗户都是封闭的。"

"那里住的多是老人。"瓦雷大夫伤感地说。他的伤感显得有些过于丰富和饱满。"孤独的老人。都是一些郁闷与不幸的老人,马洛。有时——"他比划了一个让人印象深刻的动作:手向外弯曲着,停顿了一会儿后,又轻轻地往下落,像一片落叶在缓缓地飘向地面。"我这里不接待酗酒患者。"他明确地补充道,"现在,如果你不介意的话——"

"对不起,大夫。你就在我们的名单上。这或许是个错误。几年前关于吸毒成瘾的人们,有过一个争论。"

"是吗?"他看上去显得有些迷惑不解。然后,又是一副豁然开朗的样子。"啊,是的。我很不明智,雇用了一个助理。不过,没有多长时间。他过度滥用了我的信任。是的,的确如此。"

"我听说的可不是这样。"我说,"我想,我一定是误听了。"

"你听说的又是怎么样的呢,马洛?"他对我一直都很友善,面露微笑,语气柔和。

"我听说的是,你不得不交出了那些瘾君子的诊断簿。"

这有些击中了他的要害。他没有当即沉下脸去,优雅的风度却是减了几分。"这一古怪的信息又是源自哪里呢?"

"一家大型的侦探代理机构。它有专门的部门从事这类案件的建档工作。"

"毫无疑问,那不过是廉价的勒索者的资料汇编。"

"并非如此,大夫。他们保底薪酬是一百美元一天,由一位宪兵上校统领。没有一分钱不干净,大夫。所有钱来路都很正。"

"我应该与他肝胆相照。"瓦雷大夫冷冷地说,"请教他的大名!"瓦雷大夫开始以自己的方式显示他的力量了。这个夜晚正在变得令人恐惧起来。

"这是机密,大夫。不必对它心怀不满。它的工作都是在光天化日之下进行的。维德的名字查找起来,不过是一个电话就能解决的,啊哈?"

"我相信你会以你的方式得到答案,马洛。"

小电梯的门在他身后打开了,一个护士推着轮椅出来了。轮椅上坐着的是一个骨折了的老人。他双目紧闭,皮肤呈浅蓝色,身子被捆裹得严严实实的。护士推着轮椅安静地走过打过蜡的地板,出了侧门。

瓦雷大夫说:"老人!得病的老人!孤独的老人!不要回来,马洛。你或许会把我惹怒的。我要是被惹怒了,就不会那么让人愉快了。我也许应该说,相当地让人不快。"

"对于我来说无所谓,大夫。谢谢你花时间接待我。宾至如归啊。"

"你这是什么意思?"他朝前跨了一步,身体紧逼我的身体,脸上柔和的曲线这时变得棱角分明了。

"怎么啦?"我问他,"我明白,我要找的人不在这里。"

我不会再在这里找什么非羸弱人士了。这里有的只是患病的老人和孤独的老人。这是你自己说的，大夫。被人抛弃的富翁或是生活无法自理的财产继承人，大多数将被法院裁定为必须接受专业照料。"

"我因此感到苦恼。"瓦雷大夫说。

"少量的食物、少量的睡眠，却享有最可靠的照料。白天推他们去太阳底下，晚上送他们回床睡觉。将一些窗户钉上护板，免得有人冒险逃离。他们爱你，大夫。所有的人都如此。临终之际，他们会紧紧拽住你的手，然后，从你的眼睛里看到悲伤。这一切也会是真的。"

"那当然。"他的声音在喉咙里滚动着。这个时候，他的双手握成了拳头。我应该将它们敲碎的。他已开始让我作呕。

"的确。"我说，"没人会喜欢丢掉让人收益不错的优质客户。尤其是一个你无需费心取悦的客户。"

"总得有人去从事这样的工作。"他说，"这个社会里，总得有人去关心这些悲伤的老者，马洛。"

"总得有人去清理这个污水坑。暂且让我们去设想一下，这是一个靠双手养活自己的干净的工作。再见吧，瓦雷大夫。当我的工作让我感觉肮脏的时候，我会想起你的。那样的话，我就会振作起来，再无懈怠。"

"你这个下流坯！"瓦雷大夫两排又宽又白的牙齿挤出了这句话。"我应该折断你的脖子。我和我的疗养院从事的是一个可敬的职业。"

"是呢。"我厌烦地说，"我知道。只是这里散发着死亡的气息。"

他没有对我饱以老拳，因此，我从他身边走了出去。我从宽敞的双开门回头看去，他站在那里，一动也不动。

他只有一件事要做，就是将他的疗养院转入地下。

19

我驾车回到好莱坞，快得好像只是上下牙齿一合的工夫。时间尚早，不到吃饭的点，天气又热。坐在办公室里，我将风扇打开了。空气并未因此变得更凉爽，只不过流动得快一些了。屋子外面，林荫大道那里市声喧哗，无休无止。我脑海里思绪翻滚。

三次出击，三次无果而终。我所谓的调查，不过是见了几个医生。

我往维德家里打了电话，一个类似墨西哥口音的声音回复说，维德太太不在家。我说我要找维德先生，那个声音说，维德先生也不在家。我把名字留下了，他像是毫不费力就记住了。他介绍说他是家里的男仆。

我给卡尼组织的乔治·彼得打了电话，想着也许他认识更多这样的医生。他不在。我留下了名字与电话号码。接下来的一个小时漫长得就如病了的蟑螂在缓慢爬行，我像是被遗忘在沙漠中的一粒沙子。我有如一个刚从枪战现场回来的双枪牛仔，三次出击，三次无果而终。当事情一而再、再而三的时候，我对它变得讨厌起来。你给 A 打电话，毫无结果。你再给 B 打电话，毫无结果。你再给 C 打电话，还是毫无结果。一周以后，你发现调查对象应该是 D 先生，只是你之前对他毫无发觉。而当你有所知觉时才发现，你的顾客已经改弦易辙。你的调查因此不得不中止。

　　沃卡尼奇医生和瓦雷医生都有被打草惊蛇的感觉。瓦雷那里有足够丰富的证据。他冷静异常，不好糊弄。沃卡尼奇是个朋克，作为重金属乐器的演奏者，经常在办公室演奏主要曲目。他的助手了解这一点，至少部分病人应该了解这一点。对于他来说，要做的就是硬着头皮，去给他打个电话。维德没有获得摆脱，仍然幽居在某个地方，独自在酒精麻醉下悲伤着。他也许不是这个世界上最聪明的家伙——很多成功人士远非心智成熟之人——不可能愚钝到足以让沃卡尼奇随意愚弄的地步。

　　唯一的可能是文瑞奇医生。他有空间，也能提供隐居场所。他也许收留了病人。塞普维达峡谷离闲适山谷很远，哪里才是连接点呢？他们该是怎样认识的呢？如果文瑞奇拥有这桩资产，刚好又有了买家，就此顺利让人接手过去了。这给了我一个线索。我给产权公司的一个熟人打了电话，想了解一下这桩资产的状况。没有回复，公司已经下班了。

　　我也让自己下班，驾车经过拉司纳伽，去到鲁迪的 B-Q 吧。我把名字报给了乐队主持，坐在酒吧椅上，等着激动人心的时刻到来。我的面前放着一杯加有果汁的威士忌，马克·韦伯的华尔兹音乐在耳边回响。一会儿后，我吃了一客闻名世界的索尔兹伯里牛排。这是一种汉堡，主料是一厚片经过烧烤的食物，四周涂有土豆泥，由一个煎过的洋葱圈和一些拌匀了的色拉支撑着。这样的食物，让外出就餐的人们吃起来很觉便利。在家里，要是妻子试着如此制作的话，他们就会大叫起来。

　　之后，我便开车回了家。我刚一打开前门，电话铃就响了。

"我是艾琳·维德,马洛先生。你要我回的电话。"

"我只是想知道你那里是否有事情发生。我一整天都在拜访那些医生,但没有交到一个朋友。"

"哦,抱歉。他还是没有现身。这让人不由得有些焦虑不安了。我想,你是没什么要告诉我的了。"她的声音不大,显得有些无精打采。

"那是一个很热闹的乡村,维德太太。"

"到今天晚上,已过去四天了。"

"没错。不过,还不算太久。"

"对我来说,就是很久了。"有那么一会儿,她很安静。"我一直试图去思考一些事情,去回忆一些事情。"她接着说道,"一定发生了什么事情,或是有过什么线索,或者涉及金钱。各种各样的事情,罗奇谈了不少。"

"文瑞奇这个名字对你来说意味着什么,维德太太?"

"我恐怕没有什么意义。不是这样的吗?"

"你提到说,维德先生被一个身穿牛仔外套的高个男人从家里带走过一次。要是你再次看到他,能把他认出来吗?"

"我想我可以,"她说,显得有些犹豫,"如果情形差不多的话。不过,我当时只是瞥了他一眼而已。他的名字是文瑞奇吗?"

"不是,维德太太。文瑞奇是一个体格庞大的中年男子。他即将管理,准确地说,已在管理那种集娱乐、健身、疗养为一体的休闲农场,就在塞普维达峡谷。有一个穿着很精致的神秘男孩帮他。那人叫艾尔。文瑞奇自称为大夫。"

"有趣。"她温和地笑了,"你不觉得你的调查对路了吗?"

"我不过刚刚摸到了一点儿边。有了新情况,我会给你打电话。我这次不过是想确认罗奇仍然没有回家,你也没有什么确切的事情要告诉我的。"

"我恐怕没有帮到你什么。"她有些伤感道,"任何时候都可以打我电话,不管多晚都无所谓。"

我说我会照办,然后就挂了电话。这次,我随身带了一把枪,还有一个三节电池的手电筒。这是一把微型的点三二口径的短管枪,枪匣是那种扁平样式的。文瑞奇医生的那个服务员艾尔除了铜制的指节套外,也许还有其他玩意儿。果然如此的话,他就会用上的。他有那么蠢的。

我再次开回高速公路去。汽车在飞奔。我有多大胆,它跑得就有多快。这个夜晚毫无月色,当我到达文瑞奇的那座建筑前时,夜色越来越暗黑了。而这正是我需要的。

大门还是用挂锁与链条锁着。我驶过这道大门,将车停在高速路旁。树底下尚有一丝儿光亮在,但它持续不了多久的。我从门上翻越过去,来到小山的一侧,想着要从哪条路走过去。我想,我远远地听到了鹌鹑的叫声。让人黯然神伤的鸽子像在高声抗议生活的凄惨。这里像是没有任何可以徒步前进的道路,或许是我没有找到。总之,我退回到大路上,沿着砾石路往前走。道旁的尤加利树多被橡树取代了,我翻过小山头,远远看到了些许光亮。为了在游泳池及网球场后边找到一个可以在路的尽头监视那座建筑的有利位置,我花了三刻钟的时间。那里的灯亮起来了,我听得见从那里传出来的音乐。树林里更远处的一座小木屋也有了光亮。整个树林里,小木屋星星点点,多得很,这时都还黑着呢。这会儿,我沿着一条小道往前走着。突然,一道手电筒的光亮落在主体建筑的后面。我惊得呆立当场。那光亮不像是在找寻什么，它笔直照过来，在后门廊及周围洒下了一大圈。这个时候，门开了，艾尔出来了。我这会儿便知道，我来对了地方。

艾尔今晚一身牛仔装扮。此前，把维德从家里带走的也是一个牛仔。艾尔挥舞着一根绳子，身穿用白线缝制的黑色衬衣，一条圆点的围巾松散地系在脖子上。他腰上围的是一条镶有银子的宽皮带，还佩戴有一支带象牙枪托的枪，枪套是皮制的。他穿着精致的马裤，靴子是用白线交叉缝制的，新崭崭的，铮亮、铮亮的。他的脑后是一个白色的宽边帽，衬衣上面有一根看似银质的飘带，末端没有系牢。

在白色手电筒的光晕里，他孤独地站立着，一边挥舞着鞭子，一边里外走动着。这里只有演员，没有观众。一个身材高大、性格温和、相貌英俊、穿着讲究的牛仔独自上演一出戏剧。这个双枪艾尔，属于这种疗养牧场。在这里，电话接线员都是穿着骑马靴上班的，显得那样的火热与野性十足。

突然，他听到一个声音，或者是假装听到了，挥舞的鞭子落了下来。他双手从枪套里取出枪来，抬起手来时手指已勾在扳机上了。他朝黑暗中望过去。我没有动，那该死的枪还躺在枪套里。手电筒的光亮转过去了，他没有看到任何东西。他将枪放回枪套，捡起绳子，随意地拿在手里，走回屋子去了。灯灭了，我的希望也随即破灭了。

我在树林里游动着，试图靠近那座发着光亮的小木屋。没有声音从那里传出来，我来到一个垂着窗帘的窗户前，往里看了看。光亮是从床边桌上那盏灯发出来的。一个男人仰脸平躺在床上，身体很放松，穿着睡衣的手臂从床上垂了下来。他的眼睛大睁着，向上盯着天花板在看。他看上去体格很粗大。他的脸部分藏在阴影里，但我能看到它是苍白的。他需要刮胡子了，那么长的胡子好像留了相当一段时间了。他那裸露在床外头的手指伸展开来，一动也不动的。看上去，他好像有好几个小时不曾动弹过了。

我听到有脚步声从小木屋另一侧的甬道上传来。一道纱窗门嘎吱一声开了，文瑞奇壮实的身形出现在门口。他手里像是端着一大玻璃杯的西红柿汁，正在打开一个落地灯。他的夏威夷衬衫闪着黄色的光亮。床上的男人并未看向他。

文瑞奇医生将玻璃杯放在床边桌上，就近拉过一把椅子，坐了下来。他伸出手去，够到床上那人的一个手腕，把了把脉。"你感觉如何，维德先生？"他的声音友好而热切。

躺在床上的男人并未回答他，也没有看向他，还是紧盯着天花板在看。

"好了，好了，维德。不要这么忧郁了。你的脉搏不过比正常的轻一些，快一点。你有些虚弱，不过——"

"特吉！"躺在床上的男人突然说，"告诉那个男人，如果他想知道我是怎么样的。这样的话，那个龟儿子就不用来烦我，再来问我了。"他的声音大而清晰，只是语调显着痛苦。

"特吉是谁？"文瑞奇耐心地问。

"我的代言人。她就在这儿的某个角落里。"

文瑞奇医生环顾四周。"我看到了一只小蜘蛛。"他说，"别再演戏了，维德先生。对于我而言，这毫无必要。"

"特吉纳瑞亚，热心于家务。伙计，那是一只跳来跳去的蜘蛛。我喜欢蜘蛛。实际上，他们从来不穿夏威夷衬衫。"

文瑞奇医生用舌头润了润嘴唇。"我没有时间逗乐，维德先生。"

"关于特吉，可没有什么好玩儿的。"维德缓缓地转过头来，好像他的头很沉重似的。他蔑视地盯着文瑞奇医生，"特吉可不是一般的危险！她会情不自禁地爱上你。在你不经意间，她会悄无声息地跳过来，靠近你。她最后一跳，你就会被吸干，医生。很干，却不吃你。特吉会吸干你的汁液，什么都不留下，除了皮肤。如果你打算穿那件足够长的衬衣，医生，我要说，那件事可能不会发生得那么早。"

文瑞奇医生将身子靠回椅子去。"我需要五千美元。"他温和地说，"那事会要多长时间才能发生？"

"你得到了六百五十元。"维德鄙夷道，"就像我的零钱一样。在这个妓院，到底要花多少钱？"

"小钱。"文瑞奇医生说，"我告诉过你，我的费用涨了。"

"你没有说过他们已经去了威尔逊山了。"

"不要搪塞我，维德。"文瑞奇医生简短地说，"这不是玩笑的时候。你也泄露了我的秘密。"

"我不知道你还有秘密。"

文瑞奇医生的手指头在椅子扶手上缓缓敲打着。"你在夜半时分打电话叫醒我，"他说，"说你绝望极了；还说如果我不来，你就要自杀了。我不想这么做，你知道原因的。在这个州，我没有执业医生的执照。我正在试图置换这项地产，而不是彻底失去它。我让艾尔帮忙看管，可他正好像一道糟糕的咒语。我跟你说过，那会要花掉你很多的钱。你还是坚持，我才去接你的。我要五千美元。"

"我当时对酒精处于强烈的渴望中，"维德说，"你不能在那个时候跟我讨价还价。你已经赚得够多的了。"

文瑞奇医生说:"你也将我的名字跟你太太说过了;你告诉她我这就要过去接你。"

维德看上去很惊讶。"我不会做那种事情。"他说,"我甚至没有看到她。她睡着了。"

"那么,就是其他时候说的。一个私家侦探来这里问起过你。他原本不可能来这里找你的,除非有人告诉过他。我把他赶走了,但他可能还会再来。你必须回家了,维德先生。不过,你先得付我五千美元的费用。"

"在这个世界上,你算不得一个聪明人。对吗,医生?如果我妻子知道我在这里,她会需要一个私家侦探吗?她自己来这里就行了。想想吧,她对这里会有多关注。她要是知道了,早把凯迪带来了。凯迪是我们家的男仆。你的亲信在今天的情况下充当主角时,凯迪一准将他撕成碎片。"

"你的腔调让人厌恶,维德。你的内心也很肮脏。"

"我也有肮脏的五千美元,医生。有人企图得到它。"

"你要给我签一张支票。"文瑞奇医生语气很坚决。"现在,马上!然后,你就要穿好衣服,由艾尔将你护送回家。"

"一张支票?"维德几乎要大笑起来。"的确,我要给你一张支票。没错。不过,你想要兑现多少呢?"

文瑞奇医生安静地笑了。"你觉得你不应该支付,维德先生,但你不会那么做的。我确信你不会。"

"你这个超级骗子!"维德冲他大喊道。

文瑞奇医生摇了摇头。"在有些事情上头,我是的。但不是所有事情上头我都是骗子。我跟大多数人一样,性格有多面性。艾尔会驾车送你回家。"

"绝对不要。那个小伙子让我毛骨悚然。"

文瑞奇医生轻轻地站起身来，伸出手去，拍了拍床上那个人的肩膀。"在我看来，艾尔不会对你构成任何伤害，维德先生。我有办法控制他。"

"比如说——"另一个声音响起。艾尔从门口走了进来，身着罗伊·罗乔斯的全套行头。

文瑞奇医生回过头去，微微笑了。

"让那个疯子滚开！"维德大叫道，头次显露出恐惧的神色。

艾尔将手放在他的花式皮带上，脸上毫无表情，轻微的口哨声从他嘴唇间发出。他缓缓走进房间来。

"你不该那么说的。"文瑞奇医生很快说道，随即转向艾尔。"好了，艾尔，我会自己处理维德先生的。我会给他穿好衣服，你尽可能地把车开到这里来。维德先生身子很虚弱。"

"他会更虚弱的。"艾尔说道，声音像是在吹着口哨。"路程不近，死胖子！"

"好了，艾尔。"他伸出手去抓住那个英俊的年轻人的手臂，"你不想回卡马瑞诺，对吗？我要说的只有一个词——"

他的话还没有说完，艾尔猛地抽出自己的手臂，右手闪过一道金属的光泽，文瑞奇医生的下巴毁在他全副武装的拳头底下了。他倒了下去，像是被人击穿了心脏。

这个房间里马上就会有暴风雨降临，我赶紧跑了过去。我来到门口，猛地将门打开。艾尔倏地转过来，身子略微向前倾，盯着我看。显然，他没有认出我来。他嘴里在嘟哝着什么，很快向我发起了攻击。

我急忙把枪拔出来，对准他。但这毫无意义。他没有动枪,好像他都把它给忘记了,好像铜制指节套才是他需要的。他朝我走过来。

我朝着床那边的窗户开了一枪。子弹在房间里的爆响显得比实际的要猛烈得多,也让艾尔呆立在那里。他像被射杀了似的回过头去,盯着窗帘上的那个洞。然后,他又回过头来看着我。慢慢地,他的脸上又有了血色。他露齿一笑。

"发生什么了?"他明智地问道。他惊讶地看向自己的手,卸下了指节套,随意地将它们扔在角落里。

"现在,把配枪的皮带摘下来。"我说,"不要去碰枪,只要把皮带扣解开就行。"

"本来就没扣。"他微笑道,"见鬼,这从来就不是什么枪,不过是用来装车马费的。"

"解下皮带!快点儿!"

他看着我那短筒的点三二口径的手枪。"这枪是真的吗?啊,是真的。窗帘,看窗帘就知道是真的。"

原本躺在床上的人不在那里了,这时站到了艾尔身后。他很快操起一把枪来,拉开枪栓。艾尔不喜欢这样,从他的脸色可以看出来。

"把他解雇了!"我生气地说,"让他哪里来回哪里去!"

"他是对的。"维德说,"他们都不过是花拳绣腿。"他往后退去,将锃亮的手枪放在桌子上。"上帝,我就像一个断臂人一样!"

"把皮带脱掉!"我说道。这是第三次了。对艾尔这种人,当你不得不采取什么行动时,就一定要将它进行到底。那是最简单的办法,千万不要改变主意。

他终于按我说的做了,显得很顺从。然后,他抓起皮带,朝桌子走了过去，将其他的枪放回枪套，再将皮带系回去。我由着他去做，直到他看到文瑞奇医生从地上爬起来，将身子靠在墙上。他发出了关切的惊呼声，很快穿过房间，去到盥洗室，取了一玻璃缸的水回来。他将水泼在文瑞奇医生的头上。

文瑞奇医生哀号起来，用手轻轻拍打着自己的下巴。然后，他试图站起身来。艾尔伸手去帮他。

"对不起，医生。我没看清楚是谁，就将拳头挥了出去。"

"好了，没有什么大碍。"文瑞奇说，将他伸过来的手挡开了。"把车开到这里来，艾尔。不要忘记底下那把挂锁的钥匙。"

"车开到这里来，没错。这就去。挂锁的钥匙，我拿着了。我这就去，医生。"

他嘴里吹着口哨，走出了房间。

维德坐在床的一侧，看上去犹疑不决。"你他妈的在说什么？"他问我，"你是怎么找到我的？"

"我从那些知道这件事的人那里打听到的。"我说，"如果你想要回家，也许要穿上衣服。"

文瑞奇医生斜靠在墙上，正在按摩自己的下巴。"我会帮他的。"他瓮声瓮气地说，"我所做的是去帮助大家，而大家回敬我的就是对着我的嘴来上一拳。"

"我知道你现在的感觉。"我说。

我走了出去，留下他们自己解决问题。

20

当他们从屋子里出来时,汽车就停在附近了。但艾尔不见了。他泊好车,将车灯熄了,没跟我说半句话,就朝那座大的木屋走了过去。他仍然吹着口哨,在摸索着不太准确的音调。

维德小心翼翼地爬进汽车后座,我上了车,坐在他身旁。车由文瑞奇医生驾驶。就算他的下巴伤得很厉害,头也痛着,却没有丝毫显露,也无一言提及。我们的车驶过山脊,来到了碎石路的尽头。艾尔一定躺下了,门没锁,且敞开在那里。我告诉了文瑞奇我的车的位置,他尽量让他的车靠得近一些。维德上了我的车,安静地坐在那里,目中无神。文瑞奇下了车,去到他身旁,跟维德在轻声交谈。

"说说我的五千美元,维德。你要给我签一张支票。"

维德将身子放低了,让脑袋仰靠在座位靠背上。"我会考虑的。"

"你得答应了。我需要这笔钱。"

"'胁迫'这个词,文瑞奇,意味着伤害。现在,有人保护我了。"

"我喂你吃的,还为你洗漱。"文瑞奇抗议道,"就算是夜里,我也会来给诊治。我保护你,为你治疗。至少到目前为止,都是如此。"

"那也不值五千美元这么大一笔。"维德蔑视道,"你从我这里捞得够多的了。"

文瑞奇并不因此罢休。"古巴那个亲戚承诺过我的,维德先生。你应该帮助那些需要帮助的人。艾尔需要我的照顾,而我这会儿尤其需要这笔钱。我会全额偿还你的。"

我开始变得局促不安起来。我想抽烟,又害怕这会让维德难受。

"你绝不会偿还的。"维德疲累不堪地说,"你活不那么长久的。接下来的哪个晚上,你会在睡梦中被那个亲信杀死的。"

文瑞奇退了回去。我看不到他的表情,但他的声音变得严厉起来。"还有更多不那么让人愉快的死法。"他说,"我想,你的死法一定会是其中一种。"

他走回他的汽车,上了车。他将车驶入大门,然后消失不见了。我倒转车头,朝城里驶去。车行一两里地之后,维德嘴里嘟哝道:"我为什么要给那个肥佬五千美元?"

"一点儿理由也没有。"

"可不给他那笔钱,我为什么觉得自己像个杂种?"

"一点儿理由也没有。"

他掉过头来,定定地看着我。"他把我当成婴儿一般。"维德说,"他几乎不会让我单独待上一会儿,以免艾尔进来把我掀翻在地。他拿走了我钱包里的每一个硬币。"

"或许你跟他说过这么做的。"

"你为他说话?"

"你就当没听见。"我说,"那不过是我的工作。"

接下来几十公里的行驶中,我们一路无话。在经过一个偏远的郊区边沿时,维德再次开口说话了。

"也许我该把钱给他的。他破产了,资产被查封了。他再也得不到一个子儿了。这一切都是因为那个疯子。他为什么要那么做？"

"我不知道。"

"我是作家，"维德说，"我应该理解人们心中所想。实际上，我对人的洞察远未到入微的程度。"

我驾驶汽车翻过一道隘口，在山坡上爬升一段后，山谷的灯光在我们面前无边无际地铺展开来。我们一路开下去，上了东北方向通往文图拉的公路。一会儿后，我们穿过恩西诺。我的车停下来等红绿灯时，我抬头看见了山丘高处的灯光。那里，有很多的豪宅。其中有一幢就是雷洛克斯夫妇居住过的。我们继续驾车前行。

"很快就到岔路口了。"维德说，"也许你原本就知道这一点。"

"是的，我知道。"

"对了，你还没有告知尊姓大名呢。"

"菲利普·马洛。"

"名字不错。"他的声音陡地一变，说道，"等等。你就是跟雷洛克斯厮混在一起的那个家伙？"

"对的。"

他在漆黑一团的车里盯着我看。这个时候，我们的车正要将恩西诺大街最后一幢建筑抛在身后。

"我认识她。"维德说，"不是很熟。我倒是没有见过他。真是奇怪，那事。警察狠狠地整了你一家伙，是吗？"

我不置可否。

"也许你不想再谈起它。"他说。

"也许吧。你为什么对它那么感兴趣？"

"该死的,我是作家。作为故事,它一定精彩。"

"你今晚就歇着吧。你一定很虚弱了。"

"好吧,马洛。好吧,你不喜欢我。这我懂。"

我们来到了岔路口。我驾车拐了进去,朝着低矮的山丘及山间谷地开过去。那就是所谓的闲适山谷了。

"我说不上喜欢你,也说不上不喜欢你。"我说,"我不认识你。你的妻子让我找到你,然后带你回家。我把你送回家,任务就算完成了。她为什么选我来做这件事,我也说不上来。正如我之前说过的,这不过是一件差事。"

我们从小山一侧转过去,汽车上了一条宽敞的道路,路面铺得很平整。他说,他的房子离这里不到一里远了,就在路的右侧。他把门牌号告诉我了。其实,我已经知道了。就他而言,算得上很健谈了。

"她为此会付你多少钱?"他问道。

"我们还没有说到这一点。"

"无论多少都不够。我怎么谢你都不够。你干得不错,哥们儿。我不值得你如此费心的。"

"这不过是你今天晚上的想法罢了。"

他笑了。"你知道吗,马洛,我好像慢慢地喜欢上你了。你有点儿混账,像我一样。"

我们到得维德家。这是一幢两层木瓦板盖的小楼,有一个不大的圆柱门廊。这里有一片长条形的草坪,从入口处一直延伸到白色篱笆内一厚排灌木丛。我将车开上车道,尽可能近地停靠在车库旁。

"没人搀扶你能行吗?"

"当然可以。"他下了车,"你不进去喝点儿什么吗?"

"今晚就算了。谢谢。我在这里等着,你进了屋我再走。"

他站在那里大口喘着气。"好吧。"他简短地说道。

他小心翼翼地沿着地面有些松动的小径朝前门走去。扶着一根白色的圆柱,他站立了一会儿,然后试着将门打开。门开了之后,他走了进去。门开在那里,屋里的灯光在前面绿色的草坪上流泻一地。突然,传来一阵喧闹声。我借着后车灯的光亮,将车往后倒。这时,有人在大声呼叫。

我看了一眼,发现艾琳站在前门口。我的车继续往后倒,她开始跑了起来。我只好停下来。我把车灯熄了,走下车来。当她走过来的时候,我说道:"我应该给你打电话的,但我又怕留下他独自面对那些人不好。"

"当然。是不是遇到许多麻烦了?"

"哦,就比摁响门铃麻烦一点点。"

"请进屋来,跟我仔细说说。"

"他应该上床睡觉去了。到了明天,他就会恢复了。"

"凯迪会扶他上床去的。"她说,"他今晚不会再喝酒了,也许你想的是这件事情。"

"我压根儿没想过。晚安,维德太太。"

"你一定很累了。不想喝一杯吗?"

我点上一根烟。我像是好几个星期没有尝过烟草的味道了,贪婪地吸着。

"我能否来一口?"

"可以。我以为你不吸烟的。"

"我不经常吸。"她走近我,我将烟放到她手里。她吸上一口,咳嗽起来。她笑着将烟交回我手中,"你瞧,完全是玩票。"

"原来你认识塞维娅·雷洛克斯。"我说,"这就是你要雇用我的原因?"

"我认识谁?"她看上去像是很迷惑。

"塞维娅·雷洛克斯。"香烟回到了我的手中,我抽得很猛。

"哦。"她说,吓了一跳。"那个——被谋杀的女孩?不,我不认识她。但我知道她是谁。我不是跟你说过了吗?"

"抱歉,我都忘记你跟我说过什么了。"

她仍然安静地站在那里,离我很近,穿一件白色外衣之类的衣服,又高又苗条。从敞开的门口透射出来的灯光照在她的发际线上,隐隐地发出柔和的光泽。

"你问我那件事跟我——按你的说法——雇用你有没有关系?"

我没有马上回答她。她便又补充道:"罗奇是不是跟你说过他认识她?"

"我自报家门之后,他说起了那桩案件。他当时并未将那桩案件与我联系在一起,后来才想起来的。见鬼,他说了不少,但我多半都想不起来了。"

"我明白了。我得进去了,马洛先生。我得去看看我丈夫是否需要我帮忙。如果你不进屋——"

"这个留给你吧。"我说着,抱住她,把她拉了过来,让她的脑袋往后仰,然后用力吻住她的嘴唇。

她没有抗拒,也毫无反应。然后,她静静地往后退去,站在那里看着我。"你不该这么做的。"她说,"这样做很不好,你是这么好的一个人。"

"的确,非常不应该。"我附和道,"我一天到晚被人当作忠心耿耿的枪手,变得五迷三道的,去冒那种有生以来最最愚蠢的险。这一切，要不是有人提前拟好了剧本，那才是见鬼了呢。你知道吗，我觉得你从一开始就知道他在什么地方，至少你是知道文瑞奇医生的名字的。你不过是想让我跟他搭上关系，跟他纠缠不清。如此一来，我就会有责任去照料他了。或者，是我疯了？"

"当然，你就是疯了。"她冷冷地说，"这是我听到过的最离奇的废话。"说着，她转身走开了。

"等等。"我说，"那一吻留不下疤痕的。你不要让它成为心病。别跟我说我是多么好的一个人，我宁可当个无赖。"

她回过头来，"为什么？"

"如果我不对雷洛克斯那么好的话，他或许还活得好好的。"

"是吗？"她安静地说道，"你怎么能如此确定？晚安，马洛先生。诸事多谢了。"

她顺着草坪边沿，走了回去。我看着她进了屋子，门关上了。门廊的灯也灭了。我挥手作别虚空，驾车离去。

21

第二天早上，我起得很晚，因为头天晚上我尝到大甜头了。我加喝了一杯咖啡，多抽了一根烟，加拿大熏肉也多啖了一片，再加第三百次发誓，不再使用电动剃须刀。如此之后，这一天开始回归正常轨道。

我十点钟到的办公室，处理了一些零散的邮件，阅看了一些信函后，将其随意放在桌子上。我把窗户开得大大的，好让晚上沉积在空气、屋角及百叶窗中的灰尘及污渍的味道飘散出去。一只死蛾子躺在书桌的一角。窗台上,一只断翅的蜜蜂正在顺着木窗框爬行。它疲惫的嗡嗡声像是从远处传来的。它仿佛知道这样的努力于事无补了,此生已到尽头;太多的飞行任务完成之后,它好像再也回不去蜂窝了。

我知道,今天会是一个疯狂的日子。这样的日子,每个人都会遇到。在这样的日子里,尽是松动而不牢靠的车轮、胶水灌满脑子的野狗、找不到栗子来填肚子的松鼠,还有总是少装一个齿轮的机械师。

最先来的顾客是一个金发恶棍,有着奎森能之类的芬兰姓氏。他将自己肥硕的屁股挤入顾客座椅里,两只又宽又坚硬的手往我桌上一放,自称动力铲操作员,住在卡文市,说他隔壁的混账女人想要毒死他的狗。每天将狗放到后院遛达之前,他总要从围墙的这头查到那头,看是否有隔着马铃薯藤抛过来的肉丸。到目前为止,他已发现了九颗。这种肉丸都掺了一种绿粉。他知道,那是砒霜除草剂。

"监视她,并把她逮住,需要多少钱?"他两眼望着我,一眨也不眨,就像水族箱里的鱼。

"你为什么不自己去做?"

"先生,我得赚钱吃饭。我来这里打听这个事情,每小时要损失四元二角五分的酬金呢。"

"去找警察试试看!"

"我试着找过警察,他们要到明年什么时候才能受理。眼下,他们正忙着拍米高梅的马屁。"

"保护动物协会?摇尾客?"

"那都是什么?"

我告诉他"摇尾客"是一个什么组织,他对此没有任何兴趣。他知道动物保护协会。在他看来,滚他的动物保护协会。他们看不见比马小的东西。

"你这门上的标牌是侦探。"他凶巴巴地说,"那样的话,你他妈的得出去调查啊。你要是逮着她了,我付你五十美元。"

"对不起。"我说,"我没有分身术。再说了,在你家后院的老鼠洞里待上两个星期,跟我志趣不合。就算有五十元的酬劳,我也干不了。"

他眼睛里满是怒火,站了起来。"大人物,"他说,"不缺钱,呃?懒得费劲去救我的小狗。去你的,大人物!"

"我也遇上麻烦了,奎森能先生。"

"我要是逮到她了,就会把他妈的脖子拧断。"他说。我毫不怀疑他会这么做。大象的一条后腿他都拧得断。"那样的话,我另找他人吧。这一切,都只是因为汽车经过的时候,小淘气叫了几声。这个臭不要脸的小娼妇!"他朝门口走去。

"你确定她想毒死的是你家的小狗?"我对着他的后背问道。

"没错,我能确定。"他走到一半的时候,突然醒过神来,立即车转了身子。"再说一次,你这个混蛋!"

我只是摇了摇头。我不想跟他打架,他说不定会用桌子来敲我的头。他哼了一声,然后走了出去,几乎要把门扛走了。

这一天的第二道菜是一个妇人。她不很老,也不年轻,不是很整洁,也不太脏,一望便知是那种很穷、很寒酸,爱发牢骚又很蠢的那种人。她说，跟她同屋的女孩——她那个圈子里外出工作的都算是女孩——拿了她钱包里的钱。这里拿一元，那里拿四毛，加起来就多了。她估计总数有将近二十元了。她可损失不起。她也搬不起家。同时，她又雇不起一个私家侦探。她觉得我应该愿意打个电话吓唬吓唬她的室友而不用提及她的名字。

她花了二十分钟或者更多时间来说明这件事。她一边说，一边不断地捏着自己的皮包。

"任何一个你认识的人都可以做这件事。"我说。

"是啊。不过你是侦探。"

"我没有威胁陌生人的执照。"

"我会跟她说我来找过你。我用不着说是她干的，只说你正在调查。"

"我要是你，就不那么干。如果你提到我的名字，她或许会打电话过来。她要是真的打来电话，我就会据实相告。"

她站了起来，用力将那个邋遢的皮包甩向肚子。"你不是一个君子。"她尖声说道。

"我在哪里说过我要当君子的。"

她嘟嘟哝哝地走了出去。

午餐之后，来了一位辛普森·艾德维斯先生。他向我出示了名片。他是一家缝纫机代理行的经理，年龄在四十八至五十岁之间，满脸倦容。他小手小脚，身上的棕色西服袖子过长，发硬的白色领子上系着紫色镶黑钻的领带。他坐在那里，屁股只挨着座位的边沿，从不乱动，忧愁的双眼紧盯着我。他的头发也是黑黑的，又硬又密，没有一丝儿灰白头发。他的胡须修剪过，有点儿发红。要是不去看他的手背，准以为他是三十五岁的人。

"就叫我辛普吧!"他说,"其他人都是这么叫我的。我这叫得不偿失。我是犹太人,娶了一个非犹太老婆。她二十四岁,非常漂亮。此前,她出走过两次。"

他取出一张照片来给我看。在他眼里,她也许很美。但在我看来,她不过是一个薄唇的大块头女子。

"你的问题是什么,艾德维斯先生?我不处理离婚之类的案件。"我试图将照片还给他。他摆了摆手。"对于我来说,顾客永远都是老爷。"我补充道,"至少在他跟我撒谎以前是这样。"

他笑了。"我用不着撒谎。这也不是一桩离婚案件。我只是想要梅宝回来。只是我得先找到她,才能要求她回来。对于她来说,这也许成了一种游戏了。"

他跟我耐心地谈起她,毫无怨言。她喝酒,胡闹,按他的标准,她不是一个很好的妻子。不过,他承认,他自己小时候受的教养非常严格。他说,他的妻子心胸宽广,他爱她。他不敢说自己是那种梦中情人,却是那种认真工作、赚取薪水养家的男人。他们在银行有一个共同的账户,她已经把钱都取光了。他对此是早有准备的了,大致猜得出她是跟谁走了。如果猜得不错的话,那人会把她的钱花光,留下她一筹莫展。

"他叫克利甘,"他说,"克利甘·门罗。我无意于挑天主教的毛病,犹太人里也有不少混蛋。这个克利甘是个理发师。我也不是要挑理发师的错,但他们中的绝大多数都流浪成性,还赌马,并不稳定。"

"当她身无分文时,你不是就会接到她的来信了吗?"

"她非常羞愧,可能会因此伤害自己。"

"这是一桩失踪案。艾德维斯先生,你应该去报警。"

"不,我这不是要挑警察的毛病,但我不想去报警。如果那样的话,梅宝会因此受到羞辱的。"

这个世界到处都是艾德维斯先生不想挑毛病的人。他将一笔钱放在桌子上。

"这是两百美元。"他说,"预付款。我宁可按照自己的方法来行事。"

"那样的事情还会再发生的。"我说。

"没错。"他耸了耸肩,优雅地摊开双手。"她只有二十四岁,我都五十岁了。不过,这有什么关系呢?过一阵子,她就会安定下来的。问题是我们没有孩子。她不能生育。犹太人喜欢有孩子。梅宝知道这一点,因此感到羞辱。"

"你是宽厚之人,艾德维斯先生。"

"噢,我不是基督徒。"他说,"你知道,我不想挑基督徒的刺。在我这里,我是真的脚踏实地地做事,而不光是嘴上说说罢了。啊,我差点儿忘了最重要的事情了。"

他取出一张明信片,连同那笔钱一道,推到桌子对面来。"这是她从檀香山寄来的。钱在檀香山花得很快。我有一个叔叔在那里经营珠宝生意,现在退休了,住在西雅图。"

我再次拿起相片来。"这一张我得借用一下。"我告诉他说,"我得找人复印一下。"

"马洛先生,没来这里之前,我就想过你会这么说的。因此,我早有准备了。"他拿出一个信封来,里面有五张照片。"我把克利甘的照片也带过来了。不过,只是快照。"他伸手从另一个口袋里取出一个信封来。我看了看,克利甘看上去很不老实。这倒是不让人意外。关于他的照片有三张。

辛普先生给了我另一张名片。上面有他的名字、住处及电话号码。他希望不会花费太多，但如果我要求增加费用，他会马上作出反应。他希望早点儿接到我的消息。

"如果她还在檀香山，两百美元应该差不多够了。"我说，"现在我需要的是两个人详细的外貌特征，以便用来拟定一份电报。最好有身高、体重、年龄、肤色等，还有明显的疤痕，或者其他可以辨认的特征，他们私奔时的穿戴以及从账户里领取的款项总额，等等。艾德维斯先生，你以前要是有过类似经历，就会知道我需要的信息是什么了。"

"对这个克利甘，我有一种怪怪的感觉，很不自在。"

我又花了半个小时来跟他交谈，把了解到的情况一项一项地记了下来。他安静地站起身来，跟我安静地握了握手，安静地向我鞠了一躬，安静地离开了办公室。

"告诉梅宝，一切都好。"他说着，走了出去。

接下来就是例行公事了。我往檀香山的一家侦探社发了电报，接着又将照片及电报未及资料以航空信函寄了出去。

他们发现，她在一家豪华旅社当一个女侍的助手，帮忙刷洗浴缸及浴室地板之类的。果然不出艾德维斯先生所料，克利甘趁梅宝睡觉时将她的钱洗劫一空，溜之大吉了，害她因无法支付住宿费用而被困在旅馆里。有一枚戒指是克利甘不用暴力就拿不到手的，因此还留在她那里。她把戒指典当了。但那钱只够支付房费，却不够回家的路费。艾德维斯乘飞机去接她。

艾德维斯对她太好了，她似乎不配。我给他送上一张二十美元的账单和一张长途电报的收据。先前的两百元被檀香山侦探社拿走了。我办公室的保险柜里还留有一张克利甘的照片,少收一点儿也就不算什么了。

私家侦探的一天就这样过去了。这一天不算典型,也不太反常。我们为什么还在维持这营生,就只有天知道了。发不了财,也不见得多有趣,有时还要挨揍、挨枪,或者忍受牢狱之灾,搞不好还会因此丧命。隔不了一个月,就会有放弃的念头出现,想着在不至于走路摇头晃脑的时候换上一个明智一点儿的职业。

正在这个时候,门铃响了。我打开通往会客室的门,来了一个新面孔。他带来了新问题、新的悲伤和一笔小钱。

"请进,辛古米先生。有什么我可以效劳的?"

他肯定不乏理由。

三天后的下午,也是这个时候,艾琳·维德给我打电话,要我第二天晚上去她家喝一杯,说他们找了几个人去喝鸡尾酒,罗奇想见见我,要好好谢我一下,还问我是否愿意带上账单。

"你并不欠我什么,维德太太。我做的那点儿小事已经得到报酬了。"

"我的反应有点儿像维多利亚时代的人了,一定显得很可笑,对吧?"她说,"一个吻在今天,并不代表什么。你会来,对吗?"

"我想我会去。我要是聪明的话,就不该去。"

"罗奇现在完全康复了。他正在工作。"

"好样的。"

"你今天听上去阴森森的。我想,你将人生看得太严肃了。"

"偶尔会。为什么这么说？"

她轻声笑了起来，道了再见就挂了电话。我在那里正襟危坐了一会儿，然后尽量想了些可乐的事情，让自己大笑了几声。结果不奏效。我从保险箱里取出雷洛克斯的告别信，又读了一遍。我这才想起，他要我去维克多酒吧代他喝的"锥子"酒我还没有兑现。这个时候，酒吧最安静了。要是他还在，能跟我一道去的话，一定会选择现在这个时候。想起他，我心里依稀涌起一种悲凉与酸楚。到得酒吧时，我几乎迈步从它面前走过。我这么想过，但并没有真正去这样做。我拿了他太多的钱；他愚弄了我，也付出了巨大的代价。

22

维克多酒吧很安静。进到门里，我几乎可以听到温度下降的声音。吧台凳上，孤零零地坐着一个女人。她身穿一套裁缝手工缝制的黑衣。在这个季节里，它应该属于那种奥龙之类的合成纤维。女人面前摆着一杯浅绿色的酒，用玉制的烟嘴抽着烟。她的目光敏感又热情，有时显得有些神经质，有时像是因为性饥渴，有时像是因为减肥。

我坐了下来，与她隔了两个凳子。酒保跟我点了点头，没有笑容。

"一杯'锥子'酒。"我说，"纯的。"

他将小餐巾放在我的面前，一直看着我。"你知道，"他用令人愉快的声音说道，"我听你跟你的朋友谈了一个晚上，就去订购了那种洛斯·莱姆果汁。但你们再也没有来过，我今晚才把它启封。"

"我的朋友去了外地。"我说,"方便的话,给我来个双份的。多谢你费心。"

他走开了。穿黑衣的女人很快瞥了我一眼,然后低头望向自己的酒杯。"这边很少人喝那种东西。"她那么安静地说话,开始我并未意识到她是在跟我说话。后来,她又朝我这边看过来。她一双眼睛又大又黑,手指甲是那种我从未见过的猩红。但她不像是那种随意勾搭人的人,声音里也没有引诱的味道。"我说的是'锥子'酒。"

"我的同伴让我喝这种酒。"我说。

"他一定是个英格兰人。"

"为什么?"

"因为莱姆汁啊。它是纯粹的英国风味,就像那种用鱼酱煮出来的鱼,看着就像厨师把自己的血滴进去了。这就是为什么他们叫它莱姆汁的原因。我说的是英格兰人,不是鱼。"

"我以为是热带酒,就是热天里喝的那种玩意儿,像马来西亚那种地方。"

"你说的可能没错。"她又别过脸去。

酒保将酒放在我面前。因为加了莱姆汁,酒看起来有点儿浅青带黄,雾蒙蒙的。我尝了一口,又甜又烈。黑衣女子朝我这边看过来,向我举了举杯。我们都喝了一口。我这才知道,她喝的就是我要的这种酒。

接下来的事情就没有例外了。我坐了过去,但什么也不干。"他不是英国人。"过了一会儿,我说道,"我想,他也许战时去过英国。以前我们偶尔会来这里坐坐,就像现在这么早，趁着人声鼎沸之前。"

"这个时间让人愉悦。"她说，"酒吧几乎只有这个时间还不错。"她喝光了杯中酒。"你的朋友也许我认识。"她说，"他叫什么名字？"

我没有立刻回答她。我点上一根烟，看着她将烟蒂从玉制烟嘴里抠出来，换上新的。我递上打火机。"雷洛克斯。"我说。

她谢过我的打火机，用探寻的眼光打量我一番，然后点了点头。"是的，我跟他很熟。也许是太熟了。"

酒保过来了，看着我的杯子。"同样的再来一杯。"我说，"端到小隔间来！"

我从吧台前的高凳上下来，站在那里等着。她可能不给我面子，也可能会给。不过，无论怎样，我都不在乎。在这个性泛滥的国家，男人和女人偶尔也可以见面聊天，不一定非要上床。我们可以这么想，或者，她也许认为我不过是想找人做爱。果真如此的话，就滚他的去吧！

她有了迟疑，但时间不长。她拾掇好一双黑手套，还有一个带金框和金钩的黑色鹿皮包。来到一个隔间，她安静地坐了下来。我坐在了小桌子的对面。

"我叫马洛。"

"我叫琳达·罗林。"她平静地说，"有点儿感情用事，对吧，马洛先生？"

"就因为我来这里喝了一杯'锥子'酒？你呢？"

"我也许是喜欢这种味道。"

"也许我也如此。但那样的话，未免也太巧合了吧？"

她对我微笑着，有些苍白。她戴着翡翠耳环和翡翠衣领别针。由于采取的是扁平面加斜边的切割方式,它们看起来像真正的宝石。在酒吧暗淡的灯光下,也由里而外地发出柔和的光泽。

"原来你就是那个人!"她说。

服务员端来了酒。他走后,我说:"我认识特里·雷洛克斯。我喜欢他,偶尔会跟他喝上一杯。那是某种际遇的结果,是偶然建立起来的友情。我从未去过他家,也没有见过他妻子。我只在停车场见过她一次。"

"不只是这样,对吗?"

她伸手端起玻璃杯,手上戴着一个周围镶满钻石的翡翠戒指,旁边还有一个细细的白金婚戒。我猜她大概三十五六岁的样子。

"也许,"我说,"他有点儿烦人。他一直就这样。跟你怎么样?"

她支起手肘,面无表情地看着我。"我说过,我跟他很熟、很熟。他要发生了任何事情,我都不会觉得奇怪。他有一个非常富有的妻子,可以满足他各种奢侈的享受。她所要求他回报的,就是不受任何干扰。"

"似乎很合理。"我说。

"不要满口讥讽,马洛先生。有些女人就是那样。她们身不由己。开始的时候,他并不是不知道。而当他变得自尊时,门是敞开着的,他随时可以走,用不着把她杀掉。"

"我同意你的说法。"

她将身子坐直了,很严肃地看着我,双唇抿紧。"他跑掉了。如果我听说的不假,你帮过他。我猜,你对此引以为傲吧。"

"不是这样的。"我说,"我那么做,不过是要赚钱。"

"这一点儿都不好笑,马洛。老实说,我不知道自己为什么要坐在这里跟你喝酒。"

"这一情形不难改变,罗林太太。"我伸手取过杯子,将杯中物灌进喉咙里。"我以为你可以跟我说一些有关特里的事情。我对他为什么要把妻子的脸砸个稀巴烂不感兴趣。"

"你这么说太粗暴了。"她恼怒道。

"你不喜欢这个词?我也不喜欢。如果我相信是他做了那种事,就不会在这里喝'锥子'酒了。"

她干瞪着眼。一会儿后她缓缓说道:"他自杀了,留下了一份完整的自白。你还想知道什么?"

"他有枪。"我说,"在墨西哥,就凭这一点,神经过敏的警察就可以向他发起猛烈攻击。很多美国警察也用相同的手法杀人。有的还嫌门开得不够迅速,隔着门就开火了。至于自白,我没有看到。"

"那一定是墨西哥警察造假了。"她尖酸地说道。

"他们不懂得造假的,尤其是奥塔托克兰那样的小地方。不,自白不可能是真的。这不能证明他杀了自己的妻子。至少对我来说是这样,只能说明他一时找不到脱困的办法。在那样的地方,有些人,或许是因为感情用事,会想着不要让亲友因为自己而难堪或被关注。"

"异想天开!"她说,"一个男人不会因为要摆脱一桩丑闻就去自杀或是假他人之手来杀害自己。塞维娅已经死了,至于她的姐姐与父亲,他们能够很好地照顾自己。只要有足够的钱,马洛先生,谁都可以保护好自己。"

"好吧,动机方面我错了。也许我全盘皆错。你刚刚还在恼怒自己跟我一起喝酒，现在要不要我走开——让你独自啜饮'锥子'酒？"

她突然笑了。"对不起。我慢慢感觉你是一个诚恳之人了。我刚刚以为你是要为自己辩护，而不是为特里。但不知怎么的，我现在不这么想了。"

"我不为自己辩护。我犯了傻，为此吃了苦头。某种程度上来说，就是如此。我不否认，他的自白书让我免于更严重的后果。如果他被带回来审讯，我也会被判刑。最轻的话，也会被罚上一大笔超出我承担能力的钱。"

"更不用说你的执照了。"她漠然道。

"也许。有那么一段时间，任何一个醉酒的警察都可以逮捕我。现在情况有些不同了。在州里，执照的授权得先通过听证会。那些人不再那么买市警察局的账了。"

她品着酒，缓缓说道："深谋远虑——你不觉得那样会更好吗？没有审讯，没有轰动一时的头条新闻，没有报纸为吸引眼球而忽视基本事实、公道和无辜者心情的中伤与毁谤，不是更好吗？"

"我刚才不是说过了嘛，可你说我是异想天开。"

她往后靠了靠身子，让头枕在隔椅后侧的衬垫上。"我说的异想天开，是指特里居然想以自杀来达到这一结果。没有审讯对大家都好，这没有什么异想天开的。"

"再来一杯。"我说，挥手叫过来服务员。"我觉得脖子凉飕飕的。罗林太太，你是否碰巧跟波特家是亲戚？"

"塞维娅·雷洛克斯是我的妹妹。"她简单回答道，"我以为你知道。"

服务员过来了，我迅速说了我的需求。罗林太太摆了摆手,说她不再想要任何东西了。

服务员走了后,我说:"波特老头,对不起,哈兰·波特先后封杀了与这桩案件有关的消息。我能确切地知道特里的妻子有个姐姐,就是幸运的了。"

"你这有些夸张了吧?我的父亲不至于那么神通广大,马洛先生,也不至于如此残暴。我得承认,他关于个人隐私的观念非常传统。他从来不会就此接受任何采访,哪怕是自己的报纸。他从不让人拍照,也从不发表演讲。他旅行大都是开车或是搭乘私人飞机,有自己的驾驶员随行。尽管如此,他很有人情味。他很喜欢特里,说特里无论白天还是黑夜,是全天候的君子,不像有些人只在来宾抵达后到第一杯鸡尾酒之间的十分钟是君子。"

"他最后不免有小失误。特里确实是这样的人。"

服务员将我的第三杯'锥子'酒送了过来。我尝了尝味道,然后静坐在那里,将一个手指放在酒杯圆形底座边沿。

"特里之死对他是一个很大的打击,马洛先生。你又面带嘲讽了。请不要这样。父亲知道,对于有些人,这未免太过巧合了。他宁肯特里只是暂时失踪了。如果特里向他请求帮助,我想他一定会伸出援手的。"

"哦,不,罗林太太。要知道,被人谋害的是他的女儿呢!"

她的手势显示了她的怒火,她冷冷地看着我。

"我恐怕接下来的话就会很直接了。父亲很早以前就跟妹妹断绝了关系,就算是遇上了,也很少跟她说话。他对案件没有发表意见。我觉得,他跟你的看法类似,对特里谋杀嫌疑持存疑态度。特里一死,真相如何又有什么意义呢。他们或许会因飞机失事、火灾或是交通事故而亡。再过十年，她会变成一个被性摆布的老巫婆，就像你在好莱坞宴会上见到或几年前遇到的那些可怕女人一样，都是国际人渣。"

我突然之间像是要疯掉了，没有什么理由。我站了起来，朝隔间四周环顾了一遍。我们的隔壁空无一人，再过去一间，有一个家伙正在独自安静地浏览报纸。我嘭的一声坐了下来，推开酒杯，朝桌子对面探过身去。我的理智还在，尽量压低嗓门。

"看在上帝的分上，罗林太太，你到底要告诉我什么？哈兰·波特是一个如此平易近人而又可爱之人，不想对一个爱玩政治手段的地方检察官施加影响，让他一手遮天，使当局对这桩案件不予详查；他不相信特里是凶手，却又不让人查找真凶；他没有利用手中的报纸和银行户头、九百名一心体察上司旨意的部属的政治影响力；他没有作出特殊安排，让当局派出一个听话的律师到墨西哥确定特里是饮弹自尽还是被玩枪成性的印第安人杀死，也不让地方检察官办公室或市警察局派人去。罗林太太，你家老头是亿万富翁。我不知道他的钱是怎么赚取的，但我知道，他要是不建立一个影响深远的组织是绝对不会如此成功的。他不是那种软心肠的人，而是一个硬汉。这年头，人就该赚那种钱，而且会跟一些奇奇怪怪的人做生意。也许不会跟他们握手或碰面，但他们就在外围跟你做生意。"

"你是一个傻子。"她生气地说道，"我受够了你。"

"哦，没错。我没有演奏那种你喜欢的音乐给你听。我告诉你吧，塞维娅死的那天晚上，特里跟你家老头谈过了。谈了什么？老人对他说了些什么？'逃到墨西哥去自杀了吧，小子！家丑不可外扬。我知道，塞维娅是个荡妇。十几个醉酒的杂种中任何一个都有可能兽性大发，打烂她那漂亮的脸。但那都是偶然之事，小子。等那家伙酒醒了，就会后悔的。你尝到甜头了，现在该是你回报的时候了。我们希望波特家的好名声像山丁香一样甜美。她嫁你，是需要一个幌子。现在她死了，更需要这样一个幌子。你就是那个幌子。你要是能够失踪了，永远不再出现就是最好。要是被人发现了，你就去死吧。我们只好停尸间见了。'"

"你真的这么认为，"黑衣女子问道，口气冷若冰霜，"我父亲会跟他说那些？"

我将身子往后仰去，发出了不愉快的笑声。"必要时，我们可以将对话的措辞润色一下。"

她收拾好东西，身子沿着座位往外滑。"我想给你一个警告，"她缓慢而又谨慎地说，"一个明显的警告。你要是真的认为我父亲是那种人，你要是到处散布刚才说的那种言论，你在本市做这一行或任何其他行业都不会长久，突然就会终止。"

"好极了，罗林太太！好极了！我从司法界、流氓团伙或者富有的顾客那里都听到过这种警告，字句稍有不同，意思却是一样的——停业。我来这里喝一杯'锥子'酒，是因为有人要我来。现在，看看我吧，等于坐在坟地里了。"

她站起身来，简短地点了点头。"三杯'锥子'酒，双份的。也许你有些醉了。"

我放了超过酒钱不少的现金在桌子上，从她身旁站起来。"你喝了一杯半，罗林太太。为什么要喝那么多？是有人要你喝的，还是你自己要喝？你的话也不少了。"

"谁知道呢，马洛先生？谁知道？又有谁会真的知道什么？吧台那边有人在看着我们。是不是你认识的什么人？"

我掉头看了看，惊讶于她所看到的。一个瘦瘦黑黑的男子坐在紧靠门口的吧台凳上。

"他叫奇科·安格斯提诺。"我说，"是赌徒梅隆德兹的枪手。我们来把他撂到，然后从他身上跳过去。"

"你一定是喝醉了。"她说得很快，急忙往前走。我紧跟在她后面。坐在吧台高凳上的男人转过来，看着自己的前胸。快到他跟前时，我朝前跨上一步，手飞快地朝他腋下探去。也许我真是有点儿醉了。

他怒气冲冲地转过身来，从高凳上滑下来。"当心了，小子！"他咆哮道。我从眼角的余光看到，她在门口处停下了脚步，正在朝后面张望。

"没带枪，安格斯提诺先生？你真够大胆的！天快黑了，要是遇上了凶狠的侏儒该怎么办？"

"滚开！"他一脸凶狠地说道。

"哦，你这台词是从《纽约客》里偷来的。"

他的嘴抽动着，人却没有动。我没再理他，跟着罗林太太来到了门外的遮雨棚下。一位白发黑人司机正站在那里，跟一个停车场管理员说话。他碰了碰帽子，然后走了开去。再回来的时候，就驾着一辆时髦的卡迪拉克礼宾车了。他打开车门，罗林太太上了车。他关上车门，活像是合上一个珠宝盒的盖子。他绕过车去，坐到了驾驶室里。

她将车窗摇下来，看向外面的我，脸上略带微笑。"晚安，马洛先生。一个愉快的夜晚——对吗？"

"我们大吵了一架！"

"你说的是自己——你跟自己吵了一大架。"

"经常这样。晚安,罗林太太。你不住在附近,对吧?"

"确切地说,不是。我住在闲适山谷。在湖的另一头。我丈夫是医生。"

"你是否恰好认识一个姓维德的人?"

她眉头一皱。"是的,我认识维德夫妇。怎么了?"

"我为什么问起?啊,他们是我在闲适山谷唯一的熟人。"

"我懂了。好了,真的再见了,马洛先生。"

她将身子仰靠在座位上,卡迪拉克轻轻地轰鸣了两声,驶入日落大道的车流中。

我转身的时候,差点儿与奇科·安格斯提诺撞了个满怀。

"那个洋娃娃是谁?"他揶揄道,"下次玩小聪明的时候,不要让我看见!"

"没人想要认识你。"我说。

"好吧,你这个油嘴滑舌的小子!我有你的车牌号。曼迪喜欢这一类的小事。"

一辆汽车的车门嘭的一声,打开了,一个七英尺高、四英尺宽的男人从车里跳了下来。他瞥了安格斯提诺一眼,然后向前跨出一大步,一只手抓住了安格斯提诺的喉咙。

"我跟你们这些小流氓说过多少次了,不要在我吃饭的地方闲逛?"他咆哮道。

他摇晃着安格斯提诺的身子,将他往人行道边的墙上甩了过去。安格斯提诺倒地了,发出一阵咳嗽。

"下次,"巨人大叫道,"我一定把你擂成肉酱。我跟你说,小子,他们为你收尸的时候会看到,你手上还拿着枪呢。"

安格斯提诺摇了摇头,没有说话。大个子瞥了我一眼,露齿一笑。"好一个迷人的夜晚!"说着,他迈步走进了维克多酒吧。

我看着安格斯提诺挺直身子,站了起来,恢复了镇定。"你那弟兄是谁?"我问道。

"巨人威利·马古。"他说,鼻音很重。"督察组的人。他自以为很强悍。"

"你的意思是,他并不强悍?"我很客气地问道。

他有些茫然地看着我,走了开去。我将车开出停车场,往家的方向驶去。在好莱坞,发生任何事情都很自然,一点儿也不要奇怪。

23

一辆低挡回转的积架在我前面绕过山丘。它放缓了速度,以免在进入闲适山谷前半英里的土路上腾起一阵飞沙扰到我。他们好像有意将路况维持在这种境地,免得周末在高速公路闲逛的人们驾车驶入。一瞥之下,我的眼睛捕捉到一条亮丽的围巾和一副太阳镜。有人在漫不经心地向我挥手,就像邻里之间在招呼着。

这时,路上已是尘土飞扬了,灌木丛和晒得发干的草地上本就有了一层白膜,如今更是白花花的一片了。我绕过突出地面的岩石。路面开始变得平整起来,再无阻碍了,显然不乏保养。橡树的枝干纷纷朝路面探过头来,好像想要知道谁在经过。脑袋上长着桃红羽毛的麻雀在跳来跳去,啄食着只有麻雀们认为值得一啄的东西。

接下来，就只有一些木棉树了，却没有尤加利树。然后，我就看到一座白房子，掩映在一片茂密的卡罗来纳白杨树中。我还看到一个女孩牵着马儿，正顺着路肩在行走。她身穿牛仔裤和艳丽的衬衫，嘴里嚼着一根小树枝。马儿像是有些不耐烦了，但没有发作。女孩儿在对它轻声哼唱着。一堵粗石墙里，有一个园丁正在用电动剪草机修剪一大片随风起伏的草地。草地末端，是一个门廊，通向一栋威廉斯堡殖民时期的豪华宅邸。不知从哪儿传来一阵大钢琴演奏的左手练习曲。

一切都倏忽而逝。湖面的波光看上去又热又亮。我开始察看门柱上的门牌号。维德家的房子我只见过一次，还是在夜里。白天看上去，它不似晚上显得大。车道上停满了车，我只得将车泊在路边，走进去。一位身着白色外套的墨西哥管家帮我开了门。他身材颀长，衣着整齐，相貌不错，外套看上去很合身又得体。周薪五十美元，又没被苦役累垮的墨西哥人，就是他这个样子。

"晚上好，先生。"他用西班牙语说道，然后露齿一笑，好像完成了一桩差事。"请问尊姓大名！"

"马洛。"我说，"你想抢谁的镜头，凯迪？我们在电话里交谈过，记得吗？"

他露齿笑了，我走了进去。这里有老套的鸡尾酒会，每个人都在大声说话。没有人在倾听，都不舍得放下酒杯。两眼放光，脸颊或红或白，汗珠直冒，就看喝下去的酒精数量及本身酒量的大小了。艾琳·维德来到我的身旁，身穿浅蓝衣裳，还是那么美丽。她手上端着酒杯，却不过是个道具罢了。

"我很高兴你能来。"她一本正经地说,"罗奇在书房等着见你。他讨厌鸡尾酒会,正在工作。"

"这么吵,他也能工作?"

"这个从来都扰不到他。凯迪会给你送一杯酒过来。或者,你宁愿自己去吧台——"

"我自己去。"我说,"那天晚上对不起。"

她微笑着说:"我想,你已经道歉了。没什么。"

"去他的没什么。"

她勉强微笑着,点了点头,然后转身走开了。我发现,吧台就在几扇高大落地窗旁边的角落里,是那种可以推来推去的。我从屋子中间穿过去,尽量避开人群。走到半路上,听到一个声音在说:"嗨,马洛先生!"

我转过身来,看见罗林太太坐在一个沙发上。她身旁的男人看上去很拘谨,戴着无框眼镜,下巴上黑了一块,好像是留着山羊胡子。她手里端着一杯饮料,脸上是一副厌烦相。那个男人坐在那里,双臂交叠在胸前,有些恼怒的样子。

我走了过去。她向我微笑,伸出手来。"这是我的丈夫,罗林医生。爱德华,这是马洛先生。"

留着山羊胡子的家伙很快看了我一眼,略微点了一下头。之后,就是一动也不动了。他像是在养精蓄锐,好去投身于更有价值的事情。

"爱德华很累。"罗林太太说,"爱德华总是很累。"

"医生往往如此。"我说,"罗林太太,我给你端一杯,好吗?你也要一杯吗,医生?"

"她喝得够多的了。"那个男人说道,对我们谁都不看一眼。"我不喝酒。喝酒的人越是看得多了,我越是庆幸自己不喝酒。"

"回来吧,小喜芭!"①罗林太太像是在说梦呓。

他转过身子,有了回应。我从那里逃掉了,去往吧台。跟她丈夫在一起,罗林太太像是变了一个人。她出语尖刻,脸上总是带着不屑的表情。就是生气的时候,她也不曾这样对我。

凯迪就在吧台后面。他问我要喝什么。

"我现在什么都不想要,谢谢。维德先生要见我。"

"他很忙,先生。很忙。"

我想,我不会喜欢凯迪的。当我盯着他看的时候,他补充道:"不过,我去看一下。马上就来,先生!"

他巧妙地穿过人群,很快就回来了。"好了,朋友。我们走吧!"他愉快地说道。

我跟着他,从屋子的这一头走向那一头。他打开一扇门,我走了进去。他随即就将门合上了,噪音很快就弱下去了。这是一个把角的房子,又大又凉又安静。它有落地窗,屋外有玫瑰,侧窗装有冷气。我看见了湖水,看见维德平躺在长长的浅色皮沙发上。漂白的大木桌上有一台打字机,旁边有一摞黄色的纸。

"你能来很好,马洛。"他懒洋洋地说,"随便坐!你喝了一两杯了吧?"

"还没有。"我坐下来,看着他说道。他显得有些苍白和憔悴。"工作进行得怎么样了?"

---

① 1952年派拉蒙公司出品的电影《回来吧,小喜芭》。喜芭是女主人公的爱犬。

"很好，只是干不了多久就会累。那种持续四天的宿醉，其痛苦难以平复。宿醉过后，我的工作往往大见成效。干我这一行的，常常因为弦绷得太紧，最后僵掉，创作的东西就不好了。好的时候会很顺。你读到或看到的东西要是不顺时候所为的，就是大杂烩了。"

"也许，这要看是哪个作家了。"我说，"福楼拜写得也不轻松，但创作出来的都是精品。"

"好吧，"维德说着，坐了起来。"原来你读过福楼拜的作品了。你是知识分子、评论家、文学研究者。"他揉了揉自己的前额。"我正在戒酒。好讨厌的事情。我讨厌每一个手里端着酒杯的人。我必须出去对那些讨厌的家伙微笑。他们人人都知道我是酒鬼，也就想知道我究竟在逃避什么。有一个叫弗洛伊德的混蛋将那个都变成常识了。现在，就连十岁的小鬼都懂得那一套了。我要是有一个十岁的小孩——上帝不许——他一定问我：'爸爸，你以酒买醉，想要逃避什么？'"

"就我所知，这都是最近才发生的事情。"我说。

"越来越严重了。不过，我素来就好酒。年轻时，难免困厄，却可以承受许多的惩罚。年近四十，你就不那么容易恢复了。"

我让身子往后靠，点了一根烟。"你见我，为的是什么？"

"马洛，你觉得我是在逃避什么？"

"不知道。我不太了解情况。不过，人人都有自己不想面对的情形。"

"却不是每个人都酗酒的。你有什么要逃避的吗？是青春，是罪恶感，抑或是冷门行业的微不足道的从业者？"

"我懂了。"我说,"你需要找个人来羞辱。尽管开火吧,朋友。当我开始心痛的时候,我会告诉你的。"

他露齿一笑,伸手去搔他那一头浓密的卷发,又用食指戳了戳自己的胸膛。"马洛,你厕身于冷门行业,甘当无名小卒,算你聪明。所有作家都是废物,而我是最大的废物。我已经写了十二部畅销书了。要是能把桌上那一堆乱糟糟的东西摆弄完毕,也许就有十三部了。但没有一部能有一丁点儿的价值。在千万富翁居住的社区里,我有一个迷人的家,有一个爱我的迷人的妻子,有一个迷人的出版商对我宠爱有加,而我对自己,也是热爱着的。但我又是一个以自我为中心的混蛋,一个打着文学旗号的'妓女'或者是'皮条客'——随便你用什么字眼好了——是一个彻头彻尾的寄生虫。你还能为我做什么?"

"好了,能做什么呢?"

"你为什么还能无动于衷?"

"没什么需要恼怒的,我听到的都是你在自怨自艾。这听着是很烦人,但不会影响我的感觉。"

他很放肆地笑了起来。"我喜欢你。"他说,"我们来喝一杯吧!"

"不在这里喝,朋友!也不是我俩单独喝。我不想看你喝下第一杯。那样的话,没人能阻止你,也没人会试图去阻止你。我不能怂恿你。"

他站了起来。"我们不必在这里喝。我们到外面去,看看那种所谓的天之骄子,就是那种你赚够了臭钱便可以住到他们的社区去,并与他们结识的那种人。"

"好了,"我说,"你省省吧!不要再说了。他们跟其他人没什么两样。"

"对啊。"他说着,突然变得严谨起来。"但他们应该与众不同的。否则,他们的存在又有什么用处呢?要知道,他们是这个县的精英,却跟一干喝着廉价威士忌的卡车司机差不多,甚至还不如他们。"

"别再说了。"我再次说,"你要是想醉,就尽管醉吧,可不要想着靠咒骂他人出气。就算他们喝醉了,既用不着去文瑞奇医生那里去住院,也不会大发神经,将他们的妻子推下楼去。"

"是呢。"他说,突然冷静下来,像是若有所思。"你通过考验了,老兄。来这边住一阵子如何?你只要待在这里,对我就是很大的帮助。"

"我不懂怎么个帮法。"

"但我懂。你只要待在这里就够了。一千美元一个月。你有兴趣吗?我喝醉了会很危险的。我不想成为危险人物,也不想喝醉了。"

"我可阻止不了你。"

"试上三个月再说。我会把那本该死的书写完,然后远游一段时间,躲在瑞士山间的一个什么地方清静清静。"

"那本书,嗯?你非要赚到那笔钱吗?"

"不。我不过是要将开始了的事情有个了结罢了。我要是不这样,早就完蛋了。我以一个朋友的名义在请求你。你为雷洛克斯做的远不止这些。"

我站起来,走到他面前,狠狠地盯着他。"我害得雷洛克斯送了命,先生。我害得他命都没了。"

"哦,别想感化我,马洛。"他将手掌侧边对准自己的喉咙。"我在这里可受够了所谓感化的招数。"

"感化?"我问道,"或者不过是好心罢了吧?"

他往后退了一步,身子撞到了沙发边沿部分,却并未失去平衡。

"去你的!"他接着说道,"当然,成不了交的话,我不会怪你。不过,有些事情我想知道,我也必须知道。你不知道那是什么,我也无法确定我一定知道。我能确定的是,事情有些蹊跷,我必须清楚真相。"

"关于谁?你的妻子?"

他将上嘴唇压了压下嘴唇,然后又翻过来压了压。"我想这跟我自己有关。"他说,"我们去拿杯酒来喝吧!"

他走到门口,将门推开。我们出来了。

他要是存心让我不自在的话,应该很圆满地达成了意愿。

24

当他打开门时,客厅的嘈杂声扑面而来,好像比之前更厉害了。看上去,人们像是超量喝了两杯了。维德到处跟人打招呼,人们像是很高兴看到他。在那个时候,就算看到匹兹堡的杀人狂菲尔带着定制的冰镐出现,他们也会很高兴的。人生不过是一场大型的杂耍表演。

去往酒吧的时候,我们跟罗林医生及其太太正面遇上了。医生站了起来,上前一步,迎向维德。他脸上是一副恨得牙痒痒的表情。

"很高兴看到你,医生。"维德亲切地说,"你好,琳达。

你最近躲到哪里去了？不对，我猜这个问题问得太蠢了。我——"

"维德先生，"罗林医生说话了，声音有些发颤。"我有话要跟你说。事情很简单，我希望你果断一些——离我太太远点儿！"

维德好奇地看着他，"医生，你累了。你的酒没了，我去帮你取一杯来！"

"我不喝酒，维德先生。正如你清楚知道的，我来这里只有一个目的，我已经表达清楚了。"

"好吧，我想，我已经清楚你的意思了。"维德说，还是很亲切。"既然你是我们的来宾，我没什么要说的。不过我想，你一定是有点儿误会了。"

邻近的人们交谈声低了下去，男男女女都竖起了耳朵在听。小题大做。罗林医生从口袋里取出一对手套，理了理，抓住一只手套的指尖，用力抽打在维德的脸上。

维德眼睛都没有眨一下。"黎明时分喝咖啡，手枪决斗？"他安静地问道。

我看着琳达·罗林。她气得满脸通红，慢慢站起身来，面对着医生。

"我的老天，你这表演也太过火了，亲爱的。别他妈的像个傻子，好不好！或者你宁肯站在这里，等人扇你耳光？"

罗林转向她，举起手套。维德跨了一步，走到他面前。"不用着急，医生。我们这里只兴私下打老婆的。"

"你要是说的是你自己，我早就知道了。"罗林嘲笑道，"用不着你来给我上礼仪课。"

"我只教有前途的学生。"维德说，"真遗憾你这么快就要走了。"他提高嗓门，用西班牙语说，"凯迪，罗林医生马上就要走了！"他转身面对罗林，"怕你听不懂西班牙语，医生。我想告诉你，门就在那边。"他用手指了指。

罗林瞪着他，一动也没动。"我警告过你了，维德先生。"他冷冰冰地说，"很多人都听到了，我不会再说第二遍的。"

"不用。"维德简短地说，"你要是再次说起，就请到中立地带去。那样的话，我的行动自由就会多一点儿。对不起，谁叫你嫁给了他！"他轻轻揉了揉手指套尾部扫到的部位。琳达苦笑着耸了耸肩。

"我们走了。"罗林说，"走吧，琳达。"

她再次坐了下来，伸手端起了酒杯。她不屑地看了他一眼，神色安静。"要走的是你。"她说，"别忘了，你还有很多地方要去出诊呢。"

"你跟我一起走！"他怒气冲冲地说。

她转过身去，背对着他。他突然伸出手去，抓住了她的手臂。维德抓住他的肩膀，将他的身子扳了过来。

"别急，医生。你打不过大家的。"

"把你的手拿开！"

"当然。你放松了！"维德说，"我有一个好主意，医生。你何不找个好医生瞧瞧病去？"

有人大笑起来。罗林浑身绷得紧紧的，像一头跃跃欲试的猛兽。维德感觉到了，赶忙转身走开了。

这样一来，罗林就成了众矢之的了。他要是去追维德，就会显得更加愚蠢。除了一走了之，他一点儿办法都没有了。就这样，他离开了。

他快步走过客厅，目不斜视。凯迪正扶着门，在那里等着他。见他走了出去，凯迪脸无表情地将门关上，走回吧台去了。

我过去要了一点儿苏格兰威士忌。我没有看清楚维德去了哪里，他消失不见了。我也没有看见艾琳。我喝着威士忌，背对着客厅，任由大家在那里唧唧喳喳。

一个土黄色头发、额上系着一根束发带的娇小女郎突然来到我的旁边，将杯子放在吧台上，叽里咕噜地说着话。凯迪点了点头，调了一杯酒给她。

娇小的女郎转向我。"你对共产主义有没有兴趣？"她问道。她目光呆滞，小红舌头不断地去舔嘴唇，好像在找巧克力碎屑。"我想，人人都会感兴趣的。"她接着说道，"当你问到这里的任何一个男人的时候，他们只想伸手摸你。"

我点了点头，由眼镜上方看了看她的狮子鼻和被太阳晒黑了的肌肤。

"要是动作斯文一点儿，我倒也不会太在意。"她告诉我说，伸手取过一杯新饮料。一口将饮料喝掉一半，她露出了白齿。

"别不信任我！"我说。

"你叫什么名字？"

"马洛。"

"有一个字母'e'还是没有？"

"有。"

"啊，马洛。"她吟诵道，"好忧伤、好美丽的姓氏啊！"她放下差不多空了的玻璃杯，合上双眼，头向后仰去，向外伸展双臂，差一点儿打到我眼睛上了。她的声音因为激动而颤抖，只听她吟咏道：

> 是因为那张脸，让千帆竞发，
> 通天塔瞬间幻成灰烬？
> 海伦吾爱，一吻竟成永恒！

她睁开眼睛，抓过玻璃杯，朝我眨了眨眼睛。"你在那里待着不错嘛，老兄。最近写诗了吗？"

"写得不多。"

"你要是喜欢，可以吻我。"她卖弄风骚地说。

一个身穿府绸夹克和开领衬衫的家伙来到她身后，越过她的头顶向我露齿一笑。他一头红色短发，脸像被毁坏了的肺叶。他是我见过的最丑陋的家伙了。他拍了拍姑娘的头顶。

"走吧，小可爱。该回家了。"

她凶巴巴地转过身去。"你的意思是，你得为那些混蛋的秋海棠浇水了？"她大声说道。

"嘿，听着，小可爱——"

"把你的手从我身上拿开，你这该死的强奸犯！"她尖叫着，将酒杯里剩下的酒往他脸上泼去。不过，酒杯里剩下的不过是一汤匙酒及两块冰罢了。

"看在基督的分上，宝贝，我是你丈夫。"他大叫道，抓起一块手帕在脸上擦着。"明白吧，是你丈夫。"

她号啕大哭，投入了他的怀抱。我从他们身边绕开，走了出去。所有鸡尾酒会都差不多，连人物对白都大同小异。

这会儿，宾客都从房子里陆续出来了。在晚风中，热闹的声音慢慢沉寂了，汽车正在启动中。大家互道再见的声音像皮球一样，在来回弹跳。

我朝一扇落地窗走过去，来到屋外一个铺有石板的露台上。露台的地面朝着湖面倾斜。此时的湖面，就像一只睡猫一样，安静极了。湖边有一个短短的木头搭建的码头，上面有白色缆绳系着一艘划艇。远处的湖滨，其实不是很远，一只黑色的水鸡正在懒洋洋地划着水，就像溜冰客一样，一点儿水波都没有。

我伸展了四肢，横躺在一条带有衬垫的铝制躺椅上，点了一根烟，悠然吸着，心里想着，自己究竟是干什么来了。

罗奇·维德如果有心而为，他完全可以控制和管理自己了。他对罗林的处理很理性。就算他对罗林的尖下巴来上一拳，我也不会觉得太惊讶。他即使一时放纵，也还是在循理而行，罗林则有些离谱了。

如果规则还有什么意义，那就意味着你不能选择在满屋子来宾面前威胁人家，还用手套打人的脸，而自己的太太就站在一旁。这等于当面指控她行为不端。对于刚刚从酗酒状态中恢复过来、尚在巩固阶段的维德来说，表现算是不错的了，甚至可以说是相当好了。当然，我没有见过他醉酒，不知道他醉酒时是一副什么德性。我都无法想象，他原来竟是酗酒之人。酒鬼与常人的区别在于：偶尔喝过头的人清醒后会与平时无异，真正的酒鬼根本就变不回原本的状态了。你完全无法预测他会变成什么样，只知道他跟原来判若两人，变得非常陌生了。

身后传来轻轻的脚步声。艾琳·维德走上露台，在躺椅一侧坐了下来，就在我身旁。

"哦，你感觉如何？"她轻声问道。

"关于那位拎手套的先生?"

"噢,不是。"她皱起了眉头,然后笑了。"我讨厌那个样子的闹法。作为医生,他的医术还是不错的。他跟这个山谷一半的男人都那样闹过了。琳达·罗林不是荡妇,她的长相不像,说话也不像,行动也不像。我不知道罗林为什么要把她当成荡妇。"

"也许他以前是个酒鬼。"我说,"被治愈后,很多人会变得跟清教徒一样严苛。"

"有可能。"她说着,眼睛朝下看向湖面。"这是一个非常平静的地方。我们以为,作家在这里会很快乐,如果作家也能快乐的话。"她回头看着我,"因此,你不会按罗奇要求的去行动。"

"关键不在这里,维德太太。我无能为力,我之前就说过的。我不能保证刚好在合适的时间出现在你面前。我必须做到无时无刻不在现场,可那是不可能的。就算我没有其他事情可做,也不可能完成任务。比如说,他要是发狂,就是瞬息之间的事情。就目前而言,我没有看到任何他会癫狂的症候,我觉得他相当稳健了。"

她低头看着自己的手。"他要是能够完成那一本书稿的创作,事情就会好很多。"

"在那一方面,我帮不到他。"

她抬起头来,双手放在躺椅两侧的边沿,整个人略微往前倾。"你要是觉得自己可以,你便能做到。这才是整个事情的关键。你是否觉得,在我们家做着客又拿着酬金很不是滋味。"

"他需要的是心理医生,维德太太。要是你能识别真正的心理医生和江湖郎中就好了。"

她看上去有些诧异。"心理医生？为什么？"

我敲掉烟灰，手里拿着烟斗坐在那里，等着它凉下来再放回兜里去。

"你要非专业的意见，我这就说给你听！他认为有个秘密埋在心里，自己却探查不到。那可能是与他自己有关的犯罪秘密，也可能事关另外的什么人。在他那里，他是查不出真相才去酗酒的。他觉得，可能事情就是出在他醉酒的那一刻。因此，他必须回到醉酒的状态中去追寻真相。那是真正的烂醉如泥，就是他那样的醉法。所以说，那是心理医生的事。到目前为止，还没有什么问题。如果这个说法不成立，那么他就是成心要买醉或是有些身不由己了，而有关那个秘密的念头就只是借口罢了。他没办法继续创作，至少是没有办法去完成它，因为他醉了。也就是说，这样的话，一般人就会认为，他是因为酗酒才无法完成创作的。其实，事情的真相也可能刚好是反过来的。"

"哦，不！"她说道，"不，罗奇才华横溢。我相信，他最好的作品尚未诞生。"

"我跟你说过，这不是专家意见。几天前的一个早上你说过，他不再爱他的妻子了。这事情的真相也可能刚好是反过来的。"

她环顾着房子四周，然后转过身来，背对着那座建筑。我也朝那边看过去。维德站在门里，正在往我们这边张望。触到我的眼神后，他走到了吧台后面，伸手去取酒瓶。

"干涉也没有用。"她很快说道，"我从来都不去干涉。从不。我猜你是对的，马洛先生。除了让他自己戒除酒瘾，什么办法也没有了。"

烟斗现在冷却下来了,我将它收好了。"我们一直都在抽斗背面摸索。要是反其道而行之的话,又该如何呢?"

"我爱我的丈夫。"她简短地说道,"也许,这不像是年轻姑娘的那种爱,但我爱他。女人一生只能当一次少女。我当时爱的人已经死了。他死于战争。说来奇怪,他的姓名缩写跟你的一样。现在是无所谓了,不过我有时还不能完全相信他已经死了的事实。没有找到他的尸体。这种情形发生在很多男人身上。"

她以探寻的眼光看着我。"有时——不是经常,当然——当我夜深时分走进安静的鸡尾酒廊或是高档酒店的大厅,或者在清晨与深夜走在轮船的甲板上,我总是仿佛觉得,他就在某个幽暗的角落里等着我。"她停住话头,垂下了眼帘。"太傻了!说起这些,我不禁有些羞愧。我们曾经是那么地相爱,是那样的狂野、神秘而难以置信,是一生只有一次的那种爱。"

她不再说话了,坐在那里,失神似的眺望着湖面。我再次回头看向房子。维德手里端着酒杯,正站在那儿的落地窗前。我转过身来再看艾琳。我在她眼中已经不再存在了。我站起身来,朝屋里走去。维德端着酒杯站在那里。酒像是很烈的那种,他的眼神也很不对劲。

"你是怎么打动我太太的,马洛?"这话他是歪着嘴巴才说出来的。

"秋波没有送达,如果你指的是这种事情的话。"

"我说的正是这种事情。几天前的晚上你吻了她。也许你自以为上手很快,但你是在浪费时间,老兄,即使你有迷人的风采。"

我想从他身边绕过去走掉,但他以结实的肩膀挡住了我的去路。"不用急着走,老兄!我喜欢你在附近转悠。我们家就少一个私家侦探。"

"我是多余的。"我说。

他举起杯子,喝了一口。当他把杯子放下的时候,眼睛斜睨着我。

"你该给自己多些时间增强抵抗力。"我告诉他说,"这是空话,对吗?"

"好了,教练。你是小小的人格健全的教练员,是吗?但你不该傻到想要教导一个酒鬼。我的朋友,酒鬼不好培养的,他们都是因为分裂繁殖而成的。部分过程很有趣。"他又喝了一口,杯子差不多空了。"有时候却是非常可怕的。无论如何,容我引用一下那个拿着小黑皮包的罗林医生的名言:别惹我太太,马洛。诚然,你对她有好感。不过,大家都是如此。你想跟她睡觉,大家都想。你想分享她的梦,闻一闻她记忆中的玫瑰花香,也许,我也这么想来着。可是,没有什么好分享的,老兄。没什么。没什么。没什么!你不过是在黑暗里的孤零零的一个人。"

他喝完了杯中酒,将酒杯颠了个个儿。

"就像这样空空如也,马洛。里面什么都没有。我是最清楚的那个人。"

他将酒杯放在吧台边上,迈着僵硬的步伐来到楼梯低端。向上爬了大约十二个台阶,他抓着栏杆停了下来,倚立在那里苦笑着,看着下面的我。

"原谅我这种老套的嘲讽,马洛。你这家伙是个好人。

我可不想你发生任何事?"

"类似什么的事?"

"也许她还不曾抽出时间来研究她那初恋情人之所以阴魂不散的魔力。就是那个在挪威失踪的家伙。你不会想要自己失踪的。对吗,老朋友?你是我个人专用的私家侦探。当我迷失在塞普维达峡谷的野蛮景观中时,是你找到了我。"他的手掌在磨得光亮了的木扶手上摩挲着。"你要是失踪了的话,我会伤心到极点的。像那个迷上莱姆汁的人,一下子就消失得无影无踪了,好像从来不曾存在过一样。我在想,她会不会只是虚拟了这么一个人物,好让自己有个玩具可以消遣。"

"这个,我哪里会知道!"

他低头看着我,额头上两眼间的位置现出了深深的皱纹,嘴巴歪向一边,在那里苦笑。

"又有谁会知道呢?也许她自己并不曾意识到这一点。宝贝累了,这个破玩具也玩得太久了。宝贝想要跟它说再见了。"

他顺着楼梯往上走,我站在那里。这时,凯迪进来了。他动手在吧台四周打扫起来。他把玻璃杯放入托盘,查看了酒瓶里剩下来的酒,对我理也不理。至少在我看来,是这样的。

忽然,他说话了。"先生,这里还剩的有一杯酒的样子,倒掉了可惜。"说着,他举起一个酒瓶来。

"你喝掉吧。"

"对不起,先生。那不是我喜欢的。我至多一杯啤酒。我就是一杯啤酒的量。"他用西班牙语回答道。

"聪明！"

"这屋里有一个酒鬼就够了。"他说着，两眼瞪着我。"我的英语说得不错，对吧？"

"确实不错。"

"但我用西班牙语思考。有时候，我会用刀来思考问题。老板是我的人，他不需要任何帮助，小子。我来照顾他，明白吧？"

"你的活儿干得不错，痞子！"

"横笛之子（西班牙语）！"他从两排白牙之间挤出这样一句话。他一副餐厅助手的姿势，取过装满杯子的托盘，一把扛在肩上，手在下面托着。

我走到门口，自己开门走了出去。我想不通，何以"横笛之子"到了西班牙语中就变成了羞辱人的话语了。我不再多想，脑子里要想的事情太多了。维德家的问题不只是酒精。酗酒不过是一种伪装，是问题的一种表象罢了。

那天夜里晚些时候，我给维德打了一个电话。铃响八声之后，我把电话挂断了。我的手刚从话筒那里下来，电话铃声便响起来了。打来电话的是艾琳·维德。

"刚刚有人打过电话来。"她说，"我有一种预感，觉得是你。我正准备洗淋浴。"

"是我的电话。不过，没什么要紧事，维德太太。我离开的时候，他好像神志不是很清楚。我说的是维德先生。我想，我这会儿觉得对他还是要负点儿责任的。"

"他很好。"她说道，"这会儿正在床上睡得香着呢。我想，罗林医生让他有些心烦意乱了，甚至比表面看起来的更严重。他一定跟你说了不少废话了。"

"他说，他累了，想睡觉了。我想，这合情合理嘛。"

"他要是只说了这些,自然很合情理。好了,晚安。谢谢你打来电话,马洛先生。"

"我没说他只说了这些。我说的是,他有这么说过。"

沉默一会儿后,她说道:"每个人都难免偶尔会有一些奇怪的念头。用不着对罗奇太认真,马洛先生。毕竟,他的想象力是高度发达的。这是很自然的嘛。有了最近那回事,他不该这么快就喝起来的。请尽量忘掉这些吧。我想,除此之外,他对你很无礼吧。"

"他没有对我无礼,他彬彬有礼的。你的丈夫是一个足可用心自省并能找出自己本心来的人。这可是一种不同寻常的天赋。多数人一生里要用一半的精力来保护那从未存在过的尊严。晚安,维德太太。"

她把电话挂断了。我取出棋盘,将烟斗填满烟丝,将棋子摆到棋盘上,看看有无损伤。我摆的是哥查克夫与梅尼金的对弈局,七十二步之后胜负不分。常胜将军的典范遇上了啃不动的山头。这一场战役没有铠甲,不用流血,却在精心浪费人类的智能。这不亚于广告公司外面随处可见的情形。

25

一周里,什么事都没发生,我只是出门去办理了一些小打小闹的事情。一天早上,卡尼组织的乔治·彼得给我打电话,告诉我他碰巧去了塞普维达峡谷大道,出于好奇,顺道拜访了文瑞奇医生的据点。但文瑞奇医生已不在那里了。有五六个测量小分队正在那里丈量地段,确定分割线。当他问及文瑞奇医生的时候，竟然无人听说过他。

"就因为一张财产信托证明，那个可怜的傻瓜就被迫停止营业了。"彼得说，"我核查过。他们给了他一张千元的大钞，就换取了他一纸放弃权利的证书，说是为对方节省时间和金钱。现在，有人将那个地块分割成居住用地，便可以净赚一百万。这就是犯罪和商业的区别。经商需要资金。我有时候想，这就是它们之间唯一的区别。"

"好一通愤世嫉俗的言论！"我说，"不过，热门犯罪也是需要资金的。"

"资金从哪里来，老兄？总不会来自抢劫酒店老板的强盗吧？再见，改天见了！"

周四晚上十一点差十分时，维德的电话打过来了。他的嗓音厚重，像是在咯咯作响。尽管如此，我还是知道他是谁。从电话里，我就能听到又短又急、用力呼吸的声音。

"我情况很糟糕，马洛。糟糕极了！'阵地失守'了。你能不能赶快过来帮我解决一下？"

"好。不过，先让我跟维德太太谈一下！"

他没有接我的腔。电话里传来了撞击声，接着就是一片死寂。过了一会儿，四周又是一片嘁嘁嘁的响动。我对着话筒吼了好一会儿，却听不到一丝回应。时间在流逝，最后，只听得对方的话筒咔哒一声放回了机座。紧接着，我这边就只能听到嗡嗡之声了。

五分钟后，我就出发了。半个小时多一点，我就到了目的地。我至今都不知道自己是如何办到的。我从隘口飞驰而过，在凡杜拉大道上逆光行驶；之后来一个左转，在卡车阵中左冲右突，好不尴尬。以近六十公里的时速，我穿过恩西诺。聚光灯打在停泊着的车上，免得有人突然从车里走出来。我运气不坏。只有当我毫不在意时，才会有此好运。这一路，没有警察，没有警笛，也没有红色闪光灯，我一心想着的就是维德家可能发生的事情，想着那不会太愉快，跟一个醉酒的狂人单独待在家中。她要不就折断了脖子，躺在楼梯底端；要不就是被锁在房子里，有人在外面大吼着要破门而入；要不就是她赤脚跑在月光下的小路上，一个手持屠刀的黑人大汉正在后面追赶着——

结果根本不是那么一回事。我将奥尔德车驶入他家车道，发现屋里屋外灯火通明。她站在敞开的门口，嘴里叼着一根烟。我从车里下来，从石板路上朝她走去。

她穿着宽松的长裤和敞着领口的衬衫，正望着我，很冷静。如果她有一点点的兴奋，也是我带去的。

我先是说了傻话，之后的举动也是傻乎乎的。"我以为你不抽烟的。"

"什么？对，我通常不抽的。"她从嘴里取下香烟，扔在地上，用脚将它碾熄了。"我很长时间才抽上那么一根的。他跟文瑞奇医生打过电话了。"

这是一个悠远而平静的声音，像是在寂静的夜晚隔着水面传来的，是那样的轻松。

"他找不到文瑞奇医生的。"我说，"文瑞奇医生已经不住那里了。他的电话是打给我的。"

"啊，真的？我刚刚听他在打电话，要求人马上过来。我就想，那一定是文瑞奇医生。"

"他这会儿在哪里？"

"他倒下去了。一定是椅子往后仰得太厉害了。这种事情以前也发生过。他脑袋撞到什么东西了,流了一点儿血,不多。"

"哦,那就好。"我说,"我可不希望流太多的血。我问你,他现在在哪里。"

她一脸严肃地看着我,然后用手指了指。"就在那边的什么地方,在路边,或是在篱笆附近的灌木丛里。"

我朝她靠近了些,看着她说:"我的上帝!你就没有过去看看他?"我这个时候才觉得,她其实是被惊呆了。于是,我赶紧掉头往草坪看过去。我什么都没有看见,篱笆附近阴影幢幢。

"不,我没有去看。"她很平静地说,"你去找找他看。能忍受的我都忍受了,现在我是忍无可忍了。你去找他吧!"

她转过身,走回屋子去了,让门开在那里。她走出去没多远,进到门里大约一码远的距离,突然瘫倒在地,就躺在那里了。我将她抱起来,让她身子放平了,躺在长沙发上。沙发是隔着金色鸡尾酒几案摆放的一对沙发中的一个。我摸了摸她的脉搏,不像是很微弱和不稳定的样子。她双目紧闭,嘴唇发蓝。我让她躺在那里,走了出去。

正如她所说,维德就在那里。他侧着身子,躺在芙蓉树的阴影里。他的脉搏跳得很快,呼吸很不自然,后脑勺上黏乎乎的。我跟他说着话,摇了摇他的身子,还在他的脸上拍了拍。他嘴里嘟嘟哝哝,却还是没有醒过来。我拽着他坐了起来,拉过来他一条手臂搭我的肩上,后背转向他,用力抬起他的身子。当我伸手去抓他的一条腿时,没有成功。他身子沉重,就像一袋水泥。

我们在草地上坐了下来,我稍微休息了一会儿,再试了一次。最后，我终于将他拉伸起来，像一个消防队员那样搀扶着他。他拖着身子，我们从草坪向敞开的前门走去。这艰苦的一段路，好比往返青曼一般遥远。门廊处的两段台阶似有十英尺高。我跌跌撞撞地走到沙发前，双膝跪地，让他的身子落下来。当我终于站直身子的时候，脊椎骨活像断了至少有三处了。

艾琳·维德已经不见了。屋里只剩下他和我了。那一刻，我太累了，无暇去管谁去了哪里。我坐下来，看着他，休息一会儿。然后，我看了看他的脑袋，那里沾满了鲜血，头发也黏乎乎的，尽是血污。表面看来，像是并不严重，但头部的伤可是谁也说不好的。

这个时候，艾琳·维德就站在我身旁，朝下安静地看着他，一副漠不相关的神情。

"对不起，我昏过去了。"她说，"我不知道为什么。"

"我想，最好叫个医生来。"

"我给罗林医生打了电话了。你知道，他是我的医生。他不想过来。"

"那就试试其他人。"

"噢，他会来的。"她说，"他虽然不想来，但只要脱得了身，他就会赶过来的。"

"凯迪在哪里？"

"他今天休息。周四是他的休息日。凯迪与厨师都在周四休息。一直以来都是如此。你能不能把他扶到床上去？"

"没人帮忙可不行。最好拿一条小毯子或毛毯过来。今天晚上很暖和，但这种情形很容易得肺炎。"

她说，她这就去拿毯子过来。我不禁觉得，她真是好心。

但此时，我的神志不是很清楚。要知道，对他的这一番搬运，可把我累坏了。

我们给他盖上了一条船上用的小毯子。一刻钟后，罗林医生来了。他戴着无框眼镜，衣领浆得很挺括，整个表情看上去就像是被狗主人叫来给狗看病来了。

他检查了维德的头部。"表面有创口，有一点儿瘀伤。"他说，"不会有脑震荡的。我想，他的呼吸已经很清楚地显示了他的状况。"

他抓起帽子，提起了包。"注意保暖。"他说，"不妨替他轻轻清洗一下头部，把血迹洗掉。他好好睡一觉就没事了。"

"我一个人可没法把他送上楼去，医生。"我说道。

"那就让他躺在那里。"他漠不关心地看着我说。"晚安，维德太太。你知道的，酗酒病人不在我的治疗范围内。就算我不排斥这种病人，你的丈夫也不是我要医护的对象。我相信你会理解的。"

"没人要你给他看病。"我说，"我只是要你帮我送他去卧室，我好帮他把衣服脱下来。"

"你又是谁？"罗林医生看着我，冷冰冰地说。

"我的名字叫马洛。我一周前来过这里。你的妻子介绍过我。"

"有趣。"他说，"你是怎么认识我太太的？"

"那又有什么要紧。我想做的不过是——"

"你想做什么，我不感兴趣。"他打断了我的话。然后，他转向艾琳，简短地点了点头，开始往外走。我抢在他和门之间，背对着门站着。

"稍等，医生。我想，你一定好长时间不看那篇文章了，也就是《新开业医生誓言》。这个男人打电话给大老远以外的我，他听上去状况很不好。我很快赶了过来，一路上没少犯规。我发现他躺在草地上，就把他扛了进来。请相信我，他可不是一捆羽毛，重得很。仆人不在，这里没人帮我扶维德上楼去。对此，你有什么感想？"

"滚开！"他由牙缝里往外挤着字。"否则，我就会给警察分局打电话，叫他们派一个警察过来。作为专业人士——"

"作为专业人士，你连苍蝇屎都不如。"我说着，挪开了身子。

他的脸红了，虽是慢慢地变红的，却明显可见。他气得说不出话来了，打开门，走了出去。然后，小心翼翼地把门合上了。合上门的那一刻，他特意往里瞥了我一眼。我从来没有见过那么下流的脸上那么下流的目光。

我从门口转过身来的时候，艾琳微笑着站在那里。

"有什么好笑的？"我朝她大声叫道。

"你呀，你说话也不看对象，是吗？你不知道罗林医生是谁吧？"

"知道。我还知道他是什么东西！"

她看着自己的腕表，说："凯迪这会儿该到家了。我去看看去。他在车库后面有间房。"

她由拱门走了出去。我坐下来看了看维德。这个伟大的作家还在打鼾。他满脸都在冒汗，但我还是由他盖着毯子。一两分钟后，艾琳回来了，身后跟着凯迪。

26

墨西哥佬身穿黑白格子的运动 T 恤、有很多褶皱的黑色便裤，没系皮带，脚蹬黑白双色鹿皮鞋，一尘不染。他一头浓密的头发往后梳着，上面抹了什么发油或是油膏，看上去铮亮铮亮的。

"先生！"他一边召唤着，一边简短地鞠了一躬，像是带着讽刺。

"凯迪，请帮着马洛先生把我丈夫送到二楼去！他刚刚跌倒了，受了一点儿伤。麻烦你了，很抱歉。"

"没问题，夫人。"凯迪微笑着回答说。

"我想，我该跟你道晚安了。我累坏了。有什么需要的，凯迪会协助你。"

在凯迪和我的目送下，她缓步走上楼去。

"好一个纨绔子弟！"他以隐秘的口吻说道，"你留下来过夜吗？"

"不太可能。"

"可惜了。她很寂寞，那个人。"

"别再两眼发直了，小子。帮我把他架到床上去。"

他望着沙发上鼾声大作的维德，脸上挂着悲伤，喃喃低语，像是在说心里话。"可怜啊，烂醉如泥呢。"

"他也许是烂醉如泥了，但他分量不小。"我说，"你得帮忙一下了。"

我们架着他往卧室走。就算是两个人，他也重得像一具铅制棺材。到了楼梯的顶端，我们沿着一个露天阳台走过去，途中经过一道紧闭的门扉。凯迪下巴朝那边抬了抬。

"太太的房间。"他悄声道，"你轻轻敲门，也许她会放你进去。"

我这会儿不能没有他，就没吱声。我们架着维德继续朝前走，拐进一道门，将他扔在床上。这时，我抓住了凯迪手臂上部靠肩膀的部位。这个地方掐着会痛的，因此我手指上加了劲。他略微退缩了一下，表情显得不自然起来。

"你叫什么名字，杂种？"

"拿开你的手！"他大叫道，"不许叫我杂种！我可不是那种非法入境的墨西哥佬。我名叫璜·加西亚·德索托·亚索托梅尔。我是智利人。"

"好吧，唐璜先生。在这边，你不要犯规。说到你的主人，你鼻子、嘴巴都要放干净了。"

他从我手里挣脱了出去，往后退了一步，黑色眼睛里怒火中烧。他的手伸进衬衣口袋，掏出一把又细又长的刀来。他将刀尖放在手掌根部，让它立起来，看都不看刀一眼。然后，他让手垂下来，趁刀悬在空中的一刹那，抓住刀柄，动作迅疾，像是不费吹灰之力。当他将手举到齐肩高时，突然向前一弹，刀便凌空飞出，颤悠悠地插进了窗框的木头里。

"留心了，先生。"他讥笑道，"少管闲事！没人能愚弄我！"

他灵巧地走到房间的另一头，从木头里拔出刀来。他将刀往空中一扔，踮着脚尖转过身去，从后面接住了落下的刀。只见长刀啪的一声，消失在他的衬衫底下了。

"干净利落。"我说，"只不过有点儿太过花哨了。"

他走到我跟前，满脸都是嘲讽的笑。

"它们会让你扭断肘部。"他说，"就像这样。"

我抓住他的右手腕猛地一拉，让他站立不稳。然后，我侧转到他身后，屈起前臂，由他肘关节下方往上提，再以前臂为支点，将其压了下去。

"使劲一拉，"我说，"你的肘关节就会破碎。而这样的碎裂，一次就够你受的。那样一来，你就好几个月当不了飞刀手了。我要是再用力一点儿，你就永远完蛋了。去把维德先生的鞋子脱下来吧。"

我松开他，他对我露齿一笑。"好手法。"他说，"我会记得的。"

他朝维德转过身去，伸手去帮他脱鞋。突然他停了下来，发现枕头上有血迹。

"谁伤着老板了？"

"不是我，老兄。他跌倒了，脑袋撞到什么东西上头了。伤口只是表层的，医生来过了。"

凯迪缓缓舒出一口长气。"你亲眼看见他跌倒了？"

"我来这里之前。你喜欢这个家伙，对吗？"

他没有回答我的问题，帮维德把鞋子脱掉了。我们费劲地脱下维德的衣服，凯迪为他找出一套绿色的丝质睡衣来。我们帮他穿上睡衣，将他推到床中间去睡。凯迪俯身看着他，满脸的怜惜，缓缓地摇晃着他那颗油光闪亮的头。

"得有人来照顾他。"他说，"我去换一下衣服。"

"去睡一下吧。我来照顾他。需要你帮忙的话，我会去叫你。"

他认真地看着我。"你最好把他照顾得好好的。"他说道，显得异常安静。"得很好、很好才行。"

他走出房间去。我去到浴室，取了一条湿润的浴巾和一条厚毛巾。我将维德身子稍微翻过来一些，把毛巾铺在枕头上，还帮他擦去头上的血，动作很轻，免得再次流血。这时，我发现了一道长约两寸的齐整的伤口，不深。它算不了什么，罗林医生说的没错。对它缝上几针未尝不可，不过没有太多必要。我找出一把剪刀，为他剪去少量头发，以便能贴上一条胶布。然后，我帮他换成仰卧的姿势，为他洗脸。我想，这事儿我做错了。

就在这个时候，他睁开眼睛。最初，他的眼神模糊，没有焦点，然后就明亮起来了。看到我站在床边，他的手抬了抬，又举到头上去了。碰到胶布了。这时，他的嘴唇翕动着，不知道在说些什么。接下来，声音就变得清晰起来了。

"谁打了我？你？"他的手触摸着胶布。

"没人打你。你自己跌倒了。"

"跌倒了？什么时候？在哪里？"

"你打电话的地方。你打给我的。我在电话里听到了你倒地的声音。"

"我打电话给你？"他慢慢地露出了笑容。"你随时听候调遣，对吧，伙计？什么时候了？"

"凌晨一点多了。"

"艾琳在哪里？"

"去睡了。她受了不少罪。"

他静静地想了想我说的这句话，眼神里满是痛苦。"我有没有——"他突然打住了话头，身子畏缩了一下。

"就我所知，你没有碰她，如果你说的是这一方面的事情的话。你不过是在院子里闲逛,在篱笆附近昏了过去。不要再说了,睡吧。"

"睡觉——"他说得很慢,很安静,就像一个小孩在背诵课文似的。"那会是什么滋味?"

"也许吃颗药会有帮助。会不会有帮助?"

"在抽屉里,床头柜的抽屉里。"

我打开抽屉,发现了几个装有红色胶囊的塑料瓶。西康诺,一毫克半的颗粒。是罗林医生开的。那个糟糕的罗林医生。这是开给维德太太的药。

我摇了两粒出来,就把瓶子放回了原处,又从床头的保温杯里倒了杯热水。他说一颗便足够了。他吃下一颗,喝了些水。然后,他躺了回去,两眼盯着天花板在看。时间在流逝,我坐在椅子上看着他。

他不像是要睡觉的样子。然后,他慢慢地说道:"我想起了一件事情。帮帮我,马洛。我写了一些疯话,不想让艾琳看到。就在打字机的盖子里。请你把它撕下来给我。"

"没问题。你只想起了这件事?"

"艾琳没事吧?你可以确定?"

"是的。她只是累了。顺其自然吧,维德。不要再想了。我不该问你的。"

"不要再想了,这个人说的。"他的声音听上去有些昏昏欲睡了,像是自言自语。"别再想了!别再做梦了!别再爱了!别再恨了!晚安,甜蜜王子!我来把另一粒药吃掉。"

我将药粒与水一并给了他。他再次躺了回去,并把头调过来,好让自己看得见我。"你瞧,马洛。我写了些东西,却不想让艾琳看到——"

"你已经跟我说过了。等你睡着了,我就会去办。"

"啊,谢谢。有你在身旁,真好!"

又一阵长时间的沉默之后,他的眼皮终于沉重地合上了。

"杀过人吗,马洛?"

"是的。"

"滋味不好受,对吧?"

"有人喜欢。"

他的双目一直呈闭合状态。再睁开来的时候,显得迷迷糊糊。"怎么会呢?"

我没有回答。他的眼皮又合上了,慢慢地,慢慢地,就像戏院的幕布在合拢。他开始打起鼾来了。我又等了一会儿,便将屋里的灯光调暗了,走了出去。

27

我在艾琳房间的门外停下脚步,倾听着。里面没有任何动静,所以我不曾敲门。她要是想知道丈夫的状况,会自己去看的。楼下起居室看起来很明亮,空无一人。我把一些灯关掉了。站在靠近前门的位置,我向上仰望二楼的阳台。起居室的中央部分是挑空的,与整座建筑的墙体等高。那里有裸露的横梁,阳台也是靠那根横梁支撑的。阳台很宽,两侧有坚固的栏杆,看上去约有三尺半高。栏杆的顶端和柱体都被切割成四四方方的,以便与大梁风格匹配。餐厅与起居室以一道方形拱门相隔,装有双开的百叶门。餐厅之上的二楼,我猜是仆人的房间。二楼的这一部分是临时分隔而成的,应该有另一楼梯与厨房连通。维德的卧室在他书房之上的二楼。我看得见光亮从他敞开的房门反射到天花板上，也看得见门口的那一片区域。

我关掉了所有的灯，只留了一盏落地灯亮在那里。我穿过起居室，去到书房。门是关着的，却还有两盏灯亮着，一盏是皮沙发端头的落地灯，一盏是有着灯罩的桌灯。打字机就放在灯下一个沉重的架子上，一旁堆满了乱成一团的黄色纸片。我坐在一把有着衬垫的椅子上，打量着屋里的陈设。

我想知道，他是怎么把自己脑袋给撞破的。我坐到他书桌旁的椅子上，电话机就在左手边。椅子弹簧的力道很弱了，往后仰去，一过了头，脑袋就会撞到桌子角上去。我打湿了手帕，擦了擦木头。上面没有任何血的痕迹，什么都没有。桌上东西很多，包括用两尊青铜大象固定的一排书，还有一个方形的老式玻璃墨水池。我摸了摸，没有什么发现。其实，这些活儿干起来意义都不大。要是有人袭击他，凶器未必会留在房间里。而且，这种事不像是其他人干的。

我站起身来，打开了角落里的灯。光线一时将阴暗之处填满。原来答案竟然如此简单。一个方形的金属废纸篓倾倒在墙边，纸片都出来了。纸篓不会走路，一定是有人将它扔过去或是踢到那里的。我用打湿了的手帕试了试纸篓的尖角部分，这回见到红色的血迹。

毫无神秘可言。维德跌倒了，刚好撞着废纸篓的尖角，把头给擦破了。然后，他自己爬起来了，将那个鬼东西踢到了房间的另一头。就这么简单。

接下来，他又猛灌了自己一杯酒。酒当时显然就在沙发旁的鸡尾酒桌上。那里有一个空酒瓶，另一个酒瓶还留有四分之三的酒，还有一个热水瓶和一银缸水。装在银缸里的原先应是冰块。只有一个玻璃杯，且是那种大号的经济杯。

喝过酒以后，他感觉好多了。看到话筒从机座上掉了下来，他却想不起来用电话做过什么了。他走过去，把话筒放回机座去。

在电话盛行的时代里，它具有某种强迫力。深受这种小机械折磨的人，对它是既爱又恨还怕。维德对电话却是备极尊敬，就算他醉了，也是如此——电话是神物。

人在正常状态下都会对着话筒先说一声"喂"，确定没有接通才会挂掉。一个人醉醺醺的，又跌了一跤之后，就不见得了。不过，这也没什么大不了的。也可能是他太太挂掉的。她也许是听到了他倒地的声音和废纸篓被踢到墙角发出的"嘣"声，来到了书房。

或许在这个时候，最后一杯酒的效用开始出现了。他打着趔趄，来到屋子外头，横过前面的草坪，在我发现他的地方昏了过去。

有人来找他。这个时候，他已认不清来人了。也许就是那个"好心"的文瑞奇医生。

到目前为止，证据和推理都还说得过去。他的太太这个时候会怎么做呢？她无法对付他，也跟他讲不了理。或许，她连试一试都不敢。因此，她得叫人来帮忙。仆人出去了，她必须打电话。她一定给什么人打过电话。她会打给罗林医生。我觉得，应该是我到达之后，她才打给罗林医生的。她没有这么说过。

再往下走，情形就不太对劲了。你希望的事实是，她会照料他，会去找他，确定他有没有受伤。在温和的夏夜里，人在地上躺上那么一会儿不会有大碍。她搬不动他，我是使尽了全身力气才做到这一点的。但你也不会料到，她会站在敞开的门口吸烟，不太确切知道他倒在哪里了。她这样，你会想得到吗？我不知道，她在他那里遭过什么罪。我也不知道，他那个时候到底有多危险，她有多害怕走近他。我到达的时候，她对我说的是，受得了的我都忍受了，你去找他吧。之后她走进屋里，就昏了过去。

　　这事还在烦扰我，但我只能暂时放下了。我必须假定，这种情况对她来说犹如家常便饭，而她又无能为力，只能顺其自然，才会这么做。只是如此，顺其自然，让他躺在地上，等人带着医疗用具过来处理。

　　就算如此想，这烦扰还在。另一桩烦扰是，当我和凯迪扶他上楼睡觉的时候，她却退回自己房间去了。这让我觉得不安。她说她爱那个家伙；他是她的丈夫，两人结婚五年了；他清醒的时候人挺好的。这一切都是她说的。她还说，他一喝醉，人就完全变了，变得非常危险。因此，她得躲着他。好吧，忘掉这些吧。可我心里仍然觉得不得劲。她要是真的害怕，就不会站在敞开的门口抽烟；她要只是难堪、寂寞和恶心，就不会昏倒了。

　　还有别的什么事。也许，这涉及另一个女人。那样的话，一定是刚发现不久。是琳达·罗林？也许。罗林医生是这么想的，也是这么说的，在公开场合。

　　我不再去想这件事情了。我打开打字机的盖子，东西还在那里。那是几张黄色的打字机用纸。我奉命将其毁掉，免得艾琳看到。我把纸拿到沙发旁，觉得自己该喝点儿酒。书房旁边有一个简易淋浴室。我把高脚玻璃杯洗干净了，倒了半杯酒,坐下来边喝边看。

纸上的内容很狂乱。

28

离满月只差四天了。墙上映射有一方月色,像一只患有角膜白斑的失明的大白眼那样看着我。开玩笑。天杀的愚蠢玩笑!作家!每样东西都得像另外一样东西。我的头像搅拌成泡沫的奶油一样松软,却不香甜。又一个比喻。只要想起这一团乱麻,我就要呕吐。无论如何,我都会吐的。我可能会吐它个干净。不要逼我,且假以时日吧!心里的虫子在爬啊,爬啊,爬啊。我还是躺在床上比较好,但床底下有一只黑暗的动物,正在窸窸窣窣地四处爬行。它弓起身子,嘭的一声撞到床板上,我发出一阵狂吼。除了我,没人能制造这样的声音。这是梦呓,是噩梦中的叫喊。没有什么好恐惧的。因为没什么好恐惧的,所以我并不恐惧。我一旦上了床,就会以同样的姿势躺着,那黑暗的动物就会来折磨我。它冲撞我的床板,我便有了性高潮。我做过的任何事情里,都没有比这更恶心的了。

我一身肮脏。我需要刮胡须了,但我双手发颤。我在流汗,自己闻着都觉得恶臭难耐。衬衫腋窝处、胸前和后背都是湿的。衣袖肘弯处的褶皱里也是湿的。桌上的玻璃杯空了,现在倒酒得用双手了。我不妨倒上一杯来振作一下。那种东西的味道并不怎么样，也不会让我彻底解脱。到头来，我会睡不着觉，神经饱受磨折，全世界都会发出呻吟。好东西，哦，维德？再来一点儿！

开始的两三天还算好，后来就全不是那么一回事了。你痛苦，喝上一杯，就会好上那么一小会儿。可是，代价会越来越高，你得到的却越来越少。总有一天，你会觉得一无所得，只剩下反胃的感觉。这样，你会给文瑞奇打电话。好吧，文瑞奇，我来了。不再有文瑞奇了。他去了古巴，要不就是死了。那个尤物把他给杀了。可怜的老文瑞奇，多么苦命！跟一个尤物死在床上——那种娘娘腔的尤物。好了，维德！我们站起来，去一个别的什么地方吧！是那种我们没去过、去了就不会回来的地方。这话说得通吗？不通。好吧，我又不收稿费，就算是一长段商业广告之后的暂停吧。

好吧，我来做好了。我起来了，好一个男人！我朝沙发走过去，跪在沙发旁，双手搁在上面，脸埋在双手里，好一阵痛哭。接着，我做起祷告来。然后，我又因祷告看不起自己。三级酒鬼鄙视自己。你这个傻子，究竟在对什么祷告呢？健康的人们祷告，是因为信仰。一个病人祷告，是因为恐惧。有什么好祷告的！这是你塑造的世界，你一个人塑造的。就算得到一点儿帮助，也是你一个人造成的。停止祈祷吧，你这个笨蛋！站起来，喝一杯！说任何其他事情都晚了。

好吧，我喝吧。双手，把它灌到杯子里。几乎一滴都没有洒到外面。要是我能抓住杯子又不吐就好了。最好加点儿水。现在，慢慢端起它。放松了，一次不要举得太高。慢慢地，暖了。慢慢地，热了。我要是不再流汗了，该多好。酒杯空了。它又回到桌子上了。

月色朦胧，我还是将酒杯放下了。我做得小心翼翼，小心翼翼，就像高脚花瓶里的一枝玫瑰。玫瑰含露点头。也许我是一朵玫瑰。兄弟，我是带露的玫瑰哦。现在，上楼去吧！也许，再来一小杯就上楼。不行？好吧，听你的便是。把它带到楼上去吧！有了它，上楼也算有所期待了。如果我成功地上楼了，也应有所补偿吧。就当是自己对自己问候的一种象征吧。我对自己有这样一种美好的感情——美好的那一部分——没有情敌。

这是双重空间。上去和下来。不喜欢楼上。高度会让我的心怦怦直跳。但我还是在按着打印机的键。潜意识真是魔术师。它要是能按时上下班该多好！楼上也有月光。也许是来自同一个月亮。月亮不会变化多端，它就像送奶的工人一样定期往返。月光的奶永远是一样的。牛奶的月亮总是——住口，老兄！你双脚又在走交叉步了。现在，你不宜转入月亮的个案。整个山谷里你要照顾的个案可多了。

她安静地侧睡着，双膝屈在那里。我觉得太静了。虽然在睡觉，但总得有点儿声响吧。也许并未睡着，也许正在努力入睡。我要是走近一点儿，就会知道的。她也许会掉下床来。睁开一只眼睛——有吗？她望着我——有吗？不。她本该坐起来说：你病了吗，宝贝？是的，我病了，亲爱的。可是，不要把它放在心上，亲爱的。是我病了，不是你病了。你还是安静地睡吧，迷人地睡，永远别想起什么来。没有什么黏乎乎的东西从我身上传到你身上，没有任何狰狞、灰暗、丑恶的东西靠近你。

你真是一个卑鄙小人，维德。三个形容词，你这个烂作家！你这个卑鄙小人，你就不会意识流吗？你能不能不去用那三个形容词，我的老天？我扶着栏杆，又下楼去了。我的脚每移动一步，五脏六腑都在为之翻腾。我下定决心，勉强让脏腑不要分裂。我来到楼下的地板上了，来到书房了。我来到沙发跟前了。我静候心跳慢下来。酒瓶就在手边。维德的安排有一点儿可以肯定，就是酒瓶永远要在手边。没人将它藏起来，没人将它锁起来。没人说，宝贝，你不觉得你喝够了吗。宝贝，你会喝出病来的。没人说过这种话，只是像玫瑰一般的侧卧在那里。

我给凯迪的钱太多了。错！应该由一袋花生开始给起，再慢慢发展到香蕉。然后，再来上一些小变化，缓慢而不经意的，让他永远处在渴望中。你一开始就给他一大口，他像是中了头彩似的。他在这边一日的开销，到了墨西哥，可以生活一个月，过着自由而下流的生活。那么，他中了头彩之后会干什么？哈，他要是觉得可以获得更多的话，会觉得钱够了吗？也许会吧。也许我该宰了那个眼睛发亮的杂种。曾经有个好人为我而死，为什么这个穿白褂的蟑螂就死不得呢？

忘了凯迪吧。要挫掉一根针的锐气，肯定会有办法的。另一位我也永远忘不了了，已用火铭刻在我的肝脏上了。

最好打个电话吧。失控了。感觉它们在跳啊，跳啊，跳啊。最好趁那粉红玩意儿爬上我的脸以前，赶快给什么人打个电话吧。最好打电话，打电话，打电话！就打给西奥克斯城的苏吧！你好，接线员！给我挂个长途。你好，长途。给我找西奥克斯城的苏。她的号码？没有号码，只有名字，接线员。你会发现，她正沿着第十大道在散步，在有树荫的那一侧，在抽穗的高高的玉米苗下——好吧，接线员，好吧。整个都取消了吧。我来告诉你一件事，我的意思是，问你一件事。你要是取消了我的电话，谁来为基弗德在伦敦举办的那些盛宴买单呢？是呢，你以为你的职位很稳固，你以为如此。呃，我最好亲自跟基弗德谈谈。把他找来听电话！他的贴身男仆刚刚帮他把茶端进来。他要是不能接电话，我们将派一个能接电话的人过去。

我现在写这些干什么？我尽量不去想的是什么事？电话。最好现在就打电话。事情变得很糟糕了，非常非常——

他写的就是这些。我将纸张折叠起来，放进胸前内兜的钱夹后面。走到落地窗前，我将窗扉开得大大的，抬脚迈了出去，来到露台。月光有点儿龌龊了。

但闲适山谷这会儿正是夏季，月光不会龌龊到哪里去。我站在那里，遥望着平淡无奇的静止的湖面，思考着，揣度着。就在这个时候，我听到一声枪响。

29

阳台上两道亮着灯的房间门这会儿打开了，一道门通向艾琳的房间，一道门通向他的。她的房间里空无一人。他的屋里则传来了打斗声。

我一跃而入，发现她在床前跟他厮打在一起。一把枪黑色的光泽在屋里赫然闪烁，两只手——一只男人的大手，一只女人的小手——同时抓着枪。两人握着的都不是枪把。这个时候，罗奇坐在床上，身子倾斜在那里，往外推搡着什么。她穿着浅蓝的家居棉夹袄，头发散了一脸。现在，她双手将枪抓在手里，用力一拉，把它夺了过来。即使他仍在麻醉状态中，我还是惊讶于她的力量。他瞪大了眼睛，在那里直喘气。正在这个时候，她抬脚走人了，却与我撞了个满怀。

她倚靠在我身上，勉强站立着，紧握着枪的双手贴紧身体，一面喘气，一面呜咽着。我伸出手去抱住她的肩膀，手放在她的枪上。

她这才转过身，像是才刚意识到我的存在。此时，她眼睛睁得大大的，身子一瘫，倒在了我身上，枪也从手上掉落了。这可是一个又笨又沉的家伙，是韦伯莱双动式的买卖，枪管还带着余温呢。我一手扶着她，一手将枪放进口袋去。

越过她的头顶，我朝他看过去。这一过程里，没人说话。

就在这时，他睁开眼睛，唇边隐隐现出倦怠的笑容。"没人负伤。"他喃喃说道，"不过是一阵乱枪射向天花板。"

我感觉她的身子开始发僵，然后就要从我的臂围中挣脱开去。他的目光聚焦集中，很清澈。我放开了她。

"罗奇，"她以梦呓般的声音说道，"有必要如此吗？"

他用猫头鹰一般的眼神注视着，嘴唇动了动，却什么都没说。她走了开去，斜靠在梳妆台旁，手机械地移动着，想要将披下来的头发从脸上拂开。她打了个冷战，从头到脚，脑袋左右摇晃着。"罗奇，"她又在低声嘀咕，"可怜的罗奇！可怜而又不幸的罗奇！"

此刻，他的眼睛向上，盯着天花板。"我做了一个噩梦。"他缓缓地说道，"有人拿着刀站在床边。我不知道是谁。看起来有点儿像凯迪。但他不可能是凯迪。"

"当然不是，亲爱的。"她柔声道。她离开梳妆台，在床旁坐了下来。她伸出手去，摸了摸他的额头。"凯迪早就睡觉去了。凯迪怎么会有刀呢？"

"他是墨西哥人。他们都有刀的。"罗奇以同样遥远而毫无个性的语气说道，"他们喜欢刀，但他不喜欢我。"

"没人喜欢你。"我恨声恨气地说。

她飞快转过头来，说道："拜托——拜托你不要这样说。他并不知道自己做了什么。他在做梦——"

"枪是放在哪里的？"我眼睛盯着她，大声叫道，根本没去管他。

"床头柜，抽屉里。"他转过头来，与我四目相对。抽屉里没有枪。他知道我了解这一点。那里放着些药丸和其他零碎的东西，就是没有枪。

"或者就在枕头底下。"他补充道，"我都糊涂了。我开了一枪，"他举起看上去很沉重的手，指了指，"打在那个上面了。"

我朝上看去。不错，天花板的灰泥上确实有个洞。我走到可以看清楚它的地方。是的，就是子弹打出来的洞。那把枪可以将天花板射穿，将子弹射入阁楼。我走回床边，站在那里俯视他，眼神很尖锐。

"神经病！你是想要自杀？你并没有做梦，只不过沉溺于自怜之中。你的抽屉里没有枪，枕头底下也没有。你起床去取了枪，然后回到床上，准备让自己从一团乱麻中抽身出来。但我想，你没有这个胆子。你开了一枪，却没有任何目标。然后，你的妻子跑了过来——那才是你想要的。你要的不过是怜悯与同情，伙计！如此而已。甚至连争斗都极有可能是伪装的。你要是去意已决的话，她是不可能从你手里把枪夺走的。"

"我病了。"他说，"不过，你说的也许没错。不过，这有关系吗？"

"关系大了去了。他们会把你送到精神病院去。相信我吧，那里的管理者的同情心与乔治亚死囚牢的狱警有的一比。"

艾琳突然站了起来。"够了。"她厉声说，"他病了，你知道的。"

"他希望自己病了。我不过是在提醒他，那样的话，要付出什么代价。"

"现在不是跟他说这个的时候。"

"回你的房间去吧！"

她的蓝眼睛怒火四射。"你怎么敢——"

"回你的房间去，除非你想要我叫警察。这种事情就该报警的。"

他差不多在冷笑了。"好啊，报警啊！"他说，"就像你对特里·雷洛克斯做的那样。"

我没有在意他。我的眼睛还在盯着她。这会儿，她看上去疲累不堪，很脆弱，却很美。她那瞬间的怒火已经熄灭了。我伸出手去，触了触她的手臂。"好了，"我说，"他不会再那样了。回房间睡觉去吧。"

她看了他好大一会儿，走出了房间。等她消失在门口处，我坐在她刚刚坐过的地方，就在床的一侧。

"要再来点儿药丸吗？"

"不，谢了。我睡得着睡不着不要紧了，感觉好多了。"

"你那一枪，我说的没错吧，不过是一个疯狂的小动作。"

"多少有点儿像吧。"他把头掉开去。"我想，我是昏了头了。"

"如果你真的想要自杀的话，没人能够阻止得了。我知道这一点，你也知道。"

"是的。"他的眼睛还是看向别处。"我要你做的，你是否完成了？就是那台打字机里的东西——"

"啊哈。我很惊讶你居然还记得。内容很狂乱。有趣的是，字打得却很工整。"

"不管酒醉还是清醒，我还是能够把那种事情做得差强人意的。"

"不要担心凯迪。"我说,"你说他不喜欢你,这就是你的错了。我说没人喜欢你,是我的错。我不过是想刺激一下艾琳,让她发狂。"

"为什么?"

"她今天晚上已经昏倒过一次了。"

他轻轻摇了摇头。"艾琳从来不会昏倒。"

"那么,她那是假装的了?"

对我的话,他好像不太喜欢。

"那你是什么意思?说有一个好人因你而死?"我问道。

他眉头紧锁,想了想。"一派胡言!我跟你说过,我不过是做了一个噩梦。"

"我说的是你打印出来的那些鬼东西。"

他望着我,在枕头上将头转了过来,脑袋像是有千斤重。"另一个梦。"

"我会再试的。凯迪抓到你什么把柄了?"

"别说了,老兄。"他说,闭上了双目。

我起身去,把门关上了。"你不能永远逃避,维德。凯迪可能是个勒索者,没错。那很容易,他甚至可以干得很漂亮——他喜欢你,同时拿着你的钱。到底是什么问题——女人吗?"

"你竟然会相信罗林那个傻瓜!"他说着,闭上了眼睛。

"也不见得。是那个妹妹吗,就是那个死掉了的?"

我这算得上是一个荒诞不经的猜测了,却被我来了个歪打正着。他紧闭的眼睛突然睁开了,唇边冒出了泡沫。

"是那——你为什么来这里?"他缓缓地问,声音轻得像是耳语。

"我当然知道。我是应邀而来。你邀请我的。"

他把头滚了回去,将脸埋在枕头里。他虽然服用了速可眠,但他的神经还是一样兴奋,脸上满溢着甜蜜的神色。

"深情的丈夫又去偷腥的,我不是第一个。别再烦我了,见鬼!别再烦我了。"

我去到浴室,找到一条洗脸毛巾,给他擦了一把脸。我毫不掩饰自己对他的耻笑。我是终结一切卑鄙小人的小人。我会等待,直到对手倒下。然后,我会出击,再次出击。他很虚弱了,无力抵抗,无力还击。

"改天我们再一起把这事办了。"我说。

"我没有疯掉。"他说。

"你只是希望自己没有疯掉。"

"我一直生活在地狱。"

"哦,的确。明摆着的嘛。原因何在,才是最有趣的问题。喏,拿着吧!"我从床头柜取过又一片速可眠和一杯水。他用一个肘部支起身子,伸手来抓玻璃杯,却差着四英寸。我把玻璃杯放到他手上。他勉力喝下水去,吞掉了药丸。然后,他让自己平躺了回去,整个身子发软,脸上毫无表情,鼻子像是被人夹捏过了。他差一点儿就是一个死人了。今天晚上,他没有把任何人推下楼去。极有可能,他从未在哪个晚上做过这样的事情。

当他的眼皮变得沉重起来的时候,我走出了房间。韦伯莱枪重得发沉,顶着我的臀部,把我的口袋坠得沉甸甸的。我再次回到楼下。艾琳房间的门开着,屋里没开灯,却是满室月辉。看得见,她就站在门里。她发出了一个声音,像是在叫一个名字,却不是我的。我朝她走了过去。

"小点儿声!"我说,"他又睡着了。"

"我一直都知道,你会回来的,"她柔声道,"就算时间过去十年了。"

我紧盯着她——我们俩之间有一个疯了。

"关上门!"她说,口气里满是爱抚的意味。"这些年,我一直为你守身如玉。"

我转身关上门。在这一刻,它是个不错的主意。当我转身面对她时,她已朝我扑过来了。就这样,我把她接住了。见鬼了,我非这样不可。她将身子紧紧靠在我身上,头发扫着我的脸。她的嘴送上来,等着我去吻她,全身都在颤抖。她嘴唇张开,上下牙也是开着的,舌头伸了出来。接着,她的手垂了下来,在什么东西上拉了一下,穿在身上的长袍就敞开了。长袍下面,她什么都没有穿,就像九月的晓神。只是没有那么娇羞罢了。

"抱我上床。"她轻声说。

我照办了。我伸出手臂搂着她,碰触到了她柔软的皮肤和温柔的肌体。我抱起她,走了几步,来到床边,把她放到床上。她的手臂环绕着我的脖子,喉咙里发出一种类似哨音的声响。她辗转反侧,发出阵阵呻吟。这简直就是谋杀。我这会儿春情荡漾,有如一匹雄马,眼看就要失控了。通常情况下,很难遇到来自她这种女人的邀请的。

凯迪拯救了我。轻微的吱嘎声传来了。我回头一看,发现门把手在转动。我挣脱她的拥抱,向门口跳了过去。我打开门,冲到外面。那个墨西哥佬正在沿着走廊,朝楼梯跑去。跑到半路上,他停了下来,回头斜睨着我。然后,他走开了。

我回到门那里,将它关上了。这次是从外面关上。躺在床上的女人发出一种怪异的声音。现在，她也只能如此了。一种怪声。魔力也因此破解了。

我快步下楼去了，穿过书房，抓过那瓶苏格兰威士忌，倒出一杯喝了。实在喝不下了，我就靠墙站在那里喘气，由着酒精在体内燃烧，直到烈焰来到我的神经中枢。

时间已是晚餐之后很久了。我离开正常的世界也已经很久了。威士忌很快就把我击倒了。但这并未让我停止豪饮。房间开始变得蒙眬起来，家具也变得漂浮起来，灯光就像野火或夏日的闪电。我瘫倒在皮沙发上，试着将酒瓶立在胸口上。瓶子像是空了，从我胸口滚落了，嘭的一声，掉在地板上了。

那我记得的最后一个场景。

30

一道阳光照得我的脚踝痒痒的。我睁开眼睛，看到一个树冠在蒙眬的蓝天之下轻轻摇动。我翻了一个身，脸颊触到皮革上。我的头痛得就像被斧子劈开了一样。我坐了起来，发现身上盖着一条毯子。我一把将毯子推开，让脚伸到地板上。我愤怒地看着钟，差一分六点半。

我试图站起身来，但这需要骨气，需要意志力，需要很多体能。要知道，我的体能已大不如从前了。艰辛而沉重的岁月早已让我体力透支了。

我努力去向那个简易洗手间，脱掉领带和衬衫，双手捧了冷水洗脸，也往头上浇了浇。当全身湿透了时，我用毛巾拼命将自己擦干。然后，我将衬衫穿回去，把领带系上，想把夹克披到身上时，口袋里的枪嘭的一声，撞到了墙上。我把枪取出来，将枪管与枪身分开，将子弹倒在手掌里。完整的五颗，有一颗是黑掉了的弹壳。我随即一想，这么做又有何用。只要你想，子弹总会有的。这么想着，我就将枪与子弹恢复了原样。我走进书房，将枪放进书桌的一个抽屉里。

当我抬起头来的时候，看到凯迪正站在门口。他一身白外套穿得整整齐齐的，头发往脑后梳去，闪着黑色的光泽，眼神很是锐利。

"来杯咖啡？"

"谢谢。"

"我把灯熄了。老板没事了，睡着了。我替他关好了门。你怎么喝醉了？"

"迫不得已。"

他对我嗤之以鼻。"没有得手，噢？被扔出来了，侦探？"

"随你怎么说。"

"你今天早上不怎么强悍嘛，侦探。你一直就算不得强悍。"

"你他妈的去把咖啡端来！"我对他大声吼道。

"杂种①！"

我抢前一步，抓住他的手臂。他一动也不能动，却是满眼轻蔑地望着我。我笑着放开了他的手臂。

"你说对了，凯迪。我一点儿也不强悍。"

他转过身，走了出去。没多大一会儿，他就端着一个银

---

① 西班牙语。

托盘回来了。上面有一银壶咖啡、糖、奶精及一张干净的三角形纸巾。他将这些放在一个鸡尾酒桌上，将那些空酒瓶和酒具都挪走了，又从地板上捡起一个酒瓶来。

"新鲜的，刚煮的。"他说完，走了出去。

我喝了两杯什么都不加的纯咖啡。然后，我试着抽了一根烟。还好，我还属于人类。这个时候，凯迪又回到了房间。

"你要早餐吗？"他阴森森地问道。

"不用，谢谢了。"

"好吧，快走吧。我们不需要你留在这里。"

"我们是谁？"

他打开烟盒的盖子，自己取了一根烟。将烟点上了，对着我抽了起来，满是轻慢。

"我来照顾老板。"他说。

"你会因此赚到不少吧？"

他皱了皱眉头，然后点头了。"噢，是的。报酬不错。"

"有多少外快——保守秘密？"

他用西班牙语回答说："我不懂你在说什么。"

"你自然懂的。你敲诈了他多少？我猜不超过两码。"

"你在说什么？两码是什么？"

"两百元。"

他咧嘴笑了。"侦探，你给我两码，我就不告诉老板你昨晚从她房里出来的事情。"

"那个数目，足够买一大卡车你这样的非法入境的墨西哥人了。"

他耸了耸肩，一副满不在乎的样子。"老板发起狂来，很粗暴的。你最好花钱消灾，侦探。"

"不过是你们墨西哥少年流氓的做派。"我轻蔑地回答说,"你赚到的不过是些小钱罢了。很多男人喝醉了酒鬼混,你又不是不知道。无论如何,她都知道的。你没有什么情报好卖的。"

他的眼睛里闪过一丝儿光亮。"不要再回来了,你这个狠角色。"

"我走了。"

我站起身来,绕过桌子去。他随着我的脚步转动身子,好始终与我正面相对。我朝他的手里看了看,他今天早上显然没有带刀。当我们足够靠近时,我对着他的脸,给了他一耳光。

"我不能容忍一个佣人、一个油头粉面的墨西哥佬叫我杂种的。我在这里有事要办,想来的时候随时可以来。从现在开始,你嘴巴放干净点儿!否则的话,你说不定会挨上一枪,那张俊脸也就回不到现在这个样子了。"

他毫无反应,挨了打也不还手。挨了一耳光,又被唤作油头粉面的墨西哥佬,他一定会觉得是莫大的侮辱。但这一次,他只是一脸茫然地站立在那里,一动也不动。然后,他什么也没说,端起托盘出去了。

"多谢你的咖啡。"我在他身后说道。

他继续朝前走去。直到他的身影消失后,我摸了摸下巴上的胡须茬儿,抖了抖身子,决定马上出发。对维德一家,我已经受够了。

我正要穿过客厅,艾琳从楼梯上下来了。她穿着白色长裤、露趾凉鞋和浅绿色衬衣,一脸惊讶地看着我。"我不知道你在这里,马洛先生。"她说,好像有一周没有见过我了,而我像是顺道进屋来喝杯茶似的。

"我把枪放在书桌里了。"我说。

"枪?"说完,她像是恍然大悟了。"噢,昨天晚上有点儿忙乱,对吗?不过,我还以为你已经回家去了呢。"

我走近她。她的脖颈上戴着一条细金项链,有一个白底蓝珐琅镶金的时髦坠子。蓝珐琅的部分像一对翅膀,却不曾展开。衬底的是宽宽的白珐琅和金匕首穿过卷轴的图案。卷轴上的字我不懂,像是某种军队的徽章。

"我喝醉了。"我说,"我是有意买醉,而且斯文扫地。我有点儿寂寞。"

"你无需那样。"她说,双目如水般清澈,没有丝毫的狡诈。

"每个人想法不一。"我说,"现在我要走了。我不确定还会不会回来。关于这把枪,我说的你都听到了?"

"你把它放回他的书桌去了。将它放在其他地方也许是个好主意。但他并不是真的想要自杀,对吗?"

"我没法回答你的问题。不过,下次他也许就会了。"

她摇了摇头,"我不这么想。我真的不这么认为。昨晚你真是帮了大忙了,马洛先生。我不知道要怎样感谢你。"

"你已经努力试过了。"

她脸上飞起了红晕,然后笑了。"我昨晚做了一个怪梦。"她缓缓地说,双眼望向我的肩膀后方。"我梦到一个我过去认识的人在这房子里,是一个死了十多年的人。"说着,她抬起手来,触到了金项链和那个珐琅吊坠。"这就是我为什么戴着它的原因。这是他送我的。"

"我也做了一个很奇怪的梦。"我说,"就不跟你详细说了。罗奇的情况请随时告诉我。有要我做的请说。"

她垂下眼睛，看着我的眼睛。"你说过，你不会回来了。"

"我说的是不确定。我也许必须回来。我希望自己没有这个必要。在这座房子里，有些地方不对劲了。其中，只有一部分是杯中酒惹的祸。"

她盯着我，皱起了眉头。"你这是什么意思？"

"我想，你知道我在说什么。"

她仔细想了想，手指头还在轻抚着那个珐琅吊坠。她缓缓地发出一声坚韧的叹息。"一直以来，还有一个女人。"她安静地说，"不是在这个时候，就是在那个时候。不过，都不是致命伤。我们在各说各话，对吗？也许，我们讨论的不是同一件事情。"

"可能。"我说。她还站在楼梯上，由底端数上去的第三个台阶，手还在抚摸着那个吊坠，看上去像一个金色的梦中人。"尤其当你在心中认定另一个女人就是琳达的时候，更是如此。"

她的手从吊坠上下来了，人从楼梯往下走了一个台阶。

"罗林医生似乎与我很有同感。"她漠然道，"他一定有可靠的信息来源。"

"你说过，他跟这个山谷里上了半数的男人都这么闹腾过。"

"有吗？噢，当时不过是随口一说罢了。"她走下来一个台阶。

"我没刮胡子。"我说。

她听了大吃一惊。然后，她大笑道："噢，我没指望跟你调情的。"

"你到底指望我做什么,维德太太?开始的时候,你找我去帮你寻回他。为什么要选我,我有什么条件能够获得你的信任?"

"你守信任。"她安静地说,"当事情变得很棘手的时候,你也是如此。"

"我很感动。但我觉得,理由并不在此。"

她下了最后一个台阶,朝上看着我。"那么,理由是什么?"

"就算是——也他妈的太可怜了。可以说是世界上最苍白的理由了。"

她略微皱起了眉头。"为什么?"

"因为我做的事情,也就是你说的守信任,是那种连傻子都不会再干第二次的。"

"你知道,"她有些轻描淡写地说,"我们的交谈越来越像在猜哑谜了。"

"你是一个谜一样的人,维德太太。再见。祝你好运。你要是真的关心罗奇的话,最好给他找一个靠谱的医生,而且要快。"

她再次笑了起来。"噢,昨天晚上不过是轻微的发作。你该看看他严重的时候。今天下午,他会起来工作的。"

"他要是起来工作才怪呢。"

"只管相信我好了。我太了解他了。"

我给了她最后一击,毫无掩饰。这听上去非常卑鄙。"你并不真的想要救他,对吗?你不过装出一副想要拯救他的样子。"

她很从容地回答说:"你这么样地跟我说话,真是太恶劣了。"

我从她身边走过，穿过餐厅门。大厅里空无一人。我来到前门，从那里走了出去。

幽静而明媚的山谷里，这个时候正是夏日的清晨。远离城市，烟雾飘不过来，不高的群山又将海洋的湿气挡在了外头。一会儿之后，会变得热一些，却会让人觉得温暖而舒服。不像沙漠里的那种热，让人难以忍受；也不像城市里的那种热，黏乎乎地带着腥臭味。闲适山谷是宜居地，很完美。优雅人士在这里有着美好的家、优质汽车、良种马匹、纯种好犬，甚至还有聪明可爱的小孩儿。

就算如此，有一个叫马洛的人这会儿却只想离开它。快点儿离开。

31

我回到家里，洗了一个淋浴，刮干净了胡子，换了干净衣服。整个人又觉得清清爽爽的了。

我给自己煮了点儿早餐，吃完后把碗洗了，还将厨房和后门廊清扫了一遍。然后，我装了一袋烟丝，查了一下来电记录。没有任何来电。

何必去办公室呢？那里除了死蛾子和更厚的灰尘之外，什么都不会有了。保险箱里存放着我的"麦迪逊肖像"。我可以拿出来欣赏欣赏。同时，我还可以把玩把玩那几张带着咖啡香味的百元大钞。我可以这么做，但我没有这么做。我心底里有些不愉快。那些钞票没有一张是真正属于我的。我该用它们来买些什么呢？对一个死人，我们要忠贞到什么程度？喔，我这是带着宿醉之后的迷惑在看人生。

　　这个早晨像是很漫长，怎么也过不完似的。我无精打采、疲累不堪，感觉很迟钝。时间在消逝，却像是掉进了虚空之中，像废弃的火箭一样呼呼作响。鸟儿在外面的灌木丛里啾啾叫着，月桂山谷里，大道上的汽车无休无止地往来穿梭。通常情况下，我甚至听不到车流声。可此刻，我陷入了沉思，心情烦躁，情绪低下，有些过度敏感。对上一场宿醉，我决定来它一个以毒攻毒。

　　通常，我早上是不喝酒的。南加利福尼亚的气候太过温吞，不适合喝酒，人体新陈代谢不会太快。但这会儿，我调了一大杯冷酒，坐在安乐椅上，敞开衬衫，翻阅杂志。我读的荒诞故事说的是一个家伙，他过着两种生活，有着两个心理医生。心理医生一个是人，一个是蜂巢里的某种昆虫。这个人在他们之间不停地来回穿梭。整个故事疯狂极了，却也有着不落俗套的滑稽。我谨慎地喝着酒，一次只啜一小口，随时了解自己的感觉。

　　大约在中午时分，电话铃响了起来。一个声音说："我是琳达·罗林。我给你办公室打过电话，接线员说让我试一试你家里的电话。我想见你。"

　　"为什么？"

　　"我宁肯当面跟你解释。我猜，你时不时地也会去办公室吧。"

　　"是的，时不时地。有钱赚吗？"

　　"这个我还没有想过。不过，你要是想收费，我也不会反对的。我大约一个钟头后到你办公室。"

　　"太好啦！"

"你怎么啦?"她高声问道。

"宿醉。还不至于不省人事。我会去的,除非你宁愿来这里。"

"你的办公室更适合我。"

"我这里舒服又安静。是胡同的尽头,附近没有邻居。"

"要是我没有理解错的话,你这样的暗示对我毫无吸引力。"

"没人会懂我,罗林太太。我是一个谜一样的人。好吧,我会勉强挣扎着去到那个小笼子的。"

"多谢了。"她挂了电话。

我中途停下来买了个三明治,到得办公室就有些晚了。我开窗通风,同时开启了蜂窝电话。我朝通向接待室的门探出头去,她已经到了,坐在曼迪·梅隆德兹坐过的椅子上,翻阅的也像是同一种杂志。她今天穿着茶色的华达呢套装,看起来相当优雅。放下杂志,她正色看着我。

"你的波士顿羊齿需要浇水了。我想,它还需要换盆了。气根太多了。"

我为她扶着门。去他的波士顿羊齿!待她进得屋来,我放手,让门自动合上了。我扶着为顾客准备的椅子,让她落座。她习惯性地环顾了一下办公室。我绕到了办公桌一侧。

"你的伟业不是很壮观嘛。"她说道,"连秘书都没有吗?"

"生活卑微。不过,我习惯了。"

"我想,这不太会赚钱的。"她说。

"哦,我不知道。这要看情况。要看一张麦迪逊的肖像吗?"

"一张什么?"

"一张五千美元的钞票。聘请费。我放在保险箱里了。"我站起来,走了过去。转动把手,我打开保险柜,再将里面的抽屉打开。然后,我打开一个信封,将钞票放在她面前。她紧盯着看,说不尽的惊讶。

"不要让一间办公室把你欺骗了。"我说,"我一度为一个老头工作过。他的财产折现的话有两千万。就是你家老头,也得向他请安。他的办公室并不比我的好。他在天花板上安了吸音装置,因为他有点儿耳背。地板上铺的不是地毯,而是棕色的油毡布。"

她拿起麦迪逊的肖像,两个指头捏着,两面翻转着都看了看。然后,她把它放下了。

"你是从特里那里得来的,对吗?"

"哇,你什么都知道啊,罗林太太!"

她把钞票从自己面前推开,锁紧了眉头。"他有一张的。与塞维娅复婚后,他总是随身带着,称之为'救命钱'。人们没有在他的尸体上发现它。"

"或许有其他原因。"

"我知道。不过,有多少人会随身带着一张五千元的巨额钞票呢?给得起这笔钱的人有多少会以这种方式支付呢?"

不屑回答。我不过点了点头。

她唐突地说了开去。"马洛先生,这张巨钞原本是要雇你做什么的?或许,你愿意告诉我。前往提珠纳的最后一段车程里,他有足够的时间与你交谈。几天前的一个晚上,你明确表示不相信他的供述。他给了你一大串他太太情夫的名单,好让你查出真正的凶手?"

对于这个问题，我一样保持沉默，却是出于其他原因。

"罗奇·维德的名字恰好也出现在那个名单上了？"她厉声问道，"如果特里没有杀死自己的妻子，那就一定是某个暴戾又不负责任的男人干的，不是疯子就是野蛮的酒鬼干的。只有那种人才会——套用一句你说过的讨厌的话——把她的脸砸得血肉模糊。这是否就是你大力帮助维德夫妇的原因？差不多成了他们的常规保姆了。他醉了，可以打电话要求你来看护；失踪了，就去找他；孤苦无依之时，就送他回家。"

"罗林太太，我有两点要纠正你。那张漂亮的雕版钞票也许是特里给我的，也许不是。他没有给我名单，也没有向我提及任何人名。除了你确认的事实——我开车送他去提珠纳——他没有要求我做任何事情。我跟维德夫妇之间的合作，是一位纽约出版商安排的。他急于要维德先生完成一部新书的创作，这就要监督他，让他不要总是烂醉如泥。然后，事情就关涉到是否有什么特殊原因害他买醉。要是真的事出有因又能查证的话，下一步就是妥善解决他的醉酒问题。我说我努力，是因为我可能办不到。不过，我想，试一试还是可以的。"

"我只要一句话，就可以告诉你他酗酒的原因。"她不屑道，"都是因为他那无精打采的金发娇妻。"

"哦，我不明白。"我说，"我不觉得她无精打采。"

"真的？真有趣！"她的眼睛一闪一闪的。

我拿起那张麦迪逊肖像。"罗林太太，不要胡思乱想了。我不会跟那位太太上床的。很抱歉让你失望了。"

我朝保险柜走了过去，将钱放入一个带锁的小隔室，关好门，转动了保险柜的数码盘。

"仔细想想，"她在我背后说，"我很怀疑，有人正在跟她偷情。"

我回来坐在书桌的一个角上。"罗林太太，你这话不无恶意。为什么这样呢？你是不是对我们这位酒鬼朋友有些爱慕啊？"

"我讨厌这种说法。"她语词犀利。"我讨厌那些传闻。我想，是我丈夫那种白痴式的闹腾让你有权如此羞辱我。不，我对维德先生毫无爱慕之心。从来没有。就算他很清醒、行止端正之时，也没有。他现在这副德性，就更不可能了。"

我一屁股坐进椅子里，伸手去取火柴盒的时候，眼睛盯着她打量了一会儿。她在看手表。

"你们有钱人可真是了得。"我说，"不管你们说的话有多么的肮脏，都毫无问题。你能嘲笑维德夫妇，就算是对一个你并不熟悉的人，也可以如此。我要因此有所回敬，你就觉得是侮辱。好吧，这事儿我们低调处理吧。任何酒鬼最后都会搭上一个荡妇。维德是个酒鬼，但你不是荡妇。那些话不过是你出身名门的丈夫随便说说的，为鸡尾酒会添些亮色罢了。他那么说并非出于真心，不过是视为笑料而已。所以，我们把你排除在外，不过是想要找到那个荡妇。我们要在多大的范围里去寻找，罗林太太，找到那个跟你足够深的嫌隙、劳驾你屈尊来跟我彼此嘲笑的那个女人？她一定是个奇异之人，是吗？否则，你何必要去在乎呢？"

她很安静地坐在那里，看着我。漫长的半分钟过去了。她嘴唇泛白，双手生硬地紧握着与自己华达呢套装匹配的手包。

"你可真的没有浪费时间，对吗？"她终于说话了。"那位出版商居然想到要雇你，多便利啊！原来特里并没有跟你提起任何人。一个名字都没提。其实，那也无关紧要。对不对,马洛先生,你的直觉从来不会出错。我能不能问一句,你接下来的行动目标是什么?"

"没有。"

"噢,那多浪费人才啊!依你对麦迪逊肖像的义务,怎么能妥协呢?一定有什么是你可以尽力的。"

"跟你说点儿秘密的吧。"我说,"你变得多愁善感起来了。原来,维德认识你的妹妹。谢谢你告诉我,尽管不是直接的。我已经猜到了。不过,那又如何呢?人名列出来有好大一串,他不过是其中之一。我们且将它放一边吧!我们回过头来说说,你为什么要见我。我们旁敲侧击的,反倒把主题给丢了,对吗?"

她站起身来,再次看了看自己的手表。"我有一辆车停在楼下。能否劳驾你,我们开车回家去喝杯茶?"

"走吧!"我说,"我们享受去!"

"我的话听上去有那么可疑吗?我有个客人,他想认识你一下。"

"老头?"

"我不这么称呼他。"她平静地说。

我站了起来,朝桌子对面倾过身子去。"宝贝,你有时可爱得吓人。真的。我把枪带上,行吗?"

"你不会害怕一个老头吧!"她向我撇了撇嘴。

"为什么不怕?我敢打赌,你也怕,非常怕。"

她叹息道:"是的。我恐怕你说对了。我一直都害怕。他有时候令人恐惧。"

"也许我最好带两把枪。"我说。不过,我但愿自己没有这么说。

32

我一辈子都没见过如此不同寻常的房子。它是一座方形的三层楼高的建筑，像一个灰盒子。屋顶是四角形的，坡度很陡，是双层的。上面开有二三十个双开的天窗。每个窗户周围及相邻窗户之间，都有婚庆蛋糕一样的装饰。建筑入口处有两根石柱，一边一根。最让人震撼的是建筑外侧的一道装有石栏杆的螺旋楼梯。楼梯的顶端是一座塔楼。在那里，你一定可以看到整个湖面的景色。

停车场的地面铺了石头。那个地方貌似真正缺少的是一条半里长的白杨夹道的私家车道、一个驯鹿苑、一个野生动物园、一个三段式的露台，图书室的窗外缺了几百株玫瑰，每扇窗户望出去都应该有悠长的林荫道，林荫道的尽头应该是森林以及寂静与空灵的所在。现有的景观却是一道界碑石墙圈起的一片十到十五亩的好地。这在我们逼仄的小地方，算得上是非常庞大的地产了。车道两旁的柏树被修剪成圆形。到处可见的是各种丛生的树木，都经过了仔细修剪。它们不像是加州的，都是外来货。房屋的建造者显然是想翻越落基山脉，将大西洋海滨的景色呈现在此地。

中年的黑人司机阿莫斯悄然将凯迪拉克停在石柱入口处的前面，跳下来，绕过车去为罗林太太打开车门。我先下了车，帮他扶着车门，等待罗林太太下车来。从我办公室的楼前上车后，她就不太跟我说话了，看上去又累又紧张。也许是这栋白痴般的大建筑让她沮丧吧。就是一个笑呵呵的笨驴到了这里,也会变得垂头丧气,像一只悲伤的鸽子一样咕咕直叫。

"这房子是谁建的?"我问她,"到底是谁这么疯狂?"

她终于露出了微笑。"你以前没见过?"

"这个山谷,我从来没有走过这么远。"

她从我身边经过,走到了车道的另一侧,往上指着说:"建造这座房子的人从上面的塔楼跳下来,差不多就落在你站的地方。他是法国的一个伯爵,名叫拉·图雷拉。跟其他法国伯爵不同,他很富有。他的妻子叫拉莫娜·德斯波拉。她本人也并不真的穷酸。在默片时代,她一周能挣三万法郎。拉·图雷拉建了这座房子,就是他俩的家了。大家都认为,这是欧洲布罗依城堡的缩影。布罗依城堡,你肯定知道的。"

"了如指掌。"我说,"现在,我想起来了。《周日新闻》报道过。她离开了他,他便殉情了。遗嘱很奇怪,对吗?"

她点了点头。"他给前妻留了几百万的车马费,其余资产就冻结成信托财产。房地产必须维持原貌,不许有丝毫更改。每天晚上,餐桌上的餐具必须整齐摆放。房子及四周除了仆人与律师,都不许进来。当然啦,后人把他的遗嘱放在了一边。最后,房地产在一定程度上经过了分割。我与罗林医生结婚的时候,父亲把它当嫁妆给了我。仅是将这座建筑修葺到合适居住的程度,就花了他一大笔钱。我讨厌它,一直以来就这样。"

"你没必要非得待在这儿,对吗?"

她不耐烦地耸了耸肩。"至少一部分时间我得如此。总得有那么一个女儿留给父亲一些安定的迹象。罗林医生喜欢这里。"

"他会喜欢的。一个能在维德家制造那么大动静的人，夜里睡觉时应在睡衣上打上绑腿。"

她的眉头蹙了起来。"啊，多谢如此有趣，马洛先生。不过，我想，关于那个话题我们已经说得够多了。我们进去，好吗？家父不喜欢等人太久。"

我们再次穿过车道，迈上了石头台阶。双开大门的一半悄无声息地打开了。一个服饰昂贵、神色显着非常势利的家伙站在一旁，等着我们进屋。门廊比我住家的面积还要大。这里的地面是棋盘格状的，门廊尽头那一端像是有玻璃窗。要是有光线透过来的话，我或许能够看到有什么东西在那里。我们从门廊穿过几道双开的雕花大门，进到一个光线不甚明亮的房间，进深不少于七十英尺。一个人坐在那里等着，很安静。他在冷眼瞪着我们。

"我晚了，父亲？"罗林太太急忙问道，"这是菲利普·马洛先生。这是哈兰·波特先生。"

那人不过看了看我，下巴垂下去大约半英寸。

"按铃叫茶吧。"他说，"坐下，马洛先生！"

我坐了下来，望着他。他盯着我，就像一个昆虫学家在观察一只甲虫。没人说话。直到茶送来，全场一片寂静。茶是用一个巨大的银制托盘端过来的，放在一个中式桌子上。琳达坐在桌旁倒茶。

"两杯。"哈兰·波特说，"你可以去别的房间喝茶，琳达。"

"是的，父亲。你的茶喜欢怎么喝，马洛先生？"

"怎么喝都可以。"我说。我的声音像是在远处回响着，变得细小又孤单。

她递给老人一杯茶，再递给我一杯。然后，安静地站起身来，走出房间去了。我目送她走远。我啜了一口茶，掏出一根烟来。

"请不要抽烟。我有哮喘。"

我把烟放回烟盒，望着他。我不知道一个身价上亿的人会是什么感觉，但我知道，他不是一个有趣之人。他是个大块头，足有六英尺五英寸高，比例适中。他身穿一套不带垫肩的灰色格子呢西服——他的肩膀用不着垫肩——白衬衫、深色领带、没有装饰的手帕。外侧的胸袋里露出一个眼镜盒，黑色，跟他的鞋子一样颜色。他的头发也很黑，没有一丝儿白发。按照麦克阿瑟的风格，他将头发梳成偏分，盖住头顶。我猜，头发底下是秃着的头顶。他的眉毛又黑又浓密。他的声音像是从远处传来的。他喝着茶，好像很讨厌这事儿似的。

"如果我开门见山说出我的立场，马洛先生，就会节省时间。我认为，你正在干涉我的事务。要是我没说错，我就得阻止你。"

"我对你的事所知有限，干涉不到你，波特先生。"

"我不这么想。"

他喝了几口茶，将茶杯放在一旁，仰靠在他坐的那把大椅子上，一双无情的灰眼睛像是要把我肢解成碎片了。

"我知道你是谁，知道你是怎么谋生的——如果你在谋生的话——你是怎么与特里·雷洛克斯搭上关系的。有人跟我报告过，你是怎样协助雷洛克斯出国的，你对他的罪案有怀疑。后来，你又跟我过世的女儿认识的一个男人有联系。这一切目的何在，无人跟我解释。你解释一下吧！"

"那个男人要是有名有姓，"我说，"就请你给一个称呼。"

他微微笑了笑，却不像是对我有好感的样子。"维德。

罗奇·维德。我想,是个什么作家吧。他们这么跟我说过。他写的是那种我不会有兴趣阅读的淫乱作品。我还听说,这个男人是一个危险的酒鬼。这或许会让你产生奇怪的想法。"

"波特先生,你最好让我自己思考。我的见解自然不重要,不过,我除此之外,就一无所有了。首先,我不相信特里会杀了他的妻子。就凭那种谋杀方式,我觉得他不是那样的男人。第二,我不曾主动接触维德。我被要求住在他家,在作品创作期间尽量让他保持清醒。第三,如果说他是一个危险的酒鬼,到目前为止,我没有发现任何迹象。第四,我跟他的首度接触是应纽约一个出版商的要求,我当时完全没有想到罗奇·维德与令嫒相识。第五,我拒绝这一雇佣之后,维德太太请我去寻找她那不辞而别、躲在某处治疗的丈夫。我将他找到并带他回了家。"

"够有条不紊的。"他干巴巴地说。

"波特先生,我有条不紊的说明还没有完。第六,你或是你授权的人找了一个叫西维尔·恩迪科特的律师将我保释出狱了。他没有说是谁派他去的,但其他人并不知情。第七,我出狱后,有一个叫曼迪·梅隆德兹的流氓给我找茬,警告我少管闲事,还跟我大谈特谈特里救了他的性命,还救了拉斯维加斯一个叫兰迪·斯塔尔的人。就我所知,这事可能不假。对特里没求他帮忙逃往墨西哥而找了我这样的废物,梅隆德兹假装很不满。这种事情,他,梅隆德兹,只要一根手指头就能办到,还能比我办得好得多。"

"哈,"波特先生苦笑道,"你总不会认为我会去结识像梅隆德兹和斯塔尔这样的人吧。"

"我不知道,波特先生。你那种赚大钱的方式绝对不是我这种人能够理解的。接下来警告我不要涉足这一案件的是令嫒——罗林太太。我们偶尔在酒吧遇上了，交谈则源于我们都喝了一种叫'锥子'的酒。那是特里的最爱，但在这一带，少有人喝它。我不知道她是谁，她是自报家门的。我跟她说及了对特里的感受，她便提醒我说，我要是惹火了你，我的生涯将会变得短暂而不幸。你生气了吗，波特先生？"

"我生气的时候，"他冷冷地说，"你就无需问我了，你会非常确定地感觉到，丝毫不会产生怀疑的。"

"我就是这么想的。我想着，准得有一群暴徒从天而降。但到目前为止，还没有露面。警察也还没有来烦我。应该来了才对，我应该吃上苦头了。我觉得，你想要的，波特先生，是清静。我到底做过什么打扰到你了？"

他露齿一笑，别扭，但确实是在笑着。他将长长的黄手指叠在一起，翘起一条腿，身子舒舒服服地往后靠去。

"口才不错，马洛先生。我已经让你说了个够了。现在听我说！你觉得我想要的不过是清静，你说对了。你跟维德夫妇联系完全可能是偶然，是意外，是巧合。那就维持现状吧。我是一个重视家庭的男人。其实，到我这个年纪，家庭已经没什么意义了。我一个女儿嫁给了一本正经的男人，另外一个有过很多愚蠢的婚姻——最后一个丈夫是彬彬有礼的贫民，允许她过着不道德的毫无意义的生活。最后，他突然无故地发疯了，把她杀了。你觉得那种凶残的谋杀方式不可能是他做下的，你错了。他用毛瑟自动手枪朝她射击，就是他带去墨西哥的那把枪。之后，他做了自己该做的，好掩饰枪击的痕迹。我承认，手段残忍。但你要记得，他是经历过战争的人，受过重伤，遭过不少罪，也看过其他人的诸多遭际。他本来无意杀害她。他们之间可能发生了厮打，枪是我女儿的。那种枪很小，威力很大，口径是七点六五毫米，型号是PPK。子弹整个贯穿了她的头颅，嵌入了印花棉布帘后面的墙壁。当初没有发现，所以，事实没有全部公开。现在，我们来仔细研究一下吧。"他打住话头，盯着我。"你很想抽烟吗？"

"对不起，波特先生，我想都没想就掏出来了。习惯使然。"我将烟放回盒里。

"就是特里杀了自己的妻子。从警方极其有限的判断看来，他的动机很充分。他也有过硬的抗辩理由：那是她的枪，握在她手里，他设法想从她手里夺过，却没有成功。她开枪击中了自己。一个优秀的法庭律师借此可以大做文章。他可能会被开释。要是他给我电话，我会帮他的。但为了掩盖子弹的痕迹，他将这桩谋杀变成了一起惨不忍睹的残忍事件。是他让我的帮助变得不可能的。他不得不逃之夭夭，而且手法笨拙。"

"是的，没错，波特先生。但最先的时候，他在帕萨迪纳给你打过电话的，对吧。他跟我说起过。"

这个大人物点了点头。"我要他就此消失，我会力尽所能去善后。我不想知道他去了哪里。必须如此，我不能担着窝藏嫌疑人的罪名。"

"听上去合理，波特先生。"

"我似乎听到了讽刺的意味。无所谓了。当我获知细节的时候，已过了亡羊补牢的时机。我是不能忍受这种谋杀引发的法庭审判的。老实说，听到他在墨西哥自杀、还留下了自白书的消息后，我很高兴。"

"对此,我能理解,波特先生。"

他的眉毛蹙成一团,眼睛盯着我。"小心了,年轻人。我不喜欢讽刺。现在你能理解我不能容忍与任何人有关的任何进一步的调查了?为什么我会不惜动用一切力量让调查尽可能简短、事实尽可能不要公开?"

"是的,要是你确信是他杀了她的话。"

"当然是他杀了她。至于出于何种企图,则是另外一回事了。它已不再重要了。我不是公众人物,也不想成为公众人物。我一直在费尽心力,免得任何一个方面引人注目。我不乏影响力,但我不想滥用它。洛杉矶的地方检察官是一个很有抱负的人,头脑很清醒,不会为了这桩声名狼藉的案件而毁了自己的前程。我看到了你眼睛里的光亮,马洛先生。罢了吧。我们生活在所谓的民主社会,由多数人统治。要是真能生效的话,那会是一个不错的方式。人们投票,候选人却由政党机制来提名。政党机制的运行需要花费大量的钱财。总得有人去捐献,不管这些捐献者是个人、财团、同业工会或是其他什么机构,总是期待得到回报的。我和那些跟我怀有同样想法的人希望的却是可以过着隐私能够得到保护的体面生活。我有报纸,但我并不喜欢,觉得它是对个人隐私的永远的威胁,它们不断叫嚣的新闻自由不过意味着如下种种自由:贩卖丑闻、犯罪、性、耸人听闻的新闻、仇恨、含沙射影及政治与金融方面的宣传。所谓报纸,就是通过广告来赚钱的生意。广告是要看发行量的。你也知道,发行量靠的是什么——"

我站起身来,绕过我的椅子去。他冷眼看着我。我再次坐了下去。我需要一点儿运气。见鬼,我需要的是大运气。

"好吧，波特先生。那又怎样呢？"

他没有听见我的话。这会儿，他正蹙眉沉浸在自己的思考中。"金钱有一个古怪的特性。"他接着说道，"大笔的钱像是有着自己的生命，甚至良心，它的力量会变得很难控制。人向来都是可以用钱收买的动物。人口的增长、战争的巨大开销、无止境的课税压力，所有这些事情使得人类越来越容易被金钱收买。普通民众的生活往往疲惫而恐慌，而疲惫又恐慌的人是谈不到理想的。他不得不为家庭准备食物。在我们的时代，公德与私德都发生了令人震惊的衰退。你不能指望生活品质极差的人拥有高尚品格。大批量生产的东西品质不会太高——你不需要好的品质，嫌它太耐用了。于是，你改变设计。那是一种商业策略，意在造成东西过时的感觉。除非让今年大卖的东西一年后不再流行，明年生产的东西才会卖得出去。我们的厨房是全世界最白的，浴室是全世界最明亮的。可是，一般的美国主妇在迷人的洁白厨房里煮不出一顿可口的饭菜来，而明亮的浴室大抵会被用来放置除臭剂、通便剂、安眠药和所谓化妆品工业生产的产品。我们的产品有着世界最精良的包装，马洛先生，但包裹的大多是垃圾。"

他取出一条白色的大手帕，在鬓角的位置拭了拭。我张着嘴，坐在那里，想不通这个家伙的工作动力何在。他恨世间的一切。

"这一带对我来说，太温暖了一点儿。"他说，"我喜欢更凉爽一些的气候。我的话听上去像是一篇忘了自己初衷的社论了。"

"我明白你的主张，波特先生。你不喜欢如今的世道，就用权力圈起一个私密的角落,尽量过着记忆中五十年前工业化尚未开始的那种生活。你有一亿美元,可带给你的只是让人窒息的痛苦。"

他在对角线的位置拉紧手帕,然后将它揉成一团,塞进口袋。

"然后呢?"他简短地问道。

"这就是全部了,再无别的了。你不在乎是谁杀了令嫒,波特先生。你很长时间前就将她当成坏胚,与她断绝父女关系了。即使特里·雷洛克斯并未杀害令嫒,真正的凶手正在逍遥法外,你都毫不在意。你不希望真凶归案,害怕丑闻会再次卷土重来。那样的话,案件必然会再度审讯,法庭答辩会将你的隐私在世人面前昭然若揭。当然啦,除非他在审讯前自杀,最好是死在大溪地、古特玛拉或者撒哈拉沙漠中部,反正是那种州政府不愿意花大钱去求证的地方。"

他突然笑了。这笑像是有着水到渠成的自然,不无友好。

"你希望从我这里得到什么,马洛先生?"

"如果你说的是多少钱的话,我分文不取。不是我自己要来的,我是被人带来这里的。我对认识罗奇·维德的真相已经如实相告了。但他认识令嫒,还有暴力记录。只是我没有见到过。昨天晚上,那个家伙试图开枪自杀。他烦恼缠身,有着严重的负罪感。如果我刚好在寻找嫌疑人的话,他绝对算得上一个的。他应该是许多嫌疑人之一,但我恰好只认识他这一个。"

他站了起来。这个时候,才觉得他的块头可是真大,而且强壮极了。他走过来,站在我面前。

"一个电话,马洛先生,就可以让你的执照作废。不要搪塞我。我不会容忍这个的。"

"两通电话,我就会被埋在阴沟里了,连后脑勺都看不见了。"

他高声笑了起来。"我不会那么做的。我想,你干的这个古怪的行业自然会让你这么想。我已经在你这里花了太多的时间了。我会按铃,叫人送你出去。"

"没有必要。"我说着,自己站了起来。"我来了,也听到了训示。谢谢你的时间。"

他伸出手来,"谢谢你过来。我想,你是一个非常诚实的小伙子。不要逞强当英雄,年轻人。那没什么好处。"

我跟他握了握手。他的手劲儿活像活动扳手。这个时候,他对我笑着,和蔼可亲。他是"大人物",是赢家,诸事尽在掌控中。

"这几天,我可能会有一笔生意给你。"他说,"不要想着我这是在收买政客或是执法官员。我没有这个必要。再见,马洛先生。再次谢谢你赏光。"

他站在那里,看着我走出房间去。当我伸手打开前门时,琳达从某个角落突然现身了。

"好了?"她安静地问我,"你跟家父相处如何?"

"很好。他跟我说了说这个世道的事情。我说的是他心目中的世道。他决心让那种世道存续时间更长一点儿,但文明最好别干扰他的私生活。否则,他会给上帝打电话,取消订单。"

"你无可救药。"她说道。

"我?我无可救药?看看你家老头,小姐!跟他比起来,我简直就是一个拿着新拨浪鼓的蓝眼睛婴儿。"

我接着朝门外走去。阿莫斯早备好卡迪拉克轿车等在那儿了。他驾车送我回好莱坞。我给他一个美元的小费,他却不肯收。我说要买一本 T. S. 艾略特的诗歌集送给他,他说有了。

33

一个星期过去了,我没有任何维德家的消息。天气又热又潮,烟雾的酸臭味甚至飘到了远在西边的比佛利山。从穆弗兰德路的顶端,你可以看到,烟雾弥漫在整个城市上空,就像迷魂阵一样。身在其中,可以尝到,也可以闻到,眼睛也会被刺痛。人人都在怨声载道。在比佛利山被电影人潮裹挟之后,保守的百万富翁们转而隐居到帕萨迪纳。如今,市参议员因为乌烟瘴气在这里怒号。每件事情都归罪于烟雾。要是金丝雀不再歌唱,送奶工迟到了,哈巴狗长了虱子了,穿着浆得硬硬的衣领的老笨蛋在去往教堂的路上心脏病发作,全是烟雾惹的祸。我住的地方通常清晨时分很清爽,到了晚上就更是如此了。有时候,一整天都会如此,却无人说得清楚原因。

就在那样的一个日子里,碰巧是一个星期二,罗奇给我打电话。"你好吗?我是维德。"听上去他像是很不错。

"不错。你呢?"

"我想,我还算清醒,赚着辛苦钱。我们应该谈谈。我想,我欠你一笔钱。"

"没有。"

"哦，今天来吃午餐如何？能不能一点左右到这里？"

"我想可以吧。凯迪好吗？"

"凯迪？"他听着像是疑惑不解。那晚他一定神志不清了。"哦，那天晚上是他帮着你将我扶上床去的？"

"是啊，他是很有用的小帮手，某些方面。维德太太呢？"

"她也很好。她今天去城里购物去了。"

挂断了电话后，我坐在旋转摇椅上摇摆着。我真该问他书写得怎么样了。对于作家来说，也许你总该问到这一点。那样的话，会把他烦死。

不大一会儿后，又来了一个电话。是一个陌生的声音。

"我是罗伊·舍特菲特。彼得给了我你的电话，马洛。"

"哦，好的，谢谢。你是在纽约认识特里·雷洛克斯的。当时他自称马斯顿。"

"是的，他酗酒。不过，是同一个人没错。你不可能认错的。到了这边，有一天晚上，我在卡森酒吧见到他跟他的妻子在一起。我跟一个客户在一起。那个客户认识他们。那位客户的名字，恐怕不便告知。"

"我理解。我想，这个现在不是很重要。他姓什么？"

"等一下，我想想。哦，对了，珀尔。珀尔·马斯顿。你要是有兴趣的话，还有一件事情。他戴着英国军队的徽章，是那种退伍军人的徽章。是他们的荣誉退伍徽章。"

"我明白了。他后来怎么样了？"

"我不知道。我来西部了。我再见他的时候，他也到了这里，跟哈兰·波特的狂野的女儿结婚了。那些你都知道的。"

"如今，他们都死了。谢谢你告诉我这一切。"

"不客气。高兴能帮到你。这对你有什么意义吗？"

"没什么意义。"我说，撒了个谎。"我从来都没有问过他的过去。他跟我说过一次，他是在孤儿院长大的。不可能是你弄错了吧？"

"老兄，他可是满头白发、一脸的疤痕，不可能弄错的。我不敢说从来不会忘记一个人的长相，但这个人的脸我是不会忘记的。"

"他看见你了吗？"

"就算他看见了，也没有表现出来。那种情形下，不要指望他会把我认出来。反正他是不可能记得我了。正如我说过的，他在纽约总是烂醉如泥。"

我再次谢过他。他说，能帮上我很荣幸。我们就此挂了电话。

我沉思了一会儿。大楼外街道上的车流声成了伴奏，太过嘈杂了。在夏天，在炎热的天气里，哪里都很嘈杂。我站起身来，关上了下面的窗户，打通了刑事组格林警官的电话。他显得很亲切。

"好了，"在一通开场白之后，我说道，"我听到了有关特里·雷洛克斯的事情，有些迷惑。我的一个熟人说，他在纽约时认识了特里，当时他用的是另外一个名字。你查过他的战时档案？"

"你们这些家伙永远都学不会。"格林厉声说，"你就不懂得少管闲事吗？那个案件已经了结了，盖棺定论了，被加上铅块沉到大海里去了。明白了吗？"

"上周，我跟哈兰·波特在闲适山谷他女儿家里共度了半个下午。要查吗?"

"干什么了,"他不高兴地说道,"如果我相信你说的不假?"

"谈起了一些事情。我是应邀而去的。他喜欢我。不经意之下,他告诉了我,他女儿是被七点六五毫米口径的手枪射杀的,PPK的枪型。这对你来说,是新的证据吧。"

"接着说。"

"是她自己的枪,老兄。也许,这个区别就有一些了。别误会,我不会去调查什么隐情的。这是私事。他的伤是哪里来的?"

格林沉默着。我听到电话里有关门声。这时候,他平静地说:"可能是在边境南部持刀打架造成的。"

"噢,滚你的。你有他的指纹。照例送到华盛顿,就会收到回函——照例如此。我只要他的服役记录就行了。"

"谁说他有服役记录的?"

"哦,曼迪·梅隆德兹说过。雷洛克斯救过他一命,伤好像就是那样造成的。他被德军俘虏了,脸就成了现在的这个样子了。"

"梅隆德兹?你相信那个杂种说的话?你脑袋有毛病。雷洛克斯没有战时档案,没有任何化名,没有留下过任何一种记录。你满意了吧?"

"既然你这么说了,"我说,"那好吧。不过,我不太明白为什么梅隆德兹要不厌其烦地跑到这里来给我编故事,还警告我不要多管闲事。他说,雷洛克斯是他和拉斯维加斯人斯塔尔的朋友。他们不希望其他人来胡乱插手这件事情,毕竟雷洛克斯已经死了。"

"谁知道一个流氓在想什么，"格林讽刺道，"以及他为什么要这么想。也许雷洛克斯娶了大把金银、提高身价之前，他们在一起厮混过。他曾在斯塔尔赌城那家店里当过业务经理。就是在那边，他认识了那个女孩。他总是穿着晚宴的外套微笑着鞠躬，既逗客人开心，又留意着其他赌客。我猜，他把那件差事干得很有品位。"

"他有魅力。"我说，"这在警察事务上用不着。多谢了，警官。格雷格瑞斯警官最近怎么样？"

"在休退休假。你没看报纸？"

"没看犯罪新闻。太龌龊了，警官。"

我准备告别了，他却截住我的话。"'金钱先生'找你有什么事？"

"我们不过在一起喝过一杯茶而已，有过一次社交式的拜访。他说，他也许有一单生意要给我做。他也暗示了，仅仅只是暗示，没有真的这么说——要是有警察这么斜眼看着我，前景就不妙了。"

"警察部门又不由他管。"格林说。

"他承认了这一点。他说，他甚至没有收买各处室长官或地方检察官的人。他们只是在瞌睡时乖乖地蜷伏在他膝头罢了。"

"滚你的！"格林说完，就挂断了电话。

警察不好当。你从来都不会知道，谁的肚子可以让你踩上踩下却不会招来麻烦。

34

从公路到小山岗回湾处那一段,路况不佳,我们在正午的暑气中颠啊颠的。点缀在道路两旁焦渴大地上的矮树丛已白茫茫一片,披满了灰尘。杂草发出来的味道,差不多要让人作呕。一阵微弱的带着酸味的热风吹了过来。我脱掉外套,将袖子挽了起来。车门发烫,上头连手臂都搁不住。一匹缰绳在身的马看来又困又乏,正在橡树丛里打盹。一个褐发的墨西哥人坐在地上,埋头读着报纸。一株风滚草懒洋洋地滚过路面,在一个高出地面的花岗岩前停下了。刚刚还在那里的蜥蜴不见有什么动静,却突然没了踪影。

我驾车沿着柏油路,绕过小山,来到另一处乡野之地。五分钟后,我拐进了维德家的车道。把车停好后,我走过石板地,按响了门铃。

维德亲自来开的门,穿着棕色与白色相间的格子短袖衫、浅蓝色斜纹棉布裤,脚上穿着一双室内拖鞋。他晒成了棕黑色,看上去气色不错。他的手上留有墨水的痕迹,鼻子一侧粘了点儿烟灰。

他把我带进了书房,自己在书桌后面坐了下来。桌上堆着厚厚的黄色打字稿。我把外套放在椅子上,人则坐到了沙发上。

"谢谢你能来,马洛。喝点儿什么?"

我脸上现出的一定是那种被酒鬼邀请喝一杯的神情,我自己都感觉到了。

他咧嘴一笑。"我喝可乐。"他说。

"你进步很快的嘛。"我说,"我这会儿不想喝酒,跟你一块儿喝可乐吧。"

他用脚压了什么按钮。不一会儿,凯迪就进来了。他看上去阴森森的,穿着蓝色衬衫,系一条橘黄色的围巾,没穿白外套,下身是优雅的高腰长裤,脚上是那种黑白皮鞋。

维德要了可乐。凯迪狠狠地瞪了我一眼,就走开了。

"书稿?"我指了指那一堆稿纸说。

"是的。垃圾。"

"我不信。写多长了?"

"大约三分之二,就价值而言。其实,这种东西不值什么的。你明白一个作家怎么知道自己江郎才尽的吗?"

"关于作家,我是一无所知。"我往烟斗里装满烟丝。

"就在他开始翻看自己的作品以寻找灵感时。这绝对不会错的。我这里有五百页打字稿,超过了十万字。我的书是大部头的。读者喜欢大部头的书。那些傻瓜读者以为,书厚了,里面有价值的东西自然就会多。我自己是不敢再去重温一次的。它的一半内容我都记不得了。我怕的就是去读自己的作品。"

"你看上去倒是气色不错。"我说,"跟那个晚上比起来,我简直不敢相信这是你。你比自己想象的来得勇敢多了。"

"我现在需要的不只是勇气,是那种向往而未得的东西,是对自己的信任。我是一个被宠坏了的作家,无法再去信任自己了。我有华美的居室,有美丽的妻子,有绝佳的畅销纪录,但我真正想要的却是一场沉醉,忘怀世事。"

他两手托腮,隔着桌子朝我看过来。

"艾琳说我试图开枪自杀。有那么糟糕吗?"

"你不记得了?"

他摇了摇头。"我只记得摔倒了,把头给撞了,其他的都不记得了。没多大一会儿,我就到了床上。你在那里。是艾琳给你打的电话?"

"是。她没跟你说起?"

"过去这一周里,她不怎么跟我说话。我猜她受够了,简直忍无可忍了。"他将手平展开来,手掌一侧放在脖子上端靠近下巴的位置。"洛林借机滋事,更是火上浇油。"

"维德太太说,那并不意味着什么。"

"好了,她当然会这么说,是吗?刚好事实也是这样。但我猜她说的时候,心里并不真的如此认为。那个家伙是个超级醋坛子。你跟他的太太在一旁喝上一两杯,说笑一会儿,然后礼节性地吻别,他就会认为你跟她上床了。他这么想只有一个原因,就是他自己做不到这样。"

"我喜欢闲适山谷的原因,"我说,"就是这里的每个人都过着舒适的、正常的生活。"

他皱了皱眉头。这个时候,门开了,凯迪端着两瓶可乐和玻璃杯进来了。他把可乐倒进了玻璃杯,放了一杯在我面前,眼睛不带扫我一下的。

"再过半小时就吃午饭了,"维德说,"你的白外套呢?"

"今天我休息。"凯迪面无表情地说,"我不是厨师,老板。"

"凉菜肉片或三明治,外加啤酒就行。"维德说,"厨师今天休息,凯迪。我请了朋友来吃午餐。"

"你把他当朋友?"凯迪冷笑道,"最好去问问你的妻子。"

维德将身子往沙发里面靠了靠,对他微微一笑。"小心你的嘴，小子。你在这里过得太安逸了。我很少请你帮忙的，对吗？"

凯迪低头看着地板。过了一会儿，他又抬头看向天花板，冷冷一笑道："好吧，老板，我会穿上白外套。我想，我会去准备午餐的。"

他轻轻转身，走了出去。维德看着门合上了，耸了耸肩，看向我。

"过去我们叫他们仆人，现在叫他们家庭帮手。我想，用不了多久，我们就该把早餐送到床上请他们享用了。我给他的钱太多了，都把他给宠坏了。"

"工资，或是其他外快？"

"比如说——"他厉声问道。

我站了起来，递给他几张折叠好的黄纸页。"你最好看看！显然，你不记得要我撕掉它们了。这些纸原本在你的打印机里，就在盖子底下。"

他将纸页展开来，仰靠在椅子上，读了起来。在他面前，可乐在玻璃杯里嘶嘶作响，但他没有注意到。他皱眉缓缓读着，之后，他又将纸页折叠起来，手指在边沿处滑动。

"艾琳看到了吗？"他小心翼翼地问道。

"我不知道。她或许看到了。"

"够狂乱的，对吗？"

"我喜欢。尤其是一个好人因你而死的那一段。"

他再次展开纸页，恼怒地将它们撕成一条一条的，扔进字纸篓。

"我想，一个醉汉是什么都写得出来，什么都说得出来，也是什么都做得出来的。"他缓缓地说，"它们对我来说，毫无意义。凯迪没有勒索我，他喜欢我。"

"或许，你最好再次烂醉过去。那样的话，你就能想起那是什么意思了。你会想起很多事来的。那一切，我们之前都经历过了，就是枪支走火的那个晚上。我想，是速可眠害得你脑子一片空白的。你那会儿听起来不像是喝醉了，现在你却假装记不起写过我刚才交给你的东西了。维德，难怪你会写不出作品来。就是活着，也算是奇迹了。"

他把手伸向一侧，打开一个书桌的抽屉。他的手在里面摸来摸去的，终于找出一本支票簿来。他把支票簿打开来，还找到了一支笔。

"我欠你一千美金。"他安静地说道。他在支票簿上写着，然后又在存根上写着什么。然后，他撕下一张支票来，绕过桌子一端，把它丢在我面前。"这样行了吧？"

我的头向后仰去，眼睛看着他，没有去碰那张支票，也不接他的腔。他的脸色很严峻，脸拉得很长，眼睛深邃又空洞。

"我想，你觉得是我杀了她，让雷洛克斯背黑锅。"他缓缓地说，"她的确是个荡妇，但你不能因为她是荡妇就打烂她的头。凯迪知道，我有时会去那里。有趣的是，我不认为他会把这个告诉你。我错了，但我还是不相信。"

"不要在意他是否说了。"我说，"哈兰·波特的朋友不会听信他的话的。另外，她不是被那尊铜像打死的，而是被自己的手枪射穿了脑袋。"

"她也许有枪。"他像是在梦中一样。"但我不知道她是被枪射杀的。报纸没有说到这一点。"

"不知道还是不记得了？"我问道，"确实不曾报道过。"

"你想对我做什么，马洛？"他的声音依然像是在睡梦里,很轻柔。"你想要我做什么?告诉我的妻子?告诉警方?那样做,有什么好的?"

"你说过,一个好人因你而死。"

"我的意思是,如果当时发起的是一次认真的调查,我会被指认为可能的嫌疑人之一,但仅仅是可能。那样的话,在很多方面我就完蛋了。"

"我来这里,不是要指控你的谋杀嫌疑的,维德。要命的是,你自己对此也无法确认。你有过对自己的妻子施暴的记录。你喝醉了酒,就会变得神志不清。这样一来,你所谓不会因为一个女人是荡妇就打烂她的头的说法就不太有说服力了。确切的事实是,有人就这么做了。对于我来说,那个已被归罪的家伙跟你比,像是更不可能谋害她。"

他走到敞开的落地窗前,眺望窗外湖面上腾起的热气,没有回答我。几分钟过去了,当门上响起铃声、凯迪推着一辆茶餐车进来时,他仍然一动不动,也不说话。茶餐车上面铺着干净的白布,放有带着银盖的盘子,还有一壶咖啡和两罐啤酒。

"把啤酒开了,老板?"凯迪对着维德的后背问道。

"给我来瓶威士忌。"维德没有转过身来。

"对不起,老板,没有威士忌。"

维德转过身来,对他高声喊叫,凯迪并未让步。他低头看着鸡尾酒桌上的支票,一边看着,一边转动着他的头。然后,他抬起头来看着我,从牙缝里挤出几个字来。接下来,他看着维德说道:"我走了。今天我休息。"

他说完转身走了,维德大笑起来。

"那好,我自己去取。"他厉声说着,走了出去。

我揭开盖子，看到了排列得整整齐齐的三角三明治。我拿起一个，倒了些啤酒，站了起来，在那里吃着三明治。维德带着一瓶酒和一个玻璃杯回来了。他在沙发上坐了下来，倒了满满一杯，仰脖灌了下去。外面传来了汽车驶远的声音，许是凯迪由仆人车道驾车离去了。

我又拿起了一块三明治。

"坐下吧！怎么舒服怎么来吧！"维德说，"我们有一整个下午要消磨呢。"他这时已是满脸红光了，声音有些颤抖，人显得很愉快。"你不喜欢我，对吧，马洛？"

"这个问题你已经问过了，我也回答过了。"

"知道吗，你是一个非常无情的混蛋！为了你的调查，你可以不惜代价，不择手段。你甚至趁我在隔壁房间烂醉如泥时同我妻子上床。"

"那个飞刀手跟你说的你都信以为真吗？"

他又往玻璃杯里倒了一点儿威士忌，端着杯子对着光线在看。"不，不全信。这威士忌的颜色好漂亮，对吗？沉醉在金色的洪流里，也不算太糟糕。'了于午夜，无痛无灾。'接下去会是什么？哦，对不起，你不会知道。太富有文学意味了。你是那种所谓的侦探，对吗？介意告诉我你为什么在这里吗？"

他又喝了些威士忌，对我咧嘴笑着。这时，他看到了几上放着的支票。他将支票抓在手里，端着酒杯在看。

"这个好像是开给一个叫马洛的人的。我想知道这是为什么，是因为什么。我好像在上边签字了。我太蠢了。我是一个容易上当受骗的家伙。"

"别演戏了。"我粗暴地说，"你妻子在哪里？"

他很有礼貌地抬起头来。"我妻子会及时回到家里的。毫无疑问,到了那个时候,我会失去知觉,她就能自由自在地招待你了。这座房子就属于你们了。"

"枪在哪里?"我突然问道。

他看上去很茫然。我告诉他说,我已把它放在他的书桌抽屉里了。

"现在不在那里,我确认。"他说,"你要是高兴,可以搜查去。可别偷那些橡皮筋。"

我去到桌子那里,仔细查看了,枪不在那里。这事关重大。也许是艾琳把它藏起来了。

"好了,维德。我在问你,你妻子在哪里。我想,她应该回来了的。这不是因为我,朋友,是为了你好。必须有人照看你。如果那人是我的话,我就惨了。"

他迷迷糊糊地盯着我看,手里还拿着那张支票。他放下玻璃杯,把支票撕成两半,又一撕再撕,让碎片散落一地。

"很明显,这个数目太小了。"他说,"你的收费很高的。就算是一千美元加我妻子,都不能让你满意。太遗憾了,但我就是出不起更高的价钱了,除了这个。"他拍了拍酒瓶。

"我走了。"我说。

"何必呢?你说过要我回忆往事的。不过,我的记忆都在酒瓶里。待在附近,伙计。等我醉得差不多了,我会告诉你我杀过的所有女人的。"

"好吧,维德。我会在附近再待一会儿,但不是这里。你要是需要我,就把椅子扔到墙上去。"

我走了出去,让门敞开在那里。穿过大起居室,我来到了前院。将一把躺椅拽到前院突出部分的阴影底下,平展着身子，躺了上去。湖对岸，蓝色的雾气飘荡在山冈上，海风越过低矮的山峰，开始向西吹。它涤荡了空气，也将夏天的暑热带走了。闲适山谷拥有一个无懈可击的夏季了。有人按照这种方式将它设计成型。那是天堂有限公司，也是严格控制的乐园。这里只有最优秀的人士，绝对没有中欧人。这里只有精英，只有顶层人士，是那些让人着迷的人，让人着迷的阶层。就像罗林夫妇和维德夫妇一样，是纯正的上层人士。

35

我躺在那里，用了半个小时让自己拿定主意该怎么办。我心里有些希望他喝得烂醉，好从他那里问出点儿什么来。我不认为他在自己家里、在自己的书房里会出什么大问题。他也许会再次跌倒，但那得要上一段时间的。这个家伙酒量不错的，而且，酒鬼无论如何都不会太伤害自己的。他或许会在心里感觉到一些内疚，更有可能的是，他这次会回房睡觉去的。

我心里的另一层潜意识希望自己能置身事外，但我从不听从内心的这种指令。当初如果不是这样，我这会儿应该待在我出生的小镇里，在一个五金商店里工作，跟老板的女儿结婚，养育着五个小孩，在星期天的早上读滑稽新闻给他们听，要是不乖就敲他们的脑袋，与太太争论该给他们多少零花钱、可以听什么广播节目、可以看什么电视节目，我可能会发财，成为小镇的富翁，拥有一座八个房间的宅邸，车库里泊有两辆车，每个周末吃鸡肉，客厅茶几上摆放《读者文摘》，老婆烫着卷发，我的脑筋像一袋波特兰大水泥。你会相信的，朋友，我会接受这个庞大、卑鄙、肮脏且无诚信的城市。

我站起身来，回到了书房。维德坐在那里，一脸茫然的样子。苏格兰威士忌的酒瓶空了大半截。他眉头紧锁，眼神呆滞。他看着我的样子，就像围栏后边的马儿。

"你要什么？"

"没什么。你行吗？"

"别来烦我！我肩头有个小人，正在跟我讲故事呢。"

我又从茶餐车上取了一个三明治和一杯啤酒。倚靠在他的书桌旁，我吃着三明治，喝着啤酒。

"知道吗，"他突然问道，声音也猛地变得清晰了，"我曾经有过一个男秘书。我口述，他帮我打字。我让他走了。他坐在那里，等着我创作。这让我很烦。我错了，我应该把他留下来的。流言到处飞，说我是同性恋。那些写不出小说就写书评的聪明人会迎合大众口味，为我到处制造话题。你知道，他们得保护自己人的利益。他们都是怪人，每个人都是。怪人就是我们这个时代的艺术仲裁者，老兄。现在，性变态者成了领袖级的人物。"

"那又如何？总会有那样的人，对吧？"

他不看我，嘴里只管说着。但是，我说的话他都听进去了。

"的确，几千年来就是如此。在艺术臻于辉煌的年代，尤其如此。雅典时代、古罗马时期、文艺复兴时期、伊丽莎白时期、法国的古典主义运动中，这种人往往成为时代的基石，这样的怪人到处都是。读过《金枝》没有？你没读过的。那对你来说，篇幅太长了。其实，那已然是缩减版了。你该读一读的。它证明了我们的性爱习惯纯粹只是惯例而已，就像晚宴服要配黑领结一样。我，是一个性爱文学的作家，但书中有女人，写的不是同性恋。"

他抬眼看着我，在那里冷笑着。"你知道吗，我是谎言家。我笔下的男主角都身高八英尺，女主角都裸露着大腿躺在床上，下身长满了茧子。蕾丝和皱褶，短剑与马车，风雅与闲情，决斗与英勇而亡，等等，都是谎言。其实，他们之所以喷洒香水，是要掩饰衣服的不洁气味和不刷牙引发的口气，他们的指甲缝里有一股陈腐的肉汁的味道。法国贵族在凡尔赛宫大理石走廊的墙角撒尿。当你终于可以为侯爵夫人宽衣解带之时，你会发现，她的当务之急就是去洗一个澡。我该如此写才对。"

"那你为什么不这么写？"

他吃吃笑了起来。"的确可以。不过，那样的话，住在坎普顿五居室的住宅里都算你幸运的了。"他伸出手去，拍了拍威士忌酒瓶。"你很寂寞，伙计。你需要有伴。"

他站起身来，走出了房间，步态还算稳健。我在那里等着，什么也不想。湖面上，一艘快艇呼啸而来。在我目力所及时，我发现桅杆的基座高出水面，后头拉着一块冲浪板。上面站立着一个壮硕的小伙子，皮肤晒红了。我来到落地玻璃窗前，看着快艇飞快地转了一个弯。太快了，快艇几乎要侧翻了。冲浪者在板上单足跳动，企图保持平衡，然后高高跃入水中。快艇漂浮着停住了，入水者懒洋洋地爬上艇来，顺着拖绳回去，身子滚上了冲浪板。

维德又带了一瓶威士忌回来。快艇发动了，驶向远处。

维德将它放在喝剩的那瓶威士忌一旁,坐了下来,陷入了沉思。

"上帝啊,你不是要把它们全部干掉,对吧?"

他斜视着我,"走吧,老兄!回家去擦擦厨房地板之类的。你有点儿碍着我了。"

"你需要我的时候,叫一声。"

"我不会低贱到要找你。"

"好的,谢了。我会在附近待到维德太太回来。你听说过一个叫珀尔·马斯顿的人吗?"

他缓缓地抬起头来,双眼在努力聚焦。我能感觉到,他正在挣扎,想克制自己来着。这一次,他胜利了,脸上毫无表情。

"从未听说过。"他小心翼翼地说,语速很慢。"他是谁?"

我再进屋看他的时候,他已经睡着了,张着嘴,头发汗淋淋的,浑身散发着威士忌的味道。他的嘴唇向后缩去,露出了牙齿,像是在扮鬼脸似的,满是舌苔的舌面看上去有些发干。

一个威士忌酒瓶已经空了。几上的玻璃杯里有大约两英寸深的酒,另一个酒瓶里还剩有四分之三的酒。我将空酒瓶放到茶餐车上,把车推了出去。然后,我回屋来,关上了落地玻璃窗,合上了百叶窗。快艇回来时或许会把他吵醒。我合上了书房的门。

我将茶餐车推到厨房。厨房蓝白搭配,又大又宽敞,通风透气。里面空无一人。我还是觉得饿,又吃了一个三明治,把剩下的啤酒喝了,然后倒了一杯咖啡喝。啤酒跑气了,咖啡还是热的。我回到前院。过了好久,快艇才划破湖面驶了回来。当我听到遥远的马达声破空而来、变得震耳欲聋的时候，差不多是下午四点了。应该有法律条文来对噪音进行限定。也许有。不过，快艇上的人全然不把它当一回事。他旁若无人，自得其乐，就像我周围的许多人一样。我步行来到湖边。

他这次冲浪成功了。快艇转弯时，减速恰到好处，冲浪板上的褐发小伙子向外侧探着身子，以抵消向心力。冲浪板几乎悬在水面上了，只有一侧尚在水中。然后，快艇直冲了出去，将冲浪板拉平了，板上的人还在。这样的动作做了一个来回，才算了了。快艇激起的波浪向我脚底的湖岸涌来，用力拍打在短小码头的桩柱上，泊在那儿的小船上下摇荡着。我转身回屋的时候，浪花还在拍打着小船。

我到得露台的时候，听见厨房那一边有门铃声响起。当铃声再次响起时，我意识到只有前门才会传来铃声。我走过去应门。

艾琳·维德站在那里，正朝屋外的方向张望。当她转过身来时，说道："对不起，我忘带钥匙了。"然后，她看着我，"哦，我还以为是维德或凯迪呢。"

"凯迪不在家。今天是周四。"

她进了屋，我把门合上了。她把一个包放在两个长沙发之间的桌子上，看上去镇定又冷淡。她将一双白色的猪皮手套脱了下来。

"出了什么事？"

"哦，不过喝了一点儿酒。不严重。他在书房的沙发上睡着了。"

"他给你打电话了？"

"是的,但不是因为这。他要我过来共进午餐。他自己好像一点儿都没吃。"

"哦。"她在长沙发上缓缓坐了下来。"你看,我全然忘了今天是周四了。厨师也不在家。我真笨!"

"凯迪临走前做好了午餐。我想,我该走了。我希望我的车没有挡你的道。"

她微笑道:"没有,空间多的是。你不来杯茶吗?我要来一点儿了。"

"好吧。"我不知道自己为什么要那么说。其实,我并不想喝茶,但就是那么说了。

她脱下亚麻夹克,头上没戴帽子。"我去看看罗奇。"

我看见她去到书房门口,打开了门。她在那里站了一会儿,将门合上后回来了。

"他还在睡觉,很香甜的样子。我得去楼上待一会儿,很快下来。"

我看着她拿上夹克、手套和包,上了楼梯,去了她的房间。门关上了。我去到书房,想把那些酒瓶拿走。他要是还在睡觉的话,是用不到它们的。

36

关严了的落地玻璃窗与闭合的百叶窗让书房变得沉闷而昏暗,空气中有一种刺鼻的味道,还有一种瘆人的寂寞。

从门到沙发不超过十六英尺。我无需走到半道就能知道,沙发上躺着一个死人。

  他侧卧在那里，脸朝向沙发靠背，一只手臂屈在身体下面，另一只手的前臂差不多横放在眼睛上面。沙发靠背和他的胸膛之间，有一摊血。血里躺着一把韦伯莱手枪。他的一侧脸孔沾满了血。

  我朝他弯下腰去，从侧面看见了他睁得大大的眼睛，还有裸露着的发红的手臂。由臂弯的内侧，我看到了他脑袋上肿胀发黑的弹孔，还在不断地往外渗血。

  我让他保持原样。他的手腕尚有余温，但人无疑已经死了。我掉头四顾，想要寻找字条或涂鸦之类的。但除了桌上那堆稿件，什么都没有。自杀的人不见得都会留下遗书。打字机架在机座上，盖子未曾合上，上面什么也没有。除此之外，没有丝毫异常。不同的人有不同的自杀前奏，有的是喝酒，有的是吃一顿精致的香槟大餐。有的人穿晚礼服，有的人赤身裸体。有的人选择死在墙头，有的死在水沟，有的则死在浴室，还有的死在水底、水中或是水面。有的在酒吧上吊，有的在车库打开尾气自杀。这一位的自杀方式看来倒是简单。我没有听到枪声，枪声一定响在我去到湖边观看冲浪者回转时。当时的噪音很大。那件事情对罗奇·维德为什么那样重要，我不知道。也许事实并不尽如我所想。事件的进程与快艇的节奏刚好一致。我很不喜欢这样，但无人关心我的感受。

  支票的碎片还躺在地板上，我对此熟视无睹。那个晚上他创作的稿件撕成长条，扔在了垃圾桶里。这些东西我没有遗弃。我将它们拣出来并确保完整了，便放回口袋里了。字纸篓差不多空了，这让事情变得容易。不用去想枪藏在哪里了，可藏的地方太多了。可以藏在椅子和沙发的垫子下，也可能就在书后面的地板上。任何地方都有可能。"

我走了出去，关上了门。我侧耳听了听，厨房里有声音。我去到那里。艾琳穿着一条蓝色围裙，水壶正要鸣叫了。她把火关小了，给了我短暂而冷淡的一瞥。

"你的茶要怎么喝，马洛先生？"

"从壶里倒出来直接喝。"

我斜靠在墙上，掏了一根烟出来，好让我的手指有事儿做。我将香烟又是搓，又是捏，然后将它折成两半，将其中一半扔在地板上。她的眼睛跟着香烟落下。我弯腰将它捡了起来。我把两截香烟捏在一起，搓成一个球。

她沏好茶了。"我总要加点儿奶油和糖的。"她回头说道，"奇怪，喝咖啡的时候就不加了。我是在英国知道的茶饮料。他们都用糖精而不用糖。当然，战争爆发的时候就没有奶油了。"

"你在英国生活过？"

"我在那里工作。闪电大空袭时期，我都在那里。我遇到了一个男人，我告诉过你的。"

"你在哪里遇上罗奇的？"

"纽约。"

"在那里结的婚？"

她转过身来，皱起了眉头。"不，我们不是在那里结婚的。怎么啦？"

"等茶入味时的闲聊罢了。"

窗户就在水槽上方，她望向窗外。由她的视线，可以一直看到湖面。她倚靠在滴水板的边上，手指抚弄着一条折叠好了的毛巾。

"必须阻止。"她说,"我不知道怎么办。也许该把他交给专业机构。不知怎么的,我又有些不忍心那样做。要签署好些文件,对吗?"她问到这里时,回转身来。

"他可以自己签的。"我说,"我的意思是,在此之前,他本来可以那样做的。"

茶壶计时器响了。她朝水槽转过身去,将壶里的茶倒入另一个壶中,再将新壶放在摆好了茶杯的托盘上。我走过去,端起托盘,把它放在起居室的两个长沙发中间的茶几上。她坐在我对面,倒了两杯茶。我取了一杯放在自己面前,等它凉下来。我看着她为自己加了一勺糖和一勺奶油。然后,她尝了尝。

"你最后说的那句话是什么意思?"她突然问道,"在此之前他原本可以做的,就是说他自己去专业机构。你说的是这个意思,对吗?"

"我不过是随口一说罢了。我跟你说过的那把枪你藏起来了吗?你知道,就是那天上午他在楼上作势要自杀的时候我说的。"

"把它藏起来?"她重复道,皱起了眉头。"不,我从来不做那样的事。我不相信你的说法。你为什么要这么问?"

"你今天忘带家门钥匙了?"

"这事儿我告诉过你了。"

"但没忘车库钥匙。通常说来,住这种房子,大门钥匙才是最要紧的。"

"我用不着车库钥匙。"她尖声道,"车库装的是电动按钮。前门靠里的一面有一个中继开关。出门时往上一扳,车库里的开关就负责控制门的开启。我们的车库门经常都是开着的。否则，就由凯迪出去把它关上。"

"我明白了。"

"你说话很奇怪。"她尖酸地说道，"你那天早上也是如此。"

"我在这座房子里见识过种种怪事。半夜枪响，醉汉躺在自家院子的草坪上；医生来了却不肯救人；迷人的女郎双臂抱着我说话，把我当成了其他什么人；墨西哥男仆乱扔飞刀。有关那把枪的事，真遗憾！你并不真爱你的丈夫，对吗？我想，我之前也说过。"

她缓缓站起身来，显得镇定自若，但她紫色的眼珠像是变了色，也不似往常一般柔和了。然后，她的嘴唇开始颤抖起来。

"发生——发生什么——事情了？"她说得很慢，眼睛望向书房的方向。

我几乎来不及点头，她便跑了起来。瞬息之间，她就来到了门前。她一把将门推开，冲了进去。要是我期待听到一声尖叫的话，就是一个傻子了。屋里很安静，毫无声响。我自我感觉很差劲。我原本应该让她待在门外，以惯常的方式委婉地把坏消息逐步告知她。譬如说，你最好有所准备，你何不坐下来，我恐怕有不好的事情发生了，等等，等等。实际上，当你不厌其烦地曲线进攻时，未必会让任何人减少伤害，往往只会让事情变得更糟糕。

我站起身来，跟着她来到了书房。她跪在沙发旁，把他的头拉过来靠在自己胸前，血把她染了一大片。她还是悄无声息，双目紧闭，紧紧抱着他，跪在地上，身体在猛烈地前后摇晃。

我从书房退了出来，找了一个手电筒和一个电话簿。我跟一个貌似离这里最近的警长办公室打电话。就算错了也不要紧，无论如何，他们会用无线电转播的。然后，我走进厨房，打开了水龙头，将我口袋里的黄色纸条放进了电动垃圾搅拌机。接着，我又把一个茶壶里的茶叶也倒了进去。几秒钟之后，一切都全然消失了。我关掉水龙头，也关掉了垃圾搅拌机的马达。我回到客厅，打开前门，走了出去。

副警长一定就在附近巡逻，大约六分钟后他就来了。我带着他进了书房，维德太太还跪在沙发旁边。副警长马上朝她走了过去。

"对不起，女士！我理解你的心情，但你不该动任何东西的。"

她回过头来，身子瘫倒下去。"他是我的丈夫。他被枪杀了。"

副警长脱下帽子，将它放在书桌上，伸手要去取电话机的话筒。

"他的名字是罗奇·维德。"她用又高又脆的嗓音说道，"他是著名的小说家。"

"我知道他是谁，女士。"副警长一边说着，一边在拨电话。

她看着自己衬衫的前襟，说道："我可以上楼去把这件衣服换了吗？"

"可以。"他朝他点了点头，又朝话筒说开了，然后挂了电话，回过头来。"你说他是被枪杀的。那就意味着有人朝他开枪了？"

"我想是这个人谋害了他。"她说话的时候并未回头看我。说完,她很快走出了房间。

副警长看着我。他掏出一个笔记本,在上面写着什么。"我还是记下你的姓名吧。"他随意地说,"还有地址。你就是那个打报警电话的人?"

"是的。"我告诉了他我的名字与地址。

"不用紧张,就等奥尔斯副组长来吧。"

"本尼·奥尔斯?"

"是的。你认识他?"

"是的。我认识他很久了。他在地方检察官办公室工作过。"

"现在不是了。"副警长说,"他是刑事组副组长,隶属洛杉矶地方检察官办公室。马洛先生,你是这家人的朋友?"

"听维德太太的意思,好像不是。"

他耸了耸肩,似笑非笑。"放轻松了,马洛先生。你没带枪,对吧?"

"今天没带。"

"我最好确认一下。"他搜查了我,然后望向沙发那里。"在这种场合,你不能指望一个做太太的会讲道理。我们最好去外面等着。"

37

奥尔斯中等身材,体型厚重,有着一头褪色的金黄短发和一双失去光泽的蓝眼睛。他白色的眉毛硬硬的。他的每次脱帽行动都会让人讶异,因为他的头总比人们想像的要大得多。他是一个强悍的警察，人生观严苛。作为男子汉，他骨子里很高尚。早在几年前，他就该升任组长了。考试名列前三已有五六次了，但警长不喜欢他，他也不喜欢警长。

他揉搓着下巴，从楼梯上走了下来。好长一段时间了，书房里的灯光闪烁不断。人们在那里进进出出的。我跟一位便衣警察坐在客厅里，等着。

奥尔斯在一把椅子的边沿坐了下来，双手悬垂在那里。他嚼着一根不曾点燃的香烟，若有所思地看着我。

"记得闲适山谷曾经设有门房与私人警卫的时代吗？"

我点了点头。"还有赌博。"

"没错。阻止不了。整个山谷仍是私人产业，就像过去的箭矢角和翡翠谷。我办案时没有记者在周围跳来跳去已是很久之前的事了，一定是有人偷偷给彼得森警长递话了。他们没有让事情上电报稿。"

"他们真体贴！"我说，"维德太太怎么样？"

"显得太松弛了。她一定是赶紧吃了些药丸了。那边有十几种药，甚至有德美罗止痛片。那可不是什么好东西。你的朋友最近运气不太好，对吗？接连有人死去。"

对他的话，我没有什么好说的。

"开枪自杀让我很感兴趣。"奥尔斯随口说道，"那可是很好造假的。死者的妻子说你杀了他。她为什么要这么说？"

"她说的并非字面上的意思。"

"这里没有其他人。她说你知道枪在哪里，知道他正在醉酒，知道他有一天晚上开过枪，她好一番争斗才把枪抢过来，而那天晚上你正好也在。似乎没有帮上忙，对吧？"

"今天下午我搜过他的书桌，没发现有枪。我曾告诉过她枪在哪里，并让她收起来。现如今她说，她不相信会有那种事情。"

"'现如今'指的是什么时候？"奥尔斯粗声道。

"就在她回家后、我打报警电话之前。"

"你搜了书桌，为什么？"奥尔斯抬起手来，放在膝上。他冷淡地望着我，好像并不在乎我说什么似的。

"他喝醉了。我想，我最好把枪放在别的什么地方。不过，他几天前的那个晚上并非想自杀，不过是在演戏。"

奥尔斯点了点头，他把嚼过的烟从嘴里取出来，丢在一个托盘里，换了一根新的。

"我在戒烟。"他说，"这家伙害我咳得厉害。这鬼东西还在把着我。不放一点儿在嘴里，就觉得有什么地方不对劲儿。当这家伙独自一人时，你负责看管他？"

"才不是呢。他要我过来共进午餐。我们有过交谈，他为自己进展不顺的创作而倍感沮丧。他决定喝酒。你觉得我该从他手中把酒瓶抢过来吗？"

"我还没这么想过。我只是想对此有个大致印象。你喝了多少？"

"我喝的是啤酒。"

"你在这里的运气可不怎么好，马洛。支票是干什么用的，就是那张他填好了、签字了又撕掉了的支票？"

"他们都希望我能过来并住在这里，使他回归正常生活。这个'他们'指的是维德本人、他的妻子和他的出版商——一个叫作霍华德·斯宾塞的人。我想，他是纽约来的。可以对他进行查核。我拒绝了他们的提议。后来，他的妻子来找我，说她丈夫喝醉后失踪了，她很担心他，问我是否能够找到他并将他带回家。我照她说的做了。还有一件事就是，我在他家前院草坪上将他扛进屋去，扶他上床。本尼，我压根儿不想干这种事的。事情就是如此。"

"跟雷洛克斯案件无关，嗯哼？"

"喔，不过是行行善罢了。根本就不存在什么雷洛克斯案件。"

"那就对了。"奥尔斯冷冰冰地说。他在自己的膝盖上捏了捏。一个人从前门进来了，跟另一个警察打了招呼，就朝奥尔斯走了过来。

"罗林医生在外面，副组长。他说他是奉命前来，是夫人的私人医生。"

"让他进来吧。"

警察退了出去，罗林医生进来了，提着他那整洁的黑色皮包。他身穿热带毛纺套装，显得凉爽又雅致。他从我身边走过，对我视而不见。

"在楼上？"他问奥尔斯道。

"是。在她自己的房间里。"奥尔斯站了起来。"医生，你给她德美罗安眠药干什么？"

罗林医生对他皱了皱眉头，"我给病人开我认为恰当的药。"他冷冷地说道，"我并未奉命给出解释。谁说我给维德太太开了德美罗安眠药了？"

"我说的。药瓶就在那里，上面有你的名字。她的盥洗室差不多就是一个常用药的药店了。也许你不知道，医生，我们在城区有一个各种小药丸的展示柜，蓝鸦、红鸟、黄皮、镇定球，以及诸如此类瘾君子聊以度生的东西。我听说到处都有。他们抓住他的时候，他一天吃到了十八颗的量。军医花了三个月才让他把量减下去。"

"我不知道你这些话是什么意思。"罗林医生生硬地说道。

"你不知道?可惜了。蓝鸟是阿迷托钠,红鸟是安眠药,黄皮是戊巴比妥钠,镇定球是一种掺了本希德林的巴比妥酸盐,德美罗则是一种很容易上瘾的合成类麻醉药。你就这样把它交给病人,嗯哼?夫人是不是患了什么重病了?"

"对一个敏感的女性来说,一个醉鬼丈夫实际上就算得上是一种严重的病痛了。"罗林医生说。

"你没能抽点儿时间看看他,嗯哼?可惜啊。维德太太在楼上,医生。耽误你时间了,医生。"

"你粗鲁无礼,先生。我会去投诉你。"

"好的,请便。"奥尔斯说,"不过,投诉之前请你做一件事,就是请夫人清醒过来。我有问题要问她。"

"我会按照我认为对她最有利的方案行事。顺便问一句,你知道我是谁吗?你不过要搞清楚的是,维德先生不是我的病人,我不治酒鬼。"

"只医酒鬼的太太,对吗?"奥尔斯对他咆哮道,"噢,我知道你是谁,医生。我的内心正痛得鲜血直流呢。我叫奥尔斯,奥尔斯副组长。"

罗林医生上楼去了。奥尔斯复又坐了下来,向我咧了咧嘴。

"对这种人必须圆滑些。"他说。

有人从书房出来,走向奥尔斯。这是一个外表严肃的家伙,戴一副眼镜,有一个满是智慧的前额。

"副组长!"

"说吧！"

"伤口是密接式的，典型的自杀，气压造成大量肿胀。基于同样的原因，眼球也鼓出来了。我想，枪支外表不会有什么指纹。血流得太畅快了。"

"如果那家伙睡着了或因酒醉失去了知觉，会不会是他杀呢？"奥尔斯问道。

"当然。不过，没有任何迹象如此表明。枪是韦伯莱暗机枪。通常情况下，这种枪要用力拉才能扣上扳机，发射的话就只需轻轻一拉了。枪的最后位置可以用回弹来解释。目前，我没有看到他杀的迹象。我估计，他体内的酒精浓度很高。如果太高的话——"说到这里，他停了下来，意味深长地耸了耸肩，"——我或许会对自杀的判断存疑。"

"谢谢。给法医打电话了吗？"

那人点了点头，就走了出去。奥尔斯打了个哈欠，看了一下手表。然后，他看着我。

"你要走了？"

"没错，如果你同意的话。我想，我成了嫌疑人了。"

"稍后我们可能会劳驾你。在我们找得到的地方待着就行了。你当过警察，知道办案情形的。有些案子必须赶在证据消失之前尽快办理，这个案子恰恰相反。若是自杀，希望他死的人是谁？他的妻子？她那会儿不在家。你？不错。屋里除了他就只有你一人了，你又知道枪放在哪里，可以完美地伪造现场。万事皆合，只差动机了。我们也许可以从你的从业经验方面做文章。我想象的是，你要是想把一个家伙干掉，也许不会做得那么一目了然。"

"谢谢，本尼。我是可以办到。"

"仆人不在，他们都出去了。凶手一定是恰好在这个时候来串门的人，一定知道维德的枪放在什么地方，知道他烂醉如泥或是昏睡过去了，而且懂得趁快艇的引擎声大到能掩盖枪声的时候扣动扳机，又在你回屋前溜走。由手头掌握的资料，我们找不到这样一个人。唯一有手段又有机会的人却又没有动机——事情其实很简单，他也不缺动机。"

我站起来要走。"好吧，本尼。我整个晚上都会待在家里。"

"只有一桩我们必须清楚。"奥尔斯沉思道，"这位维德仁兄乃热门作家，银子很多，名气很大。我是不喜欢他写的那种烂东西的，妓院都不乏比他书里人物规矩的人。但那是品位问题，不关我警察的事。赚了这一大堆钱，他在乡间最好的住宅区拥有漂亮的家。他有美丽的妻子，朋友云集，绝对无烦恼。我想知道，他有什么事情想不开要对自己扣动扳机。一定有原因的。你要是知道，最好无条件说出来。再见！"

我来到门口。守在那里的人回头看着奥尔斯，得到许可之后，他给我放行了。我进到自己的车里，不得不在草地上缓缓前行，绕过泊在车道上的各种公务车。到了院子大门前，有一位副警长打量着我，却没说什么。我戴上墨镜，将车驶向公路。路上很空旷，也很安宁。午后的阳光豪放地照耀在新近修剪过的草坪及草坪后面一幢幢宽敞又奢华的豪宅上。

一个在世上并非默默无闻的人倒在闲适山谷豪华宅邸的血泊中，却丝毫不曾影响到四周慵懒的宁静。对于报纸而言，此事就像发生在西藏那么遥远。

在道路转弯处，两片房地产的围墙相连着，一直延展到了路肩处。一辆深绿色的警车停在那里。一位副警长走了出来,举起手来。我把车停了下来。他来到车窗外。

"请让我看看你的驾驶证。"

我取出钱包,打开了交到他手上。

"只要驾照,拜托。我不允许碰你钱包的。"

我把驾照取出来递给他。"出了什么事了?"

他朝我车里看了看,把驾照递回我。

"没事。"他说,"不过是例行检查。抱歉打扰你了。"

他挥手叫我继续前行,回到了自己泊在那里的车上。警察通常如此。他们从不告诉你那么做的理由。你从来不会懂得,就连他们自己也未必明白。

我驾车回家,给自己买了一杯冷饮。出去吃了晚饭,然后回家。我打开窗户,敞开了衬衫,等着事情发生。很久之后,大约九点钟的时候,本尼·奥尔斯打电话过来,通知我去警察局,路上不要停下来搞名堂。

38

他们已让凯迪坐在了局长办公室前厅一把靠墙的椅子上。他恨恨地看着我走过身边,进到彼得森局长会客的方形房间。屋里有很多的褒奖状,表达的都是大众对局长二十年忠诚服务的感激。墙上挂满了马儿的照片,每张上面都少不了彼得森局长。他的雕花办公桌四角都是马头,墨水池是磨光了的加框马蹄,笔则插在相同式样的加框马蹄中,里面装满了白沙。钉在马蹄上的金牌都在讲述着某个日期里发生的事情之类的。在一尘不染的书桌吸墨板上，放着一个短角牛皮制成的皮包和一包棕色的香烟纸。彼得森自己卷烟抽。他可以骑在马背上单手卷烟，还经常这么做。尤其是当他骑在缀满墨西哥银饰的马鞍上引导游行时，一定会露上一手。这个时候，他戴的是平顶的墨西哥宽檐帽。他骑术精湛，他的马儿总知道什么时候该安静，什么时候该顽皮。在局长莫测高深的微笑下，一伸手，就能把马儿拉回来。局长很懂表演。他的脸侧面看去，就像老鹰，非常俊美。现在，他的下巴有点儿凹陷了，但他懂得怎样的头型会将这一缺陷掩饰过去。他费了不少心思去拍照。

他今年五十五六岁了。他的父亲，一个丹麦人，给他留下了一大笔钱。局长深色头发，棕色皮肤，坦然自若的神态像雪茄店里的印第安人，思维也差不多。所以，他看上去并不像丹麦后裔。但并没有人因此叫他骗子。

他所在的部门里有几个骗子，愚弄了他，也愚弄了公众，但他们的那些欺骗行为并未连累到彼得森局长。

他不过是骑着白马引导游行，在照相机面前盘问嫌疑人，不费吹灰之力就顺利当选了。就算如此，也不过是组长的说法。其实，他根本没有问过案，也不懂得问讯。他只是坐在桌子后边严厉地望着嫌疑人，对着照相机亮一下侧脸。闪光灯亮了，摄影师恭恭敬敬地谢过局长，嫌疑人不及开口就被带走了。局长则回到他圣弗兰多山谷的牧场，回家去了。

在那边，你随时可以找到他。如果他本人不在，你能跟他的任何一匹马交谈。

选举时间一到，偶尔会有误入歧途的政客想要抢彼得森局长的饭碗，会赐给他"侧脸小子"或"过火表演者"的绰号。但这都不能影响到他，彼得森先生总能顺利连任。这活生生地证明，在我们国家担任重要公职无需什么资格，只要不管闲事，脸儿上相，紧闭嘴唇便是。要是再加上马背上的英姿迷人，那就永远都不想扳倒他了。

我和奥尔斯进门的时候，彼得森局长正在书桌后面站着，摄影师正由另外一道门鱼贯而入。局长戴着他的白色宽边帽，手里卷着香烟。他已准备好要回家去了。他严厉地看着我。

"你是谁？"他用浑厚的男中音问道。

"他叫菲利普·马洛，局长。"奥尔斯说道，"维德先生自杀的时候，屋里只有一个人。你要拍照吗？"

局长打量着我。"不必了。"他说着，转向一个一脸倦容的大块头的灰发男子。"赫南德组长，你要是有事找我，我就在牧场。"

"好的，先生。"

彼得森局长想用厨房用的火柴来点烟，在自己拇指指甲上划火柴。彼得森局长从不用打火机，他是那种单手卷烟、单手点烟的人。

他道声晚安就走了出去。一位漆黑眼睛的家伙面无表情地陪同他往外走。那是他的贴身保镖。门关上了。

他一走，赫南德组长就来到了桌子一侧，坐在了局长的大班椅上，角落里的速记员也将打字机从墙角挪了出来，好让地儿显得宽敞一点儿。奥尔斯坐在书桌的另一端，像是觉得很有意思。

"好了，马洛。"赫南德轻快地说，"我们开始吧。"

"怎么没人给我拍照？"

"你听到组长说的话了。"

"是。但那是为什么?"我抱怨道。

奥尔斯笑了。"你明明知道的嘛。"

"你的意思是,因为我个儿高,黑眼睛,又英俊,大家也许会注视我?"

"打住!"赫南德冷冷地说道,"我们开始笔录吧。从头开始!"

我从头说起。我见了霍华德·斯宾塞;我见了艾琳·维德,她要我找到维德;我对维德的寻找;她要我把他带回家;维德要我做什么;我如何发现他倒在芙蓉树附近等。速记员将这一切都记了下来。无人打岔。我说的句句是真,没有半句虚假,但我并非毫无保留。省略的部分与人无关。

"好。"赫南德最后说道,"但不全面。"

这个赫南德,真是一个冷静而能干的危险人物。局长办公室总得有一个精明些的。

"维德先生朝自己开枪的那个晚上,你去了维德太太的房间。有一段时间,房间门是关着的。你们在里面做什么?"

"她叫我进去,问我他怎么样了。"

"为什么关门?"

"维德尚在半睡半醒之间,我不想给他制造噪音。男仆伸长了耳朵在附近徘徊不去。还有,是她叫我把门合上的。我没想到这事会这么重要。"

"你在里头待了多长时间?"

"我不知道。也许三分钟。"

"依我看,你在里面待了两个钟头。"赫南德冷冷道,"我说得够清楚的了?"

我看着奥尔斯。奥尔斯什么也没有看,照例在嚼他的烟卷。

"你的情报有误,组长。"

"接着往下说吧。你离开房间,下楼去到书房,在沙发上过的夜。也许我该说下半夜。"

"他打电话到我家找我是十一点差十分。那晚我最后一次进书房,早就过了两点。你要说是下半夜也可以。"

"把男仆带进来。"赫南德说。

奥尔斯出去了,回来时凯迪跟在身后。他们让凯迪坐进一把椅子。赫南德问了他几个问题,以确定他的身份之类的。

然后,他说道:"好了,凯迪——为了方便,我们就这么叫你了——你协助马洛将罗奇·维德扶上床后,发生了什么?"

我多少猜到了他会怎么说。他用冷静、凶狠的口气说开了,没什么口音,好像可以任意扭开或关掉他的嗓门似的。他的陈述是,他在楼下逗留着,以免主人再次呼叫他。有那么一会儿他待在厨房里,为自己弄了点儿吃的,还有一会儿他是待在起居室里的。当时他坐在靠近前门的一把椅子上,看到艾琳·维德站在她自己房间的门口处,还看到她把衣服脱了下来。后来他又看到她穿了一件长袍,里面却什么也没穿。他也看到我走进了她的房间,把门关上了,在那里待了很长时间,一两个小时吧,他想。他到了楼上,在那里听了听,听到了床铺弹簧发出的吱吱声,也听到了窃窃私语声。他的陈述意思很明确。说完之后,他以刻薄的神情看着我,嘴角恨恨地紧绷着。

"把他带走!"赫南德说。

"稍等!"我说,"我想问问他。"

"这里由我发问!"赫南德厉声道。

"你不知道该怎么问,组长。你不在现场。他在撒谎——他自己知道,我也知道。"

赫南德将身子靠了回去,拿起了局长的一支钢笔。他将笔的握柄弄弯了。那个握柄又长又尖,是用马毛经过硬加工后制成的。他一放开柄的尖端,整个柄又弹了回去。

"问吧!"他最后说道。

我面对凯迪。"你说到维德太太脱下衣服的时候,你在哪里?"

"我坐在前门附近的一把椅子上。"他用非常确定的口气说道。

"就在前门与两组相对摆放的沙发之间?"

"我已经说过了。"

"维德太太在哪里?"

"就在她房间的门里。门是开着的。"

"起居室里灯光如何?"

"一盏灯。是那种他们称之为桥牌灯的高杆灯。"

"阳台上是什么灯?"

"没有灯。灯在她的卧室里。"

"她卧室的灯是哪一种?"

"光线不是很强。床头灯,也许。"

"没有顶灯?"

"没有。"

"她脱下衣服之后——就站在房间的门里,你说的——又穿了一件长袍。是哪种长袍?"

"蓝色长袍。有点儿像家居服的那种长袍,她用腰带系了一下。"

"如此说来，你要不是实际看过她脱下衣服，怎么会知道她的长袍底下什么也没有穿？"

他耸了耸肩，显得有些担忧。"是的，对了。我看见她脱衣服了。"

"你撒谎。起居室没有任何地方能够看到她在自己房间门口脱衣服，更不用说在门里了。除非她来到阳台边沿，否则你是看不到她的。但那样的话，她也能看到你了。"

他瞪着我。我向奥尔斯转过身去，"你见过那幢建筑了——赫南德组长没有——有吗？"

奥尔斯轻轻摇了摇头。赫南德皱起眉头，什么也没有说。

"起居室里没有一个地方，赫南德组长，可以看到楼上维德太太头顶的天花板，假设她当时是站在自己房间门口或是门里的——就算他站起来也不行。何况他说自己当时在起居室是坐着的。我比他高了四英寸，站在屋子的前门内，我也只能看到敞开的门楣板。她要走到阳台的边沿处脱下衣服，他才能看得到他说的那种情形。可她怎么会跑到阳台来脱衣服呢？她甚至不可能在门口脱衣服。不合情理嘛。"

其间，赫南德只是看着我。然后，他看着凯迪。"关于时间呢？"他柔声问我。

"他在诬告我。我正要谈到足以证明真相的情形。"

赫南德对凯迪说起了西班牙语，太快了我听不懂。凯迪只是闷闷不乐地盯着他。

"把他带出去！"赫南德说。

奥尔斯扬了扬大拇指，然后打开了门。凯迪走了出去。赫南德掏出一盒香烟来，取一根叼在嘴上，用金打火机点燃了。

奥尔斯回到房间来。赫南德冷静地说:"我刚才告诉他,要是庭讯时他在证人席上爆出那番言论的话,就会因伪证罪在昆丁监狱坐上一到三年的监牢。但他好像没怎么把我的话放在心上。困扰他的事情很明显,是那种老式的性欲旺盛症。如果他就在现场附近,我们又有证据怀疑是谋杀,那他就是理想的靶子。只是他会用刀作为凶器。之前我还觉得,对维德之死,他很难过。你有什么问题要问的吗,奥尔斯?"

奥尔斯摇了摇头。赫南德看着我说:"明天上午回这里签署你的口供。到那时候,我们就会将它打印出来了。十点钟是调查厅报告时间。无论如何,那是预备程序。对于这一安排,你有什么不中意的地方吗,马洛?"

"你介意对问题的提法稍作修改吗?目前的表述似在暗示我很喜欢。"

"好吧。"他不耐烦道,"走啦,我回家了。"

我站了起来。

"当然,我从未相信过凯迪那个家伙对我们玩的花招。"他说,"不过是把他当作开瓶器罢了。我希望没有引起你的反感。"

"一点儿也不反感,组长。什么反感也没有。"

他们看着我走了出去,没有道晚安。我沿着长廊,来到希尔街入口。我坐上自己的汽车,驾车回家。

什么感觉都没有。的确如此。我有如星际之间的太空,空洞而虚无。到得家中,我调制了一杯烈酒,站在起居室敞开的窗户前,一边啜饮着,一面聆听月桂山谷传来的巨大车流声，凝视着大道附近山坡上空那刺眼的都市强光。远处警车与救火车不祥的笛声此起彼伏，难得安静一会儿。一天二十四小时里，有人在逃命，有人试图抓住他。在数不清的犯罪之夜里，有的人处于垂死的边沿，有的人遭受伤残，被飞来的玻璃划伤。有的人在方向盘前被撞致死，有的人被碾在巨轮之下。有的人被揍，被抢，被勒脖子，被强暴，被谋杀。有人挨饿，遭受病痛磨折，恼怒，因寂寞、悔恨、恐惧而绝望、气愤，变得残忍、狂热，泣不成声。这个城市不比其他城市更糟糕。这是一个富有而充满生机的城市，是一个自负的城市，也是一个失落、破败、充满空虚的城市。

你怎么看，全凭你的地位与你的财产。我都没有。我对那一切都不在乎。

我喝干酒，上床睡觉去了。

39

庭讯彻底失败。法医学鉴定报告没有完成之前，法医高调开庭，生怕公众信息会在他这里衰减。其实，他无需担心，一个作家之死，就算是一个名头很大的作家之死，不会长久地成为新闻的。何况那个夏天，类似的新闻太多了。一个国王逊位，另一个国王被暗杀；一个星期里，坠毁了三架客机；一个巨型电讯服务公司的老总在芝加哥他自己的车内被子弹轰成了碎片；一场监狱大火烧死了二十四个囚犯。洛杉矶县的法医运气不好，漏掉了人生中美好的一幕。

我走下证人席的时候，看到了凯迪。他脸上挂着灿烂而又邪门的笑容,我不知道为什么。跟往常一样,他的衣着太讲究了。他穿一套可可棕色的斜纹防水布套装,配白色尼龙衬衣和一个深蓝色蝴蝶结。在证人席上,他很安静,给人印象很好。是的,老板最近烂醉如泥好几次。是的,楼上响起枪声的那个晚上,是他帮着扶他上床的。是的,最后一天他——凯迪——临走前,老板跟他要过威士忌,但被他拒绝了。不,他不了解维德先生的文学作品,但他知道老板很沮丧。他不断地把稿件甩进字纸篓,又不断地把它们从字纸篓里拣起来。不,他从未听说过维德先生跟任何人有过争执。诸如此类,等等。法医想套他的话,但没问出什么来。凯迪已经被人指点过了。

艾琳·维德着黑白色套装,脸色苍白,说话的声音清晰而低沉,通过扩音器也不失其真。法医对她态度很温和,跟她说话时像是忍不住要哽咽。当她从证人席上走下来时,他站了起来,向她鞠躬。她回之以转瞬即逝的微笑,他差一点儿被自己的口水淹死。

往外走的时候,她几乎不曾看上我一眼,就从我身边过去了。临到最后一刻,她的头稍微转动了两英寸,微微颔首,好像我是她很久以前在什么地方见过却又想不起来的一个人。

庭讯结束后,我在外面的楼梯上遇见了奥尔斯。他正在那里观看街道上的车流,也许是假装的。

"干得好。"他头也不回地说道,"恭喜!"

"你对凯迪的辩诉也不错。"

"不是我,老兄。地方检察官认定风流韵事与本案无关。"

"什么风流韵事?"

他看着我。"哈,哈,哈!"他笑道,"我说的不是你。"

然后，他的表情变得疏远起来了。"这么多年了，我看得多了，也看腻味了。这一回有些特别，古老而私密的门第，只适合有钱人。再见，你这个容易上当受骗的家伙。当你穿上二十美元一件的衬衫时给我电话，我会顺道过来为你披上外衣。"

身边人潮汹涌，在楼梯上上上下下。我们只管站在那儿。奥尔斯从口袋里掏出一根烟来，扔在水泥地板上，用脚后跟将它碾碎了。

"够浪费的。"我说。

"不过是一根香烟罢了，伙计，又不是一条性命。要不了多大一会儿，你就可以跟那个女孩结婚了，嗯哼？"

"滚你的！"

他不怀好意地笑了。"我找对了人，却说错了话。"他酸溜溜地说，"有异议吗？"

"毫无异议，副组长。"我说，开步走下楼梯去。他跟在我身后不知说什么好，我继续朝前走去。

我来到福洛沃的一家咸牛肉店。它正合我此刻的心情。门口有一个粗鲁的标识牌写道："本店只招待男客！女人与狗不得入内！"里面的服务也一样粗鲁。服务员将食物往你面前一扔就不管了。他胡子拉碴，不等交代就自行扣除小费。这里的食物虽然简单，但是很好吃。它们卖一种棕色的瑞士啤酒，浓烈得就像马丁尼。

当我回到办公室的时候，电话响了起来。奥尔斯说："我正在朝你那里赶。我有事儿要跟你说。"

他一定是在好莱坞分局或是在那附近打的电话。二十分钟之内，他就到了我的办公室。他坐进专为顾客准备的椅子，跷起脚咆哮道:"我刚才失态了。对不起,忘了它吧!"

"为什么要忘了它?我们来把伤疤揭开了说!"

"正合我意。不过要捂在帽子底下揭。在有些人看来,你是一个坏胚,但我从不知道你做过什么坏事。"

"二十美元一件衬衫的笑话是什么意思?"

"哦,见鬼!我不过是不爽罢了。"奥尔斯说,"我想起了波特老头,他好像让秘书吩咐一位律师,叫地方检察官斯普林格告诉赫南德组长,你是他的私人朋友。"

"他不会这么实心的。"

"你见过他。他接待了你。"

"我见过他,在某个时期。我不喜欢他,但那也许是因为妒嫉。他派人来找我,给我忠告。他是个大块头,很强悍,我不知道还有其他什么。我知道,他不是恶棍。"

"天底下没有一个干净法子可以让人赚上一亿美元。"奥尔斯说,"也许头儿认为他的手是干净的,但在挣钱的过程中免不了会推人去撞墙。那些勤勉经营的小企业被人从背后釜底抽薪,只得以超低价格转让。正派的人失业,股票在市场上被人操纵。股东代表权被廉价吞掉,花不过几个老黄金。那些靠争取政府合同以赚取百分之五佣金的掮客和大的法律事务所则只要打败虽受大众欢迎却损害富人利益的法律,便可赚取十万酬金。大钱等于大权,大权就会被不当使用。这是制度使然。也许这是我们能够赶上的最好的制度了,却仍然不是很理想。"

"你说起话来像个激进分子。"我说道,故意激怒他。

"我不知道。"他不屑道,"我还没有被调查过。你赞成自杀的判决,对吗?"

"还能是别的什么?"

"不会是别的什么了,我想。"他将一双满是沧桑的大手放在桌子上,看着手背上的褐斑。"我渐渐老了。这些褐斑就是皮肤角质化的结果。不过五十岁不会有的。我是一个老警察了,老警察就是老油条。维德之死,我有几个疑点。"

"比如说——"我靠回椅子后背去,看着他眼睛周围细密的鱼尾纹。

"人有了相当阅历之后,就会嗅到阴谋的味道,尽管知道一点儿办法都没有。于是,就只好像现在这样坐而论道。他没有留下遗书,我也觉得不对劲。"

"他是个醉汉。也许自杀属于突然而至的疯狂冲动。"

奥尔斯抬起苍白的眼睛,手从桌上垂了下去。"我搜查过他的书桌。他给自己写信,写呀,写呀,写呀。无论沉醉或是清醒,他都在敲着打字机。有些信很狂乱,有些信则显得滑稽,还有一些很悲伤。那家伙有心事。他所有的文字都是围着他的心事在打转转,却不敢真的触碰它。那个家伙要是想把自己撂翻的话,一定会留下一封两页的遗书。"

"他喝醉了。"我再次说道。

"这对他来说,不算什么。"奥尔斯有些厌烦道,"还有一点我不解的是,他居然在那个房间自杀,让他的太太去找他。好吧,他是喝醉了,但我还是觉得不对劲。还有一处不对劲的是,他恰好是在快艇的引擎声盖过枪声的时候扣动的扳机。这对他来说,枪声的大小有什么区别吗?又是巧合,嗯哼?更为巧合的是,他的太太居然在佣人休息的日子里忘带家门钥匙,要按门铃才能进屋。"

"她可以绕到屋子后面去的。"我说。

"是的,我知道。我说的是当时的情形。无人能应她的门,除了你,可她在证人席上说不知道你在屋里。维德要是还活着或者在书房工作,应该没有听到门铃。他书房的门是隔音的。男仆走了,那天是周四。她忘记了这一点,就像她忘带家门钥匙一样。"

"你自己忘记了一件事情,本尼。我的车就停在车道上。因此,她知道我在家里,或者说她知道有人在家里,在她按响门铃之前。"

他露齿一笑。"我把这个忘了,对吗?好吧,当时的情形如下:你来到了湖边,快艇吵得要命。顺便说一下,这两个家伙从箭镞湖过来一游,快艇是用拖车运过来的。这个时候,维德正在书房睡觉或是失去了知觉,有人已从他的书桌里把枪取走了。她知道你放在那里了,你之前告诉过她。现在,我们来设想一下:她没有忘带钥匙。她回到家里,四处看了看,发现你去了湖边,就去书房探看了一下,发现维德睡着了。她知道枪在哪里,取到了枪。等到合适的时机出现,她将他给崩了,把枪放在案发现场的位置,再回到房子外面去。等了一会儿后,快艇离开了。这时,她按响了门铃,等着你去为她开门。有异议吗?"

"动机何在?"

"对啊。"他酸酸地说道,"这样一来,推理就不成立了。她要是想抛弃那个家伙,很容易的。她已经完全控制他了——习惯性酗酒,有家暴记录,会有足够的赡养费以及巨额的财产分割。毫无动机。无论如何,时机显得太过巧妙了。早那么五分钟,她就做不到了,除非你知情。"

我正想说点儿什么,他抬手制止了。"别紧张!我并未指控任何人,不过是在推导案情。就算晚了五分钟,答案还是那样。她有十分钟的时间,足够实施既定行动的。"

"十分钟——"我有些急躁道,"不可能提前预知,也很难去计划。"

他向椅子后背靠了过去,叹息了一声。"我知道,你得到了各种答案。我也得到了各种答案。但我还是有不解的地方。你究竟跟这些人在干什么?那个家伙开了一张支票给你,又撕掉了。你说,他生你的气了。反正你不想要,也不会拿的,你说。也许吧。他是不是认为你跟他的妻子上床了?"

"住口,本尼!"

"我没问你是不是,问的是他是否这么认为的。"

"答案都是一样的。"

"好的。这么说吧,那个墨西哥佬抓住他什么把柄了?"

"我一概不知。"

"墨西哥佬钱不少,银行里的存款超过一千五百美元,置办了各种各样的服装,还有崭新的雪佛兰。"

"也许他在卖毒品。"我说。

奥尔斯在椅子上撑着身子半立起来,瞪着双眼俯视着我。"你真是一个可怕的幸运小子,马洛,两次从重罪中逃脱。你会因此变得过度自信。你帮过这些人的大忙,却一个子儿都没有得到。我还听说你狠狠地帮过一个叫雷洛克斯的人,也没有赚到半毛钱。那你靠什么为生,伙计?你存够了钱,所以无需工作了吗?"

我站起身来,绕过桌子,与他正面相对。"本尼,我是浪漫派。半夜听到呼救,我就会去看看发生什么事了。你不会去赚那种钱的。你很理性,会把窗户关上,将电视机的音量调大了。不然,你就会一脚踩下油门,跑得远远的,不去管他人的麻烦。好管闲事只会惹上一身腥。最后一次看到雷洛克斯时我们一起喝了一杯咖啡,我在这个屋子里自己煮的,还一起抽了一根烟。因此,当我听说他死了的时候,就去厨房煮了咖啡,给他倒了一杯,还为他点燃了一根烟。等咖啡凉下来了,烟也燃完了,我就跟他道了晚安。这么做是赚不到一毛钱的,你也不会去做的。那就是为什么你是一个好警察,而我只是一个私人侦探了。艾琳·维德担心她的丈夫,因此我出去帮她找到他,并将他带回家。还有一次,他有了麻烦,打电话给我,我便从自己家来到他家,把他从草坪扛进屋里,再把他安顿在床上。我没有因此赚到一分钱,连手续费都没有。什么赚头都没有,除了脸上挨拳头,被抓去蹲监牢,或者是被曼迪那样发了横财的家伙威胁。没有佣金,一个子儿都没有。我保险箱里有一张五千美元的大钞,但我一分也不会花。因为到手的方式有点儿问题。刚开始的时候,我会经常把玩它。就是现在,我偶尔也会拿出来看看——如此而已,一个可以消费的子儿都没有。"

"也许是假钞。"奥尔斯干巴巴地说,"不过,假钞他们不会做那么大面额的。你哇啦哇啦地说了这么一大通,要点是什么?"

"没有要点。我要告诉你的是,我是一个浪漫派。"

"我听到了。你没有赚到一个子儿,我也听到了。"

"但我随时可以叫一个警察滚到地狱去。见鬼去吧,本尼!"

"你不会叫我去见鬼了,要是我把你关在后房里,用强光款待你的话,老兄。"

"也许我们有一天能知道会不会。"

他走到门口,用力将门拉开。"你知道吗,伙计,你觉得自己很酷,但其实不过是愚蠢。你不过是一个傀儡。我当警察二十年了,没有过不良记录。被人戏弄了,我会知道的。被人骗了时,我也会知道的。明智的人从来不会愚弄任何人,除了他自己。少跟我玩这一套,老兄。我都明白。"

他从门上收回了自己的手,让门合上了。他的脚步声在走廊响了起来。直到我桌上的电话响起来了,我还能听得到。

听筒里传来了清晰而又职业的说话声。"纽约找菲利普·马洛。"

"我是菲利普·马洛。"

"谢谢你。请稍等,马洛先生。对方来了。"

接下来的声音我是知道的。"马洛先生,我是霍华德·斯宾塞。我们听说了罗奇·维德的消息了。对我们来说,这真是相当沉重的打击了。我们知道的不多,不过,你好像也卷入其中了。"

"事情发生的时候,我就在现场。他不过是喝醉了,然后朝自己开了一枪。没过多大一会儿,维德太太就回家来了。仆人们都走了,周四是他们的休息日。"

"你单独跟他在一起?"

"我没有跟他在一起。我去了屋子外头闲逛,等他妻子回家来。"

"我明白了。好了,我想,会有一场庭审的。"

"已经结束了,斯宾塞先生。是自杀,而且没有引人注目。"

"真的?那就奇怪了。"听上去,他不像是失望,更像是迷惑与惊讶。"他是如此知名，我原本以为——好了，不要去管我是怎么想的了——我想，我最好是飞过来。不过，我要到下周末才能抽出时间来了。我会给维德太太发一封电报。那也许是我能为她做的，还有为了那本书稿。我的意思是，或许分量不小，但还是可以找到人来完成它的。我猜，你最后还是接下了那桩差事。"

"没有，虽然他亲自邀请过我。我直截了当地告诉他说，我无法帮他摆脱酗酒的恶习。"

"很明显，你试都没有试。"

"听好了，斯宾塞先生，你对那该死的状况一点儿也不知情。何不等你略有所知后再作结论呢？我对自己也不是全无责备。发生了那种事，现场又只有我一个人的情况下，我想，自责是难免的。"

"当然。"他说，"我很抱歉那么说，未经思索就冲口而出了。艾琳·维德现在还待在家里吗？你不知道？"

"我不知道，斯宾塞先生。你何不把电话给她打过去呢？"

"我猜，她不会想跟任何人说话的。"他缓缓地说道。

"为什么不？回答法医的质证时她连眼睛都不眨一下的。"

他清了清嗓子。"你听上去不太有同情心啊。"

"罗奇·维德死了，斯宾塞先生。他是个杂种，也许是个天才，我无法判断。他是一个任性的醉汉，痛恨自己的胡闹。他给我制造了很多麻烦，最后还让我感到很悲伤。凭什么我要去同情他？"

"我们说的是维德太太。"他简短地说道。

"我说的就是维德太太。"

"我过来了再给你打电话。"他突然说道,"再见。"

他把电话挂了。我也挂断了电话。我的眼睛瞪着话筒足有两分钟之久,一动也没动。然后,我把电话簿放到桌子上,准备查找一个号码。

40

我往西维尔·恩迪科特办公室打电话。有人回复说他在法庭,要到下午很晚的时候才会有空,问我是否介意留下名字。不。

我拨了日落大道附近曼迪暗窟的号码。那个地方今年叫"阿尔·塔帕多"。名儿起得不错。在拉丁美洲的西班牙语里,它的意思是被埋藏的宝藏。在过去,那家店叫的是其他名字,许许多多。有那么一年,它只是把蓝色的霓虹号码打在日落区南面的空白高墙上,背对着山。一条车道在山坡一侧绕行,从街上不容易看得见。

那里很僻静,只有警察、暴徒和吃得起三十美元一顿大餐的富豪——在楼上幽静的大房间里,甚至高达五十美元一顿。

接电话的是个一问三不知的女人。然后,来了一个带墨西哥口音的领班。

"你希望跟曼迪先生通话?你是谁?"

"不用通报名字,朋友。私事。"

"请稍等。"

我好一会儿等待。这回来了一个狂暴小子。他像是由装甲车的裂口，也可能是他脸上的裂口在对外说话。"说话呀！谁找他？"

"我是马洛。"

"马洛是谁？"

"你是奇克·阿格斯提诺？"

"不是。是奇科。来吧，报上口令！"

"去把你的脸煎一下！"

话筒里传来吃吃的笑声。"别挂！"

最后，话筒里响起了另外一个声音。"你好，便宜货。生意如何？"

"你是一个人吗？"

"你只管说，便宜货。我正在审阅几幕歌舞剧。"

"你把自己咽喉割断——可以当成一幕戏。"

"谢幕加演的话，我做什么？"

我笑了，他也笑了。"没再管闲事了吧？"他问道。

"你没有听说吗，我又交了一位朋友，也自杀了。从现在起，他们该叫我'死亡之吻小子'了。"

"那该很有趣，嗯哼？"

"不，没趣。还有，几天前的一个下午，我跟哈兰·波特喝过茶。"

"不错嘛。我自己是从不喝那玩意儿的。"

"他说，你要对我好一点儿。"

"我从没见过那小子，也不打算见他。"

"他的影响力了得。曼迪，我要的不过是一点儿信息，比如珀尔·马斯顿的事。"

"从来没有听说过他。"

"你反应过快。这是特里·雷洛克斯未来西部前在纽约用的名字。"

"那又怎么样?"

"有人去联邦调查局查过他的指纹。没有记录。可见他从来没有在军队服过役。"

"那又怎么样?"

"要我给画一个示意图吗?要不是你关于猫耳洞的说法纯属一派胡言的话,事情就是发生在其他地方了。"

"我没说它是哪里发生的,便宜货。听我好言相劝吧,把这事整个儿忘了。你已经得到忠告了,也要把这忠告给记住了。"

"哦,当然。我做的事是你不喜欢的,我正背着一辆有轨电车朝卡特里纳游去。不要吓唬我,曼迪。就是职业级的选手,我也对抗过。你曾经到过英格兰?"

"放聪明些,便宜货。生活在大都市,什么事情都有可能发生。像大威利这样体格高大健壮的家伙都出事了。看看今天的晚报吧!"

"既然你这么说了,我就去买一份。那上面一定登有我的照片。大威利怎么啦?"

"正如我说的,人有旦夕祸福。详细的我也不知道,不过是听人说的。好像说大威利想对一辆车内的四个小伙子进行搜查,那车挂的是内华达的牌子。车就停在他家门口。车牌上有他们不曾见过的大数字,一定是有人存心在闹着玩儿。只有大威利不觉得它有趣。他双臂打着石膏,下巴有三处缝了针,一条腿被高高地吊了起来。大威利再也狠不起来了。

这种事也可能发生在你身上的。"

"他碍着你了,嗯哼?我见过他在维克多酒吧前面将你的部下——奇哥从墙边甩了出去。要不要我给局长办公室的一位朋友打电话,告诉他这件事?"

"你试试看,便宜货!"他缓缓说道,"你试试看!"

"我会说明,事发当时,我正在跟哈兰·波特的女儿喝酒。在某种意义上说,这是确凿证据。你不觉得吗?你也打算踩扁他?"

"仔细听我说,便宜货!"

"你在英国待过,曼迪。你和兰迪·斯塔尔、珀尔·马斯顿或者特里·雷洛克斯或者其他什么名字的人在一起,也许是在英国军队服役。你们在搜狐区混过,被警察通缉过,还想着从军的话可以为你们降降温。"

"不要挂!"

我握住话筒。除了等待之外,什么也没有发生。我的手臂都举累了,就将话筒换到另一只手上。终于,他回来了。

"现在你仔细听好了,马洛!你再翻雷洛克斯案件,就是死路一条!特里是我的朋友,我对他有感情。你跟他也有感情。我只跟你说这么多——是一个突击队,英军。发生在挪威离岸很远的岛屿上。他们有一百万。时间是一九四二年十一月。现在你愿不愿意躺下来,让你那疲惫的脑子休息休息?"

"谢谢你,曼迪。我会的。我会保守秘密的。我不会告诉任何人,除了我的熟人。"

"去买份报纸,便宜货!好好读读,把它记在心里,又高又壮的威利·马古在自家门前被毒打一顿。好家伙,从乙醚中醒转之后，他一准大吃一惊。"

　　他把电话挂断了。我下楼去买了一份报纸。报道跟曼迪说的一样，上面有健壮的威利躺在医院病床上的照片。只能看到半边脸和一只眼睛，身体的其他部分都被包裹了起来。他伤得很严重，但不是致命的。那些家伙把活儿干得很仔细，存心要留他活口。毕竟他是警察。在我们这个城市里，暴徒不作兴杀警察的。那种事，大多会留给少年犯去干。一个被整得血肉模糊的警察更具宣传效应。到头来，他的身体会妥善恢复，再回去工作。但从此以后，有些东西就回不去了——最后留存的钢铁意志会让一切变得不同。他成了活生生的教材，足以说明对非法活动分子不能逼得太紧。尤其当你在风化组服务时，在最好的饭店用餐时，驾驶着卡迪拉克时，更是如此。

　　我坐在那里，好大一会儿都在想着这事。然后，我拨出了卡尼组织的号码，找乔治·彼得。他外出了。我留了姓名，说有要紧事。他大概会在五点半回来。

　　我去了好莱坞的公共图书馆，在参考资料室查询。但未能如愿。这样，我不得不回去开上我的奥尔德车，去到市中心的大图书馆。在一本英国出版的红皮小书里，我找到了自己想要的信息。我把它复印下来，驾车回家了。

　　我再次给卡尼组织打电话。彼得还是没有回来。我请那边的女职员记下家里电话，请他回过来。

　　我在咖啡桌上摆好棋盘，排出"斯芬克斯之谜"的棋局。这个棋局的出处在于英国棋坛怪杰——布兰科本，记录在他的棋谱的最后一页。布兰科本虽然难以在今日的冷战型棋赛中获胜，但他是有史以来最灵活的棋手。"斯芬克斯之谜"是十一种步法的棋局，其变化多端与它的名称相符。一般棋局很少有超过四五种步法的。再往下走，破解棋局的困难就会呈几何级数倍增。"斯芬克斯之谜"的十一步棋局，简直是不含水分的磨难。

心情恶劣时，我偶尔会把它摆出来，研究一下破解的新招。这是文雅又安静的发疯法。虽不至于尖叫，但也差不到哪儿去了。

五点四十的时候，乔治·彼得给我打回了电话。我们互相调侃和慰问了一番。

"我看你又落入另一个困局了。"他兴致很高地说，"你为什么不试一试为死者熏香与防腐之类比较安静的事务呢？"

"得花太长时间学习。听着，我想成为你代理公司的顾客，如果花费不多的话。"

"这要看你让我们干什么了，老小子！而且，你得跟卡尼谈。"

"不。"

"好吧。说吧！"

"伦敦到处都是我这样的人，可我分不出优劣，大家称他们为私家调查员。你们公司应该与他们有联系的。我要是随意挑一个人名，恐怕会容易上当。我要查找一些信息，应该不难找到。但我要求快一点儿，下周末以前一定要给我。"

"说吧！"

"我想知道特里·雷洛克斯或是珀尔·马斯顿——不管他叫什么名字吧——的参战记录。他参加的是那边的突击队。一九四二年十一月突击挪威一个岛屿时他受伤，被俘。我想知道他受命于什么机构，后来又发生了什么。战争办公室应该有他全部信息。这不属于保密范围，或者我不认为它属于保密范围。我们就说这事关继承问题。"

"你用不着找私家调查员。你可以直接询问，给他们写一封信。"

"得了吧，乔治。给他们写信，我或许要三个月后才能得到回复。但我五天后就得要。"

"你想得周全，伙计。还有其他事吗？"

"还有一件事。那边的重要记录都会保存在一个叫萨摩塞特会所的地方。我想查一下特里·雷洛克斯有没有名列其中，包括他的出生、婚姻状况、归化入籍等类似的全部信息。"

"为什么？"

"你说的'为什么'是什么意思？谁来支付账单？"

"万一里面没有这个名字怎么办？"

"那就难倒我了。要是那样，你们查出来什么就是什么。我要几份附有证明文件的资料。你会榨我多少钱？"

"我去问卡尼。也许他会把事情整个推掉。我们不想要你的那种知名度。他要是交给我处理，而你同意不提这层关系的话，我想大约三百元吧。以美元计算的话，那边收费并不高，可能会收我十个金币，不到三十美元。再加上一切可能的开销，就说五十美元吧。但卡尼至少要二百五十美元才肯开档案。"

"专业费率。"

"哈哈，他从来没有听说过这个名词。"

"给我打电话吧，乔治。想吃晚餐吗？"

"罗曼诺夫餐厅吗？"

"好吧,"我大叫道,"如果能够订到座。不过我怀疑这一点。"

"我们可以用卡尼订的位。我碰巧知道他要私下用餐。他是罗曼诺夫的常客。这一行的高层收入丰厚。卡尼是本市的大人物。"

"是的,没错。我认识一个人——而且是一个私人交情——可以把卡尼摆在小指甲底下,看不见人影。"

"你真行,小子。我向来知道,你会在紧要关头崭露头角。七点左右在罗曼诺夫酒吧见吧!告诉领班,你正在等卡尼上校。那样的话,他会为你开道,免得你被那些电影脚本作家或电视剧演员挤来挤去的。"

"七点见。"我说。

电话就算打完了,我回到棋盘前。但"斯芬克斯之谜"的棋局好像不再让我感兴趣了。一会儿后,彼得打回电话来,说只要他们机构的名称不和我的问题联系在一起,卡尼就不反对。彼得还说,他会马上连夜发一封信到伦敦。

41

接下来的星期五早上,霍华德·斯宾塞给我打电话。他在丽池-比佛利旅馆,建议我到那边喝一杯去。

"最好去你房间喝。"我说。

"如果你愿意这样,很好。我的房间号是八二八。我刚刚给艾琳·维德打了电话。她似乎很认命。她读过罗奇留下的书稿,觉得要续写它并不难。比起其他图书来,这一本要短得多。但说起价值来，这一点就可以抵消了。我猜，你会认为我们这些出版商太冷酷无情了。艾琳整个下午都在家。她自然想见见我，我也是这么想的。"

"我会在半个小时后到，斯宾塞先生。"

他住在宾馆西侧一个温暖怡人的套房内。客厅里有高高的窗户，朝向一个窄窄的铁栏杆围成的阳台。家具表层装饰的是一种糖果条纹的质料，地毯也是紧密的花纹图样，使得屋里呈现的是那种老派的气氛。酒杯搁放处全都罩着玻璃板，四处散放着的烟灰缸有十九个。旅馆房间最能显出客人的修养。但这家旅馆根本不指望客人有什么修养可言。

斯宾塞跟我握了握手。

"坐！"他说，"你想喝点儿什么？"

"随便什么。不喝也行。我不一定要喝酒。"

"我喜欢来一杯阿茉迪拉度。夏日的加州不是饮酒的好地方。在纽约，你可以喝到四倍的量，却只有一半的宿醉机会。"

"我喝一杯黑麦威士忌酸酒。"

他去到电话旁，点了酒。然后，他在一把糖果色的椅子上坐了下来，取下无框眼镜，在手帕上擦拭着。擦好后，他把眼镜戴了回去，仔细扶了扶眼镜腿，然后看着我。

"我想，你心中有了想法，所以宁可上来见我，不愿意在酒吧见我。"

"我开车载你去闲适山谷。我也想见见维德太太。"

他显得有些不安。"我不太确定她是否想要见你。"他说。

"我知道她不想见我。你可以把我带进场去。"

"那样的话，我就太失礼了。对吗？"

"她告诉你她不想见我了吗?"

"没有明确地这么说。"他清了清嗓子,"我有这么个印象,她因罗奇之死在怪罪你。"

"是啊,她这么说过的。罗奇去世那天下午,她对警官说的。说不定对调查罗奇死因的刑事组副组长也这么说了。不过,她没这么跟法医说过。"

他的身子朝后靠去,用一个手指头抓了抓后脑勺,很慢。这不过是一种消磨时间的姿势。

"你去见她有什么好,马洛?对她来说,丈夫的死是那么可怕的经历。我在想,她的人生经历了很可怕的遭遇就足够了,何必要重温一次呢?你是要她相信,你一点儿都没有疏忽吗?"

"她跟警官说,是我杀了她丈夫。"

"她说的并非字面上的意思。否则——"

门铃响了起来。他站起身来,去到门口,把门打开了。客房服务部的侍者把酒送进来了。他以花哨的姿势把酒放下,好像正在摆一顿七道菜的大餐。斯宾塞签好一张支票,给了他四毛钱的小费。侍者走了。斯宾塞端起他的雪利酒走开了,似乎不太想递酒给我。我也没有去端酒。

"否则什么?"我问道。

"否则她就会对法医说了,是吗?"他皱眉看着我。"我想,我们在说废话。你去见她到底想谈什么?"

"是你要见我的。"

"只是,"他冷冷地说道,"因为我从纽约给你打电话时,你说我仓促之间就下结论。那样的话对我来说,就意味着你有的要解释的。好了,那是什么?"

"我宁愿在维德太太面前解释它。"

"我不喜欢这个主意。我想,你最好另作安排。我对艾琳·维德十分关切。作为生意人,如果可能的话,我愿意挽救维德的作品。如果艾琳对你的感觉就像你说的那样,我不能带你去见她。理性一点吧!"

"行了,"我说,"忘了我的提议吧。我能毫无困难地见到她。我只是想找个人一起去,好作为见证。"

"见证什么?"他差不多在抢白了。

"要不,你当着她的面听我说;要不,就会什么也听不到。"

"那我根本不听。"

我站了起来。"你也许做得对,斯宾塞,你想要维德的那部书稿——如果可用的话,而且你想当好人。这两种抱负都值得嘉许。我却一项都没有。祝你好运,再见。"

他突然站起身来,朝我走来。"稍等,马洛。我不知道你心里是怎么想的,但你好像很难受。罗奇·维德的死有什么玄机吗?"

"一点儿玄机都没有。他被手枪射穿了头部。你看到庭审报道了吗?"

"当然。"他这会儿站得离我很近,看来备受烦扰。"东部的报纸报道过。两天后,洛杉矶报纸有更详细的报道。他独自一人在房间里,你就在不远处。家里的仆人——凯迪和厨子,那天都走了,艾琳上街购物去了,回家来的时候事情刚刚发生过。那个时候,湖面上快艇引擎的声音盖过了枪声。因此,连你都没有听到。"

"对的。"我说,"然后,快艇开走了。我从湖边回到屋里,听到门铃响了起来。打开门一看,艾琳站在那里,说她忘带钥匙了。罗奇已经死了。她从门口往书房探望,认为他躺在沙发上睡着了,就去厨房沏茶。过了一会儿,我也去了书房,却发现他没有了声息,也知道了原因。按照正常程序,我打了报警电话。"

"我看没什么玄机可言!"斯宾塞安静地说,全不见了刚才的尖锐。"现场留下的是罗奇自己的枪。而这距离他在自己的房间自杀不过一周的时间。你也看见了,艾琳拼命要从他手中把枪夺下来。他的心智状况、他的行为、他因为工作的沮丧——都一并显示出来了。"

"她告诉你东西写得不错,他为什么要沮丧呢?"

"你知道,那不过是她的意见。或许事情很糟。或许他让事情变得比以前更糟了。继续吧,我不是傻子。我看得出来,你还有的说。"

"调查这一案件的刑事警察是我的老朋友。他是牛头犬加侦探犬,也是一个精明的老警察。有几件事他觉得不对劲。为什么罗奇没有留下遗书,他可是个整天写个不停的傻瓜啊。为什么他要以这样的方式朝自己开枪,留着那样的现场让他妻子去发现,去为之震颤?为什么他要那么费心去选一个我听不到枪声的时刻去自杀?为什么她会忘了家门钥匙、须得他人为她开门才能进屋?为什么她要在佣人休假的那一天外出、留下他独自在家?记住,她说过不知道我在她家的。如果知道,后两项可以忽略。"

"我的天啊!"斯宾塞埋怨道,"你是说那个混账的笨警察对艾琳有所怀疑?"

"要是他找到动机了,他就会。"

"太可笑了!为什么不怀疑你?你有整个下午的作案时

间。而她的作案时间就那么几分钟。而且,她还忘带家里钥匙了。"

"我的动机会是什么?"

他将手往后伸过去,抓起我的威士忌酸酒,一口吞了下去。然后,他小心翼翼地放下酒杯,拿出手帕,擦擦被冰冻玻璃杯沾湿了的手指。最后,他收起手帕,瞪着我看。

"案件调查还在继续?"

"不知道。有一点可以确定的是,现在人们已经知道他是否酒醉到了失去知觉的地步了。如果是,也许还会有麻烦。"

"而你想跟她谈谈,"他缓缓说道,"在证人面前。"

"对。"

"那对我来说,意味着两种情形中的一种,马洛。要不是你被吓坏了,就是你认为她应该被吓坏了。"

我点了点头。

"是哪一种情形?"他阴森森地问道。

"我没被吓着。"

他看了看手表。"我祈求上帝,是你发疯了。"

我们默默地看着彼此。

42

向北穿过冷水河谷,天气开始热起来了。当我们上到坡顶,开始向圣弗兰度山谷蜿蜒下降时,一点儿风都没有,太阳照得人两眼发花。我朝旁边看了一眼斯宾塞。他身穿马甲,好似丝毫不怕热。他心里有着担忧的事,眼睛直视前面的挡风玻璃,一声不吭。山谷里笼罩着一层浓郁的污烟。由高处看,像是地面的雾。我们开进了污烟里,斯宾塞终于说话了。

"我的天!我以为南加州天气不错呢。"他说,"他们在干什么?烧破旧卡车的轮胎吗?"

"闲适山谷还算好的。"我宽慰他道,"那边有海风。"

"我很高兴那边除了酒鬼还有别的。"他说,"我见过富裕郊区的住户,觉得罗奇大老远地跑到这里来生活,实在是错大了。作家需要激励,却不是装在酒瓶里的那一种。这里什么都没有,只有阳光晒黑了的宿醉客。当然,我是指上层阶级人士。"

我转弯的时候将车速降了下来,驶过那灰蒙蒙的路段,便来到了闲适山谷入口处。然后,又走上了柏油路。不一会儿,就能感觉到风从湖泊那头的小山缺口处飘了进来。高高的洒水设备在平滑的大草地上旋转,水滴在草叶上发出咻咻的声音。这个时候,大多数有钱人都去了其他地方了。只要看见房子窗户前的遮阳帘放下来了,园丁的卡车不偏不倚,正好停在车道中间,便可推知到这一点。

然后,我们就来到了维德家。我驾车转进门柱内,将它泊在艾琳的积架车后面。

斯宾塞下了车,不动声色地穿过石板地,来到屋子的内院。他按响了门铃。

门马上打开了。凯迪一袭白衣,黑黑的面孔非常俊秀,一双眼睛锐利得很。这里的一切都有条不紊。

斯宾塞进去了。凯迪看了我一眼,差点儿让我吃了一个闭门羹。我等了一会儿,没发生什么事。我按了门铃,听到了音乐铃声。

门一把推开了,凯迪在大喊大叫:"滚蛋!去死吧!你希望自己肚子上挨一刀?"

"我来看维德太太。"

"她才不想见你呢!"

"别挡路,乡巴佬!我来这里有事。"

"凯迪!"

这是她的声音。它是尖的。

他最后瞪了我一眼,就退回房间去了。我进到屋里,关上门。维德太太站在相对着摆放的一个长沙发的末端,斯宾塞就站在她身旁。她看上去活力十足,身穿白色高腰长裤、半袖的白色运动衫,左边胸前的口袋里露出了丁香色的手帕。

"凯迪最近变得相当蛮横。"她跟斯宾塞说道,"很高兴见到你,霍华德。谢谢你这么大老远地跑来看我。我没有意识到你还带着同伴。"

"马洛开车送我来的。"斯宾塞说道,"他也想见你。"

"我想不出为什么。"她冷冷地说道。最后,她看着我,可不是那种一日不见如隔三秋的感觉。"怎么说?"

"得要上那么一会儿才好。"我说。

她缓缓坐了下去。我在另一个长沙发上坐下来。斯宾塞皱着眉头。他取下眼镜,擦拭着镜片。这给了他机会,让他皱眉的样子看上去更加自然一些。然后,他在我坐的这个长沙发的另一头坐了下去。

"我确信你会来得及在这里吃中饭。"她微笑着对他说道。

"今天不了,谢谢。"

"不?好吧,你要是太忙的话。那么,你只是想要看一下那份手稿了？"

"如果可以的话。"

"当然。凯迪！哦，他走了。手稿在罗奇书房的桌子上。我去取。"

斯宾塞站了起来。"我可以去取吗？"

未等回答，他就朝书房走了过去。到了她身后十英尺的地方，他突然停了下来，不自然地看了看我。然后，又继续朝前走去。我只是坐在那里等，直到她把头转过来，双眼冷静而又淡漠地盯着我。

"你找我为的什么？"她缓缓地说道。

"种种事情。我看见你又戴上那个吊坠了。"

"我经常戴着它。这是一个很亲密的朋友很久以前送我的。"

"是，你跟我说过。这是英国军队的一种军徽，对吗？"

她从细链的一端把吊坠取了出来。"是珠宝匠复制的，比真正的军徽小，是黄金与珐琅制成的。"

斯宾塞回来了。他穿过房间，再次坐了下来。在鸡尾酒桌的一个角上，他将一厚叠黄色的手稿放在自己面前。他悠闲地扫了一眼手稿，眼睛看着艾琳。

"我能不能稍微翻一翻？"他问艾琳。

她将项链转了转，直到她能把项链的挂钩解开。她把吊坠递给我，不如说是扔到我手里。接着，她双手交叠着放在膝盖前面，看上去一副好奇的样子。"你为什么对它这么感兴趣？那是一个名叫'艺术家步枪团'的军团，是地方防卫队。送我这个吊坠的人不久就失踪了。在挪威的安达斯尼斯，在那可怕的一年的春天，也就是一九四〇年。"她微笑着用一只手来了个简短的手势。"他爱上我了。"

"闪电突击期间，艾琳一直待在伦敦。"斯宾塞说，声音空洞。"她没法离开那里。"

我们都把斯宾塞给忽视了。"那你爱上他了吗？"我问道。

她低头看了看，然后抬起头来。我们的视线交织在一起了。"那是很久以前了。"她说，"那是战争期间，什么奇怪的事情都有可能发生。"

"不只是这样，维德太太！我猜你大概忘了吐露过多少对他的情愫。'我们曾经是那么地相爱，是那样的狂野、神秘、令人难以置信，是一生只有一次的那种爱。'我这是在引用你的原话。在某种意义上，你还在爱着他。我的姓名缩写字母跟他一样——这对于我来说，实在是太好了。我猜你之所以选中我，跟它有关。"

"他的名字没有什么像你的。"她冷冷地说道，"而且他死了，死了，死了！"

我将黄金与珐琅打制的吊坠递给斯宾塞。他勉强接了下来。"我以前看见过。"他嘟囔道。

"我来说说他的设计，看是否正确。"我说，"吊坠上有一把宽边匕首，是白色珐琅镶嵌金边的。匕首尖端朝下，平的那一头由一对浅蓝色珐琅翅膀前穿过，插入一个卷轴后面。卷轴上面有'勇者为王'的字样。"

"好像没错。"斯宾塞说道，"这有什么要紧的？"

"她说这是'艺术家步枪团'的军徽，一个地方防卫组织。她说是隶属于这个机构的一个人送给她的，那人在一九四〇年春天的安达斯尼斯英军的挪威战役时失踪了。"

我的话引起了他们的注意。斯宾塞定定地望着我。他知道,我这不是在闲扯淡。对此,艾琳也知道的。她那茶褐色的眉毛皱了起来,也可能是伪装的,很不友善。

"这是袖章。"我说,"这种袖章的来源在于,'艺术家步枪团'改编、并入或隶属于'特种空军团'了。它原本属于当地步兵防卫队。这种徽章直到一九四七年才存在。因此,无人会在一九四〇年将它的复制品送给维德太太。而且,一九四〇年在挪威的安达斯尼斯,也没有'艺术家步枪团'登陆。'舍伍德森林人'和'雷瑟特郡人'这两个团倒是存在的,都属于地方防卫队。至于'艺术家步枪团'防卫队,没有。我是不是太讨人厌了?"

斯宾塞把那个吊坠放在咖啡桌上,将它缓缓推到艾琳面前,什么也没说。

"你以为我不知道?"艾琳不屑地问我。

"你以为英国战争署不知道吗?"我当即反问道。

"明显地,这当中一定出了什么差错了?"斯宾塞温和地说道。

我转过身去,狠狠地瞪了他一眼。"这也是一种说法!"

"另一种说法是,我是一个谎言家。"艾琳·维德冷冰冰地说,"我从来不知道任何叫珀尔·马斯顿的人,从来没有爱过他,他也没有爱过我。他从没给过我他防卫部队徽章的复制品。他从来没有因作战失踪过,从来没有存在过。这个徽章是我在纽约一家专营英国奢侈品的店里买的。那个店出售的货品有皮货、手工皮靴、军队制服及学校校服的领带、板球运动衫和纹章小饰物等。类似那样的解释你还满意吗,马洛先生?"

"最后的部分差强人意,开头的话就不见得了。毫无疑问，有人告诉过你，那是'艺术家步枪团'的徽章，却忘了跟你提及它的种类了，或者说他也不知道。不过，你是知道珀尔·马斯顿的，也知道他确实在那里服过役，还知道他在挪威作战时失踪了。但不是在一九四〇年，而是在一九四二年。当时他属于突击队，但失踪地点不在安达斯尼斯，而是在突击队发起突击的一座离岸较远的小岛上。"

"我看，没必要对这点儿小事这么反感。"斯宾塞以行政人员的口吻说道。现在，他被眼前那摞黄色的手稿蒙蔽了双眼。我不知道他是在为我帮腔呢还是心里真的不痛快。他拿起黄色手稿的一部分，在手上掂了掂。

"你想把这些东西论磅买下来？"我问他道。

他显得大吃一惊，然后在脸上挤出了一点儿笑容。"艾琳在伦敦过得很艰难，记忆发生一些偏差也是难免的。"

我从口袋里取出一张折叠起来的纸。"没错。"我说，"比如你跟谁结婚之类的。这是一份认证过的结婚证书。原件来自卡柯斯顿市政厅注册署。结婚日期是一九四二年八月。婚姻双方是珀尔·爱德华·马斯顿和艾琳·维多利亚·萨普瑟尔。从某种意义上来说，维德太太没有说错，根本没有珀尔·爱德华·马斯顿这个人。那不过是一个假名罢了。作为军人，必须有上级的批准才能结婚，他因此就在身份信息上造假了。他在军队另有名字。我手头有他完整的从军信息。我觉得奇怪的是，只需打听一下，便可知道真伪。可大家好像从来都不知道这一点。"

这时，斯宾塞显得非常安静。他仰靠在那里，睁大了双眼，却不是看着我。他盯着艾琳。她则以女性擅长的半求饶、半诱惑的微笑，回望着他。

"可是他死了，那个霍华德，远在我认识罗奇之前。这又有什么关系呢？这些，罗奇全都知道。我用的一直是婚前的姓氏。在当时的情况下，不得不这样。我的通行证上也是这么写着的。在他战死之后——"说到这里，她缓缓吸了一口气，把手轻轻放在膝盖上。"一切都结束了！一切都了断了！一切都消失了！"

"你确定罗奇都知道？"她曼声问他。

"他知道一些。"我说，"他对珀尔·马斯顿这个名字有印象。我问过他一次，他眼睛里现出过有趣的神色。但他并没有告诉我原因。"

她对我的话置若罔闻，顾自与斯宾塞说着话。"呀，罗奇当然全都知道的。"现在，她对斯宾塞很有耐心地微笑着，好像他的反应显得迟钝似的。这笑容有诈。

"那为什么要在日期上撒谎呢？"斯宾塞干巴巴地问道，"为什么要说那人失踪于一九四〇年而不是一九四二年呢？为什么要戴一个他不可能给你的徽章，却谎称是他送你的？"

"也许我是迷失在梦里了。"她柔声道，"更确切地说，是一个噩梦。在大轰炸中，很多我的朋友都死了。很多时候，我们道晚安时尽量不让人觉得是在道别。可是，晚安往往就是道别。要是跟军人说再见，就更惨了，死的总是好心而又温文尔雅的人。"

斯宾塞一言不发，我也如此。她眼睛朝下看着放在她面前的桌子上的吊坠。然后，她把吊坠拾起来，重新放回到她脖子上的项链里，身子泰然自若地朝后仰去。

"我知道，我没有任何权利对你进行质疑，艾琳。"斯宾塞缓缓地说，"让我们忘了吧。马洛对徽章、结婚证书等小题大做。有那么一会儿，我想我也被他迷惑了。"

"马洛先生，"她安静地告诉他说，"善于小题大做。但当真正的大事来临之时，比如救人性命之时，他却到湖边看一艘愚蠢的快艇去了。"

"你后来再也没有见过珀尔·马斯顿？"我问。

"他都死了，我如何能再见到？"

"你不知道他已经死了。红十字会没有任何关于他的死亡记录。也许他是被俘了。"

她猛地打了一个冷颤。"在一九四二年十月，"她缓缓说道，"希特勒下令，所有突击队俘虏都交由盖世太保处置。我想，我们都知道那意味着什么。那就是，在某个盖世太保的地牢中饱受折磨，然后无名无姓地死去。"

她再次打了一个冷颤，然后满脸怒容地看着我。"你是一个让人恐怖的家伙。只因我撒了个小谎，就让我重温痛苦的往事来惩罚我？如果你爱的人被那些人逮住了，你又知道他或她会是怎样的下场，你会怎么样？我设法建立另一种记忆，哪怕是假的，就那么奇怪吗？"

"我得要杯酒。"斯宾塞说，"非常需要。我可以来一杯吗？"

她拍了拍手，凯迪照例不知从什么地方冒了出来。他向斯宾塞鞠了一躬。"你想喝点儿什么，斯宾塞先生？"

"纯苏格兰威士忌。要满杯的。"

凯迪去到屋子一角，把餐车推了过来。他拿起一瓶酒，倒了满满的一杯，放在斯宾塞面前。然后，抬脚就走。

"凯迪，"艾琳安静地说道，"也许马洛先生也想喝一杯的。"

他停下脚步,看着她,脸色发黑,一脸的执拗。

"不了,谢谢。"我说,"我不喝。"

凯迪闷哼了一声后,就走开了。屋里又是一阵安静。斯宾塞将喝了一半的酒杯放下。他点了一根烟,跟我说着话,并不看向我。

"我想,维德太太或是凯迪能开车送我回比佛利旅馆。或者,我可以打车回去。我猜你该说的话都说完了。"

我将结婚证书的复印件折叠好了,放回口袋去。

"你确定这是你要的方式?"

"这是大家都想要的方式。"

"好的。"我站起身来,"我猜我是个傻瓜,才会是这么个搞法。作为一个热门出版商,脑子够使——如果干这一行需要脑子的话,你也许会知道我不只是来扮演大反派的。我重新讲述历史,自掏腰包查询事实真相,不只是要找人麻烦的。我调查珀尔·马斯顿,不是因为他被盖世太保杀害了,不是因为维德太太戴错了徽章,不是因为她记错了日期,不是因为她在战时克难嫁给了他。对他的调查启动的时候,这些情况都是未知的。我只知道他的名字。你们猜我是怎么知道这一切的?"

"一定是有人跟你说过了。"斯宾塞回答道。

"没错,斯宾塞先生。"我说,"有人在战后的纽约跟他认识了,后来在这儿的一家餐馆看到了他们夫妇俩。就是那个人告诉我的。"

"马斯顿这个姓很普遍。"斯宾塞说,啜了一口威士忌。他的头转向一旁,右眼皮垂下来了一点点。

于是,我重又坐了下来。"连珀尔·马斯顿这个姓名都不是独一无二的。比方说，在大纽约区的黄页上，就有十九个霍华德·斯宾塞。其中有四个叫霍华德·斯宾塞，中间没有缩写字母。"

"是呢。那你说，会有多少个珀尔·马斯顿的半边脸会被延迟爆炸的迫击炮弹毁容而留下伤疤和事后整容的痕迹？"

斯宾塞的嘴合不拢了，发出了沉重的呼吸声。他取出手帕，拍了拍两鬓。

"你说，会有多少位珀尔·马斯顿将在同一场合救过曼迪·梅隆德兹和兰迪·斯塔尔这两个凶狠赌徒的生命？他们都还活着，记忆力也还不错。到了恰当时机，他们会说出来的。斯宾塞，何必再装呢？珀尔·马斯顿与特里·雷洛克斯就是一个人。这个可以证明，不会留一丝疑惑的。"

我并不指望有人听了我的话会跳起六尺高，大声尖叫。事实上，也无人这么做。但是，现场的沉默差不多和尖叫一样响亮。我感觉到了。我感觉到了它紧紧地把我们包围了，又厚又重。我听到厨房里有水流声。屋子外面的路上传来折叠好的报纸嘭的一声甩在车道上，一个男孩在脚踏车上吹出来不太准确的轻柔的口哨声。

我感觉到颈背处有轻微的刺痛，赶快躲开。转过身去我看见，凯迪手里拿着刀，站在那儿。他黝黑的面孔没有任何表情，但眼中有一股我从未见过的光辉。

"你累了，朋友。"他柔声道，"我去给你调杯酒来，不要吗？"

"波旁威士忌加冰。谢谢。"我说。

"马上来，先生。"

他一把将小刀合上，放到白色夹克的侧兜里，轻手轻脚地走开了。

这时，我终于看到了艾琳。她坐在那里，身子前倾，两只手紧紧地拽在一起。她低垂着脸，就算有表情，也看不出来了。当她开口说话的时候，嗓音跟电话里机械报时的声音一样清晰而空洞。一般人不会喜欢去听报时声。想要继续听的话，电话会永远告诉你几分几秒，音调不会有一丝的改变。

"我见过他一次，霍华德。就一次。我根本没有跟他说话，他也没有跟我说话。他变得太厉害了，头发全白了，他的脸——再也不是同一张脸了。但我当然认得他，他当然也认得我。我们彼此对望着，如此而已。然后，他走出了房间，第二天他就离开了她的家。我是在罗林夫妇家里看见他的，还有她。有一天下午晚些时候，你在那里的，霍华德，罗奇也在那里。我猜你也看到他了。"

"有过介绍。"斯宾塞说道，"我知道他娶的是谁。"

"琳达·罗林告诉我说他失踪了。他什么也没说，没有任何争执。不久后，那个女人就跟他离婚了。再后来，我听说她找到了他。他穷困潦倒，两人又复婚了。天知道这是为什么。我猜他是没有钱了，他也觉得无所谓了。他知道我已嫁给罗奇了，我们失落了彼此。"

"为什么？"斯宾塞问道。

凯迪一句话也不说，就把酒杯放在我面前。他看着斯宾塞，斯宾塞摇了摇头。凯迪毫无声息地走开了，无人搭理他。他就像中国京剧里负责道具的人，在舞台上将东西搬来搬去，演员和观众只当他不在场。

"为什么？"维德太太重复道，"哦，你不会理解的。我们曾经拥有的一切都消失了，永远无法复原了。盖世太保居然没有抓到他。一定是那些不曾泯灭良知的纳粹成员没有照希特勒的命令处置突击队。因此,他存活下来了,他回来了。我以前一直欺骗自己说,我会找到他的,他会像往日那样年轻、热情,不曾丧失本来面目。可我发现,他娶了那个红发荡妇。那太让人恶心了。我已经知道她跟罗奇有染。我相信珀尔也知道这一点。琳达·罗林也知道。不过,她自己也是一个荡妇,虽然没那么过分。他们都是一丘之貉。你问我为什么不离开罗奇,回到珀尔的身边去。既然他曾在她的怀抱中过活过,而罗奇也曾投入过同一怀抱,我还要他吗?不,谢谢了。我需要的是更能鼓舞人的情感。罗奇我可以原谅,他酗酒,不知道自己在干什么。他为自己的书稿担忧,恨自己不过是卖文为生的文字匠。他是一个内心虚弱之人,不妥协,饱受挫折,但可以理解。他只是一个丈夫。珀尔嘛,要么比一切都重要,要么就是一无可取。结果,他是一无可取的那一种。"

我吞了一大口酒。斯宾塞的那一杯已经喝完了。他的手在抓挠着长沙发上的布,把面前的一大堆手稿都忘记了,忘记了已故畅销书作家未及完成的小说。

"换了是我,不会说他一无可取的。"我说。

她抬起眼睛茫然看着我,又垂下了眼皮。

"比一无所取更糟糕。"她说,话里含有新的讽刺意味。"他知道她是什么样的人,还跟她结婚了。然后,因为她是他知道的那种人而把她给杀了。然后,他跑掉了,自杀了。"

"他没有杀她。"我说,"这个你知道的。"

她很平静地直起身子,茫然望着我。斯宾塞的喉咙里像是发出了什么声音。

"罗奇杀了她。"我说,"你知道的。"

"他告诉过你了?"她安静地问道。

"用不着他明说。他给了我两点暗示。时候到了,他会告诉我或其他什么人的。不说出那一切的话,他会崩溃的。"

她轻轻摇了摇头。"不,马洛先生。那不是他崩溃的原因。罗奇不知道自己杀了她。他完全失去了知觉。他知道有什么事情不对劲了,努力想让它浮出意识表层,但他失败了。因为过度的震惊,将他对那件事情的记忆完全毁掉了。也许有一天会恢复,也许在他生命的最后一刻会恢复。不过之前没有,之前没有。"

斯宾塞几乎是在低声咆哮道:"不会发生那种事情的,艾琳。"

"哦,是的,有呢。"我说,"我就知道有一两个著名的例子。其中一个是,一个神志不清的酒鬼把他在酒吧勾搭上的一个女子给杀了,用她脖子上的围巾勒死的。围巾原本是用一个时髦的钩钩套着的。她跟他回了家,接下来发生了什么就不知道了。然后,她死了。当警察抓到他时,那个时髦的钩钩别在他的领带上。这个钩钩是从哪里来的,他却全然无知。"

"永远都想不起来了?"斯宾塞说道,"还是只是那会儿不记得了?"

"他从来都没有承认过。他无法活着接受讯问了。后来,他被施以毒气处死了。另外一个案例的后果不过是头部受伤了。他跟一个富有的性变态住在一起。就是那种收集初版图书、烹制花哨食物、墙壁围裙后秘藏有昂贵图书馆的人。他们两人之间有过一场打斗。他们打遍了整个屋子,从一个房间打到另一个房间。屋里一片凌乱，有钱的家伙最后输掉了。当事人被捕时，身上有十几处瘀伤，手指也断了一根。他能够确定的是他头痛，找不到回帕萨迪纳的路。他不断地绕圈子，在同一个服务站停下来问路。服务站的人认定他是疯子，就打电话报了警。等他又把一圈绕下来的时候，警察正好等在那里了。"

"我不相信这样的事会发生在罗奇身上。"斯宾塞说道，"他跟我一样正常。"

"当他喝得烂醉如泥的时候，灵魂就出窍了。"我说。

"我就在那里，看见他干了。"艾琳冷冷地说道。

我朝斯宾塞咧嘴笑了，不是那种灿烂如花的笑，可能也不是那种开心的笑，但我能感觉到我的脸在尽量装出笑容来。

"她会把一切都告诉我们的。"我对斯宾塞说，"只管听吧！她会告诉我们的。现在，她都有些情不自禁了。"

"是的，没错。"她严肃地说，"有些关于仇敌的事儿我们都不会愿意说，何况是关于丈夫的。霍华德，如果我在证人席上说出来，你是不会喜欢的。那样的话，你这位斯文、富有才华、很会赚钱、红极一时的畅销书作家会显得很廉价。他一直很性感，对吧？那是在书上，在作品里。可怜的傻瓜却想以此为生。那个女人对于他来说，不过是一个战利品。我跟踪过他们。我该以此为辱，有些话却不能不说。我一点儿都不惭愧，我看到了整个下流的场面。她用来偷情的客房刚好非常幽静，备有车库，门朝一条死胡同的侧街，有大树遮挡着。终于有一天，他不再是令人满意的情郎了。罗奇这样的人对于她来说，都会有这么一天的。那天罗奇喝醉了，想要离开。她大叫着追了出来，一丝不挂，手里挥舞着一尊小雕像。她骂人的话实在太肮脏、太下流，我无法说得出口。然后，她用小雕像砸他。你们都是男人，一定知道，没有什么会比听到一个体面的女人用淫秽不堪的下流话骂大街来得更震惊的。他醉了。之前在这样的状况下，他有过突然暴烈的先例。此时，他又发作了。他从她手里抢过雕像。接下来的事，你们都能猜到了。"

"一定会有很多血！"我说。

"血？"她高声大笑起来。"你们真该看看他回家时的样子。当我朝自己的汽车跑去、准备驾车离开时，他正站在那里俯视她。后来，他弯腰将她抱起来，放到客房去。那时候我才知道，他被眼前的景象震惊了，酒已经醒了一半了。大约一个钟头后他回家了。他看上去很安静。知道我在等门，他吓了一大跳。当时，他不再有醉态。他显得惊奇而困惑，脸上、头发上、外套的前襟上都有血迹。我把他带到书房的盥洗室，帮他脱下衣服，大致洗了洗头和脸。然后，送他上楼淋浴，再安顿他上床睡觉。我找了一个旧皮箱，下楼去将那些带血的衣服收拾好了，放进皮箱。我将浴盆和地板冲洗干净了，再找到一条湿毛巾，将他的车擦干净了。处理好他的车后，我又把自己的车开出来。带上那一箱沾满血迹的衣服和毛巾，我驾车离开了家。"

她停了下来。斯宾塞正在抓挠他左手的掌心。她很快瞥了他一眼，接着往下说。

"我不在家的时候，他起来喝了很多威士忌。第二天早上，他什么都不记得了。也就是说，关于那件事，他只字不提。看上去，他脑子里除了宿醉，再没有其他什么了。我也是什么都没说。"

"他一定会想起那套衣服来的!"我说。

她点了点头。"我想,他最后想起来了,但他没有这么说。在那段时间里,每一件事都好像恰到好处地发生了。报纸在连篇累牍地报道这一案件。然后,珀尔失踪了;然后,他被发现死在了墨西哥。我怎么知道会出那种事?罗奇是我的丈夫,他是做了可怕的事,但她也是个可怕的混蛋。他不知道自己都做了些什么。差不多是突然之间,报纸就停止了一切报道。对此,琳达的父亲一定有过干预。罗奇当然看过报纸,他说起话来就像一个无辜的旁观者,只是碰巧认识涉案人罢了。"

"你不害怕吗?"斯宾塞安静地问她道。

"我一直被恐惧所折磨,霍华德。他要是想起来了的话,会把我杀掉的。他是一个优秀的演员,大多数作家都是如此。也许他已经知道了,只是在等待机会。我不敢肯定。他也许——只是也许——永远忘了那件事了。但珀尔死了。"

"如果他从来不曾提及那套你沉到水库里去了的衣服,说明他已经起疑了。"我说,"记得他留在打字机里的文章——他在楼上朝自己开枪,你把枪抢了过来的那一次——他在文章里说,有一个好人因他而死。"

"他那么说了?"她的眼睛大睁着,恰到好处。

"他写下来了。文稿就留在打字机上了。我把它毁掉了。他要求我这么做的。我想,你已经看过了。"

"我从来不读他在书房里写的任何东西。"

"文瑞奇带走他的那一次,你看过那张纸条,还查过字纸篓。"

"那不是一回事。"她冷冷地说道,"我查的是他去哪里的线索。"

"好吧。"我说着,把身子往后靠过去。"还有什么吗?"

她缓缓地摇了摇头,深自悲伤着。"我想没有了。在最后那一刻,就是他杀死自己的那个下午,他也许想起来了。对此,我们从来都不会知道的了。我们要知道吗?"

斯宾塞清了清嗓子。"马洛在这当中都做了些什么呢?请他来这里是你的主意。是你说服我去办理的,你知道。"

"我很害怕。对罗奇,我是既怕他,又为他担心。马洛先生是珀尔的朋友,差不多是最后一个见到他的熟人,珀尔或许告诉过他什么。我必须弄清楚。他要是一个危险人物,我也得让他站在我这一边。如果他发现了什么真相,一定还有办法救罗奇的。"

突然间,不知出于什么原因,我看到斯宾塞猛地发起狠来了。他身子朝前倾,下巴往外突起。"艾琳,让我弄清楚这一点。这儿有一位跟警方交恶的私人侦探,他们曾把他抓去坐过监牢,据说他曾协助珀尔——你这么叫他,我也这么叫吧——逃出国界,跑到墨西哥。如果珀尔是凶手,协助他逃亡就是重罪。所以,就算他能查出真相,洗清罪名,他也会坐等不管的。你打的是这个主意吧?"

"我很害怕,霍华德。你不能理解吗?我跟一个谋杀者生活在同一座房子里,他说不定还是一个躁狂症患者。而大部分时间里,都是我跟他单独相处。"

"我能理解。"斯宾塞说道,还是恨恨的。"但马洛没有接受,你还是孤独的一个人。然后,罗奇开了一枪,之后的一个星期你还是孤零零的一个人。然后,罗奇自杀,这回是马洛一个人了。多方便!"

"那都是事实。"她说,"那又怎么样?我能有什么办法?"

"好了。"斯宾塞说,"很可能你认为马洛发现了真相,在枪声响过一次之后,他会把枪递给罗奇说:'听着,老头!你是谋杀者。我知道。你的妻子也知道。她是一个好妇人,受的够多的了,更不要提及塞维娅·雷洛克斯的丈夫了。你行行好,扣动扳机吧!人人都会以为这不过是一桩醉酒导致的事故。我会到湖边去逛一圈,抽根烟。老家伙,祝你好运。哦,枪在这里。里面有子弹。这事儿就交给你了。'"

"你这么说话真可怕,霍华德。我没想过这种事。"

"你告诉警官说是马洛杀了罗奇。这话是什么意思?"

她很快看了我一眼,羞愧道:"我那么说不对。但我当时都不知道自己在说些什么。"

"也许你认为是马洛朝他开的枪。"斯宾塞冷静地说道。

她的眼睛朝下看了看。"哦,不,霍华德。为什么这么说?为什么他要那么做?这个说法很可怕。"

"为什么?"斯宾塞问道,"有什么可怕的?警方也是这么想的。凯迪还跟他们说了作案动机。他说罗奇朝天花板射出两个洞的那个晚上,马洛在你房间里待了两个多钟头,在罗奇服用安眠药后。"

她满脸羞红,直红到了耳际,无言地看着他。

"你还一丝不挂。"斯宾塞毫不留情地说,"这是凯迪跟他们说的。"

"但在法庭讯问中——"她的声音开始变得颤抖起来。

斯宾塞打断了她的话。"警察并不相信凯迪的证词。因此,他没有再在法庭提及。"

"哦。"她发出了一声释然的叹息。

"还有,"斯宾塞继续冷冰冰地说道,"警察也把你给怀疑上了。他们还在调查。他们现在缺的不过是动机罢了。我想,他们也许找到动机了。"

她气冲冲地站了起来。"我想,你们俩最好离开我家,"她大光其火道,"越快越好!"

"好了,你做了还是没做?"斯宾塞还是冷静地问道。他伸手去够酒杯,却发现酒杯空了。除此之外,他的身子一动也不动。

"你到底说的是什么?"

"枪杀罗奇?"

她站在那里,盯着他看。脸上的红退去了,变得惨白,绷得很紧,满脸的怒容。

"我问的不过是你在法庭被质证的那些问题。"

"我出门去了,忘记带钥匙了。再回家的时候,只好按门铃。我到家的时候,他已经死了。这些情况,媒体都已经报道过了。看在上帝的分上,你到底中了什么邪了?"

他取出一条手帕来擦嘴。"艾琳,这座房子我来过两次,却从不知道前门会在大白天上锁。我没有说你杀了他,我不过是在问你。不要告诉我不可能。这种情况下,事情会变得很容易的。"

"我枪杀了自己的丈夫?"她缓慢而好奇地问道。

"假如——"斯宾塞以同样漠然的口吻说道,"他是你丈夫的话。你跟他结婚之前还有一个丈夫吧?"

"谢谢你,霍华德!非常谢谢你!罗奇的最后一本书,他的天鹅曲,都摆在你的面前了。带上它们赶紧开路吧!我想,你最好给警察打电话,告诉他们你的想法。这会是我们友谊的迷人的结局。再见，霍华德！我很累，头很痛，想去房间躺下了。至于马洛先生——我想，这一切都是他灌输给你的——就算他没有亲手杀死罗奇，罗奇也是被他逼死的。"

她转身走了开去。我高声喊道："维德太太，请稍等！我们来把事情说完。你没有理由反对啊。我们只是尽量在做该做的事情。你扔进卡特乌斯水库的箱子——它很沉吗？"

她转过身来盯着我。"那是一只旧箱子，我说过。是的，它是很沉。"

"你如何能从高压电的围墙那儿把箱子扔进水库里去呢？"

"什么？围墙？"她的样子显得很无助。"我想，人在危急关头，会有不同寻常的力气去做自己想做的事情的。无论如何，我办到了。如此而已。"

"那里没有围墙。"我说道。

"没有围墙？"她干巴巴地重复道，好像没有丝毫印象了。

"罗奇的衣服上也没有血。塞维娅·雷洛克斯也不是在屋外被杀的，她死在房间里的床上。实际上没有血。因为她已经死了——被枪射杀的——在她的脸被雕像砸成肉泥之前。那时，她不过是一具女尸了。死人，维德太太，很少会流血了。"

她不屑地抿了抿嘴唇。"我想，你当时在场的。"她不无蔑视地说。说完，她就走掉了。

我们看着她离去。她缓缓地上楼去了，姿势显得平静而优雅。她消失在了自己的房间，门在她身后轻轻地合上了，却显得很坚定。屋里陷入一片寂静。

"关于高压电围墙是怎么回事?"斯宾塞有些迷惑道。他的头前后摇晃,满脸通红,大汗淋漓。他勇敢地承受了这样的场面。但这对他来说,有些太难了。

"不过是个幌子罢了。"我说,"我从来没有去过那个水库,也不知道它的具体情形。也许那里真有围墙,也许没有。"

"我知道了。"他闷闷不乐道,"重点是,她也不知道。"

"她当然不知道了。那两个人都是她杀的!"

43

这时,一个人影轻轻一闪,凯迪站在沙发的另一头看着我,手里拿着一把折叠刀。他按下按钮,刀刃就弹了出去;再按按钮,刀刃又回去了。他漆黑的眼睛里闪着亮光。

"一百万个对不起,先生。"他说,"我错怪你了。她杀了老板。我想,我——"他打住了话头,刀刃又弹了出来。

"不。"我站起身来,将手伸了出去。"把刀给我,凯迪。你不过是一个讨人喜欢的墨西哥仆人。警方会嫁祸于你的。有你当替罪羊,他们会高兴得不行。这正是他们最喜欢的烟幕弹。你不知道我在说什么,但我自己知道。他们把事情搞得一团糟。就算他们想把它矫正过来,也为时已晚了。他们也无意矫正。他们会如此快地从你那里找出一份自白来,让你连说清楚自己的全名都来不及。周二往后不出三个星期,你就会要到圣昆丁监狱终身坐享你的人生了。"

"我跟你说过,我不是墨西哥人。我是智利人,从瓦巴拉索附近的维纳得玛来。"

"那把刀给我，凯迪。那些我都知道：你是自由身；你有存款；你在家乡有八个兄弟姊妹。放聪明些，哪里来回哪里去吧！这里的工作完蛋了。"

"工作多得很。"他平静地说。然后，他伸手把刀放在我的手里。"我是看在你的分上才这么做的。"

我把刀放回自己口袋。他朝头上阳台的方向望了一眼。"对夫人——我们现在怎么办？"

"没什么。什么事也不要做。夫人很累了。她一直在承受着很大的压力，不想被打扰。"

"我们必须报警。"斯宾塞坚定地说。

"为什么？"

"哦，我的上帝！马洛，我们必须去——"

"明天。带上那些未完成的小说书稿，我们走吧！"

"我们必须报警。世上有法律这回事的。"

"我们无需那么做。我们手上的证据还不够拍死一只苍蝇的。让执法人员去忙乎他们的腌臜事儿吧！让律师们想办法去吧！他们制定法律，让律师们在一批号称法官的执法者面前辨析，好让其他裁判说第一批法官是错的，而最高法院又可以说，错在第二批法官。世上确有法律这回事。我们深陷其中，无法逃脱。法律的作用似乎都是为律师找生意。如果不是律师的谆谆教诲，那些大亨级的暴徒怎能经久不衰呢。"

斯宾塞怒气冲冲道："并不相关嘛。有人在这屋子被杀，他恰好是一个作家，一个很成功、很重要的作家。但与这也无关。他是人，你和我都知道是谁杀了他。世上总有正义这回事吧。"

"明天再说。"

"你要是让她逍遥法外，你就跟她一样坏。我对你的感觉有点儿奇怪了，马洛。如果你足够警觉的话，应该能够挽救得了他的性命的。从某种意义上来说，你在让她逍遥法外。就我所知，今天下午的行动不过是一场表演而已——一场表演。"

"对的。一场乔装的爱情场景。你看得出来，艾琳正在因我而痴狂。等一切风平浪静之后，我们也许就能结婚了。她那里应该是万事俱备了。我还没能从维德家赚到一个子儿。我已经变得忍无可忍了。"

他把眼镜取下来，擦拭着镜片，又擦干净眼窝处的汗水，戴上眼镜，眼睛看着地板。

"抱歉。"他说，"今天下午，我都被重拳击晕了。得知罗奇自杀的消息已经够惨的了。案件的另一个版本简直让我感到羞辱——就目前知道的就够了。"他抬头看向我，"我能信任你吗？"

"做什么？"

"做正确的事情，无论它是什么。"他伸出手去，捡起那堆黄色的手稿，塞到腋下。"哦，还是算了吧。我想，你是知道自己在干什么的。我是个称职的出版者，但这事我是外行。我想，我是一个自负却无足轻重的家伙。"

他打我身边走了过去，凯迪赶快让开了，然后快步走到前门，拉开门等着。斯宾塞走了出去，经过他身旁时，简短地点了一下头。我跟着他出门去了。由凯迪身旁经过时，我停了下来，盯着他漆黑的眸子。

"别做傻事，伙计。"

"夫人很累。"他平静地说道，"她回房间去了，不希望被打扰。我什么都不知道，先生。我什么都不懂——听你吩咐，先生。"

我从口袋里掏出那把刀，递回给他。他笑了。

"我不受信任。但我信任你，凯迪。"

"同病相怜，先生。多谢了。"

斯宾塞已经回到车里了。我坐上车去，发动了汽车，在车道上调转车头，载着他回比佛利山了。我将车开到旅馆侧门，让他在那里下车。

"回来的路上我一直都在想，"下车的时候他说，"她一定有点儿精神不正常了。我猜他们不会判她有罪。"

"他们甚至连试都不会试。"我说，"但她并不知道这一点。"

他在跟腋下的那摞黄色的手稿较劲，想把它们弄整齐了。他跟我点了点头。我看着他推开门，走了进去。我放开制动，奥尔德就从白色的路肩滑了出去。那是我最后一次见到霍华德·斯宾塞。

回到家已然晚了，我又累又沮丧。今天的夜晚，是那种空气沉重、嗓音显得很闷很远的夜晚。夜空中，高悬着一轮朦胧而疏淡的月亮。我在屋里踱步，有几张唱片在播放着。但我根本无心去听。我好像听到了滴答声，但屋里实在没有这样发音的东西。滴答声就在我脑子里——我是一人守灵组。

我想起了初次见到维德太太的情形，以及第二次，第三次和第四次。再后来，她有些时候就不着调了。她不再是一个真实的存在了。当你知道她是凶手时,她就会变得虚幻起来。出于怨恨、出于惧怕、出于贪婪,有的人就会去杀人。有些狡猾的谋杀者事先会绞尽脑汁,企图事后能够逍遥法外。有些愤怒的凶杀者行事根本不经大脑。还有凶手会爱上死亡,将杀人当作慢性自杀。说起来,他们都是精神不正常的人,但不是斯宾塞说的那种意思。

当我终于回到床上时,差不多天亮了。

电话铃声将我从浓睡中唤醒。我在床上翻了个身,摸索着拖鞋,才知道自己不过睡了两个多钟头。我自我感觉像是在油腻的餐厅吃下的只消化了一半的那团食物。我的双眼像是粘在了一起,嘴里像是含着满口的沙子。我的双脚像是在发飘,跌撞着进了客厅,将话筒从机座上拿起来说:"别挂!"

我放下话筒,回到洗手间,往脸上扑了些冷水。窗户外面,有什么东西在咔嚓、咔嚓、咔嚓地响着。我茫然朝外看去,见到了一张毫无表情的棕色脸孔。他是我一周来一次的日本园丁,我叫他"冷心肠的哈瑞"。他正在修剪金钟花树丛,就照日本园丁的方式在修剪。你要问他四次,他才说"下周"。然后,他会在早晨六点钟光临,在你的卧室窗外修剪树枝。

我擦干脸,回到电话机旁。

"什么事?"

"我是凯迪,先生。"

"早上好,凯迪!"

"夫人死了。"(他说的是西班牙语)

"死了。"在任何语言里,这都是一个多么冷酷、多么黑暗、多么无声无息的词汇。那位女士死了。

"你没干什么，我希望。"

"我想是药物起了作用。是那种叫德美罗的安眠药。我想，有四十粒。瓶子里有四十粒，现在却空了。她昨儿没有吃晚饭。我今天早上上楼时朝窗户里看了一眼，她身上穿的衣服跟昨天下午的一模一样。我打开遮帘，发现夫人死了，冷得像冰水。"

冷得像冰水。"你都给谁打过电话了？"

"是的，罗林医生。他报了警，人还没到。"

"罗林医生，嗯哼？就是这个人，来得太迟了。"

"我没给他看那封信。"凯迪说。

"写给谁的信？"

"斯宾塞先生。"

"把他交给警察，凯迪。别让罗林医生拿到它。这封信只能交给警察保管。还有一件事情，凯迪！不要隐藏任何东西，不要跟他们撒一句谎。我们去过那里——你要把这个告诉警察，这一次的真相和所有的真相。"

他静默了半晌，然后才说："是，我明白了。再见，朋友。"他挂了电话。

我往丽池－比佛利旅馆打电话，找霍华德·斯宾塞。

"请稍等。我会给你转前台。"

一个男人的声音说："这是前台。我能为你效劳吗？"

"我找霍华德·斯宾塞。我知道这有点儿早，但事情实在是很紧急。"

"斯宾塞先生昨晚就离开了。他搭乘八点的飞机去纽约了。"

"哦，对不起。我不知道这一点。"

我去到厨房，为自己煮杯咖啡——海量咖啡。醇厚、浓郁、苦涩、火热、无情、邪门——疲惫男人的生命与热血。

两个小时后，本尼·奥尔斯打来了电话。

"好啦，你这个聪明小子！"他说，"到这里来遭罪吧！"

44

"这是非正式的讨论。"赫南德说，大家都以各自习惯的舒服姿势坐在硬板椅上。"没有速记，也没有录音设备。怎么说随意就怎么说吧。维森博士代表法医办公室，来决定是否提起法庭讯问。维森博士？"

他身材肥胖，满脸笑容，看上去足堪胜任。"我认为无需庭讯。"他说，"麻醉药品中毒的表面特征她每一项都符合。救护车到达的时候，那个妇人的呼吸已经很微弱了，已处在深度昏迷之中了，丧失了全部条件反射能力。到了那种程度，百分之九十九生还无望。她的皮肤发冷，几乎没有呼吸了。差不多一个小时后，她就死了。我能理解，她在治疗支气管哮喘偶尔的发作。德美罗是由罗林医生开具的用于紧急治疗的处方药。"

"关于德美罗服用的剂量，有情况说明与结果断定吗，维森博士？"

"那是致命的剂量。"他淡然一笑道，"不知道当事人的治疗过程，不知道先天与后天的药物容忍量，我们无法即行断定。根据她的自白，她服用了两千三百毫克。对于非吸毒者而言,这超出了最低致死量的四五倍。"说着,他以质疑的眼神看了看罗林医生。

"维德太太不是瘾君子。"罗林医生冷冷地说道,"我的处方剂量是一到两片五十毫克的药片;二十四小时里三到四片,是我容许的最大服用剂量。"

"但是,你一口气给了她五十片。"赫南德组长说,"这种药大量备在手边是很危险的。你不这么认为吗?她的支气管哮喘到底有多严重,医生?"

罗林医生露出了不屑的笑容。"跟所有哮喘一样,她也是间歇性地发作。她从来没有到达过我们所谓持续性喘气的状态,也没有窒息的危险。"

"有什么要说的吗,维森博士?"

"好吧。"维森博士缓缓说道,"假设没有那张纸条,假设我们没有她服用了多少那种东西的明显证据,就可能会断定为意外服用过量。安全范围极其有限。明天我们就会确切地知道了。赫南德,你行行好吧!你不想雪藏那张纸条了的,是吗?"

赫南德在书桌旁蹙起眉头。"我还在奇怪呢。我不知道麻醉药是哮喘病治疗时的标准用药。人啊,真是每天都能开阔眼界的。"

罗林医生满脸通红。"组长,我说过的,它是在紧急情况下急救用的。医生不可能马上赶到每一个地方,哮喘发作有时会很突然的。"

赫南德很快看了他一眼,转向了劳福德。"我要是把这封信交给媒体,你的办公室会怎么样?"

地方检察官办公室的代理人茫然看着我。"这个家伙来这儿干什么来了,赫南德?"

"我请他来的。"

"我怎么知道他不会把从这里听到的事实转述给另一个记者?"

"呀,他是个大嘴巴,被你发现了——就是你叫人逮捕他的那一次。"

劳福德露齿笑了,然后清了清嗓子。"我看过那份可疑的自白。"他小心翼翼地说,"我一个字也不相信。由自白初步判断,有了如下背景:情感枯竭、哀伤、服用药物、英国大轰炸时期饱受战争压力、秘密结合、男方死而复生,等等。毫无疑问,她会产生一种罪恶感,想借移情作用来让自己有所解脱。"

他停下来,朝四周看了看,见到的却是毫无表情的脸。"我不能代表地方检察官发言,但我个人觉得,就算那个妇人还活着,你手头的那份自白也不足以成为起诉的根据。"

"你已经相信过一份自白了,就不愿意再去相信一份跟它矛盾的自白?"赫南德刻薄地说道。

"放松了,赫南德!任何执法机构都不得不考虑公共关系。如果报纸刊出这份自白,我们就麻烦了。这不会有假,等着机会捅我们一刀的野心勃勃的改革团体多的是。关于上个星期你的副组长获准继续调查——期限大约十天——大陪审团已经神经兮兮了。"

赫南德说:"好吧,那是你的事。替我把收据签了吧!"

他将粉红色的毛边纸拢在一起,劳福德低头在签一份表格。他拾掇好粉红色的纸张,将它们折叠好了,放进胸前的口袋里,然后走了出去。

维森博士站了起来。他意志坚韧，为人和善，不自以为是。"我们上次针对维德家的调查定性太快。"他说，"我猜，我们这次无需费心进行庭讯了。"

他朝奥尔斯和赫南德点了点头，与罗林医生例行公事地握了握手，走了出去。罗林站起身来，准备离开，又犹豫了。

"我想，我可以通知某个对此有兴趣的团体。不会再有调查要继续进行了吧。"他僵硬地说道。

"很抱歉让你离开你的病人这么久，医生！"

"你没有回答我的问题。"罗林高声道，"我不妨警告你——"

"滚吧，老兄！"赫南德说。

罗林医生震惊之下，差点儿没站稳。然后，他转过身去，摸索着快步走了出去。门合上了，半分钟内无人说话。赫南德抖了抖身子，点了一根烟。然后，他看着我。

"好了吧？"他说。

"什么好了？"

"你在等什么？"

"那么，就此结案了？完了？认输了？"

"告诉他，本尼！"

"是的，确实结束了。"奥尔斯说，"我已准备好要找她来问话了。维德不是自杀。他喝了太多的酒。但就像我说的，动机在哪里？她的自白在细节上可能有错，但也说明她一直在暗中窥视他。她知道恩西诺那座客房的布局。雷洛克斯家的荡妇从她手里抢走了两个男人。客房里发生的事正如你所想象的。有一个问题你忘记问斯宾塞了，维德有没有一支毛瑟PPK枪。对了，他有一支小型的毛瑟自动枪。我今天跟斯宾塞打过电话了。维德这个酒鬼全无知觉了,可怜的倒霉鬼大概以为是自己杀了塞维娅·雷洛克斯。要不然,就真是他杀的,或者有理由认为是他妻子杀的。不管哪种情形,到头来,他都得和盘托出。没错,老早以前他就开始酗酒了。他娶的是一个空心大美人。这一切,墨西哥佬全都了然于心。那个小杂种几乎什么都知道。那是个喜欢做梦的女孩,身在这里,心却沉溺于往事之中。就算她曾经有过热情,也不是因为她的丈夫。懂我说的什么了吧?"

我没有回答他。

"你不是差点儿就钓上她了,是吗?"

对此,我还是不发一言。

奥尔斯和赫南德酸溜溜地一笑。"我们这些人并不是真的没有大脑。"奥尔斯说,"我们知道,关于她脱衣服的说法大有文章。你只要说通了他,他就会由着你了。他伤心又迷惑,他喜欢维德,想去确认事情的真相。当他确认之后,就会动刀子的。对他而言,这是最为切身的事情。他从未泄露过维德的隐私。维德的太太却不然。她故意混淆视听,让维德莫辨是非。这一团乱麻在维德那里越堆越厚。最终,她被维德吓坏了。维德从未将她推下楼去,那次是意外。她失足掉了下去,那家伙想把她抓住。凯迪也看见了。"

"无法解释她为什么要我待在附近。"

"我想得到的有几个理由。其一,她玩的是老一套。这样的情形,每个老警察都会遇上一百次。你是未解之谜,是协助雷洛克斯逃跑的那个家伙。你作为他的朋友,说不定还会是他的亲信。他都知道些什么,又跟你说过什么。他带走了谋杀她的枪支,也知道枪有射击的痕迹。她可能以为对方是为了她才那么做的。这样一来,她以为他知道她用过那支枪。当他自杀后,她更是能够确定了。但你呢,你还是一个未解之谜。她想来套你的话,她不乏魅力,还有现成的状况可以用来作为接近你的藉口。如果她需要替罪羔羊的话,你便是理想的人选。你可能要说,她正在搜罗替罪羔羊。"

"你这么说,显得她太有知识了。"我说。

奥尔斯将一根香烟折成两半,开始咀嚼其中的一半,另一半插在耳轮后面。

"还有一个理由是,她需要一个男人,一个可以将她紧抱在怀中、让她可以再做梦的壮汉。"

"她恨我。"我说,"我不买她的账。"

"那是当然。"赫南德插话道,显得很淡然。"你拒绝她了。但她可以克服那种耻辱。后来,你又当着斯宾塞的面,把一切都抖搂出来了。"

"你们两位最近看过精神科医生吗?"

"上帝!"奥尔斯说,"你没有听说?这年头,我们一直备受干扰。我们的职员里就有两位。这都不属于警察事务,渐渐变成了治理医疗纠纷的一个机构了。他们进出监狱、法庭和审讯室。他们得写长达十五页的报告,大谈某个监狱的少年犯为什么抢劫酒馆或强暴学校女生,或者向高年级学生兜售茶叶。再过十年,像赫南德和我这样的人,都需作罗夏荷测试和字词测试了,不再做引体向上和进行打靶训练了。我们出去办案时会带着黑色小提包,里面装着手提测谎仪和一瓶让人吐露心声的药物。可惜我们没有逮到那四个对大威利下毒手的鬼崽子。否则,我们也许可以将他们调教好了,教他们懂得爱自己的母亲。"

"我现在可以走了吗?"

"你还有什么不相信的吗?"赫南德问道,猛地将一根橡胶棒折弯了。

"我都相信。案件结了。她死了。他们都死了。全然是游刃有余的例行公事。除了回家忘掉曾经发生的一切,我无事可做了。就这么办吧!"

奥尔斯将半根香烟从耳朵后面取了下来,看了一眼,好像疑惑香烟怎么会在那里似的。然后,把它朝肩膀后面扔了过去。

"你在抱怨什么?"赫南德问,"如果她不是没枪可用的话,还会再创完美纪录的。"

"还有,"奥尔斯严厉说道,"昨天电话是通着的。"

"哦,没错。"我说,"你们接到电话后会飞奔而来。你们的调查到了最后,会是一个虚拟的故事;除了一些小的谎言,其他什么都不会承认。今天一早,你们得到了一份自白,我猜是那种差不多完整的。你们不让我看。但我想,要是那种求爱的小便条,你们是不会请地方检察官来的。如果警方当初仔细调查过雷洛克斯案件,就会有人调出他的战时档案,查明他在什么地方受过伤等情况。那么,他跟维德夫妇的关系就会在调查过程中显示出来。罗奇·维德知道珀尔·马斯顿是谁。我恰好接触过一位私家侦探,他也知道。"

"有这可能。"赫南德承认道,"但警方的调查不会那样进行。就算没有压力被迫结案,你也会惯于将事情忘掉,不会为那种一目了然的案件去虚掷光阴。我调查过数以百计的凶杀案,有些案件是那么完整和利落,完全照着书本行事的。多数案件是有的地方不难理解,有的地方却不然了。当你找到了动机、手段和作案时间,嫌疑人跑掉了。留有自白书,接着他又自杀了。你也就不再去管他了。全世界没有一个警署有多余的人力和时间去质疑那再明白不过的案情了。雷洛克斯一案的反证不过是有人认为他为人和善,不会干出这种事情来的,且有其他人可能干出这种事情来。但那个可能的人没有逃跑,没有抛出自白书来,也没有用枪打烂自己的脑袋。这么做的人却是他。至于说为人和善嘛,我想,死在煤气室、电椅上或绞刑架下的凶手百分之六七十在邻居眼中,都跟福乐牙刷的推销员一样无辜。正如维德太太一样,无辜、安静而又显得教养良好。你要看她写的遗书吗?好吧,看看吧!我得去大厅那边了。"

他站起身来,拉开抽屉,取出一个折叠好的小册子放在书桌上。"马洛,这里面有五份影印的照片。可别让我逮到你在偷看。"

他朝门口走去,然后回头对奥尔斯说:"你要陪我去跟培修克谈谈吗?"

奥尔斯点了点头,跟他一块儿出去了。我独自一人在办公室,揭开文件夹的封面,看着黑白影印件。我只在边沿部分有所接触,数了数,一共六份。每一份都是好几张纸合订在一起。我拿起一份,卷起来放入自己口袋。然后,我将后续的一份看了。之后,我就坐在那里等着。

过了大约十分钟,赫南德独自回来了。他再次坐在书桌后面,将文件夹里的照片贴上标签,再把文件夹放回抽屉去了。

他抬起眼皮,毫无表情地看着我。"满意了?"

"劳福德知道你有这些影印资料?"

"不会从我这里知道,也不会从本尼那里知道。这是本尼亲手做的。怎么?"

"如果少了一份,会怎么样?"

他露出了不悦的笑容。"不会的。要是少了一份,嫌疑人不会是局长办公室的人。地方检察官那边也没有影印设备。"

"你不太喜欢地方检察官斯普林格吧。对吗,警官?"

他看上去很惊讶。"我?我什么人都喜欢,连你也不例外。滚吧,我得工作了。"

我站起来要走。他突然说道:"你这些日子都带枪?"

"有时候。"

"大威利带着俩。我想不通他为什么不使枪。"

"我猜,他以为大家都被他吓坏了。"

"有可能。"赫南德漫不经心地说道。他拿起一根橡皮带,用两个大拇指将它拉长了,越拉越长。最后,啪的一声,橡皮带断了。他揉了揉大拇指被弹痛的地方。"任何东西都最终会被拉崩掉,"他说,"不管它看来有多坚韧。再见。"

我走出门去,很快离开了那座建筑。一朝为懦夫,终生为懦夫。

45

回到我在卡文嘎大厦六楼的狗屋,我照例玩起了早间邮件的双杀游戏——从邮箱传到桌面,再传到字纸篓;丁克传给埃文斯,再传给钱斯。我在桌面清理出一块没有堆放杂物的地儿来，将影印照片摆放开来。刚刚将它卷起来了，怕因此弄出折痕来了。

我再次浏览了。内容很详尽，合乎情理，没有偏见的人一看就懂得的。维德太太一时醋意大发，杀了特里的太太。她因为罗奇知情，又安排好时机，杀了罗奇。那天夜里罗奇射穿天花板的那一枪，也是她计划的一部分。至于维德为什么放任她完成自己的计划，是永远也不会有解的了。他一定是知道结局的。那样的话，他就是看破自己了，一切都不去在乎了。文字是他的事业。任何事情他都有文字为凭，唯独没有为自己的死亡留下只言片语。

"上次开的处方药德美罗，我还剩下四十六片。"她写道，"现在，我打算全部服下，然后躺到床上去。门已锁上。要不了多大一会儿，我就不会有救了。霍华德，这很好理解。我写下的是临终遗言。每个字都是真的。我没有遗憾，除了没能逮到他们在一起，再把他们一起杀掉。对珀尔，我没有遗憾。你听人叫过他特里·雷洛克斯。他只是我曾经爱过、嫁过的那个男人的空壳罢了，对我来说，没有任何意义了。战后他回来后，我只在那天下午见过他一次，起先没有认出他来。稍后，我认出来了，他也认出我来了。他原本应该死在挪威的冬雪里，成为我献给死神的恋人。回来后，他成了赌神的朋友、荡妇的丈夫、被宠坏和毁掉了的男人，过去可能当过骗子之类的。时光会让一切变得卑下、残缺和扭曲。霍华德，人生的悲剧不在于美好事物的夭折，而在于变得衰老而卑贱。但这不会发生在我身上了。再见，霍华德。"

我将复印件放在桌子抽屉里，并锁好了。午餐时间到了，但我没有心情吃。我从抽屉深处找到办公室备用的酒，倒了一杯。然后,我拿起桌边挂钩上的电话号码簿,查到《新闻报》的号码。我拨通电话,请总机服务员找罗尼·摩根。

"罗尼·摩根不在,要大约四点才能回来。你不妨试一试市政厅的记者招待处。"

我依言打了过去,找到他了。他还记得我。"听说你是大忙人。"

"我有东西要给你,如果你想要的话。我想,你不会要的。"

"是吗?比如说——"

"两桩谋杀案的自白书影印件。"

"你在哪里?"

我告诉了他我的地点。他想要进一步的信息。我不愿在电话里多说。他说,他不跑犯罪新闻这根线。我说他还是新闻记者,为本市唯一一家独立报纸工作。他还想争辩来着。

"你这些东西是从哪儿来的?我怎么知道它值得我花时间去追逐?"

"地方检察官办公室有原件。他们不会发表的。这个内容足以揭开他们冰封的两桩案件。"

"我会给你打电话。我得跟领导商量一下。"

我们挂断了电话。我下楼去杂货店吃了一客鸡肉色拉三明治,喝了些咖啡。咖啡煮过头了,三明治味道陈旧,像是旧衬衫上撕下来的一块布。美国人什么都可以吃,只要烤过,用两根牙签串在一起,旁边还伸出一截莴苣就行;稍微枯萎一点儿的就了更好。

三点三十分左右的时候,罗尼·摩根来看我来了。跟载我出狱回家一样,他还是那样瘦瘦条条的,像电线杆一样,满身疲惫，脸无表情。他无精打采地跟我握手，从一个皱巴巴的纸包里翻找香烟。

"舍曼先生——就是总编辑——说我可以找你，看你手上有什么新闻。"

"除非你同意我的条件，否则不能公开。"我打开书桌抽屉，把影印件交给他。他很快浏览了四页，后来慢慢翻阅着。他看上去很激动，有点儿像参加廉价葬礼的殡葬业者。

"给我电话。"

我将电话机推到桌子的另一头。他拨号，等待，然后说："我是摩根。我要跟舍曼先生说话。"他等着。一位女职员过来接了电话，然后接通了他要找的人，请他用另一个号码打过去。

他挂断了电话，将电话机放在膝头，食指压着按钮。电话又响起来了，他将听筒举到耳边。

"哦，舍曼先生。"

他把影印件的内容读得缓慢而清晰。最后他停顿了一下，然后说道："等一下，头儿。"他放低了话筒，眼睛朝桌子这头看过来。"他想知道你是怎么得到这些东西的。"

我伸出手去，收回了他手上的影印件。"告诉他，怎么拿到手的不关他的事，从哪里拿的也是另外一回事了。每一页背后盖的戳能够说明一切。"

"舍曼先生，既然是洛杉矶局长办公室的正式文件，我想，真实性不难查核的。还有，这是有价新闻。"

他又听了一会儿电话，然后说道："是的，先生。他就在这里。"他把电话机推到桌子我这一头。"他要跟你说话。"

电话里响起了一个粗鲁而乔装权威的声音。"马洛先生，你的条件是什么？记住，在整个洛杉矶，只有《新闻报》会考虑接触这份资料。"

"舍曼先生，雷洛克斯案件你没怎么报道嘛。"

"我明白。不过，当时案件是因为丑闻而引发的一桩丑闻。谁有罪都不是重点。如果你的资料是真实的，我们的重点又不一样了。你的条件是什么？"

"以复印件的形式将自白书完整刊发出来。否则，根本就不要使用它。"

"我们会先去核实。对此，你理解吗？"

"我不懂你要怎么去求证，舍曼先生。你要是去问地方检察官办公室，他们会根本否认，或把它交给市内的任意一家报纸去发表。他们非如此不可。你要是去问局长办公室，他们会向地方检察官办公室提起的。"

"用不着为那个担心，马洛先生。我们有办法。你的条件怎么样？"

"我刚刚跟你说过了。"

"哦，你不指望酬金吗？"

"跟钱无关。"

"好吧。我想，你的事你自己会很清楚。我可以再跟摩根说几句吗？"

我将话筒递回给罗尼·摩根。

他简短地说了几句后便挂断了。"他同意了。"他说，"我取走影印件，他去核实。他会按照你的话去行动的。缩小一半，会占头版半个版面左右。"

我将影印件交给他，他拿在手里，伸手拉长了鼻尖。"介意我说你是一个傻瓜吗？"

"我有同感。"

"改变主意还来得及。"

"不。还记得那天晚上你从监狱载我回家的事吧？你说我有个朋友要去道别，我还没有正式跟他说过再见。如果你发表了那个影印件，就等于告别式了。已经过了很久了，很久、很久了。"

"好吧，老兄！"他咧嘴笑了，"不过，我还是觉得，你是一个十足的傻瓜。要我告诉你原因吗？"

"但说无妨。"

"我对你的了解比你想象的要充分。这是新闻工作让人泄气的地方——你总会知道那么多无法报道的真相，慢慢地就会变得愤世嫉俗起来。如果这份自白书登载在《新闻报》上，很多人会不高兴的。地方检察官办公室、法医办公室、局长办公室的警官们，还有那两个叫梅隆德兹和斯塔尔的粗暴的家伙，都会不高兴的。到头来，你可能会再次进医院，或者再次蹲监牢。"

"我不这么想。"

"随你怎么想了，伙计。我不过是把自己的想法告诉你罢了。地方检察官办公室不高兴，是因为他们在雷洛克斯案件中有过掩饰。就算雷洛克斯的自杀以及他留下的自白书让司法裁定看上去显得很公正，但很多人都很疑惑：无辜的雷洛克斯怎么会写下自白书；他是怎么死的，是真的自杀还是有人协助他自杀的；为什么警方没有调查现场情况；这桩案件为什么那么快就悄无声息了。还有，地方检察官要是拥有这份影印件的原件，他一定会认为警察局局长的部下出卖了他。"

"你用不着把背面的鉴定印鉴也刊登上去。"

"我们不会那么做的。我们跟局长是好朋友,我们都觉得他是正人君子。我们不因他无法阻止梅隆德兹那样的家伙作恶就去责备他。只要赌博在某些地方完全合法,在有的地方部分合法,那就是谁也禁止不了的。这份影印件,你是从局长办公室偷来的。我不知道你怎么能平安无事。能告诉我吗?"

"不。"

"好吧。法医办公室不高兴,是因为法医在维德案件中敷衍塞责。地方检察官同他沆瀣一气。哈兰·波特将会不高兴,是因为他当时动用了很多资源去全力消除案件的负面影响。梅隆德兹和斯塔尔不高兴的原因我不太能确定,但我知道你曾因此被警告过。要知道,这些家伙看谁不顺眼,谁就会倒霉。那样的话,大威利的待遇你也会享受到。"

"摩根对待工作可能太过严格。"

"为什么?"摩根慢条斯理道,"这些孩子,你对他们不能不严肃。他们制造麻烦了,叫你别管闲事,你就最好别管闲事了。否则的话,要是让你顺利走掉,他们就会显得太软弱了。做大买卖的黑道人物、商业大亨和董事会等都不会用那种软弱之人。那样的人会很危险。接下来,还有克瑞斯·马迪。"

"我听说,他在统领着内华达。"

"你听说的没错,老兄。马迪是个不错的家伙,知道对内华达来说什么是正确的。那些在内诺城和拉斯维加斯干着营生的流氓都是小心翼翼的,生怕惹恼了马迪先生。否则的话,他们必须缴纳的税费就会上升得很快。警方的合作意愿就会以同样的速度急遽下降。于是,东部的大头目就会断定,有些改变还是必要的。在江湖上行走,跟马迪先生处不来就是明显的运作不当，那就只好让他走人，让人取而代之。'让他走人'只有一个意思，对他们来说，就是装在一个木匣子里送走。"

"他们从未听说过我。"我说。

摩根皱了皱眉头，以毫无意义的姿势上下挥舞着手臂。"用不着。马迪先生在泰湖湖畔靠近内华达那一侧的地产紧邻哈兰·波特的地产。他们偶尔会在自家院子向对方互相致意。说不定马迪先生雇的家伙会从哈兰先生雇的家伙那里听说，马洛这个混球又管了与他无关的闲事，说不定这一流言就会通过电话传到洛杉矶的某处公寓，一个肌肉发达的家伙得到暗示，就会去找上两三个朋友一起出操。要是有人想让你翘辫子，那些肌肉发达的老兄们是不需要理由的。这对他们来说，不过是家常便饭，无需任何敌意。你就安静坐等人家来扭断你的手臂吧！你要收回这个影印件吗？"说着，他把影印件递了过来。

"你明知道我想要干什么的。"我说。

摩根缓缓站起身来，将影印件放进他衣服里面的口袋里。"我可能错了。"他说，"对于案件，你可能知道的比我更多。我不知道哈兰·波特之流的人会怎么看待这件事情。"

"他对一切都怒目而视。"我说，"我见过他，他不会出动那种暴徒的。这种料理方式跟他主导的生活理念不一致。"

"对我来说，"摩根尖锐地说，"只消一个电话就可以阻止一桩命案的调查与通过杀害证人来达到目的，不过采用的是不同的方式。这都是现代文明散发出来的恶臭。再见，但愿能再见。"

他无声无息地走出了办公室，像随风飘飞的什么东西。

46

我驾车前往维克多酒吧,想着要去喝一杯"锥子"酒,一边坐等《新闻报》的晚间版上市。但酒吧变得拥挤起来,就不那么有趣了。我认识的酒保来到我身旁,呼叫着我的名字。

"你喜欢在里面加上少许苦味汁,对吗?"

"并不总是这样。今晚来双份苦味汁吧。"

"最近不见你的朋友了,就是那个喜欢加绿冰的人。"

"我也没见他。"

他走开了,然后给我送来了酒。我缓缓地喝着,希望时间拖得更长一些。因为我不想把自己喝得晕晕乎乎的——要么大醉一场,要不就让头脑保持清醒。一会儿后,我要了一杯同样的酒。

六点刚过,报童就进了酒吧。酒保吆喝着赶他出去,但他很快就在顾客中间转悠了一圈,才被另一个酒保抓着推了出去。我是他的顾客之一。

我打开《新闻报》,浏览了一遍头版头条。他们发表了,影印件的内容都在上头了。他们翻印了影印件,缩小了一半的比例,以黑白颜色印制,占满了头版的上半部分。另一个版面上,有一篇措辞很激烈的社论。在另一个版面上,我看到了罗尼·摩根足有半版篇幅的文章。

我喝完酒就离开了,去了另一个地方吃晚餐,然后驾车回家。

罗尼·摩根的那半个版面的文章,是对雷洛克斯案件和维德"自杀案"案情描述的直接摘录。那都是已经发表过的报道。他的文章对基本情况不增不减,不下判断,也不追究什么罪责。它是一个清晰的、概括的、近似于商业调查的报道。那篇社论就满不是这么一回事儿了。它提出了质疑。一般报纸在逮到官员把柄时,都会提出这样一类的问题来的。

大约九点三十分的时候,电话铃响了。本尼·奥尔斯说,他会在回家的路上顺便拜访我一下。

"看过《新闻报》了吗?"他缓声问道。未等我回答,他就把电话挂断了。

来到之后,他抱怨说台阶不好走,还说要是有咖啡的话,他想喝一杯。我说我去煮。我煮咖啡时,他好奇地在屋子里转来转去,就像在自己家里一样从容自如。

"你这种让人讨厌的家伙住在这里太孤单了吧。"他说,"这山后面是什么?"

"另一条街。怎么问起这个来了?"

"不过一问罢了。你的灌木丛需要修剪了。"

我端了些咖啡来到起居室。他坐了下来,喝着咖啡。他点了一根我的香烟,抽了一两分钟后就把它摁灭了。"我渐渐地不喜欢这玩意了。"他说,"也许是因为电视广告的原因。只要他们推销什么,就会让人讨厌什么。上帝,他们一定认为大众都是傻子。每当一个穿着白大褂、脖子上挂一个听诊器的呆瓜展示一管牙膏或者一包烟,或者一瓶啤酒、一罐洗发香波,或是一小盒让肥胖角力者体味闻上去像山丁香的什么玩意儿,我总是会记得永远不要去买它们。见鬼,就算我喜欢,我也不买。你看了《新闻报》了,嗯哼?"

"我的一个朋友暗中通知我了，一个记者。"

"你有朋友？"他惊奇道，"他没有告诉你他是怎么获取资料的，对吗？"

"没有。在那种状态下，他没必要告诉我。"

"斯普林格气得直跳脚。地方检察官助理劳福德取到报纸后说，他会直接送给上司的。不过，这令人生疑。《新闻报》刊登的好像是原件的翻版。"

我啜饮着咖啡，什么都没说。

"活该！"奥尔斯继续说道，"斯普林格本该自己处理的。我个人并不认为是劳福德走漏的消息。他也是一个政客。"他木然地盯着我。

"你来这里有何贵干，本尼？你又不喜欢我。我们过去是朋友，就像任何人都能跟一个硬汉警察在某种程度上交上朋友一样。不过，我们的友情稍微有些发酸了。"

他倾身向前，微笑着，有点儿凶。"一个普通老百姓在警察背后干着警察的营生，没有一个警察会高兴的。维德死后，你要是告诉了我维德与雷洛克斯家的荡妇有染的话，我就把这个案子查出来了。你要是告诉我维德太太跟雷洛克斯的关系，我就会把她控制在掌心里，不让她去死。如果你从一开始就澄清了那些关系，维德也就不会死了。更不用说雷洛克斯了。你自以为很聪明，对吗？"

"你要我说什么？"

"没什么，太晚了。我告诉过你，聪明人愚弄不了别人，只会把自己给愚弄了。我直接而明确地告诉过你，你却不以为然。现在，你最好离开这个城市。这里没人喜欢你。有那么一两个人，他们要是不喜欢谁，就会采取行动。这是我从一个线人那里得到的消息。"

"我没那么重要,本尼。我们不要再在这里互相纠缠了。维德去世前,你甚至不曾参与办案。他死了之后,你好像无所谓。对此,法医、地方检察官或者任何其他人,好像都无所谓。也许我做错了什么,但我找到真相了。你昨天下午应该可以逮到她的——凭什么?"

"就凭你必须告诉我们的资料。"

"我?凭我在你们背后干的那些警察的营生?"

他突然站了起来,面色发红。"好了,聪明人!她本该活着的,我们本来可以以杀人嫌疑的罪名起诉她的,你却要她死。你是个混蛋,你知道的。"

"我想要她一个人静一静,好好反省一下自己。她怎么处理,就是她自己的事了。我要为一个无辜的男子洗刷罪名。至于如何做,我根本就觉得无所谓。我现在还是这么认为的。你要是想对我采取什么行动,我就在附近,你找得到我的。"

"那些流氓会来料理你,老兄。用不着我来费心的。你觉得你不至于那么重要,麻烦不到他们的——如果你就是一个姓马洛的私家侦探,你的想法没错,但你不愿意遵令适可而止,反倒在报纸上公然抹他们一脸豆花,那就不同了。这伤了他们的自尊了。"

"真可悲!"我说,"借用你的一句话:我一想起来,内心就在淌血呢。"

他穿过房间,朝门口走去,把门打开了。他站在那里,低头看着红木台阶,眺望着马路对面小山上的树,又抬眼看了看街头那一端的斜坡。

"这里很棒,很安静。"他说,"只是太安静了。"

他走下台阶去，进到自己车里，离开了。警察从来都不懂得说再见的。他们总是希望在队列中看到你。

47

到了第二天，事情短时间里就变得轰动起来了。地区检察官斯普林格召开了一个早场记者招待会，发表了一个声明。他是一个红光满面、有着黑眉毛却早生华发的大块头。在政治这个舞台上，他总是干得那么风生水起。

"我读到了据称是最近自杀的不幸女子留下的自白。它可能是真的，也可能不是。就算是真的，显然也是神志错乱的产物。我愿意去假设，《新闻报》是出于善意刊登的这一文件，尽管内容有很多荒谬和不相一致的地方。我这里就不一一列举了。如果这份自白书确系维德太太亲手所写——我的办公室会联手我敬重的助手——彼得森局长的部下查出真相——我就要告诉你们，她那个时候头脑一定很不清醒，手也不稳。几个星期前，可怜的夫人发现丈夫自杀了，倒在血泊中。想想这样的惨祸带来的震惊、绝望与完全的孤寂吧！现在，她已追随他去了。

"搅动死者的余灰对我们有什么好处呢？朋友们，除了多卖出几份滞销的报纸，还有什么好处？什么好处都没有，我的朋友，什么好处都没有。我们就到此为止吧！就像不朽的文豪威廉·莎士比亚的杰出戏剧《哈姆莱特》里的奥菲莉亚一样，艾琳·维德也怀着与众不同的悔恨。我的政敌想借那种悔恨大做文章，但我的朋友与选民是不会上当的。他们都知道，我的办公室代表的是精明而又成熟的执法，代表恩威并用的正义，代表坚实、稳定而又保守的政府。我们不知道《新闻报》代表的是什么。它代表什么我不太关心。这要请通情达理的大众自己来判断。"

《新闻报》在早间版刊登了这段废话。它是一家全天候出版的报纸。总编辑亨利·舍曼立即以署名的评论文章反驳了斯普林格的言论。

"地方检察官斯普林格先生今天早上很有礼貌。他是个很有风度的大人物，说话声如洪钟，听来让人愉悦。他没有提出一堆事实来烦扰大家。什么时候斯普林格先生希望我们证实那份文件的真实性，《新闻报》都将乐意效劳。我们不敢奢望斯普林格先生会对他批准或下令结案的案情重新审理，正如我们不敢指望斯普林格先生会倒立在市政厅的高塔上一样。斯普林格先生说的不错，搅动死者的骨灰有什么好处呢？或者，《新闻报》宁愿说话粗鄙一些：人都死了，再查出凶手是谁又有什么好处呢？当然，除了正义与真相，什么好处都不会有的。

"《新闻报》要代表已故的威廉·莎士比亚感谢斯普林格先生好心提及《哈姆莱特》，也要感谢虽不准确但周全地提及奥菲莉亚。'你必须怀着与众不同的悔恨。'——不是形容奥菲莉亚的，而是她本人说过的话。我们这些说不上博学的人不太明白她这么说的意思，但我们不就这个多说什么了。但那句话听来不赖，它有助于让事情变得更加混乱。也许，我们可以引用戏剧名作《哈姆莱特》中的一句话。那是借由坏人之口说出来的：'请巨斧落在罪愆之所在吧！'"

大约正午时分，罗尼·摩根给我打来电话，问我感想如何。我说，我觉得对斯普林格不会有什么伤害。

"那个只会伤到书呆子。"罗尼·摩根说,"他们已经知道他的伎俩了。我指的是你呢。"

"我没什么。我不过坐等在这里,专为一元纸钞揉搓我的面颊。"

"那不是我的确切意思。"

"我仍然很健康,你就不要吓唬我了。我得到了我想要的。如果雷洛克斯还活着,他会直接走到斯普林格面前,对着他的眼睛吐口水。"

"你这么做是为了他。这个时候,斯普林格已经知道了。他们有一百种方法陷害自己不喜欢的人。我想不通你为何要浪费时间,雷洛克斯也不是多么了不起的人物。"

"这跟他有什么关系?"

他沉默了片刻,然后说道:"对不起,马洛。我闭上自己的大嘴巴。祝你好运!"

按惯例道别之后,我们挂断了电话。

差不多下午两点,琳达·罗林给我打来电话。"不要骂人,拜托!"她说,"我刚从北边的大湖飞过来。因为《新闻报》上的一篇报道,昨晚那边有人大光其火,我的准前夫当面中拳。我走的时候,那个可怜的人正在哭泣呢。他是飞过去报告的。"

"你说的准前夫,是什么意思?"

"别傻了。这一回父亲批准了。要想静悄悄地离婚,巴黎可是个好地方。因此,我会马上动身去那里。你要是还有一点儿脑子,不妨把你给我看过的那张雕版巨钞花掉一些,远走高飞。"

"那跟我有什么关系?"

"这是你问的第二个愚蠢的问题了。你无法愚弄任何人,除了你自己,马洛。你知道他们是怎样杀老虎的吗?"

"你怎么知道?"

"他们将一只羊系在桩子上,然后埋伏起来。谁都知道,那只羊会死得很惨。我喜欢你,但我无法确切地知道理由,可我就是喜欢。我讨厌你会成为那只羔羊的想法。你总在努力做你该做的事情,按你自己的想法。"

"你真好!"我说,"我把脖子伸出去,它被砍下来后还是我的脖子。"

"不要逗英雄,你这个傻瓜。"她严肃地说,"我们认识的某个人宁愿当替死鬼。你不要学他的。"

"你要离得不是那么远的话,我会请你喝一杯。"

"在巴黎请我喝一杯吧,那儿的秋天很迷人。"

"我也想啊。我听说巴黎的春天更好。我没去过,所以不知道。"

"照你眼下的情形,你是永远去不了了。"

"再见,琳达。我希望你找到自己想要的。"

"再见!"她冷冷地回答道,"我一向都找得到自己想要的东西的。可当我找到后,就不再喜欢了。"

她挂断了电话。这一天接下来的时光就是一片空白。我吃过晚餐,把奥尔斯车留在一家通宵服务的车行去检修刹车片,打了出租车回家。街道跟往日一般空旷。木制邮箱里有一张免费的肥皂优惠券。我缓缓地走上台阶。

这是一个温和的夜晚,空气中弥漫着一层轻雾。小山上的树几乎处于静止的状态,一丝儿风都没有。我打开门锁,正要推开，突然打住了。门离开门框大约有十英寸的样子。屋里一片漆黑。没有一点儿声响。但我有感觉，里面的房间不是空的。也许是弹簧轻轻的响声，或许我瞥见屋里有白色夹克闪过。也许在这样一个温暖而安静的夜里，屋里不够温暖，不够安静吧。也许，空气中漂浮着人味。也可能不过是我神经过敏了。

我由屋子一侧下了走廊，来到地面。我俯身贴在灌木丛后面，什么也没有发生。里面没有灯光，我也听不到任何动静。我左侧的枪套里有一支枪，枪托朝前，是短筒的点三八警用手枪。我把枪拔了出来，却派不上用场。寂静依旧如前。我觉得自己像个傻瓜似的。

我直起身子，一只脚正要迈步朝前门走去，一辆车转过拐角，很快驶上山来，几乎毫无声息地停在我家台阶下。

这是一辆黑色的大轿车，外观像是凯迪拉克。它可能是琳达·罗林的车，只有两点不像。无人打开车门，我那一侧的车窗关得紧紧的。我等着，倾听着，紧挨着灌木丛蹲在那里，却是什么也听不到，也没什么好等的。这时，一盏红色大灯咔嚓一声亮起，光柱射到了屋角过去二十英尺的地方。然后，汽车缓缓倒退，扫射灯的光柱扫过屋子的前部，扫过汽车的引擎盖和上方的空间。

警察是不开凯迪拉克的。有着红色大灯的凯迪拉克属于大亨、市长和警察局局长，也许是地方检察官的，也许是暴徒的。

大灯左右移动。我平躺在地上，大灯的光柱还是把我找到了。强光定在我身上不动了。此外，周遭毫无动静。车门仍然紧闭着，屋里还是毫无动静，依旧漆黑一片。

此时，一个警报器低吼一两声后就安静了。终于，屋子里到处都灯光明亮了，一个穿着白色晚宴服的男人来到了台阶的顶端，朝一侧望着墙壁和灌木丛。

"进来吧，便宜货！"梅隆德兹大声笑道，"你家里来了客人了。"

我本可以朝他开枪的，太容易了。这时，他后退了一步。太晚了。就算我原本可以办到的，这会儿确然太晚了。这时，车后一扇窗开了，我听见了笃笃的开窗声。这时，一支机关枪响了，子弹远远射入我旁边三十英尺外的坡岸上。

"进来吧，便宜货！"梅隆德兹在门口再次说道，"你没有其他地方可去了。"

因此，我直起身子走路，大灯一路照在我的身上。我把枪放回枪套去，踏上小巧的红木台阶平台，进了门，停下了脚步。

一个男人跷着二郎腿坐在屋子的另一头，一把枪斜放在他的大腿上。他看上去长手长脚的，一副强悍的样子，皮肤显得干巴巴的，像是常年生活在骄阳似火的气候里。他穿一件深褐色的斜纹防水布料的风衣，拉链差不多敞开到了腰部。他望着我，眼睛和枪都一动不动，冷静得像月光下的一堵泥砖砌成的墙。

48

我盯着他看的时间太长了。眼睛从侧面约略瞥见有人出手了，我肩胛骨顿时痛得发麻，整个手臂一直麻到了指尖。我转过头去，看到了一个看上去残忍的墨西哥壮汉。他并未暗笑，只是看着我。他棕色的手里握着一支点四五的手枪，垂在座位一侧。他留着络腮胡，脑袋圆滚滚的，油亮的黑发往上、往后、往下梳去，脑后有一顶脏兮兮的宽边帽，两股皮质帽带松软地垂在汗酸味很重的手缝衬衫胸前。

天下最为凶狠的莫过于墨西哥人，最柔情的也莫过于墨西哥人，最诚实的莫过于墨西哥人，最悲哀的也莫过于墨西哥人。这个家伙是个狠角色，再也找不到比他更狠的了。

我揉搓了一下手臂，有点儿刺痛，原来的肿痛和麻木的感觉并未消失。我要是试着去拔枪的话，说不定会因拿不住而掉落在地。

梅隆德兹向暴徒伸出手去。对方好像瞅都没有瞅一下，就把枪给扔了过去。梅隆德兹接住了。他站在我面前，容光焕发。"你喜欢打在什么地方，便宜货！"他的黑眼睛闪烁不停。

我只是看着他。那样的问题肯定无解。

"我问你问题呢，便宜货。"

我润了润嘴唇，把话问了回去。"阿格斯提诺怎么啦？我以为他是你的枪手。"

"奇科变软弱了。"他轻声道。

"他向来就软弱，像他的老板。"

椅子上的人眨了眨眼睛，像是要笑却又放弃了。害我手臂发麻的小流氓不动也不说话了。我知道他正在做吐纳运动，我闻得到。

"有人撞到你的手臂了，便宜货？"

"我绊到一块辣椒玉米的肉饼了。"

他漫不经心，甚至看都不看我一眼，就用枪托朝我脸上劈了过来。

"跟我不要太放肆了,便宜货。你已经没时间再来这一招了。你已经被警告了,被郑重警告了。当我不厌其烦地亲自上门,去劝说一个人不要多管闲事时,他就得不管闲事了。否则,他就会倒地,永远也站不起来了。"

我能感觉到,一股血在顺着脸颊往下流;我能感觉到,颧骨发麻,一直在扩散,整个头都在痛。他出手不重,但他用的东西太坚硬了。我还能说话,没人试图阻止我。

"曼迪,你怎么亲自动手打人了?我本以为,打人是干倒大威利那样的小流氓才做的苦力活。"

"这是私人手笔。"他柔声道,"因为我有个人的理由要教导你。威利那个纯属公事。他以为可以对我作威作福——他的衣服和汽车都是我买的,保险箱也是我帮他填满的,房子的信托资金也是我帮他清偿的,他小孩的学费还是我帮他支付的呢。你一定以为这个杂种会知恩图报的吧。他走进我的私人办公室,当着我手下的面,扇我耳光。"

"为什么?"我问他,隐约希望他是因为疯了,打错人了。

"因为某个涂了金漆的婊子说我们用了灌铅的骰子。那个骚货好像是陪他睡觉的女孩之一。我将她撵出了俱乐部,她赚的每一分钱都没让她带走。"

"似乎可以理解。"我说,"大威利该知道,没有哪一个职业赌徒会诈赌。用不着嘛。可是,我又是什么地方得罪你了?"

他想了想,又给我来了一下。"你让我看上去很孬。干我这一行的,说话从不来第二次。就算是厉害角色,也是如此。得令应该马上照办,否则就无法控制;无法控制了,就管不下去了。"

"我预料事情没那么简单。"我说，"原谅我找条手帕。"

我取出手帕，把脸上的血揩干净。其间，他的枪一直对着我。

"一个廉价的探子，"梅隆德兹缓缓说道，"以为能把我梅隆德兹玩弄于股掌之间，以为可以把我变成笑柄，以为可以看我闹出笑话来。我该给你动刀子的，便宜货。我该把你当生肉切成一条一条的。"

"雷洛克斯是你的哥们儿。"我看着他的眼睛说，"他死了，像一条狗一样被埋在土里，连个墓碑都没有。我不过做了一点儿事情，来证明他的清白。就这，让你看上去很孬了，嗯哼？他救过你的命，却把自己的命给弄丢了。这一切对你来说，都毫无意义。对你来说，有意义的事情是去做一个大人物。除了你自己，对他人，你毫不在意。你根本不是什么大人物，不过爱出风头罢了。"

他的脸变得冷冰冰的了，手臂挥过来，来了第三次。这次的力道可是不小。他还想将手臂抡回去，我上前半步，一脚踢在他的心口上。

我没去想，也没去计划，没想过我是否有机会或输赢会如何，我只是受够了他的叫嚣、给我带来的疼痛与流血，这次也许还有点儿脑震荡。

他弯着腰在喘气，枪从手中落了下去，拼了命地想要伸手去抓，喉咙间发出了不自然的声音。我用膝盖去顶他的脸，他发出了尖叫。

坐在椅子上的人大笑起来。这让我惊呆了。这时，他站起身来，手里的枪也随即举了起来。

"不要打死他!"他温和地说道,"我们要用他当活的诱饵。"

紧接着,大厅里的人影有了动静。奥尔斯从门口进来,面无表情,眼神空洞,却非常镇定。他朝下看着头顶着地板、跪在那里的梅隆德兹。

"软弱。"奥尔斯说,"软得像糊糊。"

"他并不软弱。"我说,"他受伤了。任何人都有负伤的时候。大威利软弱吗?"

奥尔斯看着我。其他人也在看着我。站在门口的凶悍的墨西哥人什么也没说。

"把你嘴里那该死的香烟吐掉!"我对奥尔斯咆哮道,"要么吸,要么不要去碰它。我看见你就恶心。我受不了你!就这句话——我受不了警察。"

他看上去很惊讶。然后,他露齿笑了。

"这是骗局,小子!"他高兴地说道,"你伤得重不重?那个恶鬼打你的脸了?要我看,你这是自找的!你挨这一招挺管用的。"他朝下看着梅隆德兹。梅隆德兹还跪在那里。他像是正在缓缓爬出深井,只爬了几步,就得停下来喘气。

"好一个多嘴的家伙!"奥尔斯说,"得有三个狡猾的律师才能让他住口。"

他将梅隆德兹从地上拉起来。梅隆德兹的鼻子出血了。他从白色夹克的口袋里摸索着手帕,揩掉鼻子上的血,一声不吭。

"你上当了,甜心。"奥尔斯谨慎地告诉他,"我不会太为大威利悲伤的。他那是自找的。但他是警察,你们这些地痞流氓不要再惹警察了——永远别再惹我们了。"

梅隆德兹把手帕从脸上拿开了，看着奥尔斯，看着我，也看着坐在椅子上的那个男人。然后，他缓缓地转过头来，看着门口的那个墨西哥人。他们也都看着他，脸上毫无表情。

这时，不知从哪里亮出了一把刀子，梅隆德兹朝奥尔斯冲了过去。奥尔斯向旁边跨了一步，勒住了他的喉咙，轻松得近乎漠然地打落了他手里的刀。奥尔斯打开双脚，伸直了背部，腿部微屈，一手挎住梅隆德兹的脖子，将他整个身子提溜起来了。他拖着他到了房间的另一头，将他的身子钉在了墙上。然后，他把他放了下来，手却没有离开他的喉咙。

"你只要伸一伸手指头，我就会宰了你。"奥尔斯说，"你试试看！"说完，他把手松开了。

梅隆德兹不屑地朝他笑了笑，看着手帕，将它折叠起来，好让血渍不再露在表层。然后，他又用手帕擦了擦鼻子。他朝下看着那把用来击打过我的枪。坐在椅子上的男人随口说道："就算你拿到了，里头也没有子弹了。"

"骗局！"梅隆德兹对奥尔斯说道，"我第一次听你这么说。"

"你叫了三个打手，"奥尔斯说，"来的却是内华达的三位警官。在拉斯维加斯，有人不喜欢你这样的方式，你总是忘记跟他们清账。有人想跟你谈谈。你可以跟那些警官走，也可以跟我回市中心，被我一副手铐锁在门背后。那边有两个人想看着你关张。"

"上帝帮帮内华达！"梅隆德兹安静地说道。他环顾了一圈，最后看着门口那个凶悍的墨西哥壮汉。然后，他飞快地在胸前画了一个十字，迈出了前门。墨西哥硬汉跟在他身后，然后是另一个——干巴巴的沙漠型男人——捡起刀和枪也走了出去。他关上门。

奥尔斯一动也不动地等在那里。这时,从外面传来关门声,一辆汽车驶入夜色里。

"你确定这些傻瓜都是警察?"我问奥尔斯。

他转过头来,惊讶地看着我。"他们有警徽。"他简短地回答道。

"干得好,本尼!很好。你想想,他能活着回到拉斯维加斯吗,你这个狠心的杂种!"

我去到浴室,打开龙头放了些冷水出来,然后用打湿的毛巾敷在悸动的脸颊上。我看着镜子里的自己,面颊肿得变了形,颜色发青,上面有枪托打在颧骨上留下的锯齿形印痕,左眼下的皮肤也变了颜色。我得难看好几天了。

奥尔斯在我的镜子里出现了。那该死的烟丝在他嘴里翻转着,像猫在逗弄着一只半死不活的老鼠,想让它再逃一次。

"别再想着用计能够赢得了警察!"他粗声说道,"你以为我们让你偷走那份影印件是闹着玩儿的吗?我们预感到,梅隆德兹会来追杀你。我们跟斯塔尔明说了,告诉他我们不能在县里禁绝赌博,但会让它变得难以为继,赚不了钱。暴徒毒打警察,就算是坏警察,也无法在我们管区逍遥法外。斯塔尔要我们相信,他跟此事无关,组织对那事不高兴,梅隆德兹该受到警告。因此,当梅隆德兹打电话要一队外地流氓来整你的时候,斯塔尔就派了三个他认识的熟人,坐的是他的车,花的是他的钱。斯塔尔是拉斯维加斯的一个警察头儿。"

我转过头去看着奥尔斯。"沙漠土狼今晚能够饱餐一顿了。恭喜!警察这个职业真是一个让人升华的神奇而理想的职业，本尼。警界唯一不对劲的是那些身在其中的警察。"

"你够糟糕的了，英雄！"他突然冷静而凶狠地说道，"你走进的是自家的客厅，却让人揍了一顿。这让我忍俊不禁啊。我要因此升官了，小子。这是一个下流的职业，就必须下流地干。让这些人招供，你得给他们一点儿权威感。你伤得并不重。我们不得不让他们伤你一下。"

"真抱歉！"我说，"真抱歉让你如此难过！"

他绷紧的脸朝我贴了过来。"我讨厌赌徒，"他用一种很严厉的声音说道，"就像讨厌毒贩一样。他们到处传播一种病，就像毒贩那样为害诸多无辜。你以为雷诺城和拉斯维加斯那样的城市只提供无伤大雅的娱乐？神经病！那些地方专门招待小人物，招待那些想要不劳而获的傻瓜、揣着薪水袋在那里待上一会儿就把一周的口粮钱给挥霍掉的小子。富有的赌徒输了四万美元不过一笑置之，回头再赌。可是老兄，成就大黑窟的不是富裕的赌徒。最大的剥削是由十美分、二十五美分和五毛钱汇聚起来的，偶尔会来个五美元、十美元的。大黑窟里的钱就像浴室水管里的涓涓细流，最终注满整个浴池。无论什么时候，只要有人提议打倒职业赌徒，我都赞成。我喜欢这样的提议。无论什么时候州政府从赌博行业收取费用充当税金，它就是在纵容暴徒职业。理发师和美容院小姐直接下注两个美金，那就是献给赌博联合组织的。那就是赌博业的利润所在。人们想要的是诚实的警察队伍，对吗？为什么？保护那些优待卡持有者。本州有合法的跑马场，全年营业。他们正当经营，州政府合法分赃。跑马场每收一个美元，下注到捎客那里的钱就有五十美元。一张卡片上有八九场赛马。其中有一半是那种无人注意的小赛局。只要有人开口，就可以作弊安排最终的胜负。赢下一场比赛，骑师只有一种办法，输的方法却有二十种。只要骑师在行，哪怕每隔八根柱子就有一人相守，却也奈何骑师不得。这是合法的赌博，干净而又正直的事业，州政府批准的。因此，它没什么错，对吗？在我看来，却并非如此。因为它是赌博，培养了赌徒。因此，说起来的话，赌博只有一种，全是要不得的。"

"感觉好点儿了？"我问他。我在自己伤口上涂了些白碘酒。

"我是个又老又疲累的警察，所有的感觉就是悲伤。"

我回过头去盯着他。"你是一个他妈的好警察，本尼。但你还是错得离谱。从某些方面来说，警察全都是一个样。他们都怪错了人。只因有人在赌桌上把薪水输掉，就禁绝赌博？有人酗酒，就禁绝烈酒？有人开车撞死人了，就禁绝汽车？有人跟女孩在旅馆开房间被扒，就禁绝性交？有人跌下楼梯，就禁绝房屋？"

"哦，闭嘴！"

"没错，把我的嘴封住，我不过是一个普通老百姓。省省吧，本尼！我们之所以有暴徒和职业犯罪集团、打手，并非因为有奸诈的政客，以及他们安排在市政厅和立法机构的跟班。犯罪不是疾病，而是征兆。警察就像是用阿司匹林治人脑瘤的医生，不过警察更愿意用金属棒来加以治疗罢了。我们是多民族的聚合体，粗暴、富有而充满野性，犯罪是我们为此付出的代价，组织犯罪则是我们为组织付出的代价。犯罪将会伴随我们很长一段时间。组织犯罪只是强力美元肮脏的一面罢了。"

"干净的一面是什么?"

"我从未见过。也许哈兰·波特能告诉你。我们喝一杯吧!"

"你进门的时候,气色不错啊。"奥尔斯说。

"当梅隆德兹对你拔刀相向的时候,你看上去更好!"

"握个手吧!"他说着,伸出手来。

我们喝完酒,他就从后门离开了。他头天晚上顺道来探听情况,今天撬开后门进屋,现在还从原路返回。后门往外轻轻一碰就会打开。门扉太过老旧,木头都干了,缩了。只需将门铰链的栓钉撬出来,剩下的就再容易不过了。奥尔斯需要翻越山坡,走过一条街,去到他停车的地方。临走前,他指着门框上的一处凹痕给我看。打开前门对他来说一样容易,却需破坏门锁。那样的话,会太明显了。

我看到他身前射出一道手电筒的光芒,透过树林的阴影,消失在斜坡外。

我锁好门,调了一杯温和的酒,回到起居室坐了下来。我看了看表,还早。但我的感觉却是,回家后,已经很长时间过去了。

我走到电话机旁,拨通了接线员,告诉了她罗林家的电话。管家问我是谁,然后去看罗林太太在不在。她不曾外出。

"我正是那只羊。"我说,"不过,他们把老虎给活捉了。我脸上现在青一块、紫一块的。"

"有时间了你一定给我说说。"她活像人已到了巴黎似的,声音听上去很遥远。

"我可以一边喝酒,一边说给你听,如果你有时间的话。"

"今晚？哦，我正在收拾行李，准备搬走。今晚恐怕是不可能了。"

"是的，我明白。好了，我只是想着你或许有兴趣了解一下。多谢你好心警告我。那跟你老头一点儿关系都没有。"

"你确定？"

"确定。"

"哦，等我一下。"她离开了一会儿。再回来的时候，声音显得温暖多了。"也许我能凑合着喝一杯。在哪里？"

"地方随你选。今晚我没车，但我可以打出租车的。"

"废话。我来接你。不过要一个小时或更长时间。地址是什么？"

我把地址告诉她了，然后就挂断了电话。我将门廊的灯打开了，站在敞开的门口吹着夜风。现在，空气变得凉爽多了。

我回到屋里，试着给罗尼·摩根打电话，却无法联络上他。然后，我莫名其妙地把电话打到了拉斯维加斯的淡水龟俱乐部，说要找兰迪·斯塔尔先生。他可能不会接的，但他接了。电话里，他是一种冷静能干、经验丰富的口吻。

"很高兴接到你的电话，马洛。特里的朋友就是我的朋友。有什么我可以效劳的？"

"梅隆德兹正在回来的路上。"

"回哪儿的路上？"

"拉斯维加斯。跟你派去追他的三个暴徒坐在一辆带红色大灯的黑色卡迪拉克大轿车上。我猜那是你的车。"

他大笑起来。"在拉斯维加斯，正如一个报纸记者所说，人们把凯迪拉克当拖车。究竟是怎么回事？"

"梅隆德兹带了两个小流氓到我家来盯梢,他的本意是想把我毒打一顿——说得难听一点——只是因为报上刊载的一篇文章。在他看来,罪责全都在我。"

"该不该怪到你头上呢?"

"我可没开报社,斯塔尔先生。"

"我也没让凯迪拉克里坐满暴徒,马洛先生。"

"他们可能是警官。"

"无可奉告。还有别的事吗?"

"他用枪托敲我,我踹在他的心口,用膝盖撞了他的鼻子。我似乎很不满意。但我仍然希望他能活着回到拉斯维加斯。"

"他要是走的这个方向,我确信他能活着回来。我恐怕得收线了。"

"稍等,斯塔尔先生。奥塔托克兰那件事你参与了吗,还是梅隆德兹一人干的?"

"又来了?"

"别开玩笑了,斯塔尔!梅隆德兹生我气的原因并非他所说的。那样的话,他不至于到我家盯梢,像对待大威利那样对待我。动机不够充分。他警告我说,不要管闲事,不要去管雷洛克斯案件的真相。但我管了,因为事情刚好是朝着那个方向发展的,真相自然而然就水落石出了。于是,他就采取了刚才我跟你说过的行动。因此,我要说,一定有说起来更充分的原因。"

"我明白了。"他缓缓地说,显得温和而平静。"在你看来,特里之死有些地方不对劲?比如说,他不是开枪自杀的,是他杀?"

"我想，细节会有助于人们做出正确判断。他留下的所谓自白，是假的。他给我写了一封信，还寄出来了。旅馆里会有侍者或杂役偷着溜出来，帮他把信寄了。他被困在旅馆里出不来。信里附了一张大钞。他在信的末尾说，有人来敲门了。我想知道当时进屋的人是谁。"

"为什么？"

"如果是杂役或服务生，他大可以在信的末尾再加一行，予以说明。要是警察的话，信就无法寄送出来了。那么，这个人是谁呢？为什么特里要写上这样一封自白书呢？"

"不知道，马洛。我一点儿也不知道。"

"抱歉打扰你了，斯塔尔先生。"

"谈不上打扰。很高兴接到你的电话。我会问问梅隆德兹，看他是否知道什么。"

"好的——如果你能再见到他——要是他还活着的话。如果没有见到，就想办法去查。否则，其他人不会袖手不管的。"

"你吗？"他现在的声音变得强硬起来了，但还是很平静。

"不，斯塔尔先生。不是我。是一个大气都不用喘就可以把你一口气吹出拉斯维加斯的人。相信我，斯塔尔！只管相信我吧！这完全是实话实说了。"

"我会看到梅隆德兹活生生的。不要为那个担心，马洛。"

"我猜你已然全都知道了。再见，斯塔尔先生！"

49

汽车停在屋子前面。门是开着的,我走出去,站在台阶的顶端朝下喊话。这时,中年的黑人司机正开着门,等她出来。

他提着一个小的提袋,陪同她走上台阶来。我只好静静地等着。

她来到台阶的顶端,就转向司机说:"马洛先生会开车送我回旅馆,阿莫斯。万事多谢了。早上我再给你打电话。"

"是的,罗林太太。我可以问马洛先生一个问题吗?"

"当然可以,阿莫斯。"

他将提袋放在门里。她从我身边走了过去,撇下了我们俩。

"'我老了——老了——我会把裤腿卷起来的。'这都是什么意思,马洛先生?"

"不是什么了不得的话,只是音韵不错罢了。"

他笑了。"这是《阿尔弗雷德·普拉洛夫罗情歌》里的。还有一句:'屋里女人来回走,大谈米开朗基罗。'你听了有何感想,先生?"

"是的。对于我来说,这个家伙不太懂女人。"

"深有同感,先生。不过,我是非常敬仰 T. S. 艾略特的。"

"你说'不过'?"

"怎么,我就是这么说的,马洛先生。不正确吗?"

"不。不过,在百万富翁面前可不要这么说。否则,他会以为你想给他敲什么警钟之类的。"

他戚然一笑。"我做梦都不会这么想的。你是不是出了什么意外了,先生?"

"没有。那都是计划之中的事。再见,阿莫斯。"

"再见,先生。"

他沿着台阶往回走,我则回了屋子。琳达·罗林正站起居室中间,四处张望着。

"阿莫斯是霍华德大学毕业的。"她说,"对你这样危险的人物来说,住的地方也太不安全了,对吗?"

"世上没有哪个地方是安全的。"

"瞧你可怜的脸!都是谁干的?"

"梅隆德兹。"

"你怎么对付他的?"

"没什么大不了的。我踢了他一两下。他掉进陷阱里了。目前,他正在三四名凶狠的内华达警官的陪同下前往内华达。别再提他了。"

她在长沙发上坐了下来。

"你想喝点儿什么?"我问她。我找了个烟灰缸,伸手递到她面前。她说她不想抽烟,喝什么都行。

"我想起了香槟。"我说,"我没有冰桶。不过酒很凉了。我储存它们好几年了。两瓶,柯达·罗奇牌酒。我猜不错的。不过,我不是品酒专家。"

"储存它们干什么?"她问。

"为你而备啊。"

她笑了,双眼盯着我的脸。"你满脸是伤。"她伸出手指，在我脸颊上轻轻抚摸。"为我而备？不太可能。我们认识才不过两个月。"

"那我的储存就是为了我们相识。我去取一下。"我拎起她的小提袋，朝房间的另一头走过去。

"你要把提袋拎到什么地方去？"她大声问道。

"这是过夜用的东西，对吗？"

"放下它，回到这里来。"

我照她说的做了。她的眼睛很明亮，眼神却是昏昏欲睡的样子。

"这倒是新鲜。"她缓缓地说道，"真新鲜！"

"怎么个新鲜法？"

"你从未用过一根手指头碰过我，没有送过秋波，没说过一句暗示的话，没有亲昵的抚摸。什么都没有。我以为你是粗暴、爱嘲讽人、凶巴巴、冷冰冰的一个人。"

"我想，我有时就是这么一个人。"

"现在我来了。我猜，你准备在毫无前兆的情况下，等我们喝了够量的香槟之后，就把我抓起来扔到床上，对吗？"

"坦白地说，"我回答道，"我脑海深处，这样的念头确实被激发起来了。"

"我有些受宠若惊了。但如果我不想这样呢？我喜欢你！我非常喜欢你！但这并不意味着我要跟你上床。你的结论来得有点儿草率了吧，只因为我带了一个过夜的小提袋。"

"可能是我错了。"我说着，去把她的提袋取了，放回到前门处。"我去拿香槟。"

"我无意伤害你的感情。也许你愿意将香槟留到更幸运的场合再开。"

"只有两瓶。"我说,"真正幸运的场合需要一打的。"

"哦,我明白了。"她说道,突然变得很生气了。"我不过是暂时填补你的空窗期的,你在等着更美、更迷人的女孩出现。多谢你了。现在,是你伤害我的感情了。不过,我想,我在这里就是很安全的了。你要是认为一瓶香槟就能把我变成荡妇,那我就要告诉你,你大错特错了。"

"我已经承认错误了。"

"我跟你说过我要离婚这一事实,而且我还带着提袋让阿莫斯送我来这里,但这些并不表示我就这么随便。"她说道,仍然很生气。

"他妈的提袋!"我大声道,"去他的提袋!再提它的话,我就把这个东西扔下前面的台阶去。我邀请你来喝一杯,刚刚不过是要去厨房取酒。这就是全部。我一点儿都没有想要你喝醉的念头。你不想跟我上床,我完全理解。我没有理由觉得你应该如此,但我们还是可以共饮一两杯香槟的,对吗?我们用不着去争论谁被引诱,何时、何地和饮了多少香槟之后。"

"你用不着生气。"她绯红了脸说。

"这不过是另外一招棋。"我咆哮道,"这样的招数有五十种,但都令我讨厌。招招都有假,都带着眉来眼去的意味。"

她站起身来,走过来靠近我,指尖轻轻掠过我脸上的伤口和肿起的地方。"对不起,我很累,很失望。请对我温柔一点儿。对任何人来说,我都不是廉价货品。"

"你并比大多数人累,也不比大多数人失望。按理说,你应该跟你妹妹一样,是一个被宠坏了的喜欢滥交的肤浅女孩。竟然出现了奇迹,你不是那样的人。你拥有你们家族一切正直的美德和大部分的胆识,你无需人家善待你。"

我转身走出房间去,顺着大厅来到厨房。我从冰箱里取出一瓶香槟来,拔出软木塞,飞快地倒了两个浅杯。我喝了一杯,呛得眼泪直流。但我紧接着又喝光了另一杯,然后把杯子重新倒满了。我把酒杯与酒瓶都放在托盘上,把它们端进了起居室。

她不在那里,小提袋也不见了。我放下托盘,打开前门。我不曾听见开门声,她也无车可驾啊。我根本什么声音都没听到啊。

这时,她站在我身后说话了。"白痴,你以为我要逃走吗?"

我把门关上,转过身来。她把头发散开了,光着脚穿了一双带羽毛的拖鞋,身穿一件带日本图案的晚霞色彩的丝质睡袍,含着让人想不到的羞怯的笑容,朝我缓缓走了过来。

我递了一杯香槟给她。她接了过去,啜饮了两口,递了回来。

"很好。"她说。然后,她静静地、没有任何虚情假意地投入我的怀抱,把嘴唇压在我的嘴唇上,还张开了嘴唇与牙齿,她的舌尖找到了我的。过了很长时间,她脑袋往后仰,手臂仍然搂着我的脖子,两眼晶亮、晶亮的。

"我一直都有此意。"她说,"我只是不想它那么容易就成功。我自己也不知道是为什么。也许不过是神经过敏吧。我其实根本就不是一个放浪的女人。可惜吧?"

"我要觉得你是那种放浪的女人,早在维克多酒吧认识你的时候,就给你暗送秋波了。"

她缓缓地摇了摇头，微笑道："我可不这么想。所以，我才要来这里。"

"也许那天晚上不会。"我说，"那天晚上别有情怀。"

"也许你永远不会在酒吧为女人送秋波。"

"不常送。那种地方的灯光太暗淡了。"

"但许多女性去到那种地方，就是为了接收秋波的。"

"很多女性清早一起床就会有这种念头。"

"不过，某种程度上，烈酒就是春药。"

"医生会推荐它。"

"谁要跟你说医生了？我要喝香槟。"

我再次吻了她。这种活儿干起来真是轻松而愉快。

"我要吻吻你可怜的脸颊。"说完，她就做了。"热得像是火在烧呢。"她说道。

"其他部分却是冷若冰霜呢。"

"才不呢。我要香槟。"

"为什么？"

"再不喝，就会跑气了。再说了，我也喜欢那种味道。"

"好吧。"

"你是不是很爱我？若是我跟你上床，你会爱我吗？"

"也许。"

"你用不着一定要跟我上床的，你知道。我不会坚持到底的。"

"谢谢你。"

"我要香槟。"

"你有多少钱？"

"加起来？我怎么知道？大约八百万美元吧。"

"我决定跟你上床。"

"唯利是图的雇佣兵!"她说。

"香槟是我出钱买的。"

"滚你的香槟吧!"

50

一个钟头后,她伸出裸露的手臂来挠我的耳朵。"你会考虑娶我吗?"

"维持不了六个月的。"

"好吧,看在上帝的分上,"她说,"就算维持不了六个月,那不也是很值得的吗?你指望从人生得到什么?难道需要所有风险都不去承担吗?"

"我四十二岁了,被自由和独立宠坏了。你也被宠坏了——不太严重——被大把的钞票。"

"我三十六岁了。有钱不丢脸,因为钱而结婚也不丢脸。大多数有钱人不配有钱,他们不知道怎样用钱去安身立命。那样的话,就不会长久。我们会再经历一次战争。到头来,谁也不会再有半毛钱了,除了骗子和投机者。其他人都会因为税负而变得一穷二白的。"

我摸了摸她的头发,将一束发丝绕在指间。"你说的也许没有错。"

"我们可以飞到巴黎去。"她用手肘支起上半身,俯视着我。我看得见她眼中的亮光,但我读不懂她的表情。"你对婚姻有反感吗?"

"一百个人中只有两个人的婚姻是美满的，其余人都是在勉强维持。二十年后，男人留下来的就是车库里一个工作板凳，此外一无所有。美国女孩棒极了。美国太太兼并了太多他妈的领土。何况——"

"我要来点儿香槟。"

"何况——"我说，"对你来说，这不过是一段小小的插曲。首次离婚会让人有所触动，以后就不过是经济问题了。对你来说，易如反掌。十年后，当你在街头跟我擦肩而过的时候，你不定会想，这个人我究竟在哪里见过——如果你注意到了我的话。"

"你这自足、自满、自信、冷冰冰的混蛋。我要香槟。"

"只有这样，你才会记得我。"

"而且还自负，从头到脚的自负。现在，多了一点儿轻微的瘀伤。你觉得我会把你记住？我为何要记住你？"

"抱歉，我高估了自己。我去帮你取香槟。"

"我们不是很甜蜜、很理性的吗？"她讽刺道，"我是一个富人，亲爱的。往后，我会比现在更富有。我会把全世界买给你，只要你值得我付出。你现在有什么？只有一座空屋可回，连一只狗和猫都没有；只有一间又小又闷的办公室可以坐，可以等。就算跟我离婚，我也不会让你再落到那步田地去的。"

"你怎么拦得住我？我又不是特里·雷洛克斯。"

"拜托了。不要再跟我谈起他；也不要谈那个金色冰柱，也就是维德家的女人；不要谈她那个可怜的酒鬼丈夫。你想成为世界上唯一拒绝我的人吗？这算是哪门子自尊？我已给了你我有生以来能够给出的最多的恭维。我求你跟我结婚。"

"你已给过我更大的恭维了。"

她开始哭泣起来。"你这傻瓜！你这个十足的傻瓜！"她泪流满面，我触到了那上面的泪水。"就算婚姻只能维持六个月或一年或两年，你会损失什么呢？不过是办公桌上会少了灰尘，百叶窗上会少了灰尘，生活会少了空虚和寂寞。"

"你还要来点儿香槟吗？"

"好的。"

我把她拉得靠自己近一些，她贴着我的肩头在哭。她并没有爱上我，我们都知道这一点。她的哭泣不是为我，只不过是恰好到了她要流泪的时刻了。

然后，她抽身开去。我下了床，她去到洗手间去补妆。我去取了香槟，她回来的时候已经笑眯眯的了。

"抱歉，我哭了。"她说，"六个月后，我甚至都不会记得你的名字了。把它拿到起居室去吧。我想在灯光下喝。"

我照她说的做了。她坐在之前坐过的长沙发上，我把香槟放在她面前。她看着玻璃杯，却没有去碰它。

"我会自报家门的。"我说，"我们再一起共饮一杯！"

"像今晚一样？"

"永远不会再像今晚了。"

她举起香槟酒杯，慢慢地喝了些。她从长沙发上转过身来，把剩下的香槟酒倒在我脸上。然后，她再次哭了起来。我取出手帕来擦脸，也帮她擦了擦。

"我不知道自己为什么会那样。"她说，"但看在上帝的分上，我是一个女性，而女性从来都不会知道自己为什么要这么做。"

我往她杯里续了些香槟，对她笑了笑。她慢慢地喝了，从另一侧转过身来，倒在我腿上。

"我累了。"她说，"这次你得把我扛过去了。"

一会儿后，她就睡着了。

到了早上，她还在酣睡。我起床后，煮好了咖啡。等我洗完淋浴，刮了胡子，穿好衣服了，她才醒来。我们一起吃了早餐。我叫了出租车，拎着她的小提袋下了台阶。

我们互道再见。我看着出租车在视线里消失，走上台阶，去到卧室，将床铺重新整理了一遍。我在一个枕头上发现了一根浅黑色的长发，胃里感觉像是灌了铅。

对这种感觉，法国人发明过一句话来形容——那些杂种对任何事情都有自己的说法，而且永远正确——道别一次，等于小小的死一次。

51

西维尔·恩迪科特说他要加班，说我可以在傍晚大约七点三十分的时候顺便拜访他。

他在楼里的转角处有间办公室，地上铺着蓝色地毯。屋里摆了一个四角雕花的红木书桌，显得古老而贵重。在几个普通的玻璃门书架里，摆满了芥末黄色的法律书籍、著名英国法官斯拜尔创作的非同寻常的卡通画。南墙上有一幅奥利弗·福尔摩斯法官的大型肖像画，孤零零的。恩迪科特的椅子镶了黑色皮革。离他不远处，有一个敞开的卷盖桌，里面塞满了纸张。这样的办公室，装潢设计师不会再有机会去加以美化了。

他穿着长袖衬衫，看上去很累。不过，他天生就是那样的一张脸。这个时候，他正在抽一种没有味道的香烟。烟灰掉在他松松垮垮的领带上。他那柔软的黑发掉得到处都是。

我坐下来后，他安静地盯着我，然后说道："你真是我遇到的最顽固的杂种。别跟我说你还在清理那一团乱麻。"

"有些事情让我担心。我要是说，你当时来监狱看我是作为哈兰·波特的代表，你现在会觉得无所谓了吗？"

他点了点头。我用指头轻轻碰了碰一侧的脸。伤口愈合了，肿也消了。不过，有一处可能伤到神经了，脸颊有的地方还是发麻。我无法不去注意它。时间到了，它就会好的。

"当你前往奥塔托克兰时，你会被指定作为地方检察官办公室那些成员的代理。"

"是的。不过，你不用强调这一点，马洛。这是一个很有价值的人脉。也许我把它看得太重了一些。"

"但愿仍然有价值。"

他摇了摇头。"不，已经了结了。波特先生通过他在圣弗朗西斯科、纽约和华盛顿的公司做着合法生意。"

"我猜，他会讨厌我的大胆的，仔细想想的话。"

恩迪科特笑了。"说来也够奇怪的，他把事情都怪罪在他的女婿——罗林医生身上了。一个像哈兰·波特先生那样的男人，是无需责备某人的。他自己不可能出错的。他觉得，如果罗林医生没有给那个女人开出那么多危险药品的话，就什么事情都不会发生了。"

"他错了。你在奥塔托克兰看到了特里的尸体，对吗？"

"我确实看到了，在一家家具商店的深处。那边没有正式的殡仪馆，也做棺材。尸体冰凉冰凉的了，我看到了他太阳穴上的伤口。死者的身份不成问题，如果你在这一方面有疑问的话。"

"不，恩迪科特先生，我没有怀疑。因为以他的情况来看，不太可能会出错。为他化过妆，对吗？"

"脸和手发黑，头发染成了黑色。伤疤还是很明显。当然啦，由他家里的东西上头，指纹是不难核查的。"

"他们那边的警力怎么样？"

"很普通。头儿不过粗通文墨。但他懂得指纹一事。天气很热，你知道，非常热。"他皱了皱眉头，将香烟从嘴里取了下来，漫不经心地扔进了一个黑色玄武岩之类的大容器里。然后又补充道："他们不得不从旅馆取冰来，大量的冰。"说着，他再次看了看我，"没有用防腐剂。一切必须尽快进行。"

"你说过西班牙语吗，恩迪科特先生？"

"一词半语罢了，大多由旅馆经理翻译。"他笑了，"那个家伙是一个衣着很考究的斯文人，看上去强硬，但很有礼貌，对事情很有帮助。没费多大工夫，事情就妥了。"

"我从特里那儿收到了一封信。我想，波特先生对此已经知道了。我跟他的女儿说过，就是罗林太太，我把信给她看了。里面有一张麦迪逊的肖像。"

"一张什么？"

"一张五千美元的大钞。"

他扬起眉毛。"真的。好吧，他确实花得起这样一大笔的。复婚时，他太太给了他二十五万美元。我有一个想法，他是想去墨西哥生活，远离这里发生的一切。我不知道那些钱都怎么样了。我没有查到那个方面。"

"恩迪科特先生,信在这儿。也许你想看看的。"我取出来信,交到他手里。

他仔细读了,以律师那种严谨的方式。看完后,他把信放在桌上,头向后仰去,双眼茫然看向虚空。

"有点儿文绉绉的,对吗?"他安静地说,"我不知道他为什么要这样做。"

"你是说他把自己杀了、写下自白书,还是写信给我?"

"我当然说的是他自杀和写下自白书的事。"恩迪科特高声道,"那封信是可以理解的。至少你为他做的事,还有后来的一切,都得到了补偿。"

"邮箱的问题叫我很不安。"我说,"他说,窗户外的那个大街上有个邮箱,旅馆的服务生会把信举起来给他看看,让他知道信是真的寄送出去了。"

恩迪科特的眼里现出了睡意。"为什么?"他淡然问道,然后又从一个方盒子里取出一根过滤嘴香烟来。我隔着桌子递上了打火机。

"奥塔托克兰那种地方不会有的。"我说。

"说下去。"

"我最先没有想到。后来,我查看了那个地方。那不过是一个小村落罢了,据说人口在一千到一千二百之间,只有一条铺了半截的街道。警察头儿只有一辆A型的福特,权当公务车用了。邮局在肉店的一个角落里。那儿有一家旅社,两家小酒馆。道路也不行。有一个小机场。附近山区有人打猎,很频繁。因此有了机场。这是到那边去唯一妥当的办法。"

"接着说。我知道打猎的事儿。"

"因此，说那里的街上有邮箱，就像说它有跑马道，有高尔夫球场、回力球场和带有彩色喷泉、音乐台的公园一样。"

"那样的话，就是他弄错了。"恩迪科特冷冷说道，"也许是一个看来像是邮箱的什么东西，比如垃圾容器之类的。"

我站起身来，伸手去取信，将它折叠好了，放回自己的口袋里。

"垃圾容器。"我说，"没错，就是它。它们在垃圾桶上刷上了绿、白、红等墨西哥色彩，还有一个标志，用清晰的模版印刷大字标明道：'维持本市清洁。'当然，用的是西班牙文。垃圾桶的四周，围躺着七只癞皮狗。"

"不要耍小聪明，马洛。"

"要是我在耍小聪明的话，抱歉了。另一个小问题，我已经跟斯塔尔提过了。信怎么会寄出来呢？照信上的说法，方法早就准备好了。原来有人告诉过他邮箱的事。原来有人在撒谎。可是照样有人寄出了装有五千大钞的信。错综复杂，不是吗？"

他吐了一个烟圈，看着它飘远。

"你的结论是什么？为什么要把斯塔尔扯进来？"

"斯塔尔和一个姓梅隆德兹的卑鄙小人——现在已被赶出了我们的地界——是特里在英国军队里的战友。在某种程度上，可以说差不多在全部意义上，他们都不对劲。但他们仍然不乏自尊之类的。这边有人出于明显的原因，策划了一种障眼法。奥塔托克兰那边则出于完全不同的原因，用上了另外一套障眼法。"

"你的结论是什么？"他又问了一次，语气更加尖锐了。

"你的结论呢?"

他并不回答我。我只好谢谢他的接待,告辞而去。

当我打开门的时候,他皱起了眉头。不过,我觉得那是因为疑惑而致的很自然的反应,或许他正在试图回想旅馆朝外看过去的状况和那里是否有邮箱。

接下来,在某个星期五的上午,我发现有一个陌生人在我的办公室等我。他是一个衣着考究的墨西哥人或是混血人种。他坐在敞开的窗户旁,抽着一根味道浓郁的褐色香烟。他个儿高,身型有些苗条,很优雅,黑色的胡须与头发比一般人的要长,却都打理得很整齐,身穿质地疏松的浅黄褐色套装,戴着绿色的太阳镜。见到我,他有礼貌地站了起来。

"马洛先生?"

"我能帮你什么?"

他交给我一张折叠起来的报纸,用西班牙语说了好大一通。

"啊,倒是不快。要是说英语的话就更好了。"

"那么,我就说英语吧。"他说,"对于我来说,也是如此。"

我接过报纸,看了起来。"这个介绍的是西斯科·玛拉诺斯,我的一个朋友。我想,他能把你修理成 S 型的。"

"我们进屋吧,马洛先生。"

我为他打开了门。他从我身边走过的时候,我闻到一阵香味。他的眉毛也是他妈的那样的精致。但他也许不像看上去的那样的品位高雅,因为他脸的两侧都有刀伤留下的疤痕。

52

他在专为顾客准备的椅子上坐了下来,跷着二郎腿。"你希望从我这里听到什么信息,马洛先生?我也是听说的。"

"不过是刚才的那一幕。"

"我当时就在现场,先生。我就在旅馆的某个有利位置上。"他耸了耸肩。"那个并不重要,当然也是临时的。我是日班服务员。"

他说着流利的英语,但带着西班牙口音。西班牙语——美式的西班牙语——不断地有升调和降调。那对一个美国人来说,对于意义的表达像是毫无用处,像是大海的波浪。

"你不看报纸的。"我说。

"有困难。"

"那封信是谁寄给我的?"

他把烟盒伸了过来。"试一试这种烟!"

我摇了摇头。"对我来说,太烈了。我喜欢的是哥伦比亚香烟。古巴香烟就像是谋杀者。"

他淡然一笑,为自己点燃了另一个药丸,把烟摇灭了。这个家伙是他妈的如此的优雅!这惹恼了我。

"我知道关于那封信的事,先生。莫佐恐怕去了雷洛克斯先生的房间,古阿达在那里担任守卫的职责。也就是你说的警察或是条子。因此,我自己拿着信去了克雷欧。你知道的,就在射击发生之后。"

"你应该看看里面装的是什么。里边装有一大笔钱。"

"信被封口了。"他冷冰冰地说,"名誉禁绝歪门邪道,先生。"

"我道歉。请继续。"

"雷洛克斯先生左手握着一张一百比索的钞票。这时,我进了房间,当着古阿达的面把门关上了。他右手握着一把枪。信就在他面前的桌子上。也可能是我不曾看过的另一张纸。我拒绝了那张钞票。"

"钱太多了。"我说。他对我的嘲讽没有任何反应。

"他坚持着。因此,我最后收了钞票,后来我把它给了莫佐。我把信从咖啡托盘里的餐巾纸下取了出来。警察狠盯着我,却什么也没有说。当我听到枪声的时候,正要朝椅子坐下去。我很快地把信藏好,跑回到楼上去。警察试着将门撞开。我用钥匙将门打开后,发现雷洛克斯先生已经死了。"

他的手指沿着桌子边沿轻轻移动,叹了一口气。"毫无疑问,接下来的部分你都知道了。"

"旅馆住满人了吗?"

"没有住满,没有。只有五六个旅客。"

"美国人?"

"两个美国人,是猎人。"

"真正的外国佬或者不过是移民过来的墨西哥人?"

他的指尖在浅黄褐色裤子膝盖的位置上缓慢移动着。"我认为,其中一个一定来自西班牙。他说着边界一带的西班牙语,很不雅。"

"他们离雷洛克斯的房间都很近?"

他猛地抬起头来,但我看不到他绿色墨镜后面的眼神。

"他们为什么要那样，先生？"

我点了点头。"好吧，你能来这里告诉我这一切，真是太好了，马拉诺斯先生。跟兰迪说，我再感激不过了，好吗？"

"没有问题，先生。其实也没什么。"

"再往后，他要是有时间，再给我送一个知道他说了什么的人过来。"

"先生，"他的声音轻柔，却是冷冰冰的。"你怀疑我说的一切？"

"你们这些家伙总会谈起名誉。有时，名誉不过是小偷的外衣罢了。不要生气，安静地坐在那里。我用另一种方式跟你讲述一下。"

他将身子朝椅子深处靠了过去。

"我这不过是脑力推理，也可能出错。但也可能是对的。这两个美国人去那里是有目的的。他们乘坐的是飞机，假扮成猎人。其中一个姓梅隆德兹，是一个暴徒。他或许是以其他姓氏注册的，或许没有。这一点我无法确定。雷洛克斯先生知道他们就在那里，也知道为了什么。他给我写了那封信，是因为他有了犯罪感。他让我卷入事件当中，但他又是那么好心的家伙，我无法对他置之不理。他在信里放了一张大钞，那是五千美元。他这么做，是因为他有很多钱，而我没有。他也在信里隐含了一些潜在的线索，或明或暗。他是那种顾客，总要把事情做得尽善尽美，可有时候并不总能尽如人意。你说你把信送去了邮局，为什么你不把信投到旅馆前面的邮筒里呢？"

"邮筒，先生？"

"就是邮政信箱。"

他微微一笑。"奥塔托克兰不是墨西哥的城市，先生。那是一个很落后的地方。奥塔托克兰街上有邮箱？那里没人会懂得它是干什么的，没人会从那里取信的。"

我说道："哦，好吧，略过它不说了。你没有用托盘送咖啡去雷洛克斯的房间，马拉诺斯先生。你也没有跟在警察身后进去他的房间。进去那个房间的是两个美国人。当然，警察被修理了。所以说，除了他们，另外还有几个人的。一个美国人从后面对雷洛克斯予以重击，然后他取出毛瑟枪，将弹夹打开，取出子弹，再把弹夹放回去。然后，他把枪放到雷洛克斯的太阳穴上，拉动了扳机。一个完美的伤口制造出来了，却绝非致命伤。然后，他被担架抬了出来，上面盖得严严实实的，隐藏得很好。当美国律师到达时，雷洛克斯被人装殓了，化了妆，躺在冰里，放在棺材铺的屋子深处。美国律师在那里看到了雷洛克斯，尸体已经冷冰冰的了，脸上残留的满是惊愕的神色，太阳穴上有一个血黑色的伤口。他是登时毙命的。第二天，他的棺材就埋在了石堆里了。美国律师带着指纹和文件回来了。你觉得如何，马拉诺斯先生？"

他耸了耸肩。"那是有可能的，先生。这个案件关涉到钱和影响。要是梅隆德兹跟奥塔托克兰的某个重要人物——镇长或者旅馆主人等有关的话，也许有这个可能。"

"好吧，那也是可能的。这个说法不错。这就能解释他们为什么要选一个如此偏远的地方——奥塔托克兰了。"

他脸上快速闪过一丝微笑。"那么，雷洛克斯也许还活着呢，不是吗？"

"没错。自杀不过是支持自白书的一个幌子。这个足以愚弄一个美国律师,他曾经做过地方检察官。他要是想愚弄现任地方检察官,只会适得其反。这个姓梅隆德兹的人并不像他自己想象的那么强硬,但他却强硬地用枪托击打我的脸颊,好让我不要插手这件事情。这样的话,他必须找到理由。如果假象得以暴露的话,梅隆德兹恰好就是这出国际丑剧的核心人物。梅隆德兹不比我们更喜欢不正当的警察工作。"

"这一切都是可能的,先生,正如我知道的。你却指责我撒了谎。你说我没有去过雷洛克斯先生的房间,也没有取走信件。"

"你已经在房间里了,老兄。正在起草那封信来着。"

他伸出手去,把深色太阳镜摘了下来。没人能够改变一个人眼睛的颜色。

"我猜,对于一杯'锥子'酒来说,有点儿太早了。"他说。

53

早在墨西哥城,他们就对他干下了一件奇异之事。不过,为什么不呢?他们的医生、技师、医院、画家、设计者都跟我们的一样优秀,有时还会更优秀些。一个墨西哥警察发明了一种方法——用硝酸盐粉末来对石蜡制品进行测试。他们无法使雷洛克斯的脸更加完美,却也足够成功了。他们对他的鼻子加以改造,从里面取出来一些骨头,让鼻子看上去更平些,使得他作为北欧日耳曼人的特征不那么明显。他们无法将脸上的伤疤消除得更彻底,因此就在脸的两侧各自留了一道伤疤。在拉美国家，刀子留下的伤疤不会很普遍。

"他们甚至在伤疤上做了神经移植。"他说，触碰了一下他脸上不那么理想的一侧的伤疤。

"那得要多匹配？"

"要足够匹配。许多细节都出错了，但那些不重要。成交很快，很多部分都是即兴的，我自己都不知道会发生什么。我被告知要做某件事，并留下清晰的痕迹。梅隆德兹不喜欢我写给你的信，但我很坚持。他把你低估了。他从来都不曾注意到那个邮箱。"

"你知道是谁杀了塞维娅吗？"

他没有直接回答我。"很难将一个女性跟一桩谋杀案扯上关系，就算她对你并不意味着很多。"

"世事多艰。这一切，哈兰·波特都知道吗？"

他的脸上再次浮起了微笑。"这种事，他会乐意大家知道吗？我猜不会的。我在想，他一定认为我已经死了。否则，谁会告诉他真相呢？除非那个人是你。"

"我能告诉他的话可以放入割草机的刀片里，寥寥无几。这些天里，梅隆德兹怎么样？或者说现状还好？"

"他还好，在阿卡波可待着。因为兰迪，他才逃过一劫。他们这些家伙并不赞成对警察耍狠。梅隆德兹不像你想象的那么坏。他有一颗心。"

"蛇也有。"

"好吧。关于那一杯'锥子'酒呢，你是怎么看的？"

我站起身来，没有回答他的问题，去到保险柜那里。我旋开旋钮，取出了装着麦迪逊肖像的信封。里面的五张百元大钞还散发着咖啡的气味。我将信封里的东西一股脑儿地倒在书桌上,然后,捡起那五张一百美元的大钞。"这些东西我留着,用来支付花销及调查取证上。麦迪逊肖像我把玩过了,很享受。现在,它是你的了。"说着,我把它在桌子的一头铺展开来,当着他的面。他看着,但没想着去摸一下。

"它是你的,留着吧!"他说,"我多的是。你本可以对谎言放任不管的。"

"我知道。她杀了自己的丈夫并能逍遥法外之后,事情也许会变得更为有利了。当然,他并无太多的重要性。不过,一个血肉之躯,他是有精神、有情感的。他也了解真相,还带着真相在努力生活。他还是作家。你也许听说过他。"

"听着,我也是身不由己。"他缓缓说道,"我不想要任何人受伤害。在这里,我是一点儿机会都没有了。一个男人无法那么快地对全局作出判断。我很恐惧,因此跑掉了。我当时该怎么办?"

"我不知道。"

"她有点儿魔怔。她反正会把他杀了的。"

"啊,也许吧。"

"好吧,放轻松些。我们去一个凉爽又安静的地方喝上一杯吧!"

"现在没时间,马拉诺斯先生。"

"我们曾经是很好的朋友。"他闷闷不乐地说道。

"过去我们是?我忘了。对于我来说,应是另外两个家伙才是。你会长住墨西哥了?"

"哦,是的。我在这里甚至都不是合法的身份。我从来就不是合法的。我跟你说过我在盐湖城出生,我其实出生在蒙特瑞尔。不久,我就会加入墨西哥籍了,只要有个好律师就行。我向来喜欢墨西哥。到维克多酒吧喝一杯'锥子'酒，不会太冒险的。"

"带上你的钱，马拉诺斯先生。那上面有太重的血腥味儿。"

"你并不富有。"

"你怎么知道？"

他捡起那张巨钞，在瘦瘦的手指间摊平了，漫不经心地放进侧面的口袋里。他雪白的牙齿咬了咬嘴唇。唯有褐色皮肤相衬托，他的牙齿才会显得这么白。

"你驾车载我到提珠纳的那天早上发生的事，该说的我都说了。当时我给过你报案和告发我的机会了。"

"我并不生你的气。你就是那样的人。很长一段时间里，我无法理解你。你风度不错，品德很好，但有些地方却不对劲。你有自己的人生标准，且努力加以奉行，却只与一己相关，无关乎伦理与道德。因为你天性很好，所以是个好人。但你跟诚实的人在一起快乐，跟暴徒在一起也一样快乐，只要那些暴徒能说一口流利的英语，餐桌礼仪差强人意就行了。你不是一个道德感很强的人。也许是战争使然，也许是天性使然。"

"我不太明白。"他说，"我真的不明白。我想报答你，你却不接受。发生过的一切我都跟你说了，你却并不以为然。"

"这是我听过的最为客气的话语了。"

"我很高兴还能在某些方面得你欢心。我陷入了严重的困境，也刚好认识能解救我逃离困境的人。那是因为很久以前战争中的一段插曲，他们欠我人情。也许我一生中只有这么一次，就像老鼠一样飞快地做对了一件事情。当我需要他们的时候，他们向我伸出了援手，而且是免费的。马洛，你不是世界上唯一不讲价码的助人为乐者。"

他从桌子对面探过身来，从我烟盒里抽了一根烟。他脸上晒黑了的皮肤起了不均匀的红潮。相形之下，疤痕就更明显了。我看着他从口袋里掏出一个瓦斯打火机，把烟点燃了。我也闻到了他身上传来的香水味。

"你把我深深打动了，特里，就凭一丝微笑、一颔首、一挥手，或者在安静的酒吧里安静地喝上几杯。当友谊还在的时候，它很美好。再见了，朋友。我不说再见了。在某个意味深长的场合，我跟你说过了的。那个时候，我跟你道别，感觉很悲伤，很孤独，很决绝。"

"我回来得太晚了，"他说，"这些整容手术很花时间。"

"要不是跟你来上一个釜底抽薪，你根本不会回来的。"

他眼里突然涌起了泪光，赶忙将墨镜戴了回去。

"我不太确定。"他说，"我没有下定决心。他们不想让我告诉你任何事情。我不过是没有下定决心要怎么做。"

"不用担心，特里。你的身边缺不了为你拿主意的人的。"

"我曾经做过突击队员，老弟。你要是不行，他们不会招收你的。我受了重伤。跟那些纳粹医生在一起，可不是什么好玩的事。这大概对我有所影响。"

"那些我都知道，特里。在很多方面，你都是一个讨人喜欢的汉子。我不是在评判你。我从来没有评判过你。只是你已不在这里了，你已经走远了——你穿着考究的服装，喷洒着香水，优雅得像一个五十美元一次的妓女。"

"那不过是一次逢场作戏嘛。"他有些近乎绝望地说道。

"你演得很爽,是吧?"

他嘴角下垂,苦笑着。然后,来了一个有力而又意味深长的拉丁式的耸肩动作。

"当然,只是演戏,没有别的——在这边。"他用打火机拍了拍胸膛,"什么别的都没有。我已经得到了,马洛。我很早以前就得到了。好吧,我猜,又起了什么流言了。"

他站了起来,我也站起身来。他伸出一只细长的手来,我握了握。

"再见,马拉诺斯先生。很高兴认识你——如此简短!"

"再见。"

他转身穿过房间,走了出去。我看着门关上了。我听到他的脚步声在大理石走廊里回响。一会儿后,脚步声小了,然后归于静寂。

我还在试图倾听什么。这又是为何?我是想要他突然停下脚步,转过身来,再回到这里来,以我喜欢的方式跟我交谈?好了,他没有那么做。

那是我最后一次见到他。

他们中的任何一个我都再也没有见到过,除了那个警察。你是再也无法跟他们说再见的了。